DuMont's Kriminal-Bibliothek

Michael Innes, eigentlich John Innes Mackintosh Stewart, geboren 1906, studierte in Edinburgh und Oxford. Von 1930 bis 1935 lehrte er an der Universität von Leeds, ehe er für einige Jahre nach Australien an die Universität von Adelaide ging. 1949 kehrte er nach England zurück und unterrichtete bis zu seiner Pensionierung 1973 am Christ Church College in Oxford. Neben seiner Lehrtätigkeit publizierte er eine Reihe von Kriminalromanen, die heute zu den Klassikern ihres Genres zählen.

Von Michael Innes ist in der DuMont's Kriminal-Bibliothek bereits erschienen: »Zuviel Licht im Dunkel« (Bd. 1049).

Herausgegeben von Volker Neuhaus

Michael Innes

Klagelied auf einen Dichter

DUMONT

Alle Gestalten in diesem Buch sind reine Erfindung, und keinerlei Anspielung auf wirklich existierende Personen ist beabsichtigt.

Die Deutsche Bibliothek – CIP-Einheitsaufnahme

Innes, Michael:
Klagelied auf einen Dichter / Michael Innes. [Aus dem Englischen von Manfred Allié]. – Köln: DuMont, 1999
(DuMont's Kriminal-Bibliothek; 1079)
ISBN 3-7701-4446-5

Umschlagmotiv von Pellegrino Ritter
Aus dem Englischen von Manfred Allié
Die der Übersetzung zugrundeliegende Ausgabe erschien 1971 unter dem Titel *Lament for a maker* bei Victor Gollancz Ltd. London

Satz: Greiner & Reichel, Köln
Druck und Verarbeitung: Clausen & Bosse, Leck

Printed in Germany ISBN 3-7701-4446-5

Inhalt

ERSTER TEIL
Die Erzählung des Ewan Bell 7

ZWEITER TEIL
Noel Gylbys Tagebuch 101

DRITTER TEIL
Aljo Wedderburn ermittelt 179

VIERTER TEIL
John Appleby 241

FÜNFTER TEIL
Der Bericht des Doktors 267

SECHSTER TEIL
John Appleby 291

SIEBTER TEIL
Eine Nachschrift von Ewan Bell 323

ERSTER TEIL

Die Erzählung des Ewan Bell

I.

Die folgende Erzählung wird deutlich genug vor Augen führen, daß Mr. Wedderburn, der Edinburgher Rechtsgelehrte, bei all seiner Freundlichkeit ein listiger Mann ist – und ja auch aller Arglist, die Eva einst von der Schlange erfuhr, bedarf, wo er sich mit der Juristerei sein Brot verdienen muß. Raffiniert ist er. Und gleich zum ersten Beweis greift hier Ewan Bell zur Feder, Schuhmacher aus Kinkeig, und setzt sich daran, ein Buch zu schustern – und nur weil Mr. Wedderburn eine gewisse Art hat, mit den Menschen umzugehen. Es trug sich folgendermaßen zu.

Wir saßen in seinem Zimmer im Arms, jeder mit einem Glas Grog gegen die Kälte; und ich hatte ja in den Tagen zuvor wahrlich mehr als nur den Schnee und den schneidenden Dezemberwind aushalten müssen, und es hatte Zeiten gegeben, da hatte ich schon alle Hoffnung verloren, daß ich je wieder ein Glas Grog und ein tüchtiges Feuer erblicken würde. Wir saßen beisammen und beredeten die seltsamen Ereignisse in aller Ausführlichkeit – Ereignisse, wie sie sich, dessen bin ich gewiß, nie zuvor hier bei uns zugetragen haben –, und nach einer Weile blickte Mr. Wedderburn von seinem Glas auf und sagte: »Mr. Bell, man könnte glauben, es sei ein Roman gewesen«.

»Da haben Sie recht, Mr. Wedderburn«, erwiderte ich, »das ist die Wahrheit; denn es ist nichts als Teufelszeug gewesen, vom ersten bis zum letzten Augenblick.«

Er lächelte dabei auf seine listige Art: eine Art, bei der man immer das Gefühl hat, er finde einen Scherz dort, wo andere nichts bemerken. Dann blickte er mich jedoch mit ernster Miene an und sprach: »Sie selbst, Mr. Bell, könnten eine wunderbare Geschichte darüber schreiben. Wollen Sie es nicht versuchen?«

Mir verschlug es die Sprache bei einem solchen Ansinnen: Was waren das für Zeiten, dachte ich, wo ein Anwalt mit freundlichen Worten so etwas von einem Presbyter der Gemeinde von Kinkeig fordern konnte? Alle Schriftstellerei ist eine Verlockung des Bösen, es sei denn, man mehrt damit den Ruhm des Herrn in kunstvollen Gebeten. Und da kommt Mr. Wedderburn daher und tut, als sei ich der geborene Geschichtenerzähler, drängt mich regelrecht, ich solle die ganze Angelegenheit aufschreiben – und nicht etwa zu einem guten Zwecke, sondern weil sie doch das Zeug zu einem Roman habe! Mr. Wedderburn, so trocken er sein kann, wenn es sein mußte, hat ja immer seine Schrullen, doch dieser Vorschlag war gewiß der abstruseste, den er je gemacht hatte. Ich antwortete ihm, daß ich für solche Arbeit nicht geschaffen sei; ich sei nichts weiter als ein Schuster und über meinen Leisten alt geworden.

»Aber Mr. Bell«, erwiderte er, »jedermann weiß, daß nach dem Pfarrer und dem Schulmeister der *Sutor* der dritte gelehrte Mann in der Gemeinde ist.«

»Und oft gilt er als gottlos«, fügte ich streng hinzu, »doch von dieser Regel mag es Ausnahmen geben.« Allerdings muß ich zugeben, daß es mir schmeichelte, was er da sagte. Teils gewiß, weil ich die alten lateinischen Worte gern habe; noch lange nachdem Will Saunders sein Ladenschild von *Fleischhauer* in *Familienmetzgerei* geändert hatte (und kann man sich einen dümmeren Ausdruck vorstellen?), hatte auf meinem gestanden, daß ich der *Sutor* von Kinkeig war. Teils aber auch, weil ich die Wendung für unsere Gemeinde so zutreffend fand, wenn nicht sogar mehr. Denn zwar haben wir in unserem Dr. Jervie, dem Pfarrer, einen wahrhaft gelehrten Mann, doch einen Schulmeister haben wir überhaupt keinen mehr – die Zeiten sind vorüber: an ihrer Stelle kommen jetzt alte Jungfern; in der Schule von Kinkeig kann man die Lehrerin durch das Getobe der Kinder kreischen hören, und wer will das schon jeden Morgen in den Ohren haben? Und auch wenn Miss Strachan – so heißt das Fräulein – ihren Titel von der Universität in Edinburgh hat, kann sie es doch an Gelehrsamkeit nicht mit dem alten Schulmeister aufnehmen; ich entsinne mich, wie ich einmal ein Schwätzchen mit ihr gehalten habe und wie sie tatsächlich glaubte, Plutarch habe seine Bücher auf lateinisch geschrieben: ich mußte mich beeilen, auf ein anderes Thema zu kommen. Und selbstgefällig noch dazu: in Edinburgh hat sie ein paar Zeilen zu Papier gebracht – ihre wissenschaftliche Hausarbeit nennt sie das –, betitelt *Das Kino als Hilfsmittel der visuellen Erziehung*, und ist stolz darauf, als hätte sie Bains *Logik* oder die *Rhetorik* des Dr. Hugh Blair geschrieben. Ich weiß noch, wie Rob Yule sie einmal gefragt hat: »Und was soll das sein, visuelle Erziehung?«, und noch ehe sie antworten konnte, meinte Will Saunders dazu: »Das ist das, was Susanna im Bade den Ältesten geboten hat.« Natürlich der reine Unsinn, und die Lehrerin war schwer beleidigt – ein ungehobelter Klotz, der Will.

Aber wenn ich weiter so schwadroniere, wird aus meinem Bericht nie etwas werden.

Ich sah ein, daß, wenn jemand in der Gemeinde diese Geschichte aufschreiben sollte, ich es sein mußte, denn Dr. Jervie, dessen Gelehrsamkeit für Wichtigeres bestimmt ist, konnte man es nicht zumuten. Und ich bin ja auch, um die Wahrheit zu sagen, nicht unbelesen, denn vor vierzig Jahren habe ich mich von Sir John Lubbock durch die *Hundert besten Bücher* leiten lassen – und ich habe meine Zweifel, ob die jungen Dinger in den Colleges das tun. Trotzdem antwortete ich Mr. Wedderburn nun mit einem *»Ne sutor ultra crepidam«*, was schon die alten Römer einem Menschen mit auf den Weg gaben, der sich besser mit eigenen Dingen beschäftigt hätte: »Schuster, bleib' bei deinen Leisten.« Und ich will auch nicht leugnen, daß sich meine Laune bei dieser gelungenen Erwiderung noch um ein weiteres gutes Stückchen hob. Und ich war heilfroh, daß diese schlimmen Tage hinter uns lagen.

Doch Mr. Wedderburn nahm nur mit einem anerkennenden Nicken mein lateinisches Sprichwort zur Kenntnis und fuhr fort. »Machen Sie nur den Anfang, Mr. Bell, und andere werden sich finden, die den Faden aufnehmen und ihren Teil der Geschichte beitragen.«

»Sie selbst ebenfalls, Mr. Wedderburn?« Ich sagte das mit einigem Nachdruck, denn ich glaubte, damit könne ich ihm den Unsinn seines ganzen Vorhabens vor Augen führen.

»Worauf Sie sich verlassen können«, erwiderte er – und bestellte uns neuen Grog!

Wiederum war ich verblüfft. »Nun«, sagte ich, noch immer zweifelnd, »Sir Walter wäre ein Beispiel.«

»Und ob er das wäre, Mr. Bell! Und wir können unser Werk genauso anonym herausgeben wie er. Sie wissen ja aus dem Lockhart, welch ein Geheimnis der Große Zauberer war.«

Es schmeichelte mir, daß er es selbstverständlich fand, daß ich Lockharts Biographie von Sir Walter Scott gelesen hatte. Doch selbst da hätte ich ihm wohl noch widerstanden, wäre nicht meine eigene Eitelkeit gewesen. Denn ich wollte eben schlicht und einfach »Nein« sagen, da kam mir – beim Himmel! – ein weiteres lateinisches Wort in den Sinn. »Mr. Wedderburn«, sprach ich, »lassen Sie es uns *ad avizandum* nehmen« – wie seine Freunde, die Edinburgher Richter, sagen, wenn sie zu etwas kein Urteil abgeben wollen, ohne es noch einmal zu überschlafen. Daraufhin lachte er, und wir ließen es bis zum nächsten Tag, wo er wieder in die Stadt zurückfahren wollte.

Doch als wir dann am nächsten Morgen beieinander standen und auf den Wagen warteten, der ihn durch den Schnee zum Bahnhof bringen mußte, erfuhr ich Näheres darüber, was er im Sinn hatte. Er habe einen jungen Freund, erzählte er mir, einen nutzlosen Tagedieb, der ein paar Geschichten verfaßt habe, eitle Erzählungen über Leute, von denen er nicht das mindeste wußte, und voller Dinge, die aller Natur widersprachen. Mr.

Wedderburn wollte seine Gedanken zurück auf das lenken, was für seine Begriffe die wirkliche Welt war. Und wirklich genug war der Fall Guthrie ja nun wahrhaftig gewesen, wenn er uns auch noch so gespenstisch vorgekommen war, und es waren Leute darin verwickelt, von denen auch jener Grünschnabel von Schriftsteller immerhin einen Begriff haben mochte. Deshalb hatte Mr. Wedderburn sich überlegt, daß man dem jungen Mann in einer Reihe von Erzählungen alle Materialien an die Hand geben könne und dieser dann nach seinem eigenen Gutdünken damit verfahren, sie entweder nur herausgeben oder auch bearbeiten könne. Und selbstverständlich würden – das sei unerläßlich – unsere Namen und dergleichen Dinge geändert, damit Kinkeig und alle, die dort lebten, nicht noch übler beleumundet wurden, als sie nach der ganzen Affäre schon waren.

Nun, einen guten Zweck schien es ja immerhin zu verfolgen, und es war eine Gelegenheit, noch ein wenig Gutes aus soviel Bösem zu machen. Kurz gesagt: ich gab Mr. Wedderburn mein Versprechen. Auf den folgenden Seiten werde ich mit dem Bericht über die Ereignisse, die zum Tode Ranald Guthries führten, den Anfang machen. Ich will – wie der Dichter Horaz es uns empfiehlt – *in medias res* springen und dann auf Früheres zurückkommen. Wenn Mr. Wedderburns junger Freund in Edinburgh den Horaz nicht beherzigen will, so mag er die Reihenfolge ändern.

II.

Als sich die Nachricht im Glen Erchany verbreitete, daß Ranald Guthrie sich sein gottloses Leben genommen hatte, da herrschte in Kinkeig nicht eben Trauer. Er war ein ungehobelter

Mann gewesen, trotz seiner Jahre und der vornehmen Herkunft, und hatte einsam gelebt wie eine Krähe, so lange sich die meisten überhaupt zurückerinnern konnten; einen Einsiedler hatte unser voriger Pfarrer ihn genannt. Und man erzählt die Geschichte, wie jener Geistliche einmal vor Jahr und Tag das Tal hinaufgewandert war, um von Guthrie eine Gabe für mildtätige Werke zu erbitten. Bei manchen hieß es, Guthrie habe geglaubt, der Pfarrer wolle ihn zur Rede stellen, weil die Bank des Gutsherrn in seiner Kirche stets leer blieb, und habe seinen verrosteten Vorderlader nach ihm abgefeuert. Andere sagten, er habe nur die Hunde auf ihn gehetzt; dritte, es seien die Ratten gewesen, denn die Ratten von Erchany sind in unserer Gegend berühmter als sämtliche Ratten der Stadt Hameln. Und ob es nun Flinte oder Hunde oder Ratten gewesen waren, ganz Kinkeig lachte, denn der Pfarrer – der Vorgänger von Dr. Jervie – war nicht gut gelitten. Doch wenn sie den Pfarrer schon nicht mochten, so haßten die Leute Ranald Guthrie. Auf den ersten Blick schien das unvernünftig, denn der Pfarrer kam einem ständig ins Haus, rief »Jemand zu Hause?«, und schon im nächsten Augenblick stand er im Zimmer, redete und redete und erwartete auch noch, daß man ihn mit einem Gläschen bewirtete; Guthrie hingegen war weit genug fort und fiel niemandem zur Last. Doch die Leute knirschten schon mit den Zähnen, wenn sie nur den Namen dieses Geizkragens hörten.

Guthrie war der geizigste Mann weit und breit, und das in einer Gegend, die nicht gerade arm an Geizhälsen war. Rob Yule, der die fetten Äcker unten am Drochet unterm Pflug hatte, hatte mehr Silber in der Truhe als die meisten anderen, aber wenn sein Mehl aus der Mühle kam, dann ging er hinter dem Wagen her, schnauzte den Jungen an, er solle vorsichtig fahren, und kratzte mit einem Kaufmannsschäufelchen jede Handvoll Mehl aus dem Dreck, die etwa herunterfallen mochte. Und Fairbairn – Fairbairn von Glenlippet, dessen Frau vor Rheuma nicht mehr laufen konnte, aber so fromm war, daß sie ihn zwang, sich ein Auto zu halten, damit sie kein Treffen des Wohltätigkeitsvereins oder dergleichen verpaßte – zahlte die Steuern für sein Automobil immer nur für ein Vierteljahr, denn schließlich war sie zehn Jahre älter als er, und er gab die Hoffnung nie auf. Doch weder Rob Yule noch Fairbairn konnten es, wenn es um Geiz ging, mit Ranald Guthrie aufnehmen – Guthrie, der unter den Landadligen so wohlhabend war wie Rob unter den Bauern und der, wie man sich erzählte, einmal ein großer Gelehrter gewesen war. In all unseren Tälern war Ranald Guthrie der einzige, von dem man mit Fug und Recht sagen konnte, daß er geizig war wie ein Engländer. Die meisten in Kinkeig hatten schon einmal unter ihm zu leiden gehabt, denn alles Land weit und breit gehörte ihm, und sein Verwalter, der gräßliche Hardcastle, genoß es, wenn er die Leute ordentlich antreiben und piesacken konnte. Als sich die Nachricht in Kinkeig verbreitete, daß Guthrie sich das Leben genommen hatte, da gab es nicht wenige, die regelrecht frohlockten, und nur ein paar, die traurige Miene machten. Die meisten waren erleichtert und hofften, daß ihm ein Besserer als Gutsherr nachfolgen würde. Doch die wenigen, die einen Funken Phantasie hatten, wandten ein, daß Guthrie nicht so vorausschauend gewesen war, den gräßlichen Hardcastle mit sich zu nehmen, damit er für ihn antreiben und piesacken konnte, wo er – wie es ja gewißlich sein würde – von nun an residieren würde, unter den feinen Herren der Hölle. Doch Hardcastles Hals war so heil wie an jenem Tage, an dem seine Mutter ihm zum ersten Mal in sein häßliches Antlitz blickte und vor Entsetzen aufschrie; und der Blick in seinen Augen verriet – sagte Laurie, unser Dorfpolizist –, daß er aus jenem Unglück seinen schönen Profit zu ziehen gedachte. Als sich erst einmal herumsprach, daß es bei Guthries Ende nicht mit rechten Dingen zugegangen war und daß der Sheriff höchstpersönlich nach Kinkeig kommen würde, um der Sache auf den Grund zu gehen, da gab es viele, die prophezeiten, daß Hardcastle schon bald hinter schwedischen Gardinen sitzen würde; und als erst einmal die wilden Gerüchte darüber die Runde machten, was mit der Leiche geschehen war, als die Geschichte immer hanebüchener wurde und als jeder Schwätzer und jedes Waschweib im Dorf erzählte, daß Neil Lindsay bald am Galgen baumeln würde, da waren viele, die wissen wollten, daß auch dabei Hardcastle seine Finger im Spiel gehabt habe. Der alte Speirs vom Zeitungsladen, den sie immer den »wohlinformierten Mann« nannten, weil er ständig nachplapperte, was die englischen Zeitungen schrieben, war überzeugt, daß Hardcastle zumindest ein Anstifter gewesen sei und in Untersuchungshaft kommen werde, das sei gar keine Frage. Seit er für Dr. Jervies Rabauken auch Edgar Wallace führte, war der alte Speirs Kriminologe und brachte Abend für Abend seine Ansichten in den Arms zu Gehör, und es saßen immer ein paar Jünger mit offenen Mündern dabei und lauschten seinen Abstrusitäten, als sei's die Weisheit Salomos. Aber da komme ich schon wieder von meiner Erzählung ab.

III.

Es war ein strenger Winter. Am Morgen des Tages, an dem wir der Toten des Weltkriegs gedachten, quollen die Wolken bleischwarz hinter dem Ben Cailie auf, und der verschneite Gipfel erstrahlte davor noch in der bleichen Morgensonne. Doch zusehends wurde der Himmel dunkler, und um elf Uhr, als der Pfarrer seine Andacht am Kriegerdenkmal hielt, fielen die ersten Schneeflocken: man sah gleich, daß sie liegenbleiben würden, so wie sie sich am Talar festsetzten. Manche warteten, daß er den Gottesdienst abbrach, doch er sprach unbeirrt weiter; einige spannten Regenschirme auf, andere zogen ihre Schals höher – die meisten waren Witwen, mit ihren Gedanken zwanzig Jahre und noch weiter fort – und sangen den 121. Psalm.

Ich hebe meine Augen auf zu den Bergen.
Woher kommt mir Hilfe? …

Es war fremd und doch schön, die Hügel im Schneegestöber verschwunden, der Ben Cailie und die Bergwiesen nicht mehr zu erkennen, und die Worte wie eine kuriose Parabel vom Glauben an das Unsichtbare. Immer dicker wurden die Flocken, nun tanzten sie nicht mehr, sondern fielen gleichmäßig und schluckten den Psalm von den Lippen der Gemeinde, so daß er halb verstummte und es klang wie Gesang aus großer Ferne. Ein Freiluft-Gottesdienst in Schottland geht einem meistens in die Glieder, und deshalb halten wir sie auch nicht oft; zu Bürgerkriegszeiten haben wir mehr als genug davon gehabt.

Wie gesagt, mit jenem 11. November begann ein bitterer Winter. Denn der Schnee, der anfangs in so dicken Flocken fiel, daß alle prophezeiten, bis zum nächsten Morgen werde er wieder verschwunden sein, lag vierzehn Tage lang in der stillen, kalten Luft: man sah die Spitzen der Zweige beben unter seinem Gewicht. Dann taute er von einem Tag auf den anderen, und es kam ein großes Unwetter, ein Sturm, stark genug, daß zum zweiten Mal die Brücke über den Tay davon einstürzen mochte, ein Sturm, der heulend das Tal heraufgefegt kam und das Blei in großen Fetzen von den wahnwitzigen Zinnen von Castle Erchany riß. Und kaum war das Unwetter vorüber, kam, als die Stoppelfelder noch davon dampften, ein klirrender Frost.

Mitte Dezember schneite es dann wieder, und die Kinder juchzten, weil es weiße Weihnachten geben würde. Doch als der feine Schnee Tag für Tag ohne Unterbrechung fiel, da füllte jeder, der klug war in Kinkeig, seine Speisekammer, und wer oben in den Bergen wohnte, der sah zu, daß er noch schnell eine Ladung Korn mahlen ließ. Der wohlinformierte Mann sagte voraus, es werde ein Rekordwinter werden, und ganz ideal zum Eisstockschießen. Das war natürlich ein schöner Trost für alle, die sich Sorgen machten, wie sie ihre Kühe durch den Winter brächten. Das ist eben der Vorteil von Edgar Wallace und Annie S. Swan: sie brauchen kein Futter, und man muß bei ihnen nicht ausmisten.

Als es aufhörte zu schneien, sahen wir, daß schon der kleinste nächste Schneefall oder die einsetzenden Schneeverwehungen uns von der Außenwelt abschneiden würden, denn auch wenn in unserer Grafschaft an Schneepflügen heutzutage kein Mangel mehr herrscht, würde es doch eine ganze Weile dauern, bis sie sich zu einem so entlegenen Ort wie Kinkcig vorgearbeitet hätten. So saßen wir denn da und vertrieben uns die Zeit, so gut es ging; die alten Männer, die ein Stückchen Acker hatten, schärften ihre Pflugscharen für das Frühjahr, und die Bauernburschen wärmten sich ihre dicken Bäuche an einem lustigen Feuer und brüteten mit wichtiger Miene über den Traktorenprospekten des amerikanischen Geschäftemachers Henry Ford. Und die Stille, die der Schnee uns bescherte, wurde dichter um uns herum. Kaum ein Laut war in den Tälern zu vernehmen außer dem Schrei der Kiebitze, die ihren einsamen Ruf in die Einsamkeit der schneebedeckten Landschaft schickten und sich vom Rande eines Kornfelds erhoben, wenn die Bauersfrau kam, um die Hühner zu füttern. Eine weiße Weihnacht hat immer etwas Erwartungsvolles, schon seit altersher. Und so waren denn später auch viele, die behaupteten, sie hätten es gespürt; sie hätten nicht gewußt was, aber daß etwas geschehen würde, das hätten sie gespürt, und ein schreckliches Gefühl sei es gewesen, schrecklich wie nie zuvor. Und eine im Dorf erzählte, als der Pfarrer von den Boten Gottes gesprochen habe, da habe sie sich ganz unschuldig in Gedanken ausmalen wollen, wie die Engel herniederschwebten, so wie auf den Weihnachtskarten, und da habe sie den Schwachkopf Tammas vor sich gesehen, wie er oben von Erchany durch den Schnee gestapft käme und stammelte, ein Mord sei geschehen; und es sollte gerade einmal eine Woche vergehen, bis es sich genau so zutrug, doch an jenem Tage hatte sie nichts gesagt, weil es ihr gotteslästerlich vorkam, daß jemand solche Ahnungen hatte. Mistress McLaren war es, die Frau des Dorfschmieds; immer die richtige Nase für Sensationen, wie unser Zeitungshändler das nennt.

War die Natur in jenen Wochen unter all dem Schnee in ein düsteres Schweigen verfallen, so gab es doch in Kinkeig manch menschliche Zunge, die für Ausgleich sorgte. Je weniger Arbeit, desto mehr Klatsch, so ist es immer, und es gab mehr zu reden denn je. Castle Erchany ist weit genug fort von Kinkeig, aber es ist nun einmal das Gutshaus und, vom Pfarrhaus abgesehen, das einzige vornehme Haus weit und breit, und da ist es nur natürlich, daß Leute, die nichts zu tun haben, anfangen darüber zu reden. Da konnten die Bewohner so still und bieder sein wie niemand sonst in Schottland – obwohl sie das ja in diesem Falle nicht waren. Die Guthries waren schon immer eine Familie gewesen, die Aufsehen erregte, sie hatten eine Art, bei der die Leute entweder empört aufschreien oder hinter vorgehaltener Hand flüstern: ihre spektakuläre Tapferkeit, die Ränke, unter Skandalen aufgedeckt, eine Geburt unter merkwürdigen Umständen, eine Entführung oder sonst etwas Romantisches, das sich hinter ihren vertrackten Heiratsgeschichten versteckt, Gewalttaten, Wahnsinn, aufflammende Leidenschaften, die gleißendes Licht oder düstere Schatten über ihr Ende werfen. Viele alte Familien haben eine so bunte Geschichte wie die Guthries, doch wenige haben dabei durch die Jahrhunderte auch noch ihren Besitz beisammengehalten. Schon lange vor der Reformation waren die Guthries auf Erchany – und der Leser sei gewarnt, daß ich ihn gleich mit zurück in die Zeit vor der Reformation nehmen werde.

Doch am besten werde ich wohl zunächst von Ranald Guthrie und den Vogelscheuchen erzählen. Denn das war das erste, worüber die Leute in jenen Wochen redeten.

Ranald Guthrie war ein knausriger Mann: wie knausrig, das wußten nur die wenigsten in Kinkeig. Denn zwar hatte jeder schon von den Vogelscheuchen gehört – es war die Art, wie er die Gamleys behandelte, worüber die Leute redeten, nicht die Vogelscheuchen selbst –, aber das war keineswegs das Äußerste an Geiz, dessen er fähig war. Ich selbst wußte schon lange, daß er in einem geradezu irrsinnigen Maße geizig war – seit dem Tag, an dem seine amerikanischen Vettern ihn amtlich für verrückt erklären wollten. Wo wir nun schon einmal dabei sind, kann ich es auch hier gleich berichten.

Es liegt zwei Jahre zurück, da kamen zwei Engländer her, zwei windige Burschen mit verschlagenen Augen im Schatten ihrer kleinen Bowlerhüte, und fragten ganz Kinkeig nach Guthrie aus, spendierten den Bauernburschen ein Glas im Arms, damit sie redeten, und die Frauen – die ja ohnehin nicht viel Überredung brauchten – brachten sie mit Pennies, die sie den Kindern schenkten, dazu. Einer war sogar so dreist und kam zu mir in die Werkstatt und fragte, ob mir vielleicht etwas Außergewöhnliches bei meinen Geschäften mit Guthrie aufgefallen sei, und ich glaube gar, er hätte mit einer Pfundnote gewinkt, hätte ich ihm nicht streng in die Augen geblickt. Natürlich wußte ich, daß Guthrie ein seltsamer Kunde war: gerade erst die Woche zuvor hatte er ein Paar Stiefel zum Ausbessern geschickt – die Schnürsenkel waren ganz zerfetzt und verknotet gewesen, und ich hatte ein Paar neue eingezogen und ihm die alten wieder mit dazugelegt. Und am nächsten Tag kam der Schwachkopf Tammas mit den Schnürsenkeln in der einen Hand und den Münzen für meine Rechnung in der anderen – nur daß ein halber Penny fehlte, weil er die alten Schnürsenkel zurückgab; und hätte ich nicht *Zahlbar ohne Abzug* in großen Lettern auf die Rechnung geschrieben, so hätte er sich wohl auch noch Skonto abgezogen. Aber daß Guthrie ein merkwürdiger Kerl war, hieß noch lange nicht, daß man jedem hergelaufenen Londoner etwas über ihn erzählte, und ich habe dem Burschen ordentlich meine Meinung gesagt. Doch damit war die Geschichte noch nicht zu Ende. Denn in der folgenden Woche erschien ein ganzes Rudel Ärzte.

Kinkeig stand Kopf: ein Wagen voller Mediziner in Bratenröcken und Angströhren, als seien sie immer schon für das Begräbnis ihrer Patienten angezogen; drei vom Edinburgher Moray Place und eine dicke Schießbudenfigur aus der Harley Street in London. Sie kamen zu Dr. Jervie – der alles andere als begeistert war, aber sein Bruder war ein Kollege des Mannes vom Moray Place, und da konnte er nicht nein sagen –, und von dort ging's das Tal hinauf nach Erchany. Was sich dort zutrug, wissen die meisten von Gamley, der am selben Tag vom Bauernhof des Gutes heraufgekommen war, um sich seine Instruktionen zu holen. Die Ärzte gingen ins Haus und blieben etwa eine halbe Stunde – so lange brauchte Guthrie wohl, bis er dahinterkam, worauf sie aus waren. Dann war die Hölle los – mit Zerberus an vorderster Front, denn diesmal hetzte Guthrie wirklich die Hunde auf sie. Und so verließen die Herren Doktoren hurtig das Haus und sahen zu, daß sie auf die andere Seite des Burggrabens kamen, sie schimpften und fluchten, und der Londoner hielt sich das Hinterteil, da wo der wildeste der Hunde – ein grausiger Köter, das muß man sagen – kräftig zugebissen hatte. Wie der Wind saßen sie wieder in ihren Automobilen und waren zurück beim Pfarrhaus, und der Dicke brüllte wie ein Baby, dem die Amme gerade das Fell über die Ohren zieht. Und später – im Stehen, an Dr. Jervies Anrichte – schrieb er dann einen langen Bericht an die Vettern in Amerika. Das von Natur aus warme und gutherzige menschliche Wesen, hieß es darin, sei Ranald Guthrie durch das Trauma der Geburt abhanden gekommen. Und es sei ein Jammer, daß er in den jungen Jahren, die ihn prägten, nie ein

Stück Knetgummi zum Spielen gehabt habe – vielleicht hätte sogar ein ordentlicher Klumpen Lehm gereicht –, denn dadurch hätte noch alles gut werden können. So wie es heute mit ihm stehe, sei sein Betragen äußerst unerfreulich und zeige alle Anzeichen einer schwer gestörten Psyche; aber ins Irrenhaus gehöre er deswegen ebensowenig wie die Auftraggeber der Doktoren. Als Prognose gab er nach reiflichem Überlegen, daß sich der Zustand von Mr. Ranald Guthrie sehr wohl verschlechtern könne, und die amerikanischen Vettern sollten die Hoffnung nicht aufgeben. Allerdings sei auch vorstellbar, daß sein Zustand sich bessere, und ebenso denkbar sei, daß er unverändert bleibe. Und dabei ließ der Gelehrte aus der Harley Street es bewenden, fügte noch eine Rechnung von einer Guinee für jede Meile von London hinzu und eine Schmerzensgeldforderung von gleicher Höhe – obwohl die bissige Promenadenmischung nichts von ihm behalten hatte, was er nicht entbehren konnte, vollgefressen wie er war, und wer wollte einem Hund, der bei Guthrie auskommen mußte, schon den kleinen Extrabissen mißgönnen? Nun, wie dem auch sei, das war zumindest für eine Weile das letzte, was wir von den amerikanischen Verwandten hörten, die den Guthrie-Besitz an sich bringen wollten. Guthrie hatte ihnen allem Anschein nach übel mitgespielt, deshalb der Versuch.

Das und noch einiges mehr hatte ich von Dr. Jervie erfahren, denn ich saß mit ihm im Kirchenrat, und so berieten wir bisweilen über die ernsteren Dinge, die sich in der Gemeinde zutrugen. Mehr als nur einmal waren wir in Gedanken bei den Leuten auf Erchany gewesen, denn es gab ein junges Mädchen, um das unser Pfarrer sich große Sorgen machte, Christine Mathers. Doch davon später mehr; jetzt will ich von den Vogelscheuchen erzählen – und mehr als das waren sie ja nicht, auch wenn sie manch einem wie Gespenster vorkamen.

Nun, jedermann in Kinkeig wußte, wie Guthrie regelrecht verfolgt wurde von den Vogelscheuchen rundum; verfolgt, genauer gesagt, von dem Gedanken, daß vielleicht jemand eine Münze in den Taschen der Jacken und Hosen vergessen haben mochte, mit denen er sie ausstaffierte. Ein merkwürdiger Anblick war es, wenn man den Gutsherrn sah, wie er auf seinem eigenen Besitz von Vogelscheuche zu Vogelscheuche stapfte und in den Taschen dieser Gespenster kramte, in der abwegigen Hoffnung, daß noch ein halber Penny darin steckte. Und immer wieder drehte er seine Runden, durchsuchte dieselbe Vogelscheuche manchmal dreimal am Tag – kein Wunder, daß die Leute sagten, er sei nicht mehr bei Verstand. Doch der Quacksalber aus der Harley Street schrieb, es sei nur eine Neurose, *folie de doute*, und keineswegs ein Zeichen des Wahnsinns, genausowenig wie bei den Leuten, die mitten in der Nacht aufstehen, um die Tür zu verschließen, obwohl feststeht, daß sie längst verschlossen ist. Doch ohne Zweifel hatte er vom, wie man zu sagen pflegt, rein medizinischen Standpunkt aus recht damit.

Guthrie tat dies alles nicht nur auf seinem eigenen Land, sondern auch auf dem seiner Pächter, und einige machten ihre Witze, daß man das Recht des In-den-Taschen-Stöberns genau wie das Jagdrecht verpachten sollte. Das Merkwürdige dabei war, daß Guthrie ebensoviel Achtung vor dem Eigentum der anderen hatte wie vor dem eigenen und man ihm ansah, daß er wußte, daß es nicht recht war, so in den Taschen seiner Pächter zu wühlen. Denn auf dem Bauernhof, der zur Burg gehörte, tat er es mit einer Selbstverständlichkeit, als gehöre es ebenso zu den Aufgaben des Hausherrn wie ein prüfender Blick auf die Gräben und Zäune. Kam er jedoch ans Land der Pächter, so stand er manchmal zehn Minuten lang versonnen auf einem Feldweg, sah sich mit seinen großen Augen nach hierhin und dorthin um, den Augen, von denen die Leute erzählten, sie funkelten wie Gold; und dann machte er einen Satz über den Graben, und lautlos und flink wie ein Frettchen war er an der Vogelscheuche. Geradezu unheimlich war dieser Zwang, etwas so Verrücktes zu tun; umso unverständlicher, wenn man bedachte, daß er ja nicht der erste Guthrie war, der es zu etwas gebracht hatte: so sehr die meisten ihn auch verachteten, war und blieb er doch ein Edelmann. Wenn die Kinder ihn hänselten, die wenigen Male, die er nahe genug an eine Behausung herankam, dann ließ er sich niemals anmerken, daß er sie überhaupt sah – und niemals gab es eine Ohrfeige oder einen Fluch, wie es bei einfacheren Leuten die Regel gewesen wäre –, sondern er schritt vorbei, und all seine finsteren Blikke schienen einem ansonsten unsichtbaren Teufel zu gelten, der ein Stückweit vor ihm über dem Wege schwebte. Umso mehr redeten die Leute dann, als er die Gamleys auf die Straße setzte.

Die Erbauer von Erchany hatten vor vielen Jahren diese Lage gewählt, weil sich das Haus von dort gut verteidigen ließ, mit festem, felsigem Grund ringsum, und der Bauernhof war nicht mehr als ein Flecken im Lärchenwald mit ein paar Hafer- und Rübenfeldern. Rob Gamley war der Bauer auf diesem Hof, er und seine beiden erwachsenen Söhne bestellten das Land und erhielten dafür Unterkunft und einen Lohn. Gamleys zweite Frau war noch jung, und er hatte zwei Kinder von ihr, die Wonnen seines Alters und sein ganzer Stolz. Sie waren ein Zwillingspaar, ein hübscher Junge und ein hübsches Mädchen, vielleicht ein wenig verwöhnt und gewiß recht ungezogen; und nichts weiter als ein frecher Streich der beiden war es, der das Unglück heraufbeschwor. Denn eines Tages gegen Ende Oktober spielten die beiden ein gutes Stück fort vom Haus, und da sahen sie den Gutsherrn über das nächste Feld herankommen. Hie und da stocherte er mit seinem Stock, und dagegen läßt sich nichts sagen. Aber die Kleinen wußten ja genau, was er suchte, denn direkt vor ihnen stand eine schöne neue Vogelscheuche, die ihr Vater erst am Vortag aufgestellt hatte. Und so schlüpfte der kleine Geordie Gamley, ein gewitzter Bursche, das muß man sagen, durch die Hecke, stellte sich hinter das Ding und steckte ihm die Hände in die Ärmel. Und als der Gutsherr davor stand, kamen die

Fäuste des kleinen Geordie hervorgeschossen, als ob's die Arme des Lumpenmanns seien, und er winkte damit dem Gutsherrn zu und krakeelte den alten Vers:

Ene-mene-mu,
Und aus bist du.

Alice, in der Hecke verborgen, prustete los, Geordie lief grölend zu ihr zurück, und dann machten die beiden sich aus dem Staub, so schnell ihre kurzen Beine sie tragen konnten, denn man darf wohl annehmen, daß sie eine Heidenangst vor Guthrie und seinem bösen Blick hatten, auch wenn sie noch so dreist ihren Schabernack mit ihm getrieben hatten. Doch Guthrie ging geradewegs zurück zum Herrenhaus, holte eine Handvoll Münzen und kam zum Bauernhof; dort legte er die Münzen vor Gamley auf den Tisch, schimpfte die Zwillinge Bastarde und ihre Mutter noch Schlimmeres und gab ihnen vierundzwanzig Stunden Zeit, sein Land zu verlassen. Gamley war nur ein Angestellter; es blieb ihm nichts anderes übrig als fortzugehen, und so ging er denn – und sprach, erzählte seine Frau, kein einziges Wort, ging nur durchs Haus, packte Sachen zusammen, das Gesicht so weiß wie ein Schafsschädel, den man ausgebleicht auf der Heide findet. Nicht einmal die Zwillinge legte er übers Knie, und seine Frau machte sich Sorgen, daß er den Verstand verlor. Doch gewiß wäre es eher Guthrie gewesen, dem er gern eine Tracht Prügel versetzt hätte.

Die Gamleys zogen fort, in die Gegend jenseits des Ben Cailie, zehn Meilen das Seeufer hinab; dort konnten sie auf Anhieb einen Hof übernehmen – arm genug, wie sich herausstellte, als der Winter kam. Sie hausten in einer Kate, erzählten die Leute, die kaum den Wind und den Regen abhielt; denn zwar hatte sich Gamley ein wenig erspart, doch etwas Besseres war in so kurzer Zeit nicht zu finden gewesen. Alle fanden, daß es eine

Gemeinheit war, was Guthrie ihnen da angetan hatte, und mehr denn je wurde sein Name in Kinkeig nur mit Verachtung genannt. Die Alten wärmten ihre Geschichten von den verrückten Guthries und den mörderischen Guthries früherer Zeiten auf; und von den guten Guthries und den lustigen Guthries war nun überhaupt nichts mehr zu hören, obwohl die Alten auch solche Geschichten kannten. Und irgend jemand brachte die dumme Rede wieder in Umlauf, Ranald Guthrie habe den bösen Blick – was ja nichts weiter als ein alberner Aberglaube der Katholiken und Hochländer ist. Mistress McLaren, der, die später die Vision von dem Schwachkopf Tammas haben sollte, kam das nur recht: jetzt mußte sich ganz Kinkeig wieder die Räuberpistole von ihren Schweinen anhören.

IV.

Schon früher gab es Guthries, die als Zauberer galten. Alexander Guthrie, ein treuer Gefolgsmann Jakobs II., soll seinerzeit John Lord Ballwaine verhext haben, den Schatzmeister der Douglas, so daß dieser gegen das Gebot seines Herrn vor dem König erschien. Und ein anderer Alexander, der zur Strafe dafür, daß er mit der Tochter eines gewissen Cochrine, eines Emporkömmlings am Hof Jakobs III., angebandelt hatte, auf die Insel May verbannt wurde und dort sehen mußte, wie er von Möweneiern satt wurde, raffte seinen Mantel und stürmte zum Ufer, und mit einem einzigen großen Satz landete er auf dem Felsen von Bass und mit einem weiteren im Land von Berwick, und noch ehe die Sonne untergegangen war, war er wieder mit seiner Geliebten beisammen, in Sicherheit in Frankreich. Mit einem so pittoresken Hokus-Pokus konnte Ranald Guthrie aus Erchany nicht aufwarten, aber immerhin hatte er doch die Familientradition, und er galt als gelehrt in fremden Künsten, denn er war einst bei Grabungen an den alten Festungen der Römer dabeigewesen, jener Erz-Heiden, und einmal hatte er erzählt, er zeichne Runen auf und studiere sie – und daß Runen etwas anderes waren als das, was Hexen in ihren Kesseln brauten, das wußte außer dem Pfarrer und mir wohl kaum einer in der Gemeinde Kinkeig. Und daß die Augen, mit denen Ranald Guthrie einen ansah, etwas Besonderes waren, das steht fest; zwar waren es nur die Augen, die alle Guthries hatten – die Männer sahen sich von einer Generation zur nächsten so ähnlich wie die Habsburger oder die Stuarts in den alten Bildern –, doch das war genug, daß einfältige Gemüter wie Mistress McLaren vom tödlichen Fluch träumten und um ihre Schweine und Kühe bangten.

Der Leser mag sich erinnern, daß McLaren der Dorfschmied war. Eine Weile nach dem Besuch der Doktoren – und auch die Geschichte mit den Ärzten hatte ja wieder zu allerhand dummem Gerede über die übernatürlichen Kräfte des Gutsherrn geführt – war McLaren in einen recht heftigen Streit mit Guthrie geraten, einen Streit, bei dem es um das Beschlagen der heruntergekommenen Schindmähre ging, die sie auf Erchany für Christine Mathers im Stall hatten. Wenn Guthrie überhaupt mit den Leuten von Kinkeig zu tun hatte – und das kam ja nicht oft vor –, dann war es meist im Streit, und der Streit mit McLaren war der schlimmste seit langem. Denn der, in Rage geraten über einen Sixpence oder einen Shilling, den man ihm vorenthielt, hatte Christine ganz unverhohlen die Tochter des Gutsherrn genannt, und auch wenn Guthrie sich zu beherrschen wußte und nichts darauf entgegnete, habe man ihm seine Wut doch angesehen, sagte McLaren, und Mistress McLaren war überzeugt, daß er von jenem Tage an einen Groll gegen sie hegte. Ich persönlich glaube nicht, daß Guthrie sich solche Dinge merkte oder sich groß darum scherte; wenn man sich erst einmal lang genug in das Buch der menschlichen Natur vertieft hatte, dann sah man, daß er einer von jenen war, die von etwas getrieben werden, das tief in ihrem Inneren steckt – und so sehr davon besessen sind, daß sie kaum wahrnehmen, was um sie herum geschieht. Doch Mistress McLaren war überzeugt, daß er mit seinem bösen Blick ihre Schweine verhexen würde, wenn er eine Gelegenheit dazu bekam, denn für sie war Guthrie das Schlimmste, was es zwischen den Highlands und den Engländern überhaupt gab, und ihre stinkende Schweineherde das Wichtigste, und für ihre einfältige Seele war es ganz selbstverständlich, daß der eine versuchen würde, das andere zu verderben. Sie forderte Dr. Jervie auf, daß er und die Pfarrer in Mervie und Dunwinnie sich absprechen sollten, daß stets einer von ihnen wachte; von ihrer Großmutter wisse sie, daß dies das beste Mittel sei, die Macht des bösen Blicks in der ganzen Gegend zu bannen.

Nun, die Säue waren von Rob Yules Eber trächtig, und die Alte war ganz verrückt wegen ihrer Viecher und stand an dem Verschlag und schnüffelte den Gestank, wie ein Tourist auf einem Reiseplakat die Meerluft atmet, und so wie sie sich anstellte, hätte man denken können, es sei ein neuer Prince of Wales, der da geboren werden sollte. Einmal hatte sie ihnen eine mächtige Haferbrühe gekocht – jede Sau, erklärte sie, müsse ja schließlich für zwanzig fressen –, und sie hatte sie gerade hinaus auf den Hof getragen, damit sie ein wenig abkühlte, als sie im selben Augenblick den Gutsherrn den Weg am Bach entlang kommen sieht. Mistress McLaren hätte fast der Schlag getroffen; sie war ja überzeugt, daß Guthrie nur einen einzigen Blick auf ihre Säue zu werfen bräuchte, und mit den Ferkeln wäre es vorbei. Also goß sie ihre Brühe in aller Eile in die Tröge hinten im Stall, trieb die Schweine hinein – die ließen es sich nicht zweimal sagen, als sie den Fraß rochen – und schloß die Tür hinter ihnen, so daß Guthrie schon sehr neugierig sein mußte, bevor er sie zu sehen bekam. Doch Guthrie, so gelehrt er auch sein mochte, hatte doch auch die Instinkte eines Bauern. Er roch den Schweinestall, kam zu Mistress McLaren herüber und begrüßte sie, und es dauerte nicht lange, da sah er zur Stalltür hinein und ließ den Blick über die schmutzigen Rücken der Tiere schweifen, wie sie an ihren Trögen schlürften und schmatzten. Am nächsten Morgen waren Mistress McLarens Schweine tot. Und auch wenn manch einer versuchte, die Alte zur Vernunft zu bringen, und sie fragte, was sie denn anderes erwarte, wenn sie trächtige Säue mit soviel siedendheißer Haferbrühe vollstopfe, doch nichts konnte sie von ihrer Überzeugung abbringen, daß es die Hexerei des Gutsherrn gewesen war, eines Mannes, der keinen Sonntag in die Kirche ging und der ganz offensichtlich mit dem Teufel im Bunde war. Und diese Geschichte mußten wir uns alle wieder von vorn anhören, als die Gamleys fortgejagt wurden; und von da an glaubten viele in Kinkeig, daß Luzifer höchstpersönlich auf Castle Erchany herrschte.

Offenbar wollte Luzifer dort so allein sein, wie man es auf diesem kargen Felsen nur konnte. Eine Woche verging, und alle waren gespannt, wen er an Stelle Gamleys auf dem Bauernhof anstellen würde, und als nichts geschah, spekulierte man, ob er vielleicht niemanden fand, der bereit war, sich für so geringen Lohn abzurackern, denn die Gamleys hatten schwer gearbeitet, um den zähen Boden dort oben unter den Pflug zu nehmen, und Guthrie hatte den Gewinn dafür eingesteckt. Aber keiner hatte etwas davon gehört, daß der Gutsherr sich nach einem neuen Bauern umsah; je weniger sie erfuhren, desto neugieriger wurden die Leute, und dann fuhr eines Tages Will Saunders auf den Markt in Dunwinnie und kam mit der Nachricht zurück, daß Guthrie seine mageren Kühe schon zwei oder drei Tage, nachdem die Gamleys fortgezogen waren, dorthin gebracht und verkauft hatte. So war nun anzunehmen, daß auf Erchany kein Boden mehr bebaut werden würde; im Frühjahr, prophezeite Will, würde ein Schäfer angestellt werden, und wieder ginge ein

Stück Land zurück an die Schafe. Bald, sagte er, würde vom alten Schottland nichts mehr übrig sein; bald würden es nur noch ein paar Rüpel aus den Highlands sein, die dem Adel, der nichts als die Jagd im Kopf hatte, die Füße küssen würden; die und ein paar Millionen irischer Raufbolde, die am Clyde verhungerten.

Was immer Guthrie vorhaben mochte – und Spekulationen gab es darüber wahrlich genug –, war Erchany nun, wo er den Bauernhof aufgegeben hatte, ein sehr einsamer Ort geworden. Denn wenn man oben aus dem Tal etwas erfahren hatte, dann war es immer ein Gamley gewesen, der herunterkam und erzählte, und nun war die einzige, die noch oben war und mit den Leuten in Kinkeig sprach, die kleine Isa Murdoch. Und es sollte nicht lange dauern, bis auch Isa fort war; wenn sie noch länger geblieben wäre, sagte sie, dann hätte sie bestens zum alten Schwachkopf Tammas gepaßt. An dem Tag, an dem das Mädchen mit seiner Blechkiste auf dem Kopfe das Tal herunterkam, begrüßten die alten Frauen sie, wie die getreuen Engel Abdiel begrüßt haben mochten, und sie hingen an ihren Lippen, als sei sie die erste, die aus Afrika Nachricht von einem neuen Livingstone brächte. Und was sie berichtete, war ja auch wie ein Blick in ein fernes und fremdes Land.

Es wird Zeit, daß ich ein paar Worte über den Haushalt in Castle Erchany sage; es herrschten seltsame Zustände in einem Haus, das seine Bediensteten einst nach Dutzenden gezählt hatte. Seit die Guthries seinerzeit bei dem großen Südamerika-Schwindel einen Großteil ihres Vermögens verloren, liegt die Burg halb verlassen da; im 18. Jahrhundert hatten sie kaum genug, sich zu kleiden, denn ihr Stolz war so groß wie ihre Schulden, und von keinem Stückchen Acker wollten sie sich trennen. Und als sie in den ersten Regierungsjahren der alten Königin wieder zu Vermögen kamen, da hatten sie es nicht eilig, die verfallenden Gemäuer instandzusetzen oder sich auch nur wieder eine standesgemäße Garderobe zuzulegen – manche Eigenheit in Ranalds

Wesen mag es schon seit Generationen in der Familie gegeben haben. Doch bevor Ranald, der in Australien gelebt hatte, zurückkehrte, um sein Erbe anzutreten, hatten die Gutsherren doch immerhin anständig gelebt, mit Butler und Dienern und Dienstmädchen genug im Haus und manchmal sogar einem Geistlichen, der dem Erben ein wenig Latein einbleute und denen, die für das geistliche Amt bestimmt waren, ein wenig theologischen Verstand. Ranald war der erste, der ein reiner Geizhals war: als er sein Erbe antrat, setzte er die Bediensteten vor die Tür, genau wie er jetzt die Gamleys vor die Tür gesetzt hatte; die meisten Zimmer schloß er ab, und wo kein Schloß war, vernagelte er eher die Türen, als daß er nach dem Schlosser in Dunwinnie geschickt hätte; keinen Penny wollte er ausgeben und keine Menschenseele sehen und lebte arm und allein wie die Maus in einer Kathedrale.

All das ist lange her, denn es war schon im Jahr 1894, daß Ranald Guthrie Herr auf Erchany wurde. Aber auch jetzt, in der Zeit, von der ich hier schreibe, war es nicht viel anders geworden. Mistress Menzies, die Christine großgezogen hatte, die gute, anständige Seele, lebte nicht mehr; von der Familie, wenn man es denn so nennen wollte, waren nur Christine und Guthrie dort; die Hardcastles, er und seine Frau, hatten einen Seitenflügel des Hauses für sich, und Mistress Hardcastle tat alle Arbeiten, die sie nicht Isa Murdoch anhängen konnte, dem einzigen Dienstmädchen; und dann gab es noch den Schwachkopf Tammas, der in der Scheune schlief und die groben Arbeiten machte. Das war kein Ort für Isa, das große, heruntergekommene, düstere Haus voller Echos, sie mit ihren gerade siebzehn Jahren, die gern einmal mit dem Samstagsbus nach Dunwinnie fuhr oder abends mit den Burschen von Kinkeig durch die Straßen zog. Die Leute hatten sich schon gewundert, warum sie immer noch dort oben blieb; manche sagten, sie hinge an Christine und brächte es nicht übers Herz, sie an einem so gräßlichen Ort im Stich zu lassen, andere sagten, es seien die beiden großen Söhne von Gamley, die schließlich den ganzen weichen, duftenden Waldboden von Erchany zu ihrem Vergnügen mit dem Mädel hätten und die Gelegenheit schon zu nutzen wüßten. Doch ob es nun Christine oder Gamleys Jungen waren, die Isa im Gutshaus gehalten hatten: daß es niemand anderes als Guthrie persönlich war, der sie am Ende von dort vertrieb, das glaubte ihr jeder sofort.

Die meiste Zeit bekam Isa den Gutsherrn kaum zu Gesicht. Fast den ganzen Tag verbrachte er in seiner Studierstube hoch oben im großen Turm, und wenn er einmal ausging, durch die Wälder streifte oder bisweilen im Drochet fischte, dann nahm er die lange Turmtreppe, die an seinen Privatgemächern vorbei zu einer kleinen Hintertür fernab vom Rest des Hauses führte, einer Tür, zu der er den Schlüssel stets in der Tasche trug. Isa sah ihn nur bei den Mahlzeiten, und das war ihr auch genug. Nur einmal die Woche bekam sie Zugang zu seinem Schlafzimmer, um es herzurichten, und dann konnte sie hören, wie er im Raum über ihr auf- und abging und Verse murmelte, eigene oder fremde. Denn der Leser muß wissen, daß Guthrie nicht nur Gelehrter war, sondern auch Poet. Vor Jahren hatte er einmal einen Band mit Gedichten herausgegeben, ein schmales Büchlein in gelbem und schwarzem Umschlag, das all jene mit Abscheu aufnahmen, für die es keine Frage war, daß die Gedichte eines schottischen Landedelmanns zu klingen hatten wie jene von Robert Burns. Ich war damals noch ein junger Mann, wollte mich nicht damit abfinden, daß ein Schuster bestenfalls ein paar Klassiker kennen mußte, um seinem Handwerk nachzugehen, und einmal die Woche marschierte ich nach Dunwinnie, um zu sehen, was die Zeitungen über die neuesten Bücher schrieben – zehn Meilen hin und zehn zurück, und das war lange bevor es den Samstagsbus gab. Und bis heute ist mir im Gedächtnis geblieben, daß einer der Artikel in einer Londoner Zeitung endete: *Mr. Guthrie spielt mit dem Abgrund*. Ich fand, daß *spielen* das falsche Wort war:

der Schreiber steckte ihn einfach zu den vielen damaligen Dichtern, die mit dem Untergang nur kokettierten. Guthrie, davon muß ich vor so vielen Jahren überzeugt gewesen sein, spielte nicht mit dem Abgrund, sondern war tatsächlich eine verdammte Seele. So romantisch war ich damals wohl.

Doch zurück zu Isa Murdoch. Ein paar Blicke beim Essen, das war alles, was sie von ihrem Herrn zu sehen bekam, und die gemurmelten Verse waren alles, was sie hörte, bis zu jenem Tag, kurz nachdem die Gamleys fortgezogen waren. An jenem Tag fegte sie den Korridor vor Christines Zimmer – dem Schulzimmer, wie es nach wie vor hieß –, und als sie sich umwandte, erblickte sie Guthrie, wie er hinter ihr stand und sie finster ansah. Ihr seien fast die Sinne geschwunden, erzählte sie, denn sie war ihm noch nie zuvor allein im Haus begegnet, und noch nie hatte sie seinem schrecklichen Blick standhalten müssen – Guthrie hatte den Blick sonst, wie gesagt, immer auf einen Punkt in der Ferne gerichtet. Sie sah das Gold in seinen Augen glitzern, erzählte sie, dort in dem düsteren, verstaubten Korridor, und als seine Lippen sich öffneten – in all ihren Tagen auf Erchany hatte Guthrie nicht ein einziges Wort zu ihr gesagt –, da erwartete sie einen Fluch zu hören, der ihr Verderben sein würde.

Doch Guthrie sagte nur mit ruhiger Stimme: »Richtet das Haus wieder her.«

V.

Ein seltsamer Tag war das, an dem Christine Mathers und Isa und Hardcastles Frau die verschlossenen Türen von Castle Erchany öffneten. Sie stemmten sich gegen die mächtigen Fensterläden in ihren rostigen Scharnieren und ließen das Licht der fahlen Herbstsonne herein, die sich ihren Weg durch Schmutz und Verfall von vierzig Jahren bahnte, durch Staub, Schimmel, Fäulnis und Spinnweben so dicht wie der Bart eines Weihnachtsmanns. Isa schloß die zwei Flügel einer Tür auf, durch die sie noch nie einen Blick geworfen hatte, und fand sich in einem Billardzimmer, der große Tisch mit einem Tuch abgedeckt, so daß er wirkte wie ein Ungeheuer unter seinem Leichentuch oder eine Bahre im Leichenschauhaus für Riesen. Sie ging hin und befühlte ihn, neugierig und ein wenig ängstlich, denn sie hatte dergleichen noch nie gesehen. Als sie ihn an der Ecke anfaßte, gab eine der zergangenen Taschen nach, und eine Reihe von Bällen fiel mit großem Getöse auf den Fußboden und rollte in die Dunkelheit davon. Da habe ihr die Furcht wirklich die Kehle zugeschnürt, erzählte Isa; es war, als sei das große, stumme, geheimnisvolle Ding zum Leben erwacht, als sie es berührte. Sie rannte hinaus, rief nach Miss Christine, und im nächsten Augenblick wäre sie beinahe in ein Schwert gelaufen; der Gutsherr hatte ein rostiges Breitschwert von der Wand genommen und fuchtelte damit wie der rasende Hamlet auf der Suche nach König Claudius von Dänemark. Doch diesmal blickte der Herr in seiner üblichen Art über Isas Kopf hinweg und murmelte etwas davon, daß die Leute wissen sollten, daß er ein Schwert auf seinem Zimmer habe – und darauf begab er sich mitsamt Schwert nach oben und ward am Vormittag nicht mehr gesehen.

Doch zur Mittagszeit kam der nächste Schock, denn der Gutsherr wollte nun unbedingt, daß im großen Saal serviert wurde, einem gewaltigen Raum, der vom Stolz der Guthries vergangener Generationen kündete. Zugig und voller Echos, das Echo wiederum gedämpft von der kühlen, feuchten Luft, war er am einen Ende vollgestopft mit Gerümpel, und am anderen Ende hatte er eine Empore für Musikanten, auf der nun die Ratten musizierten. Vor einem mit Schnitzereien verzierten Kamin, so groß, daß man zwei oder drei Shetlandponys darin hätte unterstellen können, stand ein langer flämischer Tisch, schon schwer vom Holzwurm zerfressen, und dort nahmen Guthrie und sein Mündel Christine Mathers nun einander gegenüber Platz, und die arme Isa Murdoch, ganz verängstigt von so viel Ungewohntem, mußte ihnen ihr geschmortes Kaninchen dort servieren, und nicht in einer alten, schartigen Porzellanschüssel, sondern auf einem in aller Eile halbwegs blankgeputzten silbernen Tablett. Als nächstes ließ Guthrie Wein aus dem Keller bringen, und als die staubigen Flaschen vor ihm standen, starrte er sie an, als enthielten sie ein geheimnisvolles Elixier, das gerade von einem fernen Planeten eingetroffen sei, und das waren sie ja auch beinahe, denn nichts außer Wasser und Milch wurde auf Erchany je getrunken. Mistress Hardcastle hatte einen Korkenzieher mitgeschickt, und Guthrie hatte schon die Hand danach ausgestreckt, als wolle er eine der Flaschen öffnen, dann sprang er plötzlich auf und rief, sie sollten sehen, daß sie mit ihrer Arbeit vorankämen; sie hätten die Galerie noch nicht in Ordnung gebracht.

Als Isa mit ihr nach oben ging, fragte sie Christine, ob sie denn wisse, was der Herr vorhabe, und ob denn nach all den Jahren nun wieder Gäste auf die Burg kommen sollten. Doch Christine wußte allem Anschein nach nichts, und in Gedanken war sie so weit fort wie immer; sie lebte ihr Leben auf Erchany wie im Traum, obwohl es ein Traum sein mochte, hinter dem eine Leidenschaft steckte. So war denn Isa so klug wie zuvor, als sie oben an der Tür zur Galerie anlangten.

Die Galerie von Erchany hatte ein Vorfahr im späten 17. Jahrhundert anlegen lassen, kurz bevor die Gier nach Reichtum in fernen Ländern die Guthries und ganz Schottland fast an den Bettelstab brachte. Er war in England viel herumgekommen, und die Häuser, die dort in der Tudor-Zeit entstanden waren, hatten ihn schwer beeindruckt; auf Erchany ließ er im ganzen obersten Stockwerk die Zwischenwände herausreißen, und so entstand die langgestreckte, niedrige Galerie. Drei Seiten des Hauses umlief sie, und auch die vierte wäre noch hinzugekommen, hätten sich die neun Fuß dicken Mauern des Turms durchbrechen lassen. Es heißt, nach Vollendung der Galerie sei jener Guthrie nur noch glücklich gewesen, wenn es in Strömen goß: Dann promenierte er in seiner Galerie, um sich Bewegung zu verschaffen, munter wie ein Vögelein. Und für einen Guthrie war das ja nun wirklich ein unschuldiges Vergnügen.

Niemand hatte zu Ranalds Zeiten je die Galerie betreten, und als Isa und Christine die Tür sahen, da konnten sie sich wahrscheinlich kaum vorstellen, daß je wieder jemand hineingelangen würde. Es gab nur die eine, massive, mit Eisen beschlagene Tür, und dies war die Stelle, wo Guthrie, als er vierzig Jahre zuvor fast ganz Erchany verschlossen hatte, dem Schlosser seinen Lohn mißgönnt hatte. Christine sei bleich geworden, erzählte Isa, als sie sah, mit welcher Wut diese Tür verbarrikadiert war. Große Nägel waren schräg durch die Bohlen tief in den Rahmen getrieben, und das mit der Kraft und Geschicklichkeit eines Mannes, der im australischen Busch den Umgang mit Axt um Hammer gelernt hatte. Es hatte ihm Geld sparen sollen, als Guthrie, geizig wie er war, fast ganz Erchany hinter Schloß und Riegel gelegt hatte, doch hier war ohne Frage noch eine andere Leidenschaft im Spiel, eine Leidenschaft aus der Zeit vor vierzig Jahren oder eine, die vierzig Jahre lang verborgen geblieben war, die jedoch ihre Spuren hinterlassen hatte wie die Leidenschaft eines Bildhauers, eingegraben in das schwarze Eichenholz.

Bis dahin hatte der Gutsherr, von ein paar gelegentlichen Kommandos abgesehen, wenig Anteil an der Geschäftigkeit genommen, die er heraufbeschworen hatte; beinahe, erzählte Isa, als sei er selbst noch unsicher, was er da tat. Doch nun kam er die Treppe herauf und sah die beiden Frauen ratlos vor der Tür zur Galerie stehen, und da begann er zu toben. Es kam selten vor, daß Guthrie so in Wut geriet, kalt und stolz wie er war, mit einer seltsamen, grausamen Höflichkeit, und wieder fürchtete die arme Isa sich, als sie ihn so vor der Türe wüten sah wie Satan, der vor den Portalen tobt, an denen Sünde und Tod ihre Wache stehen. Gleich darauf trat er an das Fenster am Treppenabsatz und rief mit schriller, heiserer Stimme zu Tammas hinunter, der auf dem Hof zugange war: er solle ihm seine Axt bringen, und er solle dafür sorgen, daß sie scharf sei. Denn auch wenn er inzwischen ja über die Siebzig hinaus war, schlug Guthrie sein Holz stets selbst und hätte es dem Gauner Gladstone beibringen können, der damals, im Jahre '80, die Leute von Midlothian zum Narren hielt. Sogleich erschien Tammas mit sabberndem Maul und brachte das Befohlene, eine Axt mit einem leicht geschwungenen, langen Stiel, die ganz anders war als die Holzfälleräxte hier bei uns. Guthrie warf seine Jacke ab, stand aufrecht und hager in Hemd und Hose da und rief »Platz da!« mit einer solchen Heftigkeit, daß Tammas vor Schreck über seine eigenen schmutzigen Füße stolperte und Hals über Kopf die Treppe hinunterfiel. Isa schrie auf und Christine lief hinunter, um zu sehen, ob er sich verletzt hatte, doch der Hausherr hatte für nichts Augen als für die große Eichentür zur Galerie. Schon im nächsten Moment war er mit der Axt am Werke, wie ein Mann zuschlagen mochte, der sich aus einem brennenden Haus befreien wollte – nur daß er sehr geschickt war und seine Schläge leicht und schnell ansetzte, und wo ein gröberer Mann die Axt in jenem harten Holz verkeilt hätte wie das Schwert Excalibur in seinem Felsen, da folgte bei Guthrie Schlag auf Schlag genau da, wo er ihn haben wollte, und jedesmal sprang die Axt ohne Mühe zurück. Beim ersten Schlag setzte ein großes Geraschel hinter der Tür ein, und die Ratten der Galerie gerieten in Panik, als es mit der Ruhe, die seit Generationen geherrscht hatte, so plötzlich vorbei war. Und beim zweiten Schlag begannen die Hunde von Erchany unten auf dem Hof zu bellen, und Tammas am Fuße der Treppe war wieder genügend zu Atem gekommen, daß er ein Geschrei anstimmen konnte wie eine Seele im ewigen Fegefeuer. Unten in der Küche hörte Hardcastles Frau den Radau, und halb blind und halb wirr im Kopf, wie sie war, lief hinaus auf den Hof und läutete die alte rissige und rostige Glocke, die schon vor Jahrhunderten Feuer oder Überfall gemeldet hatte. Es kann kaum einen größeren Aufruhr in einer schottischen Burg gegeben haben, seit man einst König Duncan in seinem Blute liegen fand.

Doch Guthrie arbeitete unbeirrt weiter und schlug überall tiefe Furchen in die Tür. Nach einer Stunde rief er schweißüberströmt nach Wasser, spülte sich den Mund und spuckte es wieder aus; dann schlug er von neuem auf das Holz ein. Bleich war er, berichtete Isa, mit flammendroten Flecken auf den Wangen, doch seine Arme waren wie Stahl, und seine Beine schwankten nie. Es wurde vier Uhr, dann fünf; ein letzter Sonnenstrahl, in dem der dicke Staub tanzte, stieg die ausgetretenen steinernen Stufen der Treppe hinauf, und auf dem Hof schlossen sich die langen Schatten der Zinnen an der Ostwand wie schwarze, schartige Zähne; um halb sieben fiel die Tür zur Galerie mit einem Donnern ein. Da kam Guthrie nach unten, zog sich frische Kleider an und bestellte sein Abendessen, so als kehre er eben von den Geschäften eines ganz normalen Tages zurück. Nur eine Flasche Wein gönnte er sich, eine von denen, die am Mittag aus dem Keller heraufgekommen waren, und bot Christine davon an – so ernst und förmlich, erzählte Isa, daß man hätte denken können, er bewirte eine Fremde, einen Gast, der mit allem Anstand und aller Höflichkeit auf Erchany empfangen würde.

Dies waren die Ereignisse des letzten Tages, den Isa Murdoch im Herrenhaus verbrachte. Doch noch standen ihr die Ereignisse der Nacht bevor – Ereignisse, die ganz und gar über die Kräfte des Mädchens gingen. Danach will ich ein wenig von Christine Mathers erzählen und davon, wie es kam, daß ich selbst meinen Anteil am Schicksal von Erchany hatte.

VI.

Ob es nun der heftige Schlag auf den Kopf war, den er sich bei seinem Treppensturz geholt hatte, oder das grobe Betragen des Gutsherrn – etwas hatte den Schwachkopf Tammas ganz durcheinandergebracht. Selbst in seinen besten Zeiten wußte man nie, woran man bei ihm war – im einen Augenblick war er ganz vernünftig, im anderen irre, manchmal so lieb und sanftmütig, daß man Mitleid mit ihm hatte, weil er nicht ganz richtig im Kopf war, und dann wieder grimmig und mißmutig und bösartig wie ein Teufel. Allerdings hatte er bisher nie den Mädchen zugesetzt; wozu sie da waren, schien er so wenig zu wissen wie ein lebloses Ding. Isa hatte sich nie vor ihm gefürchtet und hatte sich, wenn sie ihm sein Essen zur Hintertür der Küche hinausgab, nicht mehr dabei gedacht als wenn sie die Hühner fütterte. Aber vielleicht hatte der Treppensturz in seinem wirren Kopf etwas in Gang gesetzt, wofür der Quacksalber aus der Harley Street einen gelehrten Namen gehabt hätte, denn in jener Nacht erwachten die Triebe der Natur in ihm, und er versuchte sich an Isa heranzumachen. Es war tiefste Nacht, als sie von etwas erwachte, was mehr war als das gewohnte Rascheln der Ratten von Erchany; sie schlug die Augen auf, und da sah sie im Licht des Vollmonds Tammas, wie er eben zum Fenster hereinkletterte. Ein Blick auf sein Gesicht genügte, und sie war aus dem Bett und zur Tür hinaus, solange ihre Beine noch die Kraft hatten, sie zu tragen. Tammas stieß einen entsetzlichen Laut aus, eine Art sabberndes Heulen, und nahm die Verfolgung auf.

Zuerst wollte sie zu Christine laufen, doch selbst zu zweit wären sie wohl machtlos gegen diesen Burschen in seinem Wahn gewesen, und es schien auch nicht anständig, ihn in diese Richtung zu führen. Am Ende des Ganges angelangt, zögerte sie einen Moment lang, denn sie konnte nun entweder zum Flügel der Hardcastles laufen oder, wenn sie die andere Richtung einschlug, zum Turm kommen und versuchen, den Herrn zu finden. Und so sehr sie sich auch vor Guthrie fürchtete, wußte sie doch, daß ihm eher zu trauen war als dem Verwalter Hardcastle, der stets etwas Lüsternes in seinem Blick hatte und dazu womöglich noch ein Feigling war. So raffte sie denn ihr Nachthemd und lief hinüber zum Turm und war schon halb dort, als ihr, und das Herz stockte ihr dabei, aufging, daß der Herr sich des nachts immer doppelt in seiner Festung einschloß und daß sie nicht in den Turm und zu ihm hinaufkommen würde. Sie blieb stehen, obwohl der Schwachkopf ihr noch immer nachsetzte, und sah sich verzweifelt nach einer Stelle um, an der sie sich verstecken konnte. Sie blickte durch eines der großen Fenster hinaus auf den Hof, und da sah sie ein Licht, das sich hoch oben auf der gegenüberliegenden Seite bewegte. Guthrie hatte sich nicht im Turm eingeschlossen, sondern war oben in seiner jetzt wieder offenen Galerie. Isa lief zur Haupttreppe und horchte nun gar nicht mehr, ob Tammas noch hinter ihr war, sondern stürmte die ausgetretenen Steinstufen hinauf, als sei es das Wettlaufen beim Ausflug der Sonntagsschule.

Erst als sie schon halb oben war, kam sie auf die Idee, um Hilfe zu rufen, doch da hatte sie schon nicht mehr den Atem dazu, und nur eine Art Schluchzer und ein Husten kamen noch hervor. Und so hastete sie denn nach oben und durch die aufgebrochene Tür, und dann stieß sie doch noch einen lauten Schrei aus, denn vor ihr stand Guthrie im Kilt, leichenblaß und mit einer schweren Streitaxt in der Hand. Doch gleich darauf erkannte sie, daß es nur ein Bild war, ein altes Ölgemälde, das ihr im Mondlicht aus seinem schwarz gewordenen Rahmen entgegenglomm, und daß es nur eines in einer langen Reihe war, die sich entlang der Wand der Galerie erstreckte. Guthrie war nirgends zu sehen; er mußte hinter der nächsten Biegung sein – der Leser wird sich erinnern, daß die Galerie aus drei Teilen mit zwei solchen Biegungen bestand.

Sie lief durch den langen, schwach erleuchteten Raum, und plötzlich hörte sie ein Atmen unmittelbar hinter sich. Das muß der Schwachkopf sein, dachte sie, und noch immer war nichts vom Gutsherrn zu sehen; sie sprang in eine schmale Nische, kurz davor, sich aus dem Fenster zu werfen, und tatsächlich war auch ein Fenster dort, eines, das nicht zum Hof, sondern ins Freie außerhalb der Burg blickte. Die Hälfte der Scheiben waren zerbrochen, und so hörte sie den Gesang, der in der Stille von unten heraufklang. Es war Tammas' Lied, *Der Rabe holt' das Kätzchen-oh*:

Der Rabe holt' das Kätzchen-oh,
Der Rabe holt' das Kätzchen-oh,
Die junge Katz,
Fing nie 'nen Spatz,
Da hinter Meggies Häuschen-oh …

So schön und zart drangen die dummen alten Verse zu ihr herauf, daß Isa vor Glück beinahe geweint hätte. Als sie hinuntersah, sah sie Tammas, wie er zu seiner Scheune hinüberschlenderte und dabei selig den Mond ansang; vielleicht stand der Mond nun nicht mehr so hoch wie zuvor, und sein Wahn war von ihm abgefallen. Als er zum Himmel hinaufblickte, sah Isa sein Gesicht: es war ruhig und sanft, und Tammas ging zu Bett.

Doch dann vernahm Isa hinter sich von neuem das Atmen.

Sie wußte sofort, daß es der Herr war; als sie in die Galerie kam, mußte sie an ihm vorbeigelaufen sein, und nun näherte er sich von hinten. Als ihr aufging, daß sie nun allein mit Guthrie in diesem unheimlichen, so lange verlassenen Raum war, da wurde ihr mehr denn je zum Sterben bang. Denn daß Tammas sie überwältigte und daß sie womöglich ein Kind von ihm bekäme, das war eine Gefahr, die sie begreifen konnte – von so etwas hatte sie schon manche Geschichte gehört, die nicht für ihre Ohren bestimmt war –, doch die dunkle Macht, die Guthrie über sie haben mochte, ging über das Vorstellung des Mädchens. Und die schlimmsten Ängste sind immer jene, denen man keine Gestalt geben kann, und der Schrecken, den man instinktiv spürt, ist etwas ganz anderes als der Schrecken der Phantasie.

So hielt Isa denn den Atem an, so gut sie konnte, und drückte sich ganz in ihr schmales Versteck; wenn Guthrie vorüber war, würde sie zur Tür und von dort in ihr Zimmer laufen, wo sie Tür und Fenster versperren konnte, falls den Schwachkopf noch einmal seine Gelüste packten. Und nun hatte Guthrie sie fast erreicht, sein ungleichmäßiger Atem wurde immer lauter, und sie war sicher, daß er sie mit seinen angsteinflößenden Augen jeden Moment erspähen mußte. Doch sie war gut versteckt zwischen zwei Zauberdingen, bei denen sie keine Ahnung hatte, was es sein mochte – gewaltige Erd- und Himmelsgloben waren es, wie sich herausstellen sollte. Die Galerie war einmal Bibliothek gewesen und hatte die typische Ausstattung einer vornehmen Bibliothek, nur daß Guthrie, großer Gelehrter, der er war, die meisten Bücher in den Turm hatte schaffen lassen, bevor er die Galerie vernagelte. Nur große, halb vermoderte Folianten lagen noch in den Regalen und wuchtige Quartbände in ihren schwer vergoldeten Einbänden vom Kontinent, protestantische Theologie, meist aus Genf herübergeholt, der Metropole orthodoxer Frömmigkeit in den alten Zeiten. Sie waren in jämmerlichem Zustand; der Geruch des modrigen Leders lag schwer über dem ganzen Raum, denn für solche Schriften des Glaubens hatte Guthrie – Gott sei seiner Seele gnädig – keinen Gedanken übrig gehabt.

Von all dem wußte Isa nichts. Für sie zählte nur, daß der Herr nun gleich vorüber sein mußte und sie dann vielleicht unbemerkt zur Tür schlüpfen konnte. Doch schon ein kurzer Blick zeigte ihr, daß sie noch immer gefangen war; Guthrie stand nach wie vor keine zwei Schritt entfernt, in einen alten, zerlumpten Morgenmantel gehüllt, in der Hand die Nachttischkerze, deren tanzende Flamme einen wärmeren Lichtkreis auf das kühle Mondlicht warf. Es war kalt in der Galerie; Isa zitterte – vielleicht von der Kälte, so wie sie in ihrem Nachthemd dort kauerte, vielleicht auch vom Anblick des Gutsherrn. Guthrie, erzählte sie, hätte ebensogut jener Vorfahr sein können, der in Stein gehauen auf dem großen Grab in der Kirche zu sehen war. Ganz bleich sei er gewesen, wohl vertieft in geheimnisvolle Gedanken; und auf seiner hohen zerfurchten Stirn habe ihm, selbst in tiefer Novembernacht, der Schweiß in glitzernden Perlen gestanden. Wie eine Statue stand er da, nur der Atem, der schnell und schwer ging, sein Auge, das grimmiger funkelte denn je, zeugten von dem Aufruhr, der in seinem Inneren wütete.

Vielleicht eine halbe Stunde habe er reglos so gestanden, berichtete Isa, doch wenn man bedenkt, wie angespannt die Nerven des Mädchens waren, mögen es vielleicht auch nur drei oder vier Minuten gewesen sein. Und dann kam er direkt auf sie zu.

Isa stieß einen kleinen Schrei aus, erzählte sie, und Guthrie streckte die Hand nach ihr aus, allem Anschein nach, um sie aus ihrem Versteck zu zerren. Sie schloß die Augen und wollte in Gedanken ein Gebet sprechen. Doch ihr fiel keines ein – und auch die Hand, deren Berührung sie schon an der Schulter erwartet hatte, kam nicht. Statt dessen begann sich der große Globus, neben dem sie kauerte, zu drehen, die glatte, kalte Oberfläche fuhr ihr gespenstisch über den nackten Arm; sie blickte noch einmal auf und sah, daß der Herr nach wie vor in einer Art Trance war und sie nicht bemerkte, obwohl sie direkt vor seiner Nase saß. Gedankenverloren, unverständliche Worte vor sich hinmurmelnd, drehte er die verstaubte Welt im kleinen, die sich ihm unter den Fingern ausbreitete, um ihre rostige Achse. Sie ächzte und knarrte, die kleine Welt mit ihrem ausgeblichenen Gewirr von Ozeanen und Kontinenten, wie wohl auch der Mond knarren und ächzen würde, wenn man ihn dazu bringen könnte, sich wieder um seine Achse zu drehen. Dann wurde das kleine, quietschende Geräusch der Welt, die sich in ihren Angeln drehte, übertönt von der heiseren, schneidenden Stimme Guthries, die Worte nun deutlich vernehmbar für Isa, so benommen vor Furcht sie auch war.

»Er wird es tun! Es steckt ihm im Blut, und bei Gott, er wird es tun!«

Nichts in jener Nacht jagte Isa einen solchen Schrecken ein wie die Stimme, mit der Guthrie diese Worte sprach, denn es war ein entsetzlicher Gedanke, daß es etwas gab, das einen Mann wie den Gutsherrn in solche Furcht versetzen konnte. Als sie die Geschichte in Kinkeig erzählte, da gab es manchen Besserwisser, der behauptete, das Mädchen habe seine eigenen Gefühle aus Guthrie herausgelesen, und unser Zeitungshändler – der, den wir immer den wohlinformierten Mann nannten –, erklärte uns, daß es sich ganz offensichtlich um eine sogenannte Übertragung handle. Doch Isa blieb dabei, daß es etwas gab, wovor der Gutsherr große Furcht habe, und es sollten nur wenige Wochen vergehen, bis die Leute sagten: Na, er hatte ja auch allen Grund dazu, und Isa war das kluge Köpfchen, das es von Anfang an gewußt hatte; der Zeitungshändler verkündete, er habe ja schon immer gewußt, daß die junge Dame einen hohen Intelligenzquotienten habe.

Unmittelbar nachdem er gesprochen hatte, wandte Guthrie sich ab und begann in der Galerie auf- und abzugehen, doch stets zwischen Isa und der Tür, so daß sie nach wie vor seine Gefangene blieb. Teils schwieg er, teils rezitierte er seine Verse; Verse, die, so berichtete Isa, aus langen Listen schottischer Namen bestanden, und dann folgte am Ende immer ein unverständliches Stück, vielleicht in einer fremden Sprache. Isa wußte nicht, was es bedeuten sollte, und hatte es bei seinem Singsang noch nie gewußt

– nicht daß es sie allzu neugierig gemacht hätte. Fast wäre sie aus ihrem Versteck hervorgekommen und zu ihrem Dienstherrn hingegangen, doch sie hatte sich schon viel zu lange dort versteckt und ihm bei seinem Rasen zugesehen, und er würde gewiß sehr wütend werden, wenn sie sich nun zu erkennen gab. Sie zog ihr Nachthemd enger um sich – gewiß nur ein dünner Flitter, nicht das gute Flanellhemd, das ihre Mutter ihr ins Herrenhaus mitgegeben hatte – und beschloß, daß sie die Kälte aushalten mußte, bis Guthrie sich entfernte. Zumindest konnte er sie nicht einschließen, denn die Tür lag in Trümmern. Und bald stellte sich das seltsame Gefühl ein, daß der Gutsherr ihr Gesellschaft leistete, dort oben in der einsamen Galerie, und es tat ihr fast leid, als er ein Stückchen weiterging, auch wenn sie natürlich hoffte, daß er um die Ecke verschwände und sie dann die Flucht ergreifen könnte. Einmal stieß sie einen kleinen Schrei aus – das zweite Mal, daß sie in seiner Gegenwart geschrien hatte –, als sie spürte, wie etwas unten an ihrem Hemd zog: eine große graue Ratte war es, die keine Furcht kannte und Augen hatte – so kam es ihr vor –, böse wie die Augen all der Guthrie-Gesichter, die ihr aus der langen Reihe der Porträts von den düsteren Wänden der Galerie entgegenblickten. Doch auch diesmal hörte der Gutsherr nichts; er war wunderlich in seine eigene innere Düsternis versunken, rezitierte immer und immer wieder dieselben unverständlichen Verse, mit der gleichen Inbrunst, mit der ein Katholik, der mit seinem Schiffe untergeht, unablässig sein Ave Maria murmeln wird. Manchmal hielt er inne und starrte auf einen bestimmten Punkt; Isa konnte nicht erkennen, was er da sah, obwohl er die Kerze am ausgestreckten Arm auf Kopfhöhe hielt. Und einmal brach er in seiner Litanei ab, und es war so still, daß sie draußen die Efeuranken rascheln hörte und das Flüstern des Nachtwinds in den Lärchen, und plötzlich rief er laut: »Warum soll es denn nicht gehen, Mann?« Und dann, noch schrecklicher anzuhören, flüsterte er noch einmal: »Warum soll es denn nicht gehen?«

Und wieder herrschte Schweigen. Isa war so erregt, sie konnte das Kitzeln des Mondlichts auf ihrem Rücken spüren, und als Guthrie schließlich ein lautes, schrilles Lachen ausstieß, als wolle er nun endgültig den Verstand verlieren, da schwanden ihr die Sinne.

VII.

Als Isa wieder zu sich kam, war Guthrie fort, und die Ratten leckten ihr die Finger. Unter Qualen arbeitete sie sich zuerst auf die Knie und dann wieder auf die Füße, denn ihre sonst so kräftigen Beine vermochten das Mädchen kaum noch zu tragen, und von da schwankte sie fort aus der entsetzlichen Galerie und zurück auf ihr Zimmer. Dort angekommen, verlor sie keine Zeit. Sie wusch sich, obwohl sie ja schon vor Kälte zitterte, das Gesicht mit kaltem Wasser, und damit gewann sie genügend Kraft zurück, daß sie ihre Kiste packen konnte und einen genügend klaren Kopf bekam, um ein paar Zeilen für Christine zu schreiben. Dann stolperte sie in die Küche und suchte sich ein paar Bissen, denn sie war halb verhungert nach ihrer Nachtwache, und beim ersten Sonnenstrahl verließ sie die Burg, ihre Truhe auf dem Kopfe, als sei es ein Korb mit Linnen, und mit wachsamen Blicken zur Scheune, ob auch Tammas nicht auftauchte. Sie atmete auf, als sie um die Biegung des Sees kam und das graue Haus zwischen den Lärchen verschwand; grausig kam ihr das Haus nun vor, und sie sah zu, daß sie noch das letzte Stück Wiese von Erchany hinter sich brachte und auf die lange Straße das Tal hinunter nach Kinkeig kam. Als die Sonne am Horizont erschien, begann es zu schneien, und so beschwerlich der Weg nun auch werden mochte, desto froher machte es sie doch, denn der

Schnee breitete ein weißes Tuch des Vergessens aus zwischen ihr und den Schrecken jener Nacht.

Der Leser wird sich vorstellen können, daß es nicht lange dauerte, bis die Geschichte in Kinkeig die Runde machte – wie gesagt, die alten Weiber, die im Winter nichts anderes zu tun hatten, machten eine große Sensation daraus. Und wie immer, wenn ein solches Gerücht in einem schottischen Dorf umgeht, wuchs es beim Wieder- und Wiedererzählen; bald hörte man, Isa habe sich hinter zwei gigantischen Götzenstandbildern verstecken müssen, und dann sei Guthrie gekommen und habe vor ihnen gebetet, splitternackt – Standbilder, die er gewiß aus den Lagern der römischen Heiden ausgegraben hatte, und Gebete, die er aus dem Studium der heidnischen Runen kannte. Oder wenn nicht Guthrie, dann war es Tammas, der nichts angehabt hatte – Isas Geschichte, wenn auch ohnehin schon grob, war doch für manche nicht lüstern genug. Man muß sagen, daß Isa stets anständig und bescheiden blieb, bei all dem Aufhebens, das um sie gemacht wurde; sie erzählte ihre Geschichte bereitwillig, doch ohne daß sie, wie man das hätte erwarten können, sie jedesmal ein wenig neu ausschmückte. Nur zwei Dinge fügte sie noch hinzu, und man mochte sich streiten, ob es nun Tatsachen oder Erfindungen waren. Ihr sei, sagte sie, wieder eingefallen – wie etwas, das man im Traum gehört hat –, daß Guthrie etwas von Amerika und Neufundland gerufen habe, und das brachte sie in ihrem Kopf mit zwei Namen zusammen: Walter Kennedy und Robert Henderson – aber sie hatte keine Ahnung, wer die beiden waren, und auch in Kinkeig kannte keiner sie, außer daß Will Saunders erzählte, es habe einmal einen Walter Kennedy gegeben, einen Pächter, der unten am See gewohnt habe, aber der sei schon lange nicht mehr da, wer weiß, womöglich nach Amerika oder Neufundland ausgewandert. Und das zweite, an das Isa sich noch erinnerte, das war ein Bild von Guthrie, wie er, als sie halb ohnmächtig dalag, über einen Tisch gebeugt gesessen habe, in das Studium von etwas vertieft – doch ob Buch oder Landkarte, das wisse sie nicht mehr. Das war Isas Geschichte. Eine ganze Woche lang redete man in Kinkeig von nichts anderem, und ich will nicht behaupten, daß ich nicht mitgeredet hätte: solche Gerüchte stecken an, und für einen Schuhmacher gibt es wenig zu tun, wenn die Welt ringsum verschneit ist.

Nachdem Isa aus dem Herrenhaus fort war, gab es kaum noch Nachrichten von dort oben. Zwei- oder dreimal kam, nachdem der erste Schnee getaut war, Hardcastle herunter, um etwas zu besorgen, und einmal ging er bis zum Bahnhof und führte ein Gespräch von dem Telefonhäuschen dort. Mistress Johnstone, die Postmeisterin, war schwer beleidigt, als sie davon erfuhr, denn er hätte ebensogut sagen können, daß alles, was er von ihrem kleinen Büro aus sprach, gewiß weitergetratscht würde, obwohl sie doch von Amts wegen zum Stillschweigen verpflichtet war. Eine Unverschämtheit war das, fand sie, denn schließlich erwartete jeder von der Postmeisterin, daß sie etwas zu erzählen hatte, wenn man sie auf eine Tasse Tee einlud, und alle glaubten, sie enthielte ihnen etwas vor, wenn es keine Neuigkeiten gab. Doch Jock Yule, der auf dem Bahnhof arbeitete und den ganzen Tag lang nichts anderes zu tun hatte als das auszufegen, was er den Wartesaal nannte, höchstens ab und zu einmal half, ein paar Schafe zu verladen, der hatte Hardcastle in der Telefonzelle gesehen; er habe ein Bündel Papiere in der Hand gehabt und daraus in die Sprechmuschel diktiert – Telegramme gewiß, die er direkt an die Zentrale in Dunwinnie durchgab. Da müßten die Lerchen aufpassen, daß ihnen der Himmel nicht auf den Kopf fiele, sagten die Leute, wenn der Gutsherr nun plötzlich anfinge, so mit dem Geld um sich zu werfen.

Und als der wöchentliche Güterwagen kam, stellte Jock fest, daß er eine halbe Wagenladung Kisten zur Burg zu liefern hatte, Körbe mit Lebensmitteln und dergleichen von Mackie und Gibson und noch zwei, drei anderen Läden in Edinburgh. Für die

Leute war es keine Frage, daß Guthrie, der sonst einmal im Jahr in Kinkeig ein Pfund Tee und ein Päckchen Kochsalz besorgen ließ, nun endgültig den Verstand verloren hatte. Jock war so verdattert, daß es ihn nicht gewundert hätte, wenn der Gutsherr ihm bei der Lieferung auch noch eine halbe Krone Trinkgeld gegeben hätte, und noch ein Gläschen dazu spendiert. Doch nach all der Mühe, die Jock hatte, seine Fracht in dem Tauwetter das Tal hinauf zu bugsieren, prüfte Guthrie doch nur mit der Rechnung in der Hand höchstpersönlich, ob auch alles da war, und versuchte, um das Fuhrgeld zu feilschen; so verrückt war er denn wohl doch nicht geworden. Und so wenig ihm seine Arbeit auch gedankt worden sei, sagte Jock, habe ihm der Mann doch leid getan: übernächtigt habe er ausgesehen und alt – und ratlos, wie ein Mann, der sich nicht entscheiden kann.

Nun, für manchen in Kinkeig war es das reinste Weihnachtsgeschenk, zu hören, daß es Guthrie nicht gut ging; wenn der Herr zu leiden hatte, freute sich das Volk, ob sie nun wußten, was ihm den Kummer bereitete, oder nicht. Doch viele versuchten sich in einer Erklärung und noch mehr darin, die Erklärungen der anderen zu widerlegen. Der Zeitungshändler verkündete, für ihn gebe es da alternative Hypothesen, und alle bewunderten ihn dafür: es ist schon unglaublich, wie ein paar unverständliche Worte jemanden, der nie etwas liest, beeindrucken können.

Eine solche Geschichte aus dem Arms ist mir noch im Gedächtnis, nicht zuletzt weil der Abend ein so spektakuläres Ende nahm.

Dann und wann, wenn ich im Arms bin, gehe ich einmal vom Schankraum hinüber zum Salon – wo sich die angeseheneren Mitglieder unserer Gemeinde am Abend gern zu einem Schwätzchen zusammenfinden. Will Saunders war da und Rob Yule, und es dauerte nicht lange, bis der Zeitungshändler dazukam, noch immer sozusagen mit einer Hypothese in jeder Tasche – denn er gab sich ja immer, als wisse er insgeheim mehr als andere und verrate es nur nicht: wenn er von Politik redete, dann hätte man denken können, er kenne die Chefredakteure von *Scotsman* und *Times* persönlich. Und hinter der Theke stand Mistress Roberts und klapperte mit den Krügen, um aller Welt zu zeigen, wie sie den Alkohol verachtete und daß sie nie im Leben geglaubt hätte, daß sie ihn noch einmal ausschenken müßte; für Roberts war sie eine schwere Prüfung, aber er verdiente es ja, wie die Leute sagten, nicht anders, denn als er um sie warb, hatte sie ihm da nicht immer wieder ihre Traktate zugesteckt, über die Wirkung des Alkohols, der den Blutstrom vergiftete, und hätte das einem Wirt nicht zu denken geben sollen? Mistress Roberts sprach kein einziges Wort, bis der kleine Carfrae hereinkam, der Gemüsehändler. Carfrae rührt keinen Tropfen an, aber er kommt doch in den Salon, weil er hören will, was erzählt wird, und Mistress Roberts hält immer ein Ginger Ale für ihn bereit; einmal hatte sie eine Reihe von solchen Flaschen hinter der Bar aufgestellt, mit einem Schild davor: *Wohlschmeckend, erfrischend und gesund*, aber das ließ Roberts dann doch nicht durchgehen – alles habe seinen Platz, erklärte er, und so ein Schild, das gehöre vor ein Glas mit Dauerlutschern. Wie gesagt, der kleine Carfrae kam und genehmigte sich ein Fläschchen von seinem Zuckerwasser, und er war es, der das Gespräch wieder auf Guthrie brachte.

»Mistress Roberts«, sagte er mit einem säuerlichen Blick hinüber zu Yule und Saunders und mir, »in unserer Gemeinde gibt es zu viele, die müßig und lästerlich von anderen reden«.

»Da haben Sie recht, Mr. Carfrae, und das ist so, seinerzeit das Gesetz zum Alkoholverbot scheiterte.« Und Mistress Roberts räumte unter großem Gerassel die leeren Starkbierflaschen fort.

»Wer hierher in den Salon kommt, hält ja in der Regel seine Zunge im Zaum«, fuhr Carfrae fort und warf wiederum uns in unserer Ecke einen mißbilligenden Blick zu, »aber drüben an der Bar, da sitzen die Bauernburschen, die von nichts eine Ahnung haben, und zerreißen sich das Maul über unseren Gutsherrn.«

»Die arme Seele!« rief Mistress Roberts, »was der Mann zu leiden hat!« Und sie hob den Blick zum Himmel wie ein Huhn, das einen Schnabelvoll Wasser genommen hat. »Abscheulich, was sie sich alles zurechtphantasieren über ihn und das wunderliche Mädchen Christine.«

»Eine Schande«, stimmte Carfrae ihr zu und leckte sich die Lippen, als sei das Ginger Ale diesmal besonders wohlschmekkend; »und umso unanständiger, darüber zu reden, wo es ja wahrscheinlich stimmt. Das arme Ding, von klein auf an dazu erzogen, so wie man ein Ferkel großzieht.«

Das ist die Art von Rede, die mich bisweilen zweifeln läßt, ob die Reformation wirklich ein so großer Segen war, und ob man nicht eher denen zuneigen soll, die sagen, daß mit den Presbytern auch die Gehässigkeit nach Schottland kam. Doch Dr. Jervie sagt nein – und da hat er gewißlich recht –; er sagt, daß solche Gedanken in die Irre führen und daß es an dem mageren Land liegt, an den harten Pachtbedingungen, dem ewig grauen Himmel und dem eisigen Nebel, der uns in die Herzen zieht – daß all das uns halb des Lebens unserer Sinne beraubt, und zum Aufwärmen zieht es uns dann an die Feuer der üblen und lüsternen Rede. Ich habe schon lange gelernt, den Mund zu halten, wenn die Leute anfangen, so zu reden, und so hielt ich meinen Mund auch nun. Doch Rob Yule, so viele Schatztruhen er auch im Keller haben mag, ist ein heißblütiger Mann, und er hatte schon immer eine Schwäche für Christine. Und so biß er denn auf Carfraes Köder an. »Ist die alte Lüge über das Mädel so dünn geworden«, sagte er, »daß ihr jetzt eine neue braucht?«

Dazu muß man wissen, daß Christine Guthries Mündel war und den Namen seiner Mutter trug. Sie war als kleines Mädchen in das Gutshaus gekommen – das Kind, so wurde damals verkündet, des Bruders von Guthries Mutter; der Bruder und seine junge Frau waren bei einem entsetzlichen Eisenbahnunglück im Ausland umgekommen. Ich kann mich noch gut der Zeit entsinnen, als niemand an der Wahrheit dieser Geschichte zweifelte, doch dann kam ein Winter, der genauso müßig war wie der, von dem ich hier schreibe; damals hatte das Gerücht seinen Anfang genommen, daß das, was der Gutshof verkündet hatte, nicht die Wahrheit über Christine Mathers sei und daß Ranald Guthrie mehr als nur ihr Onkel sei. Doch nur die geheimnisvolle Art des Gutsherrn und sein schlechtes Ansehen gaben, wie die wenigen vernünftigen Köpfe in Kinkeig sehr wohl wußten, diesem Gerede auch nur eine Spur von Glaubwürdigkeit. Als das Mädchen auf keine Schule kam, hieß es, der Gutsherr schäme sich seiner unehelichen Tochter; das war die alte Lüge, auf die Rob Yule anspielte – und nun kam dieser Wicht Carfrae daher und erzählte die nächste. Da müsse man doch Verständnis haben, daß Guthrie Neil Lindsay abgewiesen habe: er hüte eben seine Geliebte eifersüchtig, alter Lüstling, der er sei.

Mistress Roberts spülte ein Glas. »Soll das heißen, sie ist doch nicht seine Tochter?«

Carfrae zögerte und warf einen verstohlenen Blick zu uns herüber. »Die Leute erzählen allerlei«, sagte er. Und dann kicherte er in seinen Sonntagsschultrunk hinein.

Mistress Roberts schnalzte empört mit der Zunge und goß sich eine Tasse Tee ein: sie hat immer eine große Kanne hinter der Theke stehen, und fast jedem, der hereinkommt, bietet sie davon an, gratis, und Roberts schäumt vor Wut. Tja, das seien entsetzlich ungesittete Zeiten, ließ der wohlinformierte Mann sich vernehmen, und es sei wirklich ein Jammer, daß die Zeitungen jetzt nicht mehr alles veröffentlichen dürften, was bei den Scheidungsprozessen ans Licht käme; nichts halte die Moral der Leute besser aufrecht, als wenn sie die abschreckenden Beispiele des sittenlosen Lebenswandels bei den Engländern sehen könnten. Und was nun Guthrie angehe, da sei es ein schrecklicher Gedanke, daß er das Mädchen nicht aus Pflichtgefühl als seine uneheliche Tochter aufgezogen habe, sondern um eine Geliebte aus ihr zu machen.

Bei diesen Worten kicherte Carfrae von neuem und druckste eine Weile herum und machte seine Andeutungen, und am Ende begriff der Zeitungshändler, worauf er hinauswollte, und soviel er auch über das sündige Leben der Engländer gelesen haben mochte, war er, glaube ich, trotzdem so unverdorben, daß er ehrlich entsetzt war bei dem, was er da zu hören bekam. »Wollen Sie etwa andeuten«, sagte er zu Carfrae, »daß diese beiden Thesen sich nicht gegenseitig ausschließen?«

Ich habe meine Zweifel, ob der kleine Gemüsehändler das verstand – aber was Rob Yule tat, das verstand er gewiß. Denn Rob ging hinüber zu ihm, nahm ihm das Glas Ginger Ale aus der Hand und goß es bedachtsam in Mistress Roberts' Aspidistra, die neben ihm stand. »Carfrae«, sagte er, »so ein Gesundheitstrunk ist reine Verschwendung bei Ihnen. Die Vorsorge können Sie sich sparen. Sie stecken schon längst bis obenhin voll mit Gift.«

Die Situation war nicht gerade das, was man prekär nennen könnte, denn der kleine Gemüsehändler hätte nie genug Mumm in den Knochen gehabt, sich mit Rob Yule zu prügeln. Aber die Stimmung war doch angespannt; Carfrae hatte eine grünlichgelbe Färbung angenommen, wie ein vertrockneter Kohlkopf aus seinem Laden; der Zeitungshändler redete irgendwelchen Unsinn, daß das ja im Grunde schon ein tätlicher Angriff gewesen sei, und Mistress Roberts hatte zum Löffel gegriffen und rührte energisch in ihrem Teetopf – wie sie es immer tat, wenn sie an etwas Anstoß nahm. Und dann hatte Will Saunders, der ebenso wie ich den Mund gehalten hatte, die richtige Idee, wie sich die Lage entschärfen ließ. »Mensch«, rief Will, »seht euch die Aspidistra an!«

Ich glaube nicht, daß die Pflanze wirklich Schaden von dem Gesundheitstrunk genommen hatte, aber so wie Will es sagte und mit dem Finger auf das arme, kümmerliche Ding in seinem Topf zeigte, konnte man wirklich glauben, daß sie erst in diesem Augenblick verwelkt war. Ich weiß noch, wie ich vielleicht ein wenig lauter gelacht habe, als sich für einen Mann in meinen Jahren gehört, noch dazu einen Presbyter. Auch Rob lachte herzlich, doch der Preis war, daß wir nun Mistress Roberts wirklich tödlich beleidigt hatten, denn sie rührte in ihrem Teetopf wie wild und stieß dabei Laùte aus wie eine aufgescheuchte Glucke. Schließlich war ja für die Wirtin der Gesundheitstrunk eine Art Symbol in ihrem Kampf gegen Roberts und gegen die gesamte Welt des Dämons, in die sie da eingeheiratet hatte. Und wohl hauptsächlich um die treue Seele zu beruhigen und abzulenken, rief Will als nächstes: »Mistress Roberts, ob wir wohl einen Blick in Ihren großen Atlas werfen könnten und nachsehen, wo dieses Neufundland eigentlich liegt?«

Mistress Roberts' Söhne fuhren beide zur See, und die Mutter war mächtig stolz auf den großen Atlas, den sie ihr geschenkt hatten, damit sie ihre Fahrten darauf verfolgen konnte. Und so sehr sie auch die verachten mochte, die kamen und ein anständiges Glas Bier bei ihr tranken und ihr damit halfen, ihr Dach über dem Kopf zu behalten, konnte sie doch bei einer solchen Bitte nicht nein sagen; sie ging und holte den Atlas, und eine neue Kanne Tee brachte sie ebenfalls mit.

So beugten wir uns denn alle – ausgenommen Carfrae, der Gemüsehändler, der noch immer schmollte, weil wir uns über ihn lustig gemacht hatten – über die Karte, und Will fragte, ob Neufundland denn in Amerika liege. Das liege genausowenig in Amerika, antwortete ich ihm, wie Kanada dort liege; auf dem amerikanischen Kontinent, das schon. Und dann überlegte Will, wo Guthries amerikanische Vettern wohl lebten, die Burschen, die ihn seinerzeit ins Irrenhaus hatten stecken wollen.

Nun war Mistress Roberts wieder obenauf, und Wills ungezogener Scherz über ihre Aspidistra war vergessen; sie bot Tee für alle an, und selbst als Rob Yule dankend ablehnte – er wolle lieber noch einen Krug Bier, wenn's recht sei, und er werde auch gern dafür bezahlen –, zapfte sie es ihm ohne böse Miene. Da, fand sie, war Will nun endlich auf das gekommen, was den Gutsherrn wirklich quälte, und deswegen habe er auch, als Isa in ihrem Versteck saß, etwas von Neufundland und Amerika gerufen. Mich persönlich überzeugte das nicht.

Doch Will versicherte, das sei der Grund, weswegen Guthrie Erchany wieder herrichte; die Vettern hatten ihn beinahe für verrückt erklären lassen, weil er so geizig und eigenbrötlerisch lebte, und nun hatte er erfahren, daß sie etwas Neues im Schilde führten, und er mußte zeigen, wie großzügig er war; am Ende würde Christine bestätigen müssen, daß er stets eine Flasche Wein für sie springen ließe. Und wenn wir die Namen der Vettern erfahren würden, dann könnten wir sicher sein, daß sie Kennedy und Henderson hießen, die beiden Namen, die Isa ihn in der Galerie hatte rufen hören. Woraufhin der Zeitungshändler erklärte, das Detektivspielen sei doch eine faszinierende Sache; Rob Yule meinte allerdings, er ziehe ein paar ordentliche Fakten vor; im Gegensatz zu Will wisse er nämlich, wie die amerikanischen Vettern hießen, und sie hießen schlicht und einfach Guthrie. Er war noch ein kleiner Junge gewesen, als die jüngeren Guthries nach Australien auswanderten, aber er konnte sich erinnern, wie sein Vater erzählt hatte, daß sie beinahe nach Amerika gegangen wären, doch dort waren schon die Söhne vom Bruder des Vaters, und die beiden Familien seien verfeindet; eine Blutsfehde sei es sogar.

»Da«, rief Will, »Blut!« Der Gemüsehändler fuhr zusammen, so als ob es sein Blut sei, nach dem sie da riefen, und Mistress Roberts hielt verdattert inne, die Teekanne auf halber Höhe. Doch für Will war das nur ein weiterer Beleg für seine These. »Hat denn Guthrie nicht in jener Nacht irgendwelches krauses Zeug geredet, daß es alles im Blut liegt? Und wird er denn da nicht die Bosheit der amerikanischen Guthries gemeint haben, diejenigen, die ihm sein Eigentum rauben wollten und es vielleicht gerade zum zweiten Mal versuchen?«

Der Zeitungshändler fand das höchst plausibel. Und der kleine Carfrae, der noch immer mürrisch in seiner Ecke gesessen hatte, hielt es nun doch nicht mehr aus und wollte auch wieder mitreden. Denkbar sei es, sagte er – aber die Amerikaner seien ja nicht die einzigen, die in Feindschaft mit den Guthries von Erchany lebten. Gab es da nicht Neil Lindsay, den dunkelhaarigen Burschen, der immer nur über den uralten Geschichten brütete und überall erzählte, daß er und die Seinen Erbfeinde der Guthries seien? Doch der Zeitungshändler konnte sich nicht vorstellen, daß Guthrie sich von einem solchen Grünschnabel einschüchtern ließe, einem verbohrten Nationalisten dazu; aber man solle natürlich keine Möglichkeit unerforscht lassen.

»Wo ich gern einmal forschen würde«, sagte ich, »das wäre in Guthries Galerie.«

Alle starrten mich an; je seltener man den Mund aufmacht – das habe ich schon oft beobachtet –, desto mehr Aufmerksamkeit bekommt man, wenn man etwas sagt. »Und«, fügte ich noch hinzu, »ich wüßte gern, was das für Verse waren, die er in jener Nacht vor sich hinsprach.«

Da machten sie noch größere Augen, und der Zeitungshändler erklärte, er wisse nicht, was Guthries armselige Gedichte bei dieser Sache für eine Relevanz haben sollten.

»Das kann ich mir vorstellen«, antwortete ich mit jener geheimnisvollen Art, mit der er selbst immer gern antwortet.

Rob Yule lachte und meinte, dann könne ich ihnen ja vielleicht auch verraten, was Guthrie im Sinn habe: habe Will recht, daß er Erchany aus Furcht vor den Amerikanern herrichte?

»Es wurde mich wundern, wenn die amerikanischen Vettern sich noch groß Gedanken um Guthrie machten, oder er um die Vettern.« Und mit diesen Worten klopfte ich meine Pfeife aus und schickte mich an, nach Hause zu gehen.

Doch, lieber Leser, ein solcher Hochmut bleibt nicht lange ungestraft. Ich war gerade erst bis zur Tür des Salons gekommen, als sie so stürmisch aufflog, daß ich beiseitespringen mußte, und herein kam ein junges Mädchen in Reisekleidern. »Ich störe doch nicht?« fragte sie in einem Ton, der verriet, daß sie nichts anderes als ein »aber nein« erwartete, marschierte schnurstracks zur Bar und wandte sich mit knappen, doch nicht unfreundlichen Worten an Mistress Roberts. »Die Postmeisterin war nicht da, und ich kann mich nicht mit langer Suche aufhalten. Wäre es möglich, das für mich durchzugeben? Ich nehme einen Sherry.« Aus der Tasche zog sie einen Zettel und eine Münze.

Ich zweifle nicht, daß wir allesamt das Mädel anstarrten wie ein Kalb mit zwei Köpfen. Aber sie kümmerte sich gar nicht um uns; sie stand einfach nur da an der Bar, ein schmales junges Ding, das aber doch etwas ausgesprochen Energisches hatte, und trank ihren Sherry, während Mistress Roberts nach hinten zum Telefon ging und ihr Telegramm nach Dunwinnie durchgab. Nach einer Weile drehte sie sich um und musterte uns mit kurzen, aufmerksamen Blicken wie etwas, das einen Stern im Baedeker hat. Als Mistress Roberts zurückkehrte, nahm sie ihr Wechselgeld, bedankte sich kurz, und schon im nächsten Augenblick war sie aus dem Arms verschwunden. Eine halbe Minute später hörten wir den Wagen die Straße hinauf davonbrausen, als habe sie nicht vor, bis Inverness noch einmal auf die Bremse zu treten.

Eine Weile lang schwiegen alle. Wir fanden es alle beängstigend, daß wir gerade noch von Amerika und Neufundland gesprochen hatten, und im nächsten Augenblick kam eine waschechte Amerikanerin zur Tür herein – denn daß sie das war, daran konnte keiner, der je in Dunwinnie im Filmpalast gewesen war, zweifeln. Mistress Roberts stand wieder hinter der Bar und trocknete ihre Gläser, und das Funkeln in ihrem Blick war mehr als nur die Genugtuung, daß sie auch die letzten Spuren der Todsünde Alkohol aus ihnen tilgte. Sie wußte etwas, was wir nicht wußten, und sie genoß es.

Nicht lange, dann machte Rob einen ersten Versuch. »Das war wohl ein Telegramm, Mistress Roberts, was das Mädel da aufgegeben hat?«

»Das war es«, antwortete sie und nutzte ansonsten ihren Atem, um einen Bierkrug anzuhauchen.

»Vielleicht wollte sie ein Quartier für die Nacht bestellen, weiter die Straße hinauf?«

»Vielleicht, vielleicht auch nicht, und das geht nur sie selbst etwas an«, erwiderte Mistress Roberts tugendhaft. Sie hatte nicht vergessen, was Rob mit Carfraes Gesundheitstrunk getan hatte. Aber man sah ihr doch an, daß sie fast platzte vor Aufregung; zwei oder drei Minuten lang polierte sie an dem Glas, als wolle sie dem Teufel den Ruß aus dem Gesicht wischen. »Lieber Himmel«, sagte sie dann, »ich wäre fast umgefallen, als ich das sah!«

Als nächster unternahm Carfrae einen Anlauf, und wir wußten alle, daß er eher Aussichten auf Erfolg bei ihr hatte. »Stand denn etwas Schlimmes drin, Mistress Roberts?«

»Vielleicht ja, vielleicht wieder nein. Wenn die Herren es denn unbedingt wissen müssen: es war ein Telegramm nach London, und es stand nichts weiter drin als *Hoffe, daß ich bald wichtige Neuigkeiten habe*.«

Will Saunders erhob sich und kam herüber zu mir an die Tür. »Na, ich kann mir nicht vorstellen«, sagte er, »daß das viel hergibt für das, was Carfrae müßige und lästerliche Reden nennt.«

»Vielleicht nicht und vielleicht doch. Eins will ich noch sagen. Mr. Bell dürfte sehr interessiert an der Unterschrift sein.« Und damit knallte sie das letzte ihrer Gläser auf die Theke und wandte sich wieder dem Teetopf zu.

»Der Unterschrift?« fragte ich verblüfft.

»Genau daran, Mr. Bell. Die junge Dame hatte unterschrieben mit Guthrie.«

VIII.

Nun wäre nur noch das nachzuholen, was unser junger Schriftsteller in Edinburgh sicher das Zeugnis der Miss Strachan nennt, und dann komme ich zu Christine – Christine, die er womöglich zur Heldin seines Buches machen wird. Der Leser wird sich noch erinnern, daß Miss Strachan die Dorflehrerin ist, die, die eine Abhandlung über visuelle Erziehung verfaßt hat. Vielleicht kein schlechtes Thema für sie, denn neugierig ist sie von Natur aus, immer steckt sie ihre spitze Nase in die Angelegenheiten anderer Leute, und ein scharfes Auge hat sie dazu. Und Neugier war es gewiß auch, was sie, als sie ihre Tante in Kildoon besuchte, einen Umweg nehmen ließ.

Jedes Wochenende radelt Miss Strachan hinüber zu ihrer Tante, denn die Alte hat ein Bankkonto, das sie jeder Nichte sympathisch machen muß. Meistens nimmt sie die Hauptstraße nach Dunwinnie und biegt dann in Thompson's Mains ab, von wo es nach Kildoon, das ja nur ein armseliger Weiler ist, noch zwei oder drei Meilen über die Heide sind. Doch manchmal im Sommer, wenn sie, wie sie das nennt, die Wanderlust packt, dann fährt sie das Tal hinauf an Erchany vorüber, und dann geht's unter großem Geklapper über die Wiesen, bis sie an einen Pfad kommt, der sie auf einen Feldweg das Tal des Mervie hinab führt. Es muß eine anstrengende Fahrt sein und selbst an guten Tagen nicht ganz ungefährlich; wenn man sie fragt, erzählt sie einem, daß sie begeisterte Sportlerin ist, und tatsächlich kann keiner sagen, daß sie nicht zäh und drahtig wäre. Aber daß es nun die Wanderlust gewesen wäre, die sie im Tauwetter nach dem ersten Schnee des Winters Glen Erchany hinaufgeführt hätte, das war doch schwer zu glauben, zumal es ja gerade die Zeit war, als all die Gerüchte um die Vorfälle im Herrenhaus ihre Runde machten. Manche meinten, es müsse wohl die Geschichte von Tammas gewesen sein, die sie dorthin gelockt habe, denn eine, die keine großen Aussichten habe, daß ein Bursche, der bei Verstand ist, sie nimmt, müsse doch bei der Nachricht von den neuesten Regungen des Schwachkopfes die Ohren gespitzt haben. Aber wir brauchen auf die Motive, die sie antrieben, nicht näher einzugehen; hier soll es genügen, daß sie am letzten Novemberwochenende das Tal hinauffuhr.

Der Drochet war ein reißender Wildbach geworden, nun wo der Schnee des Ben Cailie schmolz, die Tannen standen starr, und das Wasser tropfte ihnen von den stillen Zweigen; nur wenn ein Windhauch kam, schüttelten sie sich und schickten einen Schauer auf den Pfad, den die Lehrerin sich auf ihrem Drahtesel entlangquälte, im Schneematsch den Berg hinauf. Erst als sie schon am oberen Ende des Tales angekommen war, am Fuße des Ben Cailie, sah sie das Unwetter, das sich ostwärts über dem See zusammenbraute, die ersten Anzeichen jenes großen Sturms, der mit der Schneeschmelze kam. Dunkel und grimmig und geheimnisvoll lag der See da, eingerahmt von schwarzen, vom Schnee niedergedrückten Tannen; dann begann sich weit hinten im Osten die Wasseroberfläche zu regen, der ganze See bebte, bald sprangen auf den ersten Wellen Schaumkronen auf, und über die wogende, schäumende Wasserfläche huschte und flackerte das stürmische Spiel von Licht und Schatten, als der Sturm, der durch das schmale Tal wie durch einen großen Kamin gefegt kam, die tief herabhängenden Zweige der Bäume erfaßte und sie schüttelte, daß die eisigen Tropfen in den immer schwärzer werdenden Himmel flogen, wo die Gewitterwolken sich nun zu einem großen Triumphzug rund um den Ben Cailie formierten.

Unserer Lehrerin mußte angst und bange werden, wenn sie tatsächlich an jenem Abend über ihre Bergpfade noch nach Kildoon wollte. Wenn sie es allerdings eher auf Erchany abgesehen hatte, kam ihr der Sturm gerade recht; meilenweit im Umkreis gab es keine andere menschliche Behausung außer dem Herrenhaus und dem nun verlassenen Bauernhof, der unterhalb des Weges zwischen den Lärchen verborgen lag. Und als der Sturm ernstlich begann, mit einer solchen Macht, daß es ihr fast die Kleider vom Leibe blies, da schlug sie nicht ihren üblichen Weg ein, sondern fuhr weiter, und bald darauf hielt sie auf die Gebäude des Bauernhofes von Erchany zu.

Gut die Hälfte der Zufahrt hatte sie hinter sich und konnte schon durch die Gischt des Sturms die geschlossenen Fensterläden und den stillen Viehpferch erkennen, verlassen an diesem gottverlassenen Ort, als hinter einer Kuppe weiß und mit raschen Bewegungen wie ein aufgestörtes Gespenst die schlanke Gestalt eines Mädchens auftauchte und auf sie zukam. Im nächsten Augenblick erkannte die Lehrerin, daß es Christine war – es konnte ja kaum jemand anderes sein in dieser Einöde –, und sie glaubte, Christine habe sie von unten vom Bauernhof gesehen und eile ihr im Sturm zu Hilfe. Also winkte sie ihr zu und rief etwas, was ihr der Wind sogleich von den Lippen riß, und trat in die Pedale, so fest sie nur konnte. Doch schon bald mußte sie zu ihrem Schrecken erkennen, daß Christine sie überhaupt nicht gesehen hatte; das Mädchen stieg nun den Hügel hinauf, schräg von ihr fort mit ihren langen, schlanken Beinen, und mit nichts zum Schutz gegen das Unwetter als einem dünnen Wollkleid, das schon ganz durchnäßt war und sich ihr bei jedem Schritt um die Glieder legte. Große Sorgen habe sie sich um sie gemacht, erklärte Miss Strachan; vielleicht machte sie sich auch ein wenig Sorgen um sich selbst, denn so wie das Unwetter sich anließ, hatte sie eine Zuflucht auf Erchany bitter nötig, und nun wo die Gamleys fort waren, war Christine Mathers die einzige, bei der sie sicher sein konnte, daß sie ihr nicht die Tür vor der Nase zuschlug. Jedenfalls ließ sie ihr Fahrrad am Wegesrand liegen und ging zu Christine hinüber, lief fast, damit sie ihren Weg noch kreuzen konnte, und gleich darauf blickte sie ihr ins Gesicht und rief: »Miss Mathers, Miss Mathers, ist das nicht schrecklich, bei solchem Wetter hier draußen?«

Diesmal konnte die Lehrerin kaum glauben, daß das Mädchen sie wieder nicht gehört hatte – doch ob nun absichtlich oder nicht, sie ging unbeirrt weiter und beachtete sie gar nicht. Die Lehrerin blieb verblüfft stehen und wußte nicht, ob sie nun gekränkt oder besorgt sein sollte, und sie fragte sich, ob Christine schlafwandelte oder ob schlicht und einfach das entsetzliche Leben auf Erchany und der Gutsherr sie um den Verstand gebracht hatten. Und bei diesem Gedanken schlug ihr das Herz bis zum Halse, denn nun, wo sie an Guthrie dachte, da sah sie – als hätte ein Blitzschlag die dahinrasenden Unwetterwolken über ihr zerspalten – den Guthrie in Christine. Das hatte ja immer alle Lästermäuler gestopft – daß das Mädchen rein gar nichts von Guthrie an sich hatte –, und hier kam sie nun daher, als wolle sie den Ben Cailie erklimmen, sah weder nach links noch rechts, sondern hatte den Blick auf einen Punkt vor sich in der Ferne geheftet, die Wangen leichenblaß mit flammendroten Flecken darauf, und die Lippen bewegten sich, als ob sie bete oder etwas rezitiere. Genau so, wie ein Besessener, ging Guthrie an einem vorüber; wer sich traute, mochte ihn ansprechen, doch eine Antwort bekam er nie.

Miss Strachans plötzliche Erkenntnis, mag der vernünftige Leser denken, würde vor Gericht wohl wenig gelten, denn es war schließlich nur etwas, was ihr in einem Augenblick der Erregung durch den Kopf ging, und das durch einen Kopf, der randvoll mit Klatsch und Tratsch war. Aber nun, wo ihr das aufgegangen war, wußte sie auch, daß es keinen Zweck hatte, Christine aufzuhalten; sie stand da und sah ihr nach, bis sie auf ihrem gespenstischen Weg im Wirbel der Wassertropfen verschwunden war. Und man kann sich vorstellen, daß auch die Lehrerin sich recht verloren vorkam, denn der Wind blies immer heftiger, es würde nicht mehr lange dauern, bis es dunkel war, und allein der

Schneeregen reichte aus, die athletischen Ideale einer ganzen Olympiade unter sich zu begraben. Der Bauernhof, wo Mistress Gamley ihr früher eine Tasse Tee gebraut hätte, war verlassen, das wußte sie; und nun, wo Christine auf ihre irrwitzige Wanderung gegangen war, da war niemand mehr im Herrenhaus außer Guthrie und Tammas und dem widerlichen Hardcastle mit seiner vertrottelten alten Frau. Und so verlockend ihr das Geheimnis des verwunschenen alten Hauses von ihrem gemütlichen Zimmer im Schulhaus von Kinkeig aus auch vorgekommen sein mochte, merkte sie doch nun, wie ihr aller Appetit darauf vergangen war: wir können sie uns vorstellen, wie sie dort im Schneematsch stand und aus ganzem Herzen ihre Wanderlust verfluchte. Aber davon würde sie nicht einmal eine Mauer, die ihr Schutz gegeben hätte, finden, geschweige denn ein Häufchen trockenes Stroh. Wie unser Zeitungshändler gesagt hätte, hatte sie die Wahl zwischen drei Alternativen: sie konnte bleiben, wo sie war, sie konnte weiterfahren und sich den Hals brechen, wie es Christine gewißlich auf ihrer Wanderung geschehen würde, oder sie konnte sich nach Erchany durchschlagen und auf die Gastfreundschaft von Ranald Guthrie hoffen. Und nun fiel es der gehetzten Seele wieder ein, was für ein entsetzlicher Ort das Herrenhaus war und wie schlimm es dem armen Kind Isa Murdoch dort ergangen war, so daß sie sich fast entschieden hätte, weiterzufahren und zu sehen, daß sie hinüber ins nächste Tal kam. Aber dann gewann doch die Vernunft die Oberhand, sie setzte sich wieder auf ihr Rad, um sich den Altweiberschrecken von Guthrie und seinem bösen Blick und dem Schwert und der Galerie zu stellen.

Dieser Vorsatz hielt, bis sie am Bauernhof anlangte; dann fiel ihr der große Heuboden wieder ein, den die Gamleys dort gehabt hatten – Geordie und Alice hatten dort oben geschlafen, und was für einen Spaß sie da gehabt hatten, die beiden Rabauken, mit der Außentreppe, die vom Hof hinaufführte. Wahrscheinlich hatten die Gamleys das Stroh, auf dem die beiden schliefen, dagelassen; wenn sie da hinaufkam, hätte sie es gemütlich bis zum Morgen, denn sie hatte zwei oder drei Schokoladenriegel zur Verpflegung dabei, so wie die Wanderer, all jene, die auf die Suche nach dem wahren Schottland gehen, sie ja immer bei sich haben. So fuhr sie denn auf den Hof, schob das schlammverspritzte Fahrrad in einen Stall, und stieg die hohe Steintreppe hinauf – bei dem Schneematsch keine ungefährliche Sache. Sie zog den Riegel der Tür, und tatsächlich war niemand auf die Idee gekommen, ein Schloß vorzuhängen, tatsächlich waren die Strohbetten noch da und warteten anheimelnd nach dem schneidenden Wind und der eiskalten Luft. Besser sie blieb hier allein, dachte sie, als daß sie auf Erchany Unterkunft bei Leuten suchte, die ihr nicht geheuer waren.

Sie war naß bis auf die Haut, obwohl sie einen guten Regenmantel anhatte, und sie ging ans andere Ende des spärlich erleuchteten Bodens und legte ihre Kleider ab. Sie war fast ganz ausgezogen, sagt sie – der Leser wird merken, daß es bei den Geschichten, die in Kinkeig erzählt werden, selten ohne Nacktheit abgeht –, fast nackt war sie also, als es plötzlich düster auf dem Heuboden wurde. Offenbar hatte der Wind die Tür, die sie nur angelehnt hatte, nun zugeblasen, und sie wollte hingehen und nachsehen. Doch was erblickte sie, als sie sich umwandte? Im letzten Tageslicht zeichneten sich die schaurigen Umrisse einer Männergestalt ab, und sie kannte diese hagere Gestalt: niemand anderes war es als Ranald Guthrie.

Die Lage, in der unsere Dorflehrerin sich befand, war also gar nicht viel anders als seinerzeit diejenige der jungen Isa Murdoch – ich will nur hoffen, daß das meinem Schriftstellerfreund nicht zu eintönig wird. Miss Strachan hingegen fand ihre Lage gewiß ganz und gar nicht monoton, sie stieß einen Schrei aus, der den Gutsherrn wohl ebenso erschreckt hätte, wie dieser sie erschreckt hatte, hätte er nicht im gleichen Augenblick die Tür zugeschlagen und draußen einen großen Riegel vorgeschoben. Die klatschnasse Bathseba am anderen Ende des Raumes hatte er gar nicht bemerkt und hätte wohl auch, hätte er sie gesehen, anders darauf reagiert als König David; er hatte nur die Tür vor dem Sturm verschließen wollen, und schon im nächsten Augenblick hörte sie seine Schritte im Schneematsch der Treppe.

Doch als sie sich wieder etwas beruhigt hatte, sah sie, daß ihre Lage so schlimm gar nicht war, wenn Guthrie nicht gerade auf dem Bauernhof blieb. Sie war nicht hoffnungslos gefangen – es gab noch einen Ausweg, eine Falltür, die vom Boden ins Haus führte und allerdings keine Leiter hatte, weil sie nie benutzt wurde; und sie hatte ihre Kleider und die Strohsäcke und konnte sich daraus einen Strick drehen, an dem sie herabklettern konnte, so wie sie es auf der Akademie gelernt hatte, als man ihr die athletischen Ideale einimpfte. Und wenn sie erst einmal unten war, würde sie ja später gewiß zu einem der Fenster hinauskommen. Einstweilen streifte sie sich ihre nassen Kleider wieder über; es ging ja nicht anders, nun wo ein Mann in der Nähe war.

Und daß Guthrie nach wie vor da war, stand fest; sie konnte ihn durch die dünnen Bodenbretter im Erdgeschoß auf- und abgehen hören, wahrscheinlich gar nicht soviel anders als er seinerzeit in der Galerie auf- und abging. Sie fragte sich, was denn den Gutsherrn bei diesem Wetter aus der Burg getrieben haben mochte; es schien fast, als warte er auf jemanden, und kaum war ihr dieser Gedanke durch den Kopf gegangen, rief Guthrie mit lauter Stimme: »Herein!«

Nichts regte sich darauf, so als habe er es nur hinaus in den Sturm gerufen oder als hätte die Aufforderung den, an den sie gerichtet war, für den Augenblick zum Erstarren gebracht. Doch wieder forderte der Gutsherr ihn auf, und Miss Strachan schwor, daß seine Stimme dabei etwas Spöttisches hatte.

»Nur herein, junger Mann!«

Wieder folgte eine Pause, dann wurde die Tür mit großer Vehemenz aufgeworfen, wie zur Antwort auf Guthries Spott. Eine weitere Pause, dann wieder Guthries Stimme, so anders nun und so leise, daß sie kaum durch die rissigen Dielen drang.

»Sie sind das also.«

Die Lehrerin, ob nun wegen der durchweichten Kleider oder wegen des Tonfalls, mit dem diese Worte gesprochen wurden, zitterte in ihren nassen Schuhen. Doch man kann sich darauf verlassen, daß ihre neugierige Nase inzwischen kitzelte, und ihre scharfen Augen suchten im Dunkel nach der richtigen Ritze, an die sie ihre großen Ohren halten konnte. Und schon bald vernahm sie die Stimme von Guthries unbekanntem Besucher, jung und stark und trotzig, eine Stimme, die sie nicht kannte.

»Wo ist Christine?«

»Heute werden Sie Christine nicht besuchen, Neil Lindsay. Und Sie werden sie überhaupt nicht mehr sehen, jetzt wo ich euch zweien auf die Schliche gekommen bin.«

Nun wußte sie es also. Neil Lindsay war kaum mehr als ein Name für Miss Strachan, die schließlich halb Engländerin war und aus Edinburgh kam, aber sie verstand doch genug von unserer Gegend, um zu wissen, daß die Fetzen fliegen würden, wenn ein Lindsay auf die Idee kam, Christine Mathers den Hof zu machen. Und jetzt, in der langen, schmalen Bauernküche unter ihr, da war es soweit.

»Wo ist sie, Guthrie?«

Es war Trotz, daß er zum zweiten Male fragte und Guthrie bei seinem Nachnamen nannte, wo er doch nichts weiter als ein Pächtersjunge war; doch Lindsay hatte ganz recht, die Historie war auf seiner Seite, wie der Leser noch erfahren wird. Und nun hörte unsere Lehrerin, wie Guthrie ganz ruhig und besonnen antwortete: »Zufällig ging ich den gleichen Weg wie Christine und kam dazu, wie sie Ihre Nachricht fand. Ich habe sie zurück ins Haus geschickt und an ihrer Stelle hier auf Sie gewartet. War das falsch von mir? Wollen Sie etwas einwenden?«

»Sie ist ihr eigener Herr.«

»Nicht, wenn *Sie* ihr Herr werden wollen.«

Das war ganz nach dem Geschmack unserer Lehrerin; sie preßte ihr Ohr an die Dielen und versuchte das Geräusch zu deuten – vielleicht war es Lindsay, der einen raschen Schritt auf den Gutsherrn zu machte. Doch dann hatte er sich offenbar wieder in der Gewalt, und er sprach, mit mühsam beherrschter Stimme und größtem Ernst: »Ich will sie heiraten, Guthrie.«

Der Gutsherr erwiderte: »Das lasse ich nicht zu.«

»Und sie will mich heiraten.«

»Das lasse ich nicht zu.«

»Wir werden Mann und Frau, Guthrie, und Sie werden uns nicht daran hindern.«

»Das werde ich sehr wohl, Neil Lindsay.«

»Und wie?«

»Christine ist minderjährig, und das wissen Sie genau.«

»Aber nicht für immer. Und noch eine Frage wäre zu klären.«

»Tatsächlich?«

»Wie steht Christine zu Ihnen?«

Die beiden redeten nicht um den heißen Brei herum, sie brachten klar zur Sprache, was zwischen ihnen zu bereden war. Die Lehrerin war in einem regelrechten Rausch; gemütlich lag sie auf ihrem Heuboden, von niemandem bemerkt, und hörte eine Geschichte, neben der die Erlebnisse Isa Murdochs bei den Teekränzchen in Kinkeig kalter Kaffee sein würden. So angelte sie denn nach einem Stück Schokolade und wünschte nur, sie könnte sich eine Zigarette anstecken – eine schlechte Angewohnheit bei einer Frau. Dann preßte sie wieder das Ohr an die Dielen, um zu hören, was Guthrie antworten mochte.

Aber sie hatte die Rechnung ohne den Winter in Glen Erchany gemacht. Der Sturm, der sich bisher ja nur geräuspert und ein paar Versuche unternommen hatte, legte nun wirklich los, der Wind heulte – was in der Natur ja längst nicht so oft vorkommt wie in Büchern –, und der Graupel, nun fast ganz Regen, prasselte in großen Schwaden auf das Schieferdach wie Salven von Maschinengewehrfeuer. Guthrie und der junge Lindsay hätten gemeinsam *Auld Lang Syne* singen können, und sie hätte es trotzdem nicht gehört, oder – was ja wahrscheinlicher war – sie hätten sich im selben Augenblick gegenseitig die Kehle zudrücken können. Sie machte sich wirklich Sorgen, erzählte sie später, und zwar um beide: ein wahrer Menschenfreund, Miss Strachan.

Man muß allerdings sagen, daß ihre Sorgen berechtigt waren. Denn nach zwei oder drei Minuten kam eine kurze Flaute im Tosen der Elemente, und sie vernahm Lindsays Stimme, heiser vor Wut: »Sagen Sie das noch einmal –«

Und Guthrie sagte: »Ob verheiratet oder nicht, von Ihnen wird sie kein Kind bekommen – wenn es nicht schon zu spät ist.«

Dann hörte man einen Schlag wie von einer Ohrfeige, und die nächsten Worte Lindsays kamen leise und schockiert. »Der Himmel möge mir verzeihen. Einen Mann, der alt genug ist, mein Großvater zu sein! Es tut mir leid, Guthrie; nicht all das böse Blut, das zwischen unseren Familien –«

Guthrie sagte nur: »Das werden Sie büßen.«

Und diese Worte, melodramatisch wie aus einem alten Spiel, das man in einer Scheune aufführt, waren die letzten, die unsere Lehrerin hörte. Denn im selben Moment kehrte der Wind zurück und blies irgendwo im Haus eine Türe auf, und sie, die wohl doch ängstlicher war, als sie zugeben wollte, hielt es für einen Pistolenschuß und brüllte oben auf ihrem Dachboden Zeter und Mordio.

Das dürfte auch den beiden unten einen gehörigen Schrecken versetzt haben. Lindsay machte sich davon, und Guthrie ging, besonnen genug, sogleich dem Vorfall nach. Er muß unverzüglich zur Tür heraus- und die Außentreppe heraufgekommen sein, denn bevor die Lehrerin noch Zeit hatte, sich Vorwürfe zu machen, wie dumm sie sich angestellt hatte, stand er oben in der

Tür und funkelte sie an. »Madam«, sagte er, »höre ich recht, daß Sie Hilfe brauchen?«

Es tröstete Miss Strachan gar nicht, daß ihr nun wieder der weltgewandte, englische Guthrie gegenüberstand, ganz Höflichkeit und schwarze Ironie; ihr wäre der Guthrie lieber gewesen, mit dem Lindsay gesprochen hatte, der Gutsherr, der mehr zu seinem Schottischen stand, als die Herren im letzten Jahrhundert für fein gehalten haben. Mit einem leichten Schniefen – darf man sich vorstellen – antwortete sie: »Oh, Mr. Guthrie, Sir, ich bin die Schulmeisterin aus Kinkeig und ich war mit meinem Fahrrad unterwegs, als das Unwetter kam und –«

»Es freut mich«, sagte Guthrie – sie sah die Umrisse seiner Gestalt in der Tür und sie konnte sehen, wie er sich leicht verneigte –, »es freut mich, daß Sie hier auf dem Hof Zuflucht gefunden haben. Doch Sie riefen um Hilfe, wenn ich es recht vernahm? Was ängstigt Sie? Unsere Gastfreundschaft ist nicht, wie sie sein sollte?«

Sie spürte die Wut in seinen Augen, obwohl sie ja nur den schwarzen Schatten sah, und die Schärfe, mit der er diese freundlichen Worte sprach, brachte sie auch noch um das letzte Quentchen Mut. »Es war eine Ratte, Mr. Guthrie«, rief sie; »sie huschte vorbei und jagte mir einen Schrecken ein.«

»Ah ja«, erwiderte Guthrie. »Die Ratten sind lästig in dieser Gegend. Ich habe selbst gerade mit einer zu schaffen gehabt.«

Bei diesen entsetzlichen Worten stockte der Lehrerin das Blut in den Adern; ihr war so elend zumute – hätte sie sich getraut, so hätte sie sich einfach hingesetzt und geweint. Und sie muß noch einmal geschnieft haben, denn als nächstes, berichtet sie, sagte der Herr: »Sie sind erregt; lassen Sie uns ein freundlicheres Asyl für Sie suchen.« Bei dem Wort »Asyl« dachte sie in ihren wirren Gedanken einen Moment lang, er wolle sie dem Schwachkopf ausliefern, und sie wäre an ihm vorübergestürmt, hinaus in Unwetter und Nacht, hätte sie nur gekonnt. Doch der Herr näherte sich ihr mit seiner spöttischen Höflichkeit wie Sir Charles Grandison in Richardsons prachtvollem Roman, nahm sie am Arm und führte sie vom Dachboden hinunter, als geleite er sie aus einem Ballsaal. Als sie unten anlangten, wartete ein neuer Schock auf sie, denn auch wenn es nun Abend geworden war, konnte sie sein Gesicht noch sehen, bleich wie das eines Gespensts, nur mit einem großen roten Fleck vom Schlag mit der flachen Hand. Während des ganzen Weges rund um den Seitenarm des Sees und hin zum Herrenhaus, während der Gutsherr ihr den Arm bot, als sei sie die Herzogin von Buccleuch, und mit der anderen Hand ihr Fahrrad schob, hallten ihr in den Ohren nur immer die letzten Worte, die er zu dem jungen Lindsay gesprochen hatte: »Das werden Sie büßen.« Am Haus angekommen, war er sein Spiel plötzlich leid, ließ die alte Hardcastle kommen und sagte: »Geben Sie der jungen Frau ein Lager für die Nacht.« Mit einer förmlichen Verbeugung verabschiedete er sich und ging seiner Wege, und unsere Lehrerin war vermutlich von ihrer jähen Degradierung von der »Madam« zur »jungen Frau« schwerer getroffen als von allem anderen, was ihr an diesem schrecklichen Tag widerfahren war – obwohl ja »jung« ein Kompliment war, für das sie hätte dankbar sein können; man sollte allerdings nicht vergessen, daß Guthrie sie ja nicht bei Licht gesehen hatte.

Und auch Miss Strachan sah nichts mehr von Guthrie außer einem kurzen Blick am folgenden Morgen. Beim ersten Sonnenstrahl war sie auf den Beinen, denn bei all den Ratten hatte sie die ganze Nacht kein Auge zugetan, und was sie an Abendbrot bekommen hatte, war so mager gewesen, daß sie alles, was ihr die Vierbeiner an Schokolade nicht vom Nachttisch holten, aufgezehrt hatte, lange bevor sie aufbrechen konnte, ohne daß es unhöflich gewirkt hätte. Sie konnte es gar nicht abwarten, von dort fortzukommen, der Sturm hatte nachgelassen, und sie beschloß, daß es das beste war, zu Fuß nach Kinkeig zurückzugehen und das Rad zu schieben – zu fahren würde, so wie der Weg aussehen mußte, gewiß unmöglich sein. So bettelte sie der alten Hexe, die Hardcastle zur Frau hatte, noch ein Stück Brot mit Rübenhonig ab, machte freudig winke-winke, und schon im nächsten Augenblick war sie unterwegs. Der Weg verläuft dort am Ufer jenes Arms, mit dem der See bis fast an Castle Erchany heranreicht und von dem man in den alten Zeiten den Burggraben mit Wasser füllte. Und da stand Guthrie und starrte hinaus auf Loch Cailie in den grimmigen, fahlen Sonnenaufgang, so aufmerksam, als warte er, daß jemand ihm aus dem goldenen Wagen der Sonne ein Briefchen herunterwürfe. Gerade als die Lehrerin zu ihm hinüberblickte, warf er plötzlich die Arme in die Luft, die Finger ausgespreizt, als wolle er durch sie hindurchsehen, wie das Blut in ihnen pochte. Unheimlich war es, und der Lehrerin fielen all die Gerüchte wieder ein, daß er zu den alten und bösen heidnischen Götzen bete; sie lief eher, als daß sie ging, bis sie hinter der ersten Biegung des Weges in den Schutz der Lärchen gelangte, und ich bin sicher, sie hielt nicht ein einziges Mal inne, genausowenig, wie die junge Isa es getan hatte, bis die erste Meile zwischen ihr und Castle Erchany lag. Doch immerhin brachte sie eine Beute mit zurück: mit soviel Stoff für Klatschgeschichten war noch keine vor ihr das Tal heruntergekommen.

Und sie war die letzte in Kinkeig, die von Ranald Guthrie zu hören bekam, bevor er sein tragisches Ende nahm – die letzte außer mir. Es war die Nacht des 28. November, die Miss Strachan im Herrenhaus verbrachte. Und am 10. Dezember, kurz bevor der große Schnee unsere Täler fast ganz von der Außenwelt abschnitt, war es, daß Christine Mathers zu mir kam und mir ihre Geschichte erzählte.

IX.

Es kam nicht oft vor, daß Christine herunter nach Kinkeig kam. Viel mehr als ein Bier im Arms und hie und da ein Schwätzchen in der Küche und vielleicht noch ein Spaziergang mit den anderen Mädels durch den Ort gab es ja auch an Attraktionen nicht, außer am Sonntag. Und Guthrie hätte nie zugelassen, daß Christine zu Dr. Jervie in den Gottesdienst kam; er wollte mit der Kirche nichts zu schaffen haben, und schon gar nicht mit dem Pfarrer. Denn als er noch frisch in der Gemeinde war und sich gerade erst ein wenig Überblick verschafft hatte, spazierte unser Pfarrer einmal hinauf nach Erchany und unterhielt sich ein wenig mit dem Gutsherrn, und er redete ihm ins Gewissen, daß es doch ein Jammer sei, ein so feines Mädchen wie Christine in solcher Einsamkeit großzuziehen und sie so sehr dem Gerede der Leute auszusetzen. Vielleicht weil Dr. Jervie ein Gelehrter war und er ihn respektierte – Gelehrter, der er selbst ja auch war –, ließ Guthrie diesmal nicht, wie seinerzeit auf seinen Vorgänger, die Hunde auf ihn los, und der alte Pfarrer war ja auch nichts weiter als ein Polterer, der weder predigen konnte noch von Theologie eine Ahnung hatte. Doch er hörte Dr. Jervie grimmig zu, und grimmig verneigte er sich, als er ihn hinausbegleitete, und seit jenem Tag war der Gutsherr grußlos an ihm vorübergegangen, wenn sie sich auf der Straße begegneten. In der Kirche hatte ihn nie jemand gesehen, das stand fest, und Christine und die Hardcastles ebensowenig – und bei Tammas hätte ich meine Zweifel, daß der arme Schwachkopf überhaupt je im Leben gehört hat, daß es so etwas wie einen Katechismus gibt.

Christine kam also, wie gesagt, selten nach Kinkeig, und wenn sie kam, dann besuchte sie Ewan Bell, den Schuster. Wir beide kannten uns schon seit vielen Jahren, denn die Amme, die Guthrie als erste für sie anstellte, war die Tochter meiner Schwester.

Damals gab es einen Ponywagen im Herrenhaus, und der Gutsherr, der noch kein gar so düsterer Mann war, als das Mädchen klein war, ließ die beiden nach Herzenslust damit fahren, und oft kamen sie her und besuchten Onkel Ewan – denn das war ich für das Kind ebenso wie für meine wirkliche Nichte. Selbst unverheiratet und ohne Kinder, wie ich war, gewann ich die kleine Christine Mathers von Herzen lieb. Und als sie größer wurde und Guthrie Mistress Menzies ins Haus holte, jene geduldige, sanftmütige vornehme Dame, der Christine verdankte, was sie an schrulliger, weltfremder Bildung besaß, kam sie mich auch weiterhin ab und zu besuchen, manchmal mit den Sorgen, die sie auf Erchany hatte, manchmal mit ihren Fragen nach den Dingen der Welt. Dann, als sie älter wurde und sah, wie unnatürlich sie lebte, eine Miranda gestrandet auf ihrer Insel mit einem finsteren Prospero, zog sie sich immer mehr in sich zurück und war von einer Traurigkeit umfangen, die tief in ihrem Herzen saß. Nach wie vor kam sie dann und wann zu mir, doch sie sprach kaum ein Wort: sie ließ sich auf einer meiner Werkbänke nieder und sog den Geruch des Leders ein und befühlte die Texturen, so als finde sie darin eine Kraft, die man nur in starken, rauhen Dingen findet. In diesen späteren Zeiten, wo sie nur noch selten kam, sah sie mich oft an, als wolle sie mir ihr Herz ausschütten, aber dann redete sie doch über nichts weiter als über die Nichtigkeiten des Tages. Verträumt saß sie da, spielte mit einem Stückchen Leder, und entwikkelte sich doch so selbstverständlich und ohne jeden Widerstand zur Frau, wie eine Blüte auf der Heide sich öffnet. Ich konnte mir denken, was geschehen war, lange bevor die Lehrerin mit dem unglückseligen Namen des Jungen nach Kinkeig kam.

Dazu muß man ein wenig über die Guthries und die Lindsays wissen – und zwar mehr, als in Pitscotties *Chroniken* zu finden ist. Lang soll das den Leser nicht davon abhalten, Christine näher kennenzulernen – es ist schließlich keine Abhandlung über den Feudalismus in Schottland, die ich hier schreibe –, und ich hatte ihn ja gewarnt, daß wir bis in die Zeit vor der Reformation zurückgehen müssen.

Der Leser weiß gewißlich, daß zwar jeder, der in den Highlands großgeworden ist, seinem Clan zugehört, mit seinem eigenen Oberhaupt, das wiederum, Zweig um Zweig, vom Clanshäuptling abstammt, es jedoch in den Lowlands nichts Vergleichbares gibt, sondern daß die Einheit, die dort zählt, von jeher die Familie war. Und so groß und weitläufig eine Familie auch sein mochte, hielt sie doch selten so eng zusammen wie ein Clan, und was in den Lowlands Familien einte, was diese mit jener verband, das hing vom Geschick der Landbesitzer ab. Wo die Gutsherren sich mit Brief und Siegel Zusammenhalt schworen, da war die ganze Gegend sicher und stark.

Nun waren die Guthries auf Erchany ja nur minderer Landadel, doch die Lindsays auf Mervie, das war eine bedeutende Familie, Barone, die ihr Lehen direkt von der Krone hatten, und ihre Ländereien reichten zwischen Moray und Spey bis an den Besitz der Innes heran, jener grobschlächtigen Flamen. Und in den Jugendjahren Jakobs III., als Schottland ein gesetz- und gottloses Land war, schlossen die Guthries mit den Lindsays einen Bund. Das Dokument hat sich erhalten, in dem ein Ranald Guthrie einem Andrew Lindsay schwor, »für ihn einzutreten und mit ihm und den Seinen zu sein, seiner Familie, seinen Freunden, seiner Streitmacht, in Rat, Hilfe, Treue, in Gütern und Männern, so es nicht Gewissen und Vernunft widersprechen mag, in aller Treu vereint mit ihm gegen jeden lebendigen Menschen außer unseren alleinigen Herrscher den König.« Ob die Lindsays, wohlhabend wie sie waren, mit Gold lockten oder ob sie allein ihre Macht spielen ließen – Treue wurde geschworen, und es war ein unverletzlicher Schwur für die fünf Jahre, die er gelten sollte. Der Satz über den König war allerdings nur eine leere Formel: bei solchen Treueschwüren stand der Gedanke, die Kräfte gegen die Krone zu vereinen, stets im Hintergrund.

Und gegen die Krone ging es schon bald. Denn einen ebensolchen Treueeid hatten die Lindsays dem Grafen von Huntly geleistet, und es kam der Tag, an welchem der Graf an Andrew Lindsay schrieb, daß sein Vetter, der Gutsherr auf Gight, vor das Gericht in Edinburgh geladen sei; um dessen Leben zu schützen, müsse Lindsay mit seinen Männern sogleich nach St. Johnston aufbrechen, von wo er mit dem Grafen nach Edinburgh reiten werde. Also rief Lindsay Ranald Guthrie und seine Männer nach Mervie, und Lindsays und Guthries ritten gemeinsam nach St. Johnston – das heißt nach Perth –, von wo sie mit dem Trupp des Grafen nach Edinburgh zogen, um dort zugunsten des Gutsherrn von Gight die Richter des Königs einzuschüchtern. Nur daß Andrew Lindsay, der wichtige Geschäfte vorschützte, einen Tag lang zurückblieb, und an diesem Tage preschte er zu Pferde hinüber nach Erchany und lag Ranald Guthries Frau bei.

Ein Jahr und einen Tag lang blieb Ranald Guthrie still; dann sammelte er an Männern um sich, was er konnte, und unternahm einen Ausfall nach Mervie, und dort griffen sie sich Andrew Lindsay, überraschten ihn inmitten seiner eigenen Leute, und führten ihn mit sich fort. Die Guthries brachten Lindsay auf ihr eigenes Land, und dort hackten sie ihm die lüsternen Finger ab, und als sie ihn zurückschickten, hingen sie ihm ein Stundenglas um den Hals, damit die Lindsays wußten, daß sie nur Jahr und Tag gewartet hatten, bis die Frist des Treueschwurs abgelaufen war, so daß keiner den Guthries vorwerfen konnte, sie hätten ihr Wort gebrochen. Und Andrew Lindsay starb.

Das war der Anfang der Erbfehde zwischen den Lindsays und den Guthries, und es wäre eine lange und häßliche Geschichte, wenn ich alles erzählen wollte, was sie sich im Laufe der Jahrhunderte gegenseitig antaten. Doch als Generation um Generation ins Land ging, wurden die Guthries mächtiger und die Lindsays verloren an Einfluß, und im 17. Jahrhundert, in der Zeit der religiösen Verfolgungen, wurde ihre Macht ganz und gar gebrochen, und die vornehmen Lindsays in Schottland kannten keine Lindsays auf Mervie mehr, und die Bürger von Dunwinnie kamen und brachen die Steine aus dem Turm von Mervie; die Straße New Wynd und das halbe Cowgate sind aus den Ruinen gebaut. Und die Guthries, die nichts vergaßen und nichts verziehen, die lachten leise, wenn sie im Tal von Mervie auf die Jagd gingen.

Aber es gab in der Gegend noch Lindsays genug Pächter, die nichts über ihre Familie wußten, und jeder von ihnen konnte sich für einen Nachfahren des alten Adelsgeschlechtes halten, wenn ihm danach war. Und so lebte die alte Feindschaft fort; für die Lindsays waren die Guthries der Abschaum des Adels, und die Guthries kannten mit den Lindsays keine Gnade: stets schwelten Mißgunst und Mißtrauen, und immer wieder gab es auf beiden Seiten einen Hitzkopf, bei dem dies Gefühl zu Haß aufflammte und ihn zu einer Gewalttat hinriß. Für einen Lindsay galt es als Schande, bei den Guthries von Erchany in Diensten zu stehen, und daß der junge Neil Lindsay, bevor er Christine kennenlernte, Ranald Guthrie mehr haßte als die meisten zuvor, lag daran, daß er sich für seinen Vater schämte, der für Alison gearbeitet hatte, die Schwester des Gutsherrn. Von Alison muß ich noch erzählen, denn sie war gewiß die merkwürdigste unter allen Guthries: Tammas, erzählen die Lästermäuler, sei ihr Kind, und der Vater gottweißwer.

Es hatte in Ranalds Generation vier Guthries gegeben. John, der älteste, mußte erleben, wie seine zwei prachtvollen Söhne vor seinen Augen im Loch Cailie ertranken, und lebte, ein gebrochener Mann, auf dem Besitz, bis Ranald ihn von ihm erbte. Ian, der zweite Sohn, und Ranald, der dritte, waren lieber zu den Wilden in Australien gegangen, als für den geistlichen Stand zu studieren; die reine Torheit, fanden die Leute zu Hause, und gottlos dazu, und so waren nur die wenigsten in Kinkeig überrascht und noch weniger erschüttert, als die Nachricht von Ians grausigem

Tod kam, von den Wilden im Busch umgebracht und in ihren großen Kochtöpfen gekocht. Alison, die Tochter, war zwanzig Jahre jünger als Ranald, das Kind der alten Tage ihres Vaters, als auch die Mutter über das fruchtbare Alter eigentlich schon hinaus war. Sie war eine echte Guthrie, finster und besessen, und ihre Leidenschaft galt allem, was fliegen konnte. Geradezu unheimlich war es, wie die Vögel sich um sie scharten: sie umflogen sie, wo immer sie ging, und nachts träumte sie von ihnen; sie bereiste ganz Schottland und sammelte, was die Leute über die Vögel wußten, und lebte ganz in ihrer Gesellschaft; sie verfaßte ein Buch über Vögel, und schließlich lebte sie in einer einsamen Hütte in den Highlands, kaum mehr als ein Stall, innen und außen weiß vor Vogeldreck, und am Ende ihrer Tage, erzählen die Leute, konnte sie die Sprache der Vögel verstehen; bei manchen hieß es, sie hätten ihr von himmlischen Dingen erzählt, bei anderen, die Vögel sprächen von nichts als der Hölle. Und ein gewisser Wat Lindsay, Neil Lindsays Vater, hatte ebenfalls ein Geschick im Umgang mit den Vögeln, und da seine Brüder ihren kleinen Hof gut ohne ihn bewirtschaften konnten, begrub er die alte Fehde und trat für eine Weile in Alisons Dienste, und er war es auch, der über den Loch-an-Eilan schwamm und das letzte Nest eines Fischadlers für sie fotografierte, das man für viele Jahre in Schottland sehen sollte. Und das war Alison, die unvermählt in ihrer Kate starb, noch bevor sie in die, wie man sagt, mittleren Jahre kam, und das war der Grund, warum der junge Neil dem Gutsherrn mit solcher Wut und solchem Haß begegnete: er schämte sich, daß sein inzwischen gestorbener Vater einmal der Diener einer Guthrie gewesen war.

Ich wußte nicht viel von Neil Lindsay, bevor Christine zu mir kam, denn er lebte mit seinen Brüdern auf einem Hof weit oben im Tal von Mervie, da wo einst der Turm jener Lindsays gestanden hatte, die er als seine Vorfahren ansah. Was er an Bildung besaß, das hatte er sich, erzählten die Leute, von Vater und Mutter und Brüdern ertrotzt, denn für sie war das englische Bücherwissen nichts als Dreck, Kleinpächter, die sie waren und die sie wie alle, die noch da waren, verbissen und aussichtslos gegen die Zeiten ankämpften. Vor hundert Jahren oder auch noch vor fünfzig hätte er den richtigen Schulmeister finden können, der ihm etwas beigebracht hätte, und dann hätte er seinen Sack Mehl zum College in Aberdeen tragen können und dafür seine Erziehung bekommen. Doch das, was unser Zeitungshändler den pädagogischen Fortschritt nennt, hat all das nun schwieriger gemacht für Jungen wie ihn, denn an jeder Biegung des Wegs zum Wissen muß er heute ein Papier vorlegen, das ihm diese oder jene Nichtigkeit bescheinigt. Neil Lindsays Bildung war Stückwerk, vieles willkürlich oder reine Phantasie, das Wissen eines eifrigen und höchst ungeduldigen Geistes, der nie vergessen konnte, welche Möglichkeiten ihm versagt blieben – denn jemand wie er hätte es bei der einstigen großzügigen und freien Ausbildung des Landadels weit gebracht, war aber viel zu eigenwillig, um sich in den staatlichen Schulen Sprosse um Sprosse auf der Leiter emporzuhangeln. Er war aus dem Stoff, aus dem Rebellen gemacht werden, und tatsächlich hatte Neil sich, wie man hörte, auch schon mit einem Grüppchen eingelassen, Nationalisten, die Schottland wieder frei und unabhängig machen wollten. Will Saunders meinte dazu, er könne nicht verstehen, warum jemand für ein Schottland kämpfe, das ganz den Iren gehören würde – was heißen sollte, daß die Nationalisten uns alle dem üblen Volk ausliefern würden, das sich am Clyde breitgemacht hatte –, daß er aber gewiß für eine gerechtere Neuverteilung der Kolonien sei und daß es wirklich an der Zeit sei, daß England an die Schotten zurückfalle. Doch all das hat mit meiner Geschichte nichts zu tun. Als nächstes soll Christines Bericht darüber folgen, wie sie Neil kennenlernte.

Am Johannistag hatte sie sich ein Stück Brot in die Tasche gesteckt, einsam wie sie war, und war an dem strahlenden Morgen über den Bergkamm gewandert und von dort tief ins Tal des Mervie hinab. Die Schäfchenwolken segelten über ihr dahin; zur Linken lag, ihrem Blick verborgen, der See, wo die Schnepfen eben erst von ihrem Morgengesang verstummt waren und wo ab und zu unter lautem Flügelklatschen eine Wildgans aufflog, gewiß hinaus auf das ferne Meer. Der längste Tag, an dessen Ende es gar nicht wirklich Nacht werden würde, lag vor ihr, und plötzlich kam ihr die Idee, zu einem Ort aufzusteigen, an dem sie nie zuvor gewesen war: zu dem noch immer schneebedeckten Gipfel des Ben Cailie. Also ging sie zunächst weiter das Tal hinunter, am Hof der Lindsays vorüber, von dem sie kaum wußte, wer dort wohnte, und durch eine Schonung wieder bergan, schritt durch die Überreste der Ahornblätter des vergangenen Herbstes, die noch auf ihrem weichen Teppich aus Lärchennadeln lagen. Bald hatte sie auch die Kiefernwälder hinter sich und ein Grüppchen Vogelbeerbäume, und dann lag vor ihr die kahle Flanke des Ben Cailie; links sah sie den langen Silberstreif des Sees, und in der Ferne jenseits der Bergwiesen stieg von Kinkeig, dem sie nun den Rücken zugewandt hatte, der blaue Rauch der Torffeuer auf. Bisweilen hörte sie ein Rinnsal plätschern, schmale, kühle Ströme aus Schmelzwasser, die von den Schneefeldern am Gipfel heruntersprangen, dann wieder vernahm sie das anheimelnde Blöken der Schafe auf den Wiesen weit unten im Tal; und stets das »Kiwitt« der Kiebitze, das Christine von jeher vorgekommen war wie ein Ruf aus ihrem eigenen Innersten. Es war ein langer und einsamer Weg über Fels und Heide und Geröll, und der Blick öffnete sich zur einen Seite auf eine prachtvolle Reihe von Gipfeln und auf die Felder jenseits Dunwinnie zur anderen, die sich mit ihrer strahlenden Last aus grünen Halmen in der Ferne bis zum unsichtbaren Meer erstreckten.

So stieg denn Christine fast den ganzen Vormittag lang die große Flanke des Ben Cailie hinauf, und ohne daß sie es wußte, kam sie mit jedem Schritt ihrem Schicksal näher. Sie rechnete nicht damit, daß sie eine Menschenseele sehen würde, bevor sie in der Abenddämmerung wieder auf der Burg einträfe, und einen Augenblick lang überlegte sie, was wohl geschähe, wenn ihr dort oben etwas zustieße, denn niemand wußte, daß sie den Ben Cailie bestieg, und es würde lange dauern, bis jemand auf die Idee käme, so weit oben zu suchen. Aber sie fürchtete sich nicht; sie war schon einmal aufgestiegen, bis an den Saum der letzten Felsnadel, und selbst für jemanden, der halb so sicher auf den Füßen gewesen wäre wie sie, fand Christine, wäre es kaum eine Gefahr gewesen. Das ging ihr durch den Kopf, als sie sich entlang einer felsigen Klippe vorarbeitete, wo es vielleicht sieben oder acht Fuß hinunter zur sanften Heide ging, und gerade bei diesen Gedanken erblickte sie den Mann.

Er stand ein Stück unterhalb von ihr und weiter vorn auf einem großen Felsvorsprung, ein junger Mann in blauem Hemd und alten grauen Hosen, ob vornehmer oder einfacher Herkunft, ließ sich nicht sagen, doch er war eine prachtvolle Erscheinung, wie er dort stand, reglos in seine Betrachtung vertieft. So still stand er, daß man ihn für eine Figur in jenem Granit halten mochte, den er studierte, bis er mit der Hand über die verwitterte Oberfläche fuhr – eine sinnliche Bewegung, spürte Christine instinktiv, und es rührte sie seltsam. Genau so mußten die alten Pikten den Stein befühlt haben, aus dem sie ihre Kunstwerke schufen, die Männer jenes Volkes, das einst in diesen Bergen zu Hause war.

Einsam wie sie großgeworden war, hatte Christine kaum je einen jungen Mann zu Gesicht bekommen, und als ich sie vorhin eine Miranda nannte, da hatte ich wohl den jungen Neil Lindsay als Ferdinand vor Augen. Eine ganze Weile lang betrachtete Christine ihn, dann nahm sie ihren Weg wieder auf und wollte unbemerkt vorüberschlüpfen. Doch die Natur, die oft die seltsamsten Wege geht, um zum Ziel zu gelangen, ließ den sicheren Fuß, dessen das Mädchen sich eben noch gerühmt hatte, straucheln, und sie stürzte in den Abgrund, jene gefährlichen sieben oder acht Fuß hinunter in die Heide, gerade so als wolle sie dem Fremden auf den Kopf springen.

Schon im nächsten Augenblick war Neil Lindsay bei ihr; er mußte gehört haben, wie sie fiel, und hatte einen Sprung gemacht wie ein Panther. Christine war ganz benommen, die Erde drehte sich um sie und die Heide unter ihr wogte, erst einmal, dann ein zweites Mal, das zweite Mal, als der junge Mann sie aufhob. Sie schlug die Augen auf, und er blickte wie verwundert hinein und fragte: »Hast du dir etwas getan, Mädchen?«, so mitleidig und besorgt, als wäre sie seine eigene Schwester. Ihr fehle nichts, antwortete sie, und er ließ sie ganz sanft ihre Glieder bewegen, eins nach dem anderen, um sich zu vergewissern, und dann sagte er ganz ruhig: »Tun Sie das nicht noch einmal; dazu ist der Ben Cailie zu schade an so einem schönen Morgen.« Christine lachte, doch er hatte anscheinend schon vergessen, daß er einen Scherz gemacht hatte; er sah ihr wieder in die Augen, und es war der Blick eines Verliebten.

So lernten sie sich also kennen. Neil führte sie hinauf zum Gipfel des Ben Cailie, und sie wusch sich am Johannistag das Gesicht mit Schnee, und erfrischt vom Schnee nach dem langen Marsch war sie mutig genug zu fragen, was er denn dort oben auf dem Berg gesucht habe. Daraufhin warf er den Kopf in den Nacken und errötete schwer; wie sich herausstellte, hatte er ein Büchlein dabei, über die Geologie der Grampian-Berge, und hatte schon vieles daraus gelernt, auch wenn er es immer nur allein und insgeheim studieren konnte. Und Christine, die zwar eine vornehme Erziehung genossen hatte, doch so einsam und unnatürlich, daß es ihr vorkam, als habe auch sie sich all ihr Wissen mühsam erkämpfen müssen, hörte zu; fast den ganzen Tag lang hörte sie zu, was er zu erzählen hatte, und fand es gar nicht merkwürdig, daß dieser seltsame Bauernjunge, dem doch das Wortkarge, das sonst ihre Art war, ebenso im Gesicht geschrieben stand, redete und redete, so begierig und doch so aufmerksam, als habe er sich mit derselben sinnlichen, forschenden Art, mit der er den harten Granit berührt hatte, nun den Konturen ihres Verstandes zugewandt. Erst als sie auf dem Rückweg den Gipfel wieder weit hinter sich gelassen hatten und Mervie wieder in Sicht kam, wurde er verlegener und dann perplex, als sei ihm etwas eingefallen, woran er schon viel früher hätte denken sollen. Er sei Neil Lindsay, stellte er sich vor, und wer sei sie? Und als sie ihm ihren Namen sagte und er begriff, daß sie das Mädchen war, das bei Guthrie auf Erchany lebte und von dem erzählt wurde, sie sei seine Tochter, da sah er sie mit einem Blick an, der sie verblüffte, denn auch wenn sie natürlich von der alten, dummen Feindschaft zwischen den Lindsays und den Guthries wußte, hätte sie doch nie für möglich gehalten, daß jemand in ihrer Generation etwas so Böses, Altes, Dummes noch ernst nehmen könnte. Doch das Blut war dem Jungen ins Gesicht geschossen, als sie ihm sagte, wer sie war, und gleich darauf war er, so sonnengebräunt sein Antlitz auch war, bleich geworden, dann stieß er einen Fluch aus, daß sie zusammenfuhr, und dann umarmte er sie.

Von dem Augenblick an war es um Christine geschehen. Denn so unberechenbar die Stimmungen auch waren, wenn sie sich von nun an, immer im verborgenen, trafen, und auch wenn sie es sich am einen Tag eingestand und am nächsten nicht wahrhaben wollte, wußte sie doch, daß sie sein war für immer. Und auch Neil, so innerlich zerrissen er auch sein mochte, stand fest wie der gewaltige Fels, in dessen Schatten sie sich zum ersten Mal begegnet waren; sie würde seine Frau werden, und dann würden sie gemeinsam nach Kanada gehen, wo er einen Vetter hatte, einen gelehrten Mann sogar, der ihm helfen würde, die Art von Arbeit zu finden, nach der er sich sehnte.

Das war also die Geschichte, die mir Christine schließlich erzählte, und daß sie erst nach endlosem Zögern und einer Reihe von Ansätzen herauskam, das lag gewiß nicht nur an der natürlichen Schüchternheit des Mädchens. Es lag auch daran, unter welcher Belastung sie auf Erchany leben mußte; die Art, wie der Gutsherr sich betrug, hatte ihre Nerven angegriffen, und sie konnte gar nicht mehr glauben, daß es irgendwo auf der Welt jemanden gab, dem sie trauen konnte, jedenfalls niemanden außer Neil. Guthrie versuchte mit allen Mitteln, sie und den Jungen auseinanderzubringen; seit jenem Tag, an dem er ihm auf dem Bauernhof begegnet war, war er wie ein Dämon, still, doch mit einer Wut oder sonst einer Leidenschaft, die tief in ihm brannte. Und ebensowenig gab Neil Ruhe; er war ebenso in Haß gegen Guthrie entbrannt und schürte diesen Haß mit all den alten Geschichten über das Unrecht, das den Lindsays widerfahren sei, und dafür hatte Christine wenig Verständnis. Es war ein Hochland-Temperament, das da in den Monaten des Wartens und finsteren Brütens zum Vorschein gekommen war, ein Temperament, das er von seiner Mutter ererbt hatte; Christine sah mit Sorge, wie es bei ihm immer mehr die Oberhand gewann, und nach dem Zwischenfall auf dem Bauernhof wußte sie, daß die Zeit gekommen war zu handeln. Neil wollte Erchany stürmen wie Sir Walters Lochinvar und sie an einen Ort entführen, an dem sie heimlich getraut werden konnten; sein Erspartes würde gerade für die Überfahrt nach Kanada genügen, doch dann bliebe kein Penny mehr. Christine widerstrebte es, heimlich zu verschwinden; instinktiv war sie dagegen – sie spürte, daß Guthrie eine Macht über sie hatte, die sie nur brechen konnte, wenn sie ihm offen gegenübertrat; aber sie wußte auch, daß Neil es nur im richtigen Tonfall zu sagen brauchte, dann würde sie mit ihm fortgehen, und daß es so zwischen ihnen beiden immer sein würde. Denn die Leidenschaft bei alldem, das war das, was sie am meisten spürte. Als ich sie fragte – es war vielleicht wirklich eine dumme Frage –: »Und du willst ihn wirklich heiraten, Christine?«, da blickte sie mich beinahe spöttisch an und sagte einfach nur: »Ich bin besessen.«

Christines Entschluß stand also fest; das einzige, was mir noch blieb, das war, zu helfen, so gut ich konnte. Und gleich als erstes fragte sie mich: »Onkel Ewan, gibt es einen Rechtsanwalt in Dunwinnie?«

Ich erklärte ihr, früher habe es dort den alten Mr. Dunbar gegeben, und nun habe ein junger Bursche namens Stewart dessen Kanzlei und Geschäfte übernommen. Zwar wunderte ich mich ein wenig über diese Frage, doch fand ich es unangemessen, mich zu erkundigen, was sie im Sinne habe; bald darauf sprang sie von meiner Werkbank, auf deren Kante sie gesessen hatte, ging hinüber zu meinem kleinen Schaufenster und blickte versonnen hinaus nach Kinkeig, wo nun von neuem der Schnee seine Decke ausbreitete. »Es muß doch Papiere geben«, sagte sie in aller Ruhe und ohne sich umzuwenden, »Dokumente«.

Natürlich müsse es Papiere geben, erwiderte ich, wenn alles mit rechten Dingen zugegangen sei, müsse es auch Papiere geben – doch ob sie als Guthries rechtmäßiges Mündel und minderjährig, wie sie sei, ein Recht habe, sie einzusehen, wenn er bei seiner Laune bleibe und ihr nichts erklären und nichts offenbaren wolle, das wisse ich nicht. Sie könne ihren Neil nach Dunwinnie zu Anwalt Stewart schicken, wenn sie das wolle, aber der Rat eines alten Mannes sei, lieber ein wenig zu warten: wenn der Gutsherr sich erst einmal daran gewöhne, wie die Dinge sich nun einmal ergeben hätten, dann werde er einsehen, daß es für die Guthries wie für die Lindsays Vernünftigeres gab, als Montagues und Capulets zu spielen. Und es wäre gut, fügte ich noch hinzu, wenn sie das auch ihrem Neil einmal vor Augen führte; schließlich könne ein Pächtersbursche mit nichts als ein paar vagen Aussichten in Kanada, wenn er auf die Idee kam, um das Mündel eines reichen Gutsherrn zu werben, nichts anderes erwarten als daß er zunächst einmal eine Abfuhr erhielte, bevor er vielleicht schließlich doch noch bekomme, was er wolle.

Doch Christine schüttelte den Kopf. »In Wirklichkeit ist es

ganz anders.« Und sie nahm sich ein Stückchen Leder und zeichnete die Falten darauf mit dem Finger nach, so als wolle sie die Furchen abmalen, in die ihre hübsche Stirn sich gelegt hatte. »Hast du meinen Onkel in letzter Zeit gesehen?« fragte sie.

Ich schüttelte den Kopf. »Ich habe ihn bestimmt schon ein Jahr lang nicht mehr gesehen, meine Liebe.«

»Aber du hast gehört, was die Leute reden?«

»Mein Gehör habe ich noch nicht verloren, Christine.«

Sie lächelte. »Ja, in Kinkeig wird immer geredet, das weiß ich.« Sie zögerte. »Aber jetzt heißt es vielleicht, daß er – daß er den Verstand verloren hat?«

Sie sah so bekümmert aus, daß ich meine Leisten fortlegte und sie umarmte – etwas, das ich schon seit vielen Jahren nicht mehr getan hatte. »Nimm dir das nicht zu Herzen«, sagte ich; »das haben sie schon über ihn gesagt, als du noch gar nicht auf der Welt warst. Das würde Kinkeig von jedem Gutsherrn sagen, der etwas anderes als die Rebhuhnjagd und seine Kornfelder im Kopf hat und nicht sonntags in der Kirche fromm tut. Und den Guthries sagen sie es nach seit König Malcolms Zeiten.«

Sie lachte leise, und ich glaubte schon, ich hätte sie getröstet. Doch dann hörten die alten Ohren die Bitterkeit in diesem Lachen. Ich ging zum Fenster und blickte nun ebenfalls hinaus.

Hinter mir sagte Christine mit einem harten Ton, den ich nie zuvor bei ihr gehört hatte: »Er ist irrsinnig.«

X.

Christine hatte immer zu dem Gutsherrn gestanden, und es lag in ihrer Natur, daß sie diese Loyalität auch in der größten Bedrängnis aufrechterhalten, ja wohl sogar für ihn gekämpft hätte. Deshalb verblüffte es mich, was sie da über Guthrie sagte – und auch die paradoxe Art, mit der sie ihr Urteil belegte. Denn was für sie der Beweis war, daß es um seinen Verstand geschehen war, das war, daß er neuerdings sein Geld ausgab wie ein ganz normaler Mensch. »Er tut sich Gewalt damit an«, sagte Christine.

Nur jemand, ging mir durch den Kopf, der lange auf Erchany gelebt hatte, konnte wirklich verstehen, was das bedeutete. Das erste Mal, daß es ihr auffiel, war, als er die Gamleys fortjagte: Gamley hatte einen Vertrag mit dem Gutsherrn, der jährlich oder vierteljährlich galt, und damit er den Hof sofort verließ, hatte er ihm eine Handvoll Gold gezahlt – echtes Gold; Christine hatte gesehen, wie er es aus seinem Schreibtisch nahm, und das war das einzige Bargeld, das man auf Erchany für Notfälle hatte. Es war seltsam gewesen, daß er sich davon trennte, sagte Christine, denn an den Münzen hing ihres Onkels ganzes Herz.

Ich machte große Augen. Natürlich wußte ich, was für ein Geizhals Guthrie war, wie er in den Taschen der Vogelscheuchen wühlte und all das, doch daß er tatsächlich ein Knauser war, wie man ihn in einem Roman finden mochte, das hätte ich nicht gedacht. »Heißt das«, rief ich, »er sitzt tatsächlich da und läßt sich die Münzen durch die Finger rinnen?«

»Das tut er. Numismatik nennt er das, und er hat mir sogar manches davon beigebracht. Hast du jemals eine spanische Golddublone aus der Zeit Philips V. gesehen, Onkel Ewan, oder einen Genueser von dreiundzwanzig Karat, einen Jakobstaler oder die Goldmünzen aus dem Reich des Großmoguls? Ich glaube, wenn ich solche Münzen hätte, ich würde sie ebenso eifersüchtig hüten wie er. Aber mein Onkel häuft auch gern die Guineen und Sovereigns zu kleinen Türmchen auf, und das muß das Geld sein, mit dem er Gamley ausbezahlt hat. Zeigt das nicht, wie es um ihn steht?«

Das zeigte für meine Begriffe nur, wieviel dem Gutsherrn daran gelegen war, die Bewohner des Bauernhofes so schnell wie möglich loszuwerden, denn wenn er so sehr an seinem Golde hing, dann mußte er sich, wie Christine sagte, tatsächlich einen Schmerz zugefügt haben, als er dem Bauern eine ganze Handvoll davon gab. Und einen Augenblick lang hatte ich ein Bild vor Augen, eine Vision wohl beinahe so lebhaft wie jene der Mis-..tress McLaren, von der ich oben berichtet habe: Guthrie, wie er beim Licht der einzigen Kerze (was ja schon deutlich genug zeigte, was für ein Geizhals er war) oben in seinem finsteren Turme sitzt und immer und immer wieder sein Gold durch die Finger rinnen läßt – gewiß symbolisierte es für ihn etwas, wovon wir nichts wissen –, und dann ruft er das Mädchen hinzu und zeigt ihr stolz die Münzen, nennt es Numismatik, damit er eine vernünftige Erklärung für die Lust hat, die ihn treibt. Und auch wenn ich kaum etwas von Neil Lindsay wußte, war ich doch froh, daß Christine ihn gefunden hatte; das Glitzern jenes Goldes, wie das glitzernde Gold, das viele in seinen Augen sahen, ließ mir den ganzen Mann in seiner finsteren Burg düsterer vorkommen denn je.

»Zeigt das denn nicht, wie es um ihn steht?« fragte Christine zum zweiten Mal. Und dann fügte sie hinzu: »Aber neuerdings spielt er nicht mehr so viel mit dem Gold; jetzt hat er statt dessen seine Puzzlespiele.«

Ich sah sie verwundert an – nicht des Inhalts wegen, denn den verstand ich nicht, sondern wegen des gequälten Tonfalls, mit dem sie das sagte, und der immer größer werdenden Anspannung, die ich auf ihrem Gesicht sah. Die Begebenheiten auf Erchany setzten dem Mädchen zu, das war offensichtlich, und sie wußte nicht, wie sie es mir erklären sollte. »Puzzlespiele?« fragte ich verblüfft.

»Mein Onkel hat alle möglichen Sachen aus Edinburgh kommen lassen – auch wieder so etwas, wo er plötzlich mit vollen Händen das Geld ausgibt. Lebensmittel, als ob wir demnächst auf Erchany belagert würden, teure Sachen, und manche dabei, die ich nicht einmal dem Namen nach kannte! Und eine ganze Kiste Bücher.«

»Der Gutsherr hat doch schon immer viel gelesen, Christine.«

»Schon, aber er hat nie Bücher ge*kauft*! Und es sind Themen, die ihn sonst nie beschäftigt haben – medizinische Fachbücher. Jetzt sitzt er oben im Turm und brütet ganze Nächte über ihnen.«

Darüber dachte ich einen Moment lang nach, und etwas Gräßliches ging mir auf. Verlor Guthrie tatsächlich den Verstand – wie Christine glaubte und der Quacksalber aus der Harley Street ja auch halb prophezeit hatte –, spürte er es und versuchte er verzweifelt, die Krankheit zu erkunden, damit er sie noch abwenden konnte? »Christine«, fragte ich vorsichtig, »sind es vielleicht Bücher über den Verstand?«

Sie wußte sogleich, worauf ich hinauswollte, und schüttelte den Kopf. »Die, die ich gesehen habe, nicht. Eines von einem gewissen Osler über allgemeine Medizin, eines von Flinders über Radiologie, Richards über Herzerkrankungen –« Sie brach ab und runzelte die Stirn, und ich begriff, wie verzweifelt sie sich bemüht haben mußte, hinter das Geheimnis des Herrenhauses zu kommen, sonst wären ihr die Buchtitel nicht im Gedächtnis geblieben.

Ich selbst war ratlos, wie diese neueste Laune Guthries zu deuten sein mochte, und so hielt ich mich an etwas anderes. »Diese Puzzles, Christine, was tut er damit?«

»Es ist Spielzeug – du kennst diese Dinger aus Holzklötzen, nicht wahr, Onkel Ewan? Ich glaube, es ist billiger Kram aus einem Versandhauskatalog. Grausige Schlachtenbilder. Man sitzt da und brütet, warum der Kopf des deutschen Soldaten nicht paßt, und dann stellt man fest, daß er ihm gerade abgeschossen wird und daß er oben links in die Ecke gehört. Das fertige Bild heißt dann Marneschlacht oder so etwas – und mein Onkel will immer, daß ich ihm dabei helfe. Über Panzer und Handgranaten und die Versenkung der *Lusitania* weiß ich jetzt alles. Vielleicht glaubt mein Onkel, das ist das Stück Erziehung, das mir noch fehlt.«

Ein Funken Heiterkeit war in Christines Stimme; trotzdem waren es die ersten bitteren Worte gewesen, die ich je von ihr vernommen hatte. Es sei ein dummer Zeitvertreib, antwortete ich, aber doch gewiß harmlos, und sie brauche sich deswegen keine Sorgen zu machen.

Christine warf mit einer halb ungeduldigen, halb verzweifelten Geste ihr hübsches Haar zurück. »Es hat die Stelle des Goldes eingenommen. Ver*stehst* du das denn nicht?«

Ich muß zugeben, eine ganze Weile lang starrte ich sie an wie eine Eule. Und dann, undeutlich zunächst, verstand ich, was sie meinte. Hatte ich denn nicht selbst schon zu mir gesagt, daß das Gold bei diesem Mann nur ein Symbol für etwas war, das viel tiefer in seinem Inneren steckte?

Doch Christine war mit ihren Gedanken schon wieder anderswo. »Onkel Ewan«, fragte sie, »warum hat die kleine Isa Murdoch uns verlassen? Wird darüber im Dorf auch geredet?«

Es war eine Frage, vor der ich mich schon gefürchtet hatte. Christine hatte dieser Tage genug Sorgen, auch ohne daß sie sich auch noch um den Schwachkopf Tammas kümmern mußte; andererseits schien es, wenn sie nichts davon wußte, nur recht, sie vor der bedrohlichen Art zu warnen, mit der er sich Isa genähert hatte. Doch dieses Dilemma löste sie sogleich, denn sie fügte noch hinzu: »War es nur wegen Tammas?«

»Nicht nur. Auch deswegen, weil sie sich in der Galerie deines Onkels versteckt hatte und ihm zuhörte, wie er seine Verse murmelte und unverständliche Dinge vor sich hinsprach. Da bekam sie es mit der Angst zu tun. Aber hast du schon einmal davon gehört, Christine, daß dein Onkel etwas mit Leuten namens Walter Kennedy und Robert Henderson zu tun hatte?«

Nun war sie an der Reihe, mich wie eine Eule anzustarren – doch nur einen Augenblick lang. Dann lachte sie, und es war ein helles Lachen; ich war sehr erleichtert, daß sie wieder lachte. »Ach, Onkel Ewan«, rief sie, »hattest du denn schon einmal mit

Geoffrey Chaucer zu tun?« Und plötzlich packte ihr alter Übermut sie wieder; sie sprang auf, als seien all ihre Sorgen verflogen, und spazierte in meiner kleinen Werkstatt auf und ab, die Hände hinter dem Rücken verschränkt und den Blick auf einen Punkt vor sich, ein wenig in der Ferne, geheftet, als sei sie Ranald Guthrie höchstpersönlich. Und dann rezitierte sie in seinem Singsang:

Und er verschlang in seiner Gier
Chaucer, den edlen, der Dichter Zier,
Lydgate und Gower dahin, oh weh,
Timor Mortis conturbat me.

In Dunfermline umarmt' er schon
Den Meister Robert Henrisoun,
Sir John von Ross ereilt' er jäh,
Timor Mortis conturbat me.

Christine machte kehrt und lachte noch einmal. Den nächsten Vers rezitierte sie mit ihrer eigenen Stimme, lieblich und ernst:

Und Meister Robert Kennedy,
Den zwingt der Tod nun in die Knie,
Oh daß ich ihn nie sterben säh',
Timor Mortis conturbat me.

Ich ließ meine Ahle sinken. »Das waren sie also!« sagte ich. »Namen aus einem Gedicht.«

Christine nickte. »Sprach Dunbar in seiner Krankheit. Und sprach mein Onkel in seiner Galerie – vielleicht genauso krank.« Und sogleich sang sie noch einen weiteren Vers:

Er rafft' dahin die Brüder mein,
Und ich muß bald der nächste sein,

Er läßt mich nicht, mein Herz ist weh
Timor Mortis conturbat me.

Und dann kam sie und setzte sich neben mich, plötzlich wieder ganz in ihre finsteren Gedanken vertieft. »Dunbars *Klagelied auf die Dichter*; er schrieb es, als er selbst und ein anderer, den er verehrte, im Sterben lagen. Mein Onkel rezitiert es immer wieder in letzter Zeit, und gewiß hat Isa ihn dabei gehört.«

Ich erinnerte mich, daß Isa gesagt hatte, Guthries Verse seien immer eine lange Reihe schottischer Verse gewesen und dann jedesmal ein Stück in einer fremden Sprache. Dunbars Gedicht mußte es gewesen sein, und die Namen Kennedy und Henderson, die sie in ihrer Ohnmacht hörte, waren nur zwei Namen aus den Versen, die in ihrer Erinnerung wieder emporkamen. Und ich hätte das Geheimnis leicht selber lösen können, ohne daß Christine mir mit dem Chaucer gewinkt hätte, hätte ich nur Verstand genug gehabt, denn Dunbars Gedichte kenne ich seit vielen Jahren, und ich habe die kundige und prachtvolle Ausgabe von Dr. Small sogar im Bücherschrank stehen.

Und damit war meine Unterhaltung mit Christine an jenem Tag zu Ende, denn bald darauf warf sie einen Blick zur Uhr und nahm ihre Mütze, und so rasch war sie durch den Schnee um die nächste Ecke verschwunden, daß ich mir ausmalte, wie wohl am Ende ihres Weges Neil Lindsay auf sie wartete. Es war sprunghaft gewesen, was sie mir erzählt hatte, und hatte nicht zu viel geführt; ich fühlte mich von ihr in den düsteren, halb verfallenen Gängen von Castle Erchany zurückgelassen, ich tastete hilflos im Dunkel und wußte nicht wonach. An jenem Abend saß ich noch lange auf meiner Schusterbank, als die Sonne längst untergegangen war, versäumte es, meine Läden zu schließen, und schlenderte auch nicht wie sonst zum Arms; die Sache beschäftigte mich, und ich brauchte Ruhe zum Überlegen.

Es war seltsam, daß der junge Neil Lindsay, der doch mit den

Traditionen seiner Familie brechen und ein neues Leben in einem neuen Land beginnen wollte, sich überhaupt mit der alten Feindschaft zwischen den Lindsays und den Guthries abgab. Und seltsamer noch, daß Guthrie, ein Gelehrter und einst sogar Poet, der sich doch mit dem Wesen der Dinge, mit der Zeit und mit den Veränderungen, die sie bewirkte, beschäftigen mußte, den so überlebten, so engstirnigen Haß gegen die Lindsays nicht überwinden konnte. Die heutigen Lindsays, einfache und arme Leute, mochten in Ranald Guthrie den Inbegriff jener sehen, die alles haben und immer noch mehr wollen und dabei die einfachen Leute in Schottland zu Bettlern gemacht haben, und diesem echten Ressentiment brauchten sie nur mit der alten Geschichte ein wenig Farbe zu geben; doch was konnte das Ranald Guthrie anhaben – einem reichen Mann, dem sein Besitz alle Sicherheit gab und der doch den gewöhnlichen Neid der Armen gar nicht bemerken sollte, geschweige denn darauf eingehen? Tat der Gutsherr denn etwas anderes, als daß er Neil Lindsays Werben aufnahm, wie jeder Mann, der stolz auf seine Herkunft und seine Ländereien ist, das Werben eines Bauernjungen um ein Mädchen aufnehmen mußte, das wie eine Tochter unter seinem Dache lebte?

Und doch war Christine überzeugt, daß ihr Onkel verrückt geworden war, ob nun ganz oder vorübergehend; und es war seltsam, wie nahe es mir ging, daß sie sagte, was doch ganz Kinkeig schon seit langem sagte. Kinkeig war immer bereit, allen Unsinn zu erzählen, wenn er nur aufregend genug war, doch Christine war ein sanftmütiges Mädchen mit klarem Kopf, das von Mistress Menzies und von Guthrie gelernt hatte, daß man seine Worte nicht leichtfertig wählt. Was sie über den Gutsherrn gesagt hatte, das hatte sie ernst und wörtlich gemeint, und daß sie kaum einen vernünftigen Grund dafür geben konnte, schien mir nur umso mehr Grund zur Sorge.

Plötzlich fiel mir ein, daß ich vergessen hatte zu fragen, ob es Neuigkeiten von den amerikanischen Guthries gab: Konnten sie es nicht doch sein, die dem Gutsherrn zusetzten – und mochte nicht das kecke Mädchen, das vor einiger Zeit im Arms aufgetaucht war, eine von ihnen sein? Denn es lag auf der Hand, daß man, wenn man Guthries Verhalten in den letzten Monaten erklären wollte, mehr anführen mußte als nur die Geschichte von Christine und ihrem Neil Lindsay. Die Art, wie er die Gamleys fortgeschickt hatte, die Lieferungen aus Edinburgh, all das, was Isa Murdoch gesehen und gehört hatte, als sie das Herrenhaus wieder herrichteten, und in der Nacht auf der Galerie – das reichte alles in die Zeit zurück, bevor Guthrie wußte, wer Christine den Hof machte oder daß sie überhaupt einen Verehrer hatte. Und ich dachte wieder über die medizinischen Fachbücher nach, über denen der Gutsherr brütete, und wie er seinen Geist mit hölzernen Puzzlespielen beschäftigte. Und ich sah ihn vor mir, wie er sich mit wütenden Axthieben den Weg in die lange verlassene Galerie öffnete, wie er dort durch den endlosen Gang wanderte und wie er – das letzte, was Isa von ihm gesehen hatte – am Ufer des Loch Cailie gestanden und in die Ferne geblickt hatte. Und immer wieder hatte ich Christines Stimme im Ohr, ihre harte Stimme – als blicke sie einer tödlichen Gefahr ins Gesicht –, die Stimme, die verkündete, ihr Onkel sei irrsinnig. Ich versuchte, mir einen Reim auf all das zu machen, und dann war mir, als hörte ich den Gutsherrn selbst, wie er verzweifelt den lateinischen Refrain jenes alten schottischen Dichters hinausbrüllte, des Dichters, der gequält war von der Furcht vor dem Tode, nein, vom Tode selbst.

Und da ging ich in meine Kammer und holte das Buch; ich blies den Staub fort und schlug das Klagelied auf.

Klagelied auf die Dichter
In seiner Krankheit
Ich, der gesund und froh einst war,
Lieg' krank hier nun, dem Grabe nah,

So siech und schwach und bleich wie Schnee,
Timor Mortis conturbat me.

Ich las es von Anfang bis Ende, die hundert Zeilen Klagegesang auf die toten Dichter Schottlands, las es bis zum letzten Vers:

Dem Tod entfliehen kannst du nicht,
Drum rüste nur beizeiten dich,
Zum Auferstehn nach Todes Weh,
Timor Mortis conturbat me.

XI.

Es war ein strenger Winter. Wenn ich nun auf meinen Vorspruch zu diesem Bericht über die Ereignisse auf Erchany zurückblicke, so sehe ich die Figuren darin bald undeutlich und hilflos getrieben wie in dem großen Sturm, in den unsere Lehrerin geriet, bald scharf umrissen in Gesten so extravagant wie die Bilder, die uns die kahlen, vom Sternlicht durchfluteten Bäume in den langen, bitteren Frostnächten boten; und wie der Vorhang im Theater senkt sich und hebt sich, während die Geschichte ihrem entsetzlichen Ende zueilt, der Vorhang des unablässig fallenden und wieder schmelzenden Schnees. Wenn die Zeitungen durch die Schneewehen bis zum wohlinformierten Mann durchkamen – was nicht immer geschah –, dann kam er zum Arms heruntergepatscht und erzählte uns, wie sie in der Fleet Street schrieben, Schottland ersticke im Schnee, es sei ein Rekordwinter, wie er ja von Anfang an gesagt hatte. Das habe er, meinte Will Saunders dazu, er habe es so oft gesagt wie eine Schallplatte mit Sprung, und er hoffe nur, daß dem Zeitungshändler bald die Grammophonnadeln ausgingen oder die Feder bräche.

Am selben Tag, an dem Christine mich besuchte, öffneten sich die bleigrauen Wolken über den längst schneebedeckten Hängen, und die feinen weißen Flocken fielen und fielen, und immer dichter häufte sich auf Täler und Felder die weiße Watte, so rein und reglos und still wie der Marmorboden im Himmel, bevor der Allmächtige auf die Idee kam, ihn mit Scharen von Engeln zu bevölkern. Oft habe ich mir in jenen Tagen, die so weiß und still zur Weihnacht hinüberhuschten wie makellose Gespenster, meine Gedanken gemacht, wie es wohl weiter oben im Tal aussehen mochte. Ich erwartete keine Neuigkeiten; niemand konnte dies Hindernis, das sich immer weiter auftürmte, noch überwinden, ausgenommen vielleicht Tammas, von dem die Leute erzählten, er entwickle geradezu übernatürliche Kräfte im Schnee, wie eine Gestalt in einem Märchen. Ich selbst bin als junger Bursche ja manche Meile durch den tiefen Schnee gewatet, wenn ich einmal die Woche, sommers wie winters, zur Bücherei in Dunwinnie pilgerte und meine Zeitungen und Bücher las. Doch eine solche Mühe, wie jetzt der Weg zwischen Kinkeig und Erchany sein mußte, hatte ich wohl nie auf mich genommen, und so war ich höchst überrascht, als Tammas dann tatsächlich vor meiner Tür stand.

Erschöpft war er wie Satan, als er sich durch das Chaos gekämpft hatte – und er war ja nun wirklich wie ein Besucher aus einer anderen Welt. Am Tag zuvor – am 22. Dezember also – waren noch ein oder zwei Autos aus Dunwinnie heraufgekommen, und die Besucher erzählten, wie es dort unten, am unteren Ende des Sees, aussah: die Leute kamen in Hunderten zum Eisstockschießen, mit Sonderzügen. Doch am 23. blieb alles still, und wir zweifelten, daß noch jemand zu uns durchkommen würde: Kinkeig war von der Welt abgeschnitten, und Erchany wiederum von Kinkeig. Niemand kam durch außer Tammas, der schnaufend und keuchend vor meiner Tür stand und aus seinem großen sabbernden Mund Atemwolken ausstieß wie ein Drache.

Doch aus einem Drachen hätte man eher schlau werden können als aus dem Schwachkopf, erschöpft von seinem schweren Marsch wie er war. Was er sagte, war nur konfuses Gestammel, und er ließ sich nicht dazu bewegen, ins Haus zu kommen und sich auszuruhen; er drückte mir einen Brief in die Hand und stapfte davon, ehe ich noch ein Wort sagen konnte. Ich betrachtete den Brief und sah, daß er von Christine war – und da ließ ich den Schwachkopf gewähren, ging wieder nach drinnen, setzte mich ans Feuer und las.

Lieber Onkel Ewan!

Ich habe dummes Zeug geredet – kannst Du mir verzeihen? Alles ist gut – *wirklich* gut, auch wenn es noch so unglaublich ist – und nur bis zum Weihnachtstag muß ich noch warten!

Heute morgen kam mein Onkel zu mir; er schien guter Laune, was selten genug bei ihm ist; er stand vor dem kleinen Feuer, das Mrs. Hardcastle auf seine Anweisung für mich entzündet hatte, und sagte: »Ich habe das größte aller Puzzles gelöst.« Aber dann merkte er, daß ich mit meinen Gedanken ganz woanders war, und plötzlich fragte er sanft: »Muß es denn wirklich er sein, Christine?« Ich antwortete einfach nur: »Ja«, denn wie sehr es *Ja* heißt und wie ich einfach nicht dagegen ankann, das habe ich ihm oft genug gesagt. Und er erwiderte: »Dann sollst du mit ihm gehen.«

Ich weiß nicht warum, aber ich zitterte am ganzen Leib und brachte kein Wort hervor; bei alldem, was ich mir in letzter Zeit an Hirngespinsten eingeredet hatte, dachte ich vielleicht, es sei womöglich nur eine Laune seines irren Verstandes und nicht ernstzunehmen. Doch er sagte zum zweiten Mal: »Dann sollst du mit ihm gehen.« Und dann sprach er bitter davon, was für eine Schande es sei und daß wir, wenn wir gingen, für immer fortbleiben müßten; daß mir Geld zustehe und daß ich es bekommen solle, daß Neil mich in der Weihnacht holen solle, und dann könnten wir aufbrechen nach Kanada. Doch eine Hochzeit hier bei uns werde es nicht geben, und von einer anderswo wolle er nichts hören, und – aber was soll ich all diese Worte wiederholen, wo ich sie nun bald vergessen kann und vergessen will.

Das ist also mein Abschiedsbrief: *Dich* werde ich nicht vergessen, Onkel Ewan. Ich bin so glücklich, so glücklich – aber ich fürchte mich auch. Manchmal denke ich, ich träume – aber das ist Unsinn! Wenn es Dinge gibt, die ich nicht verstehe – was macht das schon aus, wenn ich mit Neil fortgehen kann?

Tammas soll hinuntergeschickt werden – wohl, um die Post zu besorgen – obwohl der Schnee sich immer höher türmt; ich hoffe nur, es geschieht ihm kein Unglück. Für mich ist das die Gelegenheit, Dir diese Zeilen zu schreiben – sonst hättest Du erst von mir gehört, wenn ich schon weit fort bin – und was hättest du da in Kinkeig lange zuvor für eine Flut von Klatschgeschichten zu hören bekommen! Leb' wohl, lieber Ewan Bell,

in Liebe Deine
Christine Mathers.

Bei Neil bin ich in Sicherheit, und er bei mir.

Da hieß es also Abschied von Christine nehmen – und bei dem Gedanken, daß sie so weit fort von Kinkeig gehen sollte, wurde mir das Herz schwerer denn je, und das, wo ich mich doch für sie hätte freuen sollen. Immer wieder von neuem las ich den Brief, und bei jedem Mal wurde ich trauriger. Am Ende muß ich wohl eingeschlafen sein, alter Mann der ich bin, und mein Feuer erstarb, denn ich erwachte mitten in der eisigen Nacht, und Ranald Guthries Stimme klang mir in den Ohren:

TIMOR MORTIS CONTURBAT ME. ...

Die nächsten drei Tage verbrachte ich in größter Besorgnis.

XII.

Am Abend des Tages, an dem Tammas kam – Montag, der 23. war das –, gab es noch eine kleine Sensation in Kinkeig. Denn als längst alle glaubten, sämtliche Straßen müßten unter dem großen Schnee verschwunden sein, als sich grau und silbern die Schatten des Abends auf die weiße Welt senkten, kam eine kleine Limousine ins Dorf, pflügte sich schlingernd von gottweißwoher zu uns herauf; vielleicht war der Fahrer in Dunwinnie von der Hauptstraße abgekommen und wollte auf sie zurück. Man hat den Wagen nur kurz durchs Fenster gesehen, denn bei dem Wetter waren alle in ihren Häusern – alle außer dem kleinen Wattie McLaren, der vom Tee aufgesprungen und hinausgelaufen war und nach einem Schneemann sehen wollte, den er mit anderen Kindern am Vormittag gebaut hatte. Der kleine Wagen hielt an; eine junge Frau hätte am Steuer gesessen, erzählte Wattie, und habe gefragt, ob das die Straße Richtung Süden sei. Mag sein, daß die Fahrerin ihn mißverstand – was man sich gut vorstellen kann –, oder der Bengel gab ihr absichtlich eine falsche Antwort und hatte später Angst, es zuzugeben. Jedenfalls schüttelte sich der kleine Wagen und schnaufte, die Hinterräder schlitterten eine Weile, bis sie im Schnee wieder einigermaßen faßten, und dann nahm er den Weg nach rechts das Tal hinauf, nach Erchany.

Inzwischen hatte Mistress McLaren bemerkt – der Leser wird sich erinnern, wie es um ihren Verstand bestellt ist –, daß Wattie in ihrer Kinderschar fehlte – und sie hat ja, wie Will Saunders immer sagt, wahrlich genug, daß ihre Säue sich ein Beispiel an ihr nehmen könnten –, und war hinausgegangen, um ihn zu suchen; sie sah gerade noch das Schlußlicht des kleinen Wagens über die erste Hügelkuppe verschwinden. Und im selben Augenblick ertönte ein Fanfarenstoß, der Mistress McLaren – die ja sehr religiös ist, wenn auch auf eine kuriose Art – sogleich an den Engel der Verkündigung denken ließ: ein frommer und der Jahreszeit angemessener Gedanke, das muß man sagen. Aber es war lediglich die Hupe eines weiteren Wagens, dieser fast so groß wie ein Haus und mit nur einem einzigen schmächtigen Jüngling darin, mit Schneeketten auf den Rädern und besser für die winterlichen Verhältnisse gewappnet als sein Vorgänger. Zweifellos hatte er sich verirrt, weil er dem anderen auf die falsche Straße gefolgt war, und heute weiß ich, daß der junge Mann am Steuer sich bei der Frau unseres Schmiedes erkundigte, ob das die Straße nach London sei. Er hätte, das brauche ich kaum eigens zu sagen, auch keine besseren Chancen gehabt, daß Mistress McLaren ihn richtig verstand, wenn er nach der Straße nach Monte Carlo gefragt hätte; sie war überzeugt, er wolle wissen, in welche Richtung der andere Wagen gefahren sei – weil für sie ja, wie Will sagte, sich immer alles darum drehte, daß die Jungs hinter den Mädchen herwaren. So wies sie denn, sehr zufrieden mit sich, auf den düsteren Weg das Tal hinauf, und mit brüllendem Motor schoß der schwere Wagen in Richtung Erchany davon. Die meisten im Dorf rechneten nicht damit, daß die zwei es bis zur Burg schaffen würden, und ebensowenig damit, daß sie noch zurückkonnten; Carfrae, der Gemüsehändler, mußte natürlich den Witz anbringen, daß sie sich in der Nacht oben im einsamen Tal schon gegenseitig warmhalten würden.

Danach erfuhr keiner in Kinkeig mehr etwas Neues. In der Nacht kam ein Wind auf, der den immer weiter fallenden Schnee hierhin und dorthin wirbelte, als mißgönne er den feinen Flocken ihren Ruheplatz auf dem weißen Boden; den ganzen Heiligabend lang türmte er ringsum den Schnee zu hohen Mauern auf. Am Weihnachtsmorgen flaute der Wind ab, doch leise fielen weiterhin die Flocken; als ich früh an der Kirche vorüberkam, war die Glocke, die zu der Morgenandacht rief, die Dr. Jervie so gern hält, kaum zu vernehmen, so gedämpft war alles von dem vielen Schnee.

Zu jener Stunde war es, in der die wenigen in Kinkeig, für die Weihnachten ein Fest der Kirche ist, im Gotteshaus versammelt waren, daß Tammas zum zweiten Mal kam, und klarer als den Ruf der Glocke hörte ich den entsetzlichen Schrei, den er ausstieß, als er sich durch die letzte Schneewehe gekämpft hatte: sein Herr, Ranald Guthrie auf Erchany, war tot.

Und hier, geneigter Leser, will ich meine wirre und unstete Feder niederlegen, und als nächstes wird, denke ich, zu lesen sein, was Noel Gylby, der junge Mann in dem großen Wagen, für sein Mädchen in London aufschrieb. Doch der Leser und ich werden uns wiederbegegnen, ehe diese Geschichte vorüber ist.

ZWEITER TEIL

Noel Gylbys Tagebuch

I.

24. Dezember

Liebste Diana! Blätter – wie Königin Viktoria zu sagen pflegte – aus dem Tagebuch meines Lebens in den Highlands. Wenn nicht meines Sterbens in den Lowlands. Denn ich habe keine Ahnung, ob ich dies Abenteuer überstehen werde; ich habe nicht einmal einen blassen Schimmer – wie meine amerikanische Freundin sagen würde –, wo ich überhaupt bin. JAWOHL, ich habe mir eine Freundin zugelegt, eine streitbare und bezaubernde und durch und durch geheimnisvolle junge Dame von jenseits des Großen Teiches, und wir sind auf einer Burg irgendwo in Schottland gestrandet, und ich werde das Gefühl nicht los – hab's im Urin, würde sie sagen –, daß der Seneschall uns schon im nächsten Augenblick höchst feudal die Kehle durchschneiden wird, ein Seneschall, der – wohlgemerkt! – auf den Namen Hardcastle hört, und hart genug ist's hier auf der Burg, und so feucht und so kalt und so verrückt, daß die Hausangestellten (obwohl ich bisher noch keinen einzigen zu Gesicht bekommen habe) wahrscheinlich Dampcastle, Coldcastle und Crazycastle heißen – ein ganzer Trupp Crazycastles könnte irgendwo hinter diesen bröckelnden Mauern lauern. Und wir haben's irgendwie im Urin – Miss Guthrie und ich –, daß wir schon bald von den bösen Heiden belagert sein werden, den Rittern Sansjoy, Sansfoy und Sansloy – und wenn du meinst, Diana, Heiden oder Leute, die Ohnefreud, Ohneglaub und Ohngesetz heißen, hätten in Schottland nichts verloren, dann kann ich Dir nur antworten, daß Du mir ein wenig Mangel an Logik schon nachsehen mußt, nach dieser wirklich entsetzlichen Nacht.

Sei mir nicht böse, Diana, aber ich werde nun doch nicht zu Weihnachten in London sein, und nicht durch meine Schuld. Laß es Dir erklären. Hör' mir zu. Als eine Art Entschuldigung will ich alles hier aufschreiben. Und es ist lustig dazu und hat gute Aussichten, daß es auch lustig bleibt.

Ich hatte Kincrae und die Schrecken des für die Jahreszeit so ganz und gar unpassenden Ansinnens meiner Tante, dorthin gebracht zu werden – kannst Du Dir vorstellen, daß tatsächlich Eiszapfen an den Nasen der trübseligen Hirschköpfe an den Wänden im Großen Saal hingen? –, ich hatte diese Schrecken überstanden und war in aller Frühe gestern morgen wieder aufgebrochen, und auch wenn die Straßen in einem schrecklichen Zustand waren, rechnete ich doch damit, daß ich am Abend in Edinburgh sein würde (wo es ein passables Hotel gibt); heute abend wäre ich auf der Hauptstraße nach York gewesen, und von da hätte ich es morgen noch rechtzeitig zum Weihnachtsessen geschafft – wie ich's Dir telegrafisch angekündigt hatte.

Aber die Rechnung hatte ich ohne das Wetter gemacht. Die Schneemassen sind unglaublich, und selbst auf der Hauptstraße aus den Highlands – wo die Schneepflüge gefahren waren – blieb ich zusehends hinter meinem Plan zurück. Ich hatte einen kleinen Imbiß – der Herr wünscht zu speisen? hat mich der Wirt in der Kaschemme mit großen Augen gefragt – irgendwo in einem gottverlassenen Kaff; ich witterte ja schon das gute Abendessen in Edinburgh. Ich trat ordentlich aufs Gas, aber trotzdem kam ich nicht voran. Ich mußte unbedingt in Queensferry sein, bevor die *William Nuir* ablegte, sonst hätte ich den ganzen Weg über Stirling fahren müssen, und dann wäre es wirklich spät geworden. Diana, Du weißt, was ich getan habe. Ich hielt an, holte die Landkarte hervor und sah, daß es eine prima Abkürzung gab. Doch ach!

Die Route war, glaube ich, schon in Ordnung; es war der Schnee, der mein Verderben war. Ich hatte die Schneeketten angelegt und fuhr munter vor mich hin, ungefähr vierzig Meilen die Stunde, als die Nase des Wagens plötzlich nach unten tauchte und das Hinterende in die Höhe ging, wie ein Boot, das in ein

Wellental plumpst – nur daß man sich nicht wie im Wasser, sondern wie in Watte fühlte. In etwa zehn Schritt war ich von meinen vierzig Meilen zum Stillstand gekommen, ohne Stoß und ohne Rütteln. Das ist eben der schottische Schnee: vollkommen andere ballistische Eigenschaften, habe ich das Gefühl, als der Schnee in Davos. Aber das nur nebenbei. Was geschehen war, war folgendes: ich war über eine jener unglaublich buckligen Brücken gefahren (die, soviel ich weiß, noch aus der Zeit Julius Caesars hier stehen), auf der anderen Seite war eine große Schneewehe, und in ihr war ich versunken.

Zum Glück kam gerade ein Trupp Nordbriten daher, um, wie sie mir erklärten, Heu für das bedürftige Vieh zu bringen; sie waren so freundlich, besagtes Vieh herbeizuholen und es vor, oder besser gesagt: hinter meinen Wagen zu spannen und ihn rückwärts wieder herauszuziehen, und dann fuhr ich den Weg zurück, den ich gekommen war, nur daß ich zwei Stunden verloren und zehn Shilling – wie Miss G. sagt – auf den Kopf gehauen hatte.

Womit wir also zu Miss G. kämen – wiederum mit etwa vierzig Meilen die Stunde, bis wir in die Metropole Dunwinnie einlaufen. Dort hielt ich, um zu tanken, und genau das gleiche tat Miss G. –, wir beide an der einen Zapfsäule, Ladies first. Du weißt, ich bin immer ein wenig verlegen, wenn ich mit dem Wagen draußen in Gesellschaft kleinerer Wagen bin, und Miss G. bedachte mich mit einem kurzen, abschätzenden Blick, der mit einer solchen Deutlichkeit *Windhund!* sagte, daß ich beinahe winselte. Und so folgte ich ihr wie ein treues Hündchen – nachdem ich gehört hatte, wie sie sich kompetent nach der Straße Richtung Süden erkundigte – und folgte ihr auch, als sie die zweite Biegung nach rechts einschlug. Pech war das, denn Miss G. nahm die falsche Piste.

Aber fahren konnte sie. Es war eine schmale Landstraße – das hätte mir schon zu denken geben sollen –, und ich überholte nicht. An die zehn Meilen ging das so, dann kamen wir in einen gottverlassenen Weiler, und dort verlor ich den Anschluß: inzwischen war es ja fast dunkel. Das gefiel mir gar nicht; schon seit Meilen hatten wir uns durch jungfräulichen Schnee gepflügt, und ich war mir sicher, daß ich mich verirrt hatte, mitten im tiefsten Schottland. Also hielt ich, um mich zu erkundigen; das Dorf schien verlassen wie Goldsmiths Auburn, und ich dachte schon, ich müßte an Haustüren klopfen, als plötzlich wie durch Zauberei eine Alte neben mir auftauchte. Natürlich hätte ich meine Landkarte nehmen sollen, hätte fragen sollen: »Gute Frau, wo bin ich hier?« und dann selbst sehen sollen, wie ich von dort wieder fortkam. Statt dessen fragte ich sie nach der Straße gen Süden, womöglich sogar nach London – die alte Gewohnheit, die mit der Müdigkeit die Oberhand gewann. Aber die alte Schachtel machte einen ganz verläßlichen Eindruck, zeigte sogleich und sehr bestimmt auf eine Abzweigung zwischen den Häusern – und so tollte Dein treuer Hund davon.

Etwa eine Meile darauf erschienen Miss G.s Schlußlichter wieder vor mir, und in meiner Unschuld nahm ich das gar als gutes Zeichen; mein Vetter Tim, der einmal stellvertretender Untersekretär oder so etwas an der Botschaft in Washington war, erzählt ja immer, was für ein tüchtiges Volk sie sind. Natürlich wäre im Vergleich zu jemandem, der so minderbemittelt ist wie Tim, praktisch jeder – Aber ich schweife ab.

Was ich ja dort im wahrsten Sinne des Wortes tat. Noch ein paar Meilen, und es konnte kein Zweifel mehr sein, daß ich vom rechten Wege abgekommen war. Miss G. hatte sich verfahren, und ich fuhr hinterher – schlingerte und schlitterte eigentlich eher, durch den kniehohen Schnee. Wahrscheinlich wäre das der Punkt gewesen, an dem ich umgekehrt wäre, wäre ein Umkehren möglich gewesen, doch daran war nicht zu denken, denn die Straße war offensichtlich keine Straße, sondern nur ein elender Feldweg. Außerdem war die heroische Miss G. immer noch vor mir – ich konnte mir gar nicht erklären, wie sie immer noch vorankam – und würde bald weit schlimmer dran sein als ich; in meinem Gefährt konnte man die Nacht, wenn man sie denn dort verbringen mußte, wenigstens überleben. Du siehst, worauf es hinausläuft: der edle Ritter, der galant der gestrandeten Dame zu Hilfe eilt.

Und gestrandet war sie tatsächlich. Ich war vielleicht sechs Meilen weit gefahren; ich konnte die Spuren ihrer Räder gerade noch im Scheinwerferlicht ausmachen, und ich folgte eher diesen Spuren als den wenigen Pfosten, die den Verlauf des Weges markierten, und so geschah es, daß ich ein zweites Mal in die gleiche Falle ging wie zuvor an der buckligen Brücke. Zumindest schien es so. Köpfchen in das Wasser, Schwänzchen in die Höh' – doch dann kam ein entsetzlicher Schlag. In die Stille hinein, die dann folgte, und als ich mich noch mühte, überhaupt zu begreifen, was geschehen war, sagte eine Frauenstimme kühl: »Na, das haben Sie ja schön gemacht.« Miss G.s Stimme.

Sybil Guthrie – es ist Zeit, daß wir ein wenig vertrauter mit ihr werden – Sybil Guthrie war von der Straße abgekommen und über eine Schneewehe gehüpft, ihr Wagen war zur Seite gekippt, und sie war herausgeklettert. Ich folgte brav und hüpfte ihr nach, doch der Rolls kippte nicht, sondern blieb auf der Höhe – genauer gesagt kam er mit einem fürchterlichen Knirschen oben auf ihrem Wagen zu stehen. Da thronte ich nun und machte ein dummes Gesicht – denn es hätte ja nicht viel gefehlt, und ich hätte ihr dabei ihren hübschen Hals gebrochen. Ich war sehr darauf bedacht, die Scharte auszuwetzen, und fragte besorgt: »Sind Sie verletzt?« – »Und wie«, antwortete sie. »Tief gekränkt bin ich«, und dann, schon munterer: »Aber wenn der Streit zu hitzig wird, haben wir ja genug Schnee zum Abkühlen. Oder meinen Sie, Schnee wird da nicht helfen?«

Doch Abkühlung brauchten wir keine. Im Gegenteil, wir nahmen rechts und links auf meinen Kotflügeln Platz – der Wagen stand bombenfest auf seinem Sockel –, wärmten uns an der Motorhaube die Hände und berieten, was wir tun sollten. Sybil – ein patentes Mädchen – Sybil erklärte, das Dorf, in dem wir uns endgültig verirrt hätten, müsse Kinkeig gewesen sein; sie sei schon einmal durchgekommen, und es gebe ein Gasthaus dort – falls man bis dorthin zurückgelangte. Wäre das die beste Lösung?

Sehr vernünftige Impulse, wie Du siehst, auch wenn sie mich an der Tankstelle noch so geringschätzig gemustert hatte. Nun, wo wir im Schnee festsaßen, war ich unversehens vom Windhund zum Bernhardiner befördert. Ich trottete ins Rampenlicht und machte eine ganz ungewohnt ernste und verantwortungsvolle Miene dabei.

Den ganzen Nachmittag hatte es geschneit, bald mehr, bald weniger, doch im Augenblick – einmal abgesehen davon, daß es mittlerweile dunkel war – war die Sicht gut. Und wenn ich mich reckte, dann konnte ich weit entfernt, aber doch deutlich genug, ein Licht entdecken. »Ich glaube«, sagte ich, »wir halten uns eher an das Haus dort vorn. Haben Sie einen kleinen Koffer?«

Kaum vorzustellen – meinst Du nicht auch? –, daß Sybil unbeeindruckt war; das waren die kargen Worte, mit denen Helden sprachen. Und außerdem war es in jedem Falle vernünftig, fand ich, denn zum Dorf mußten es mindestens sechs Meilen sein; das Licht hingegen, auch wenn man sich bei Lichtern im Dunkeln leicht verschätzen kann, konnte kaum weiter als zwei entfernt sein. Hättest Du gezweifelt, Diana, hättest Du Einwände erhoben? Sybil tauchte wortlos in die Tiefe und holte einen Koffer – einen kleinen Koffer – aus den Überresten ihres Wagens. »Hieronimo«, sagte sie, »mach dich davon! Im Tale droben, das mit Eise fließt –«. Eine gebildete junge Dame – wie es bei einer Sibylle ja auch nicht anders zu erwarten war.

Das Licht konnte nur von einem Wohnhaus kommen, das uns doch wenigstens eine gewisse Zuflucht bieten mußte; nur war die Gefahr groß, daß wir es beim Gehen aus den Augen verloren. Ich ließ meinen Suchscheinwerfer eingeschaltet und richtete ihn auf einen recht auffälligen Baum – was uns eine Basis verschaffte, an die wir im Notfall zurückkehren konnten –, und dann ging es los. Doch nicht bevor die unvergleichliche Sybil noch eine stattliche elektrische Taschenlampe aus den Trümmern geborgen hatte. Man hätte denken können, sie sei auf die ganze Affäre vorbereitet gewesen.

Was dann folgte, war eine Art Westentaschenausgabe von Scotts letzter Fahrt. Es war kalt, es war dunkel, und vor allem war überall Schnee. Tatsächlich war »Mann, das nenne ich Schnee« das einzige, was von Sybil *en route* zu hören war. Es gab die pittoreskesten Stürze, bei denen wir im Schnee fast untertauchten, wie die Leute in der Weihnachtsnummer des *Punch*. Man sollte ja denken, daß Schnee etwas eher Passives ist. Aber ich kann Dir versichern, daß er sich erhob wie ein Mann und zum Angriff überging.

Es gab bange Zeiten, wo ein Hügel oder eine Baumreihe das Licht verdeckte; schlimmer war der Augenblick, als es plötzlich ein gutes Stück nach oben zu rücken schien und ich das Gefühl hatte, daß es womöglich zwanzig Meilen von uns hoch oben auf einem Bergkamm lockte. Doch fünfzig Schritt später, und eine Schwärze zeichnete sich rund um das Licht ab, die dumpfer war als die Schwärze des Himmels. Ein paar weitere Schritte noch, und sie nahm Gestalt an. Was wir sahen, war das Licht einer einsamen Kerze, die weit oben in einem hohen Turm brannte.

»Herr Roland«, sprach ich, »kam zum finstern Turm.«

Nicht gerade geistreich – nicht mit Hieronimo zu vergleichen –, und ich war eher froh, daß die Worte, auch wenn wir uns noch so erschraken, in dem entsetzlichen Gekläff untergingen, mit dem die Hunde Alarm schlugen. Doch auch Sybil verschmähte das Naheliegende nicht: »Sir Leoline«, rezitierte sie, »der Edelmann –«

»Hat eine Dogge ohne Zahn –«

»Dobermann«, sagte Sybil streng.

»Wie bitte?«

»Dobermann, nicht Dogge«.

»Wir sehen es später nach.«

In Anbetracht der Umstände, wirst Du vielleicht sagen, eine alberne Unterhaltung. Und im selben Augenblick ging, wie als Zeichen der Mißbilligung, das Licht aus. Die Hunde bellten allerdings weiter.

Ganz schicklich und sittsam fühlte Sybil nach meiner Hand. »Mr. Gylby«, sagte sie – wir hatten uns bekannt gemacht –, »ein kleinwenig sinkt mir der Mut.« So faßte ich sie mannhaft – nicht jener vulgäre und zweideutige Griff, den man als »eine Hand drücken« bezeichnet – und sagte in meiner heroisch-knappen Art, daß es ein Glück sei, daß das Licht nicht eine halbe Stunde früher ausgegangen sei. Und bei diesen Worten erschien es einen Augenblick lang wieder, weiter unten und mehr links von uns. Es verschwand und erschien kurz darauf zu unserer Rechten, wieder ein Stück weiter unten. Jemand kam eine Wendeltreppe herab.

Ich trat ein paar Schritte vor und betrachtete das Gebäude im Schein der Taschenlampe; immerhin reichte das Licht, um uns zu zeigen, daß wir auf etwas recht Großes gestoßen waren. Das machte mir Mut; in so einer Nacht mußte doch der Landadel zeigen, was in ihm steckte; ich richtete die Lampe nach unten, um zu sehen, ob wir vielleicht durch einen Garten oder eine Auffahrt herauf gekommen waren. Was ich sah, ließ mich einen kleinen Schrei ausstoßen: ich stand an der Kante eines Abgrunds. »Burggraben«, erklärte Sybil. Sie faßte meine Hand mit der Lampe und richtete sie nach links. »Zugbrücke.« Sie fand das offenbar alles aufregend, doch nun war ich es, dem ein kleinwenig der Mut sank. Ich kannte solche Burgen: die Jagdtrophäen im Großen Saal würden Eiszapfen an der Nase haben – ein Zwillingsbruder des Gemäuers, dem ich erst am Morgen entkommen war. »Würde es Ihnen etwas ausmachen«, fragte ich, »wenn Sie das Zimmer mit dem Gespenst nähmen?« Worauf sie energisch antwortete: »An so etwas glaube ich nicht, Mr. Gylby.« Und dann: »Sehen Sie!«

Ganz am unteren Ende des Turms und auf der rechten Seite war ein Lichtstreif erschienen. Wir tasteten uns vorsichtig entlang der Grabenkante vor und entdeckten eine zweite Brücke – diesmal keine Zugbrücke –, und an deren anderem Ende hatte sich eine kleine Hintertür einen unfreundlichen Zoll weit geöffnet. Wir gingen hinüber, und der Schnee knirschte unter unseren Schuhen. Die Hunde bellten, was das Zeug hielt, doch trotzdem war der Türspalt, durch den das Kerzenlicht schien, nicht breiter geworden. Also klopfte ich. Woraufhin eine grobe Stimme fragte: »Ist das der Doktor?«

Sie hatten jemand anderen erwartet. »Wir sind zwei Reisende«, erklärte ich dem Lichtspalt, »wir hatten einen Unfall mit dem Wagen.« Denn es schien mir nur angemessen, es in dieser Drastik zu formulieren, und ich gab mir Mühe, es so mitleiderregend wie nur möglich zu sagen. Doch meinen Bemühungen war kein Erfolg beschieden. Der Lichtstreif verschwand. Der Türspalt schloß sich.

»Also sowas«, sagte Sybil. Ich werde Dir nicht verraten, was ich gesagt habe. Doch noch während ich es sagte, spitzte sich die Lage weiter zu – ein großes Kettengerassel begann. »Das Gespenst!« rief Sybil.

Du wirst mir zustimmen, Diana, daß die Tage, in denen man die Frauen in glücklicher Ahnungslosigkeit hielt, vorbei sind. »Die Hunde«, sagte ich nur.

Damit hatten die Dinge nun eine wirklich besorgniserregende Wendung genommen, doch nicht lange, und unsere Lage besserte sich wieder. Eine vornehme Stimme ließ sich vernehmen – man durfte sich vorstellen, daß der ungehobelte Türhüter einen gehörigen Tadel erfuhr –, und dann öffnete sich die Türe weit, und dieselbe Stimme lud uns ein: »Kommen Sie herein, bitte.«

Was wir uns nicht zweimal sagen ließen. Wir traten ein, jeder einen Koffer an sich gedrückt, als beträten wir ein Hotel. Sogleich nahm unser Gastgeber Sybil den ihren aus der Hand, mit jener dick aufgetragenen Höflichkeit, die vornehme alte Herren bisweilen an den Tag legen: »Willkommen auf Erchany. Mein Name ist Guthrie.«

Und Sybil erwiderte in ihrem bezauberndsten Amerikanisch: »Das ist ja komisch. Ich heiße auch Guthrie.«

Mr. Guthrie von Erchany betrachtete sie mißtrauisch, und seine Augen funkelten im Kerzenlicht. »Ein Grund mehr«, sagte er, »Sie so gastfreundlich aufzunehmen, wie es uns möglich ist. Zuerst müssen wir Ihnen Zimmer suchen und Feuer entzünden.«

Das war freundlich genug und wäre kaum wert, daß ich es in solcher Ausführlichkeit für Dich festhalte (ach liebste, liebste Diana!). Freundlich genug – umso seltsamer, daß ich vom ersten Augenblick an das Gefühl hatte, daß Mr. Guthrie *verrückt* ist. Ich bin überzeugt davon, und nicht nur das – ich war es schon, bevor ich auch nur den ersten Blick in seine irrwitzige Burg geworfen hatte.

Es müssen die Augen sein, die Art, wie er uns bei jener ersten Begrüßung im flackernden Kerzenlicht betrachtete. Vielleicht ist er auch einfach nur Mathematiker oder Schachspieler, denn so wie er uns von oben bis unten musterte, kam es mir vor, als ob er unsere Position in einem geheimen Diagramm bestimmte oder uns Plätze auf einem unsichtbaren Schachbrett zuwies. Es mag auch einfach an mir gelegen haben, daß ich mir vorkam wie eine Schachfigur – nur zu verständlich nach einem solchen Marsch durch den Schnee. Doch ganz gleich, wie dieser erste Eindruck zustandekam, hat das Gefühl sich seither bei mir nur immer weiter verstärkt. Die Hunde waren das nächste Indiz.

In der Regel wird einem Hausherrn ja daran liegen, daß er seine Hunde gut durch den Winter bringt, doch die hiesigen – die beiden, die uns auf unserer Suche nach Zimmern und Feuer begleiteten – sind halb verhungert: so etwas im Haus eines Landedelmannes ist einfach unerhört. Ich war zutiefst dankbar, daß man ihre weniger häuslichen Genossen – die sich noch immer irgendwo draußen die Seele aus dem Leib kläfften – nicht auf uns losgelassen hatte, wie es wohl beinahe geschehen wäre. Und bei dem Gedanken sah ich mich nach dem Türhüter um, der uns so unfreundlich aufgenommen hatte. Auf den ersten Blick schien der Gutsherr von Erchany ganz allein, doch dann sah ich den Unhold, der da in seinem Schatten schlurfte. Dies war der eingangs erwähnte Hardcastle – ein Mann, der aussah, als ob er uns bei der ersten Gelegenheit den Schädel einschlagen würde, um an unser Kleingeld zu kommen; und doch wurde er uns in aller Form als Verwalter des Gutsherrn vorgestellt. Nun legt der Ausdruck »Verwalter« ja eigentlich nahe, daß es beträchtliche Ländereien gibt, die zu verwalten sind. Umso seltsamer, daß der Verwalter zugleich eine Art Butler und Faktotum zu sein scheint – und der Gutsherr selbst scheint bettelarm.

Erchany ist ein kurioser Ort. Während unseres Marsches war ein Wind aufgekommen, ein klirrend kalter Nachtwind, der die unwirtliche Stimmung noch um vieles verstärkt hatte. Doch auf jeden Wind draußen kommen in den Mauern von Erchany an die zwanzig. Einer fegte über den langen Korridor, den wir zuerst entlanggingen, und am Fußboden wogte der abgetretene, ausgefranste Läufer wie die See, kam uns in Wellen entgegen wie etwas, worüber man im Traume geht. Dazu kam ein Querwind, der durch die zerbrochenen Scheiben einer langen Fensterreihe Schneeflocken hereinblies, und diese wurden wiederum von einem weiteren erfaßt, der sie – ein gespenstischer Anblick – die Treppe, die wir als nächstes erklommen, hinaufsog. Es ist ein wunderschönes Treppenhaus, ganz aus Stein mit einer Balustrade aus steinernem Gitterwerk, gewiß Arbeiten französischer Steinmetzen aus dem Mittelalter, und auf jedem Absatz stehen angsteinflößende steinerne Monstren mit einer Inschrift, die wohl das Motto der Guthries sein muß, *Tast nicht den Tiger an*. Nicht gerade anheimelnd, flüsterte Sybil mir zu – doch eindrucksvoll auf eine düstere Art. Was übrigens auch eine gute Beschreibung für unseren Gastgeber wäre, eine hoch aufgeschossene, hagere, abweisende Gestalt mit energischen Gesichtszügen und schweren – gehetzten, hätte ich beinahe geschrieben – Linien um Mund und Augen; eine imposante Erscheinung, selbst wenn man nur den Rücken sah, so wie wir jetzt, wo er uns einen noch um ein wenig zugigeren Gang im oberen Stockwerk entlangführte, und der Gauner Hardcastle trottete mit unseren Koffern hinterher. Wir begegneten niemandem – es sei denn, ich sollte eine vorbeihuschende Ratte oder zwei erwähnen – und gelangten schließlich an zwei einander gegenüberliegende Türen: Miss Guthrie bitte nach rechts, Mr. Gylby nach links. Und an der Schwelle hielt der Herr von Erchany inne: Ob ich vielleicht ein Verwandter von Horatio Gylby sei? Es macht mir immer Freude, mich zu Großonkel Horatio zu bekennen, dem Fin-de-Siècle-Professor für verruchtes Leben und noch verruchtere Verse – und so antwortete ich sogleich mit Ja, und unter seinen Großneffen sei ich ihm immer der liebste gewesen. Da besah mich der alte Mr. Guthrie mit einer Art versonnenem Interesse und murmelte, daß er und Onkel Horatio einmal Manuskripte getauscht hätten. Das heißt ja wohl, daß er ein Dichter ist. Wie ein Käfig für einen Kanari kommt einem Erchany wirklich nicht vor, und ich hätte nicht gedacht, daß die hiesigen Eulen bei ihren Gesängen einen Rivalen hätten. Der seltsame Schachspieler-Blick, mit dem der Gutsherr mich betrachtet, hat also vielleicht nichts weiter zu bedeuten, als daß er sich auf Gylby einen Reim machen will.

Sybils Zimmer ist recht hübsch; offenbar wird es als Gästezimmer bereitgehalten, was ich irgendwie nicht erwartet hätte. Ein Bett so groß wie ein Schlachtfeld, schneeweiße Laken – nicht gerade die passende Farbe im Augenblick –, und alles recht ordentlich in Schuß, die eine zerbrochene Scheibe hübsch mit

Packpapier geflickt. Doch kommt man in mein Quartier, so kann man das Haus beim besten Willen nicht weiterempfehlen: verdächtiges Flattern unter der düsteren Decke, verräterisches Rascheln am schmutzigen Boden, das Bett unbezogen, doch leider nicht unbewohnt, und die Winde von Erchany wehen hier seltsam wie in Zeitlupe und ziehen in gemessener Sarabande ihre Kreise. Aber man muß Guthrie zugutehalten, daß er selbst ein wenig mißbilligend in die Runde blickte. »Hardcastle«, rief er, »holen Sie Ihre Frau!«

Darf ich vorstellen: Diana, Mrs. Hardcastle; Mrs. Hardcastle, Miss Diana Sandys. Mach' Dir nichts draus, wenn sie Dich so anstarrt, Diana – ich glaube, die alte Dame ist blind wie ein Maulwurf. Und ist sie nicht eine Schönheit? Gewiß hat Hardcastle, der kaum älter als fünfzig sein kann, sie ihrer Rente wegen geheiratet – oder sie hat ein kleines Vermögen im Zirkus gemacht, die Dame mit dem Bart. Wenn Du das zu grob von mir findest, dann stell' Dir einen unserer vornehmen Renaissancedichter vor, der nach allen Regeln der Kunst eine Hexe beschreibt; damit hast Du dann alles, was Du brauchst. Wenn ich es mir so überlege, könnte Gutsherr Guthrie gut ein Hexenmeister sein, mit immer einer Hexe oder zweien zur Hand. Das würde mich überhaupt nicht wundern. Aber ich glaube, Mrs. Hardcastle hat ein gutes Herz: auf ihre umständliche Art brachte sie zwei Kaminfeuer in Gang, kam mit wirklich warmem Wasser, mit Handtüchern, sogar mit Seife – wenn es auch Kernseife war –, und sie brachte mir etwas wie Bettzeug für mein abscheuliches Lager. Als das alles geregelt war, erklärte Guthrie mit einer Verbeugung, daß man sich um neun Uhr beim Abendessen wiedersehen werde.

Man sah sich wieder – und man sah Christine. Was ich von Christine halten soll, weiß ich ganz und gar nicht, aber auf ihre Weise ist sie genauso eindrucksvoll wie Guthrie, der offenbar ihr Onkel ist. Eindrucksvoll, wenn es vielleicht auch nur ein flüchtiger Eindruck ist – will heißen, daß sie mir gestern abend bei unserem kuriosen Abendessen als ein hübsches Mädchen vorkam, das wie eine Schönheit erschien. Und schließlich gibt es nur eines, was noch schöner ist als das: ein unauffälliges Mädchen, das wie eine Schönheit erscheint. Aber mach' Dir nichts draus, Diana, wenn Du für diese höchste Palme nicht in Frage kommst. Es geht auch so, das kannst Du mir glauben. Es geht auch so.

Eine schüchterne Schönheit vom Lande, mit einem weich fließenden schottischen Akzent, der einen wunderbaren Zweiklang zu Sybils Amerikanisch ergibt; ein scheues, verschlossenes Mädchen mit dem Betragen – oder den Manieren – einer vornehmen alten Dame, offenbar ohne jede Vorstellung von der Welt draußen: das ist Christine. Eine schottische Miranda, dachte ich, als ich sie bei Tisch beobachtete. Und je näher ich sie betrachtete, desto passender fand ich es – Miranda in ihrer ersten großen Szene, die pflichtschuldig anhört, was Prospero zu sagen hat, doch mit all ihren Gedanken weit fort ist, vielleicht angestrengt nach der stürmischen See horcht, wo, wie sie weiß, das Schicksal für sie arbeitet. Wenn Du das albern oder abstrus findest, dann vergiß nicht, ich schreibe das – im Morgengrauen – auf der Burg eines Zauberers.

In einem riesigen Saal – der, genau wie das mächtige Treppenhaus, Erchany weitaus größer wirken läßt, als es in Wirklichkeit ist – saßen der Zauberer am einen Ende eines gewaltigen Tisches und Christine am anderen, Sybil und ich ganz verloren an den beiden Längsseiten, und alle vier hätten wir mehr Wärme bitter nötig gehabt, als das schmächtige Feuer im Kamin abgab – einem Kamin, groß genug, daß wir uns um die Glut hätten scharen können, und es wäre weit gemütlicher gewesen als am Tisch. Der Schurke Hardcastle hatte sich zurückgezogen – die Hardcastles haben offenbar einen Teil des Hauses für sich –, und das Essen wurde teils von seiner tatterigen alten Frau aufgetragen, teils von Christine; was mir also meinen ersten Eindruck bestätigte, daß Erchany nicht gerade mit Personal gesegnet ist. Überhaupt sieht man überall Anzeichen von entweder einer Armut, die eigentlich nicht sein kann, oder einer pathologischen Sparsamkeit. Zum Beispiel war alles von einer ganz und gar unzureichenden Zahl an Kerzen beleuchtet; wahrscheinlich wirkte Guthrie umso sinistrer und Christine umso schöner und Sybil umso unergründlicher – hatte ich gesagt, daß Sybil etwas Unergründliches hat? –, weil ihre Gesichter stets halb im Schatten lagen. Ich wollte mich eben mit der Erklärung abfinden, daß die Großgrundbesitzer dieser Gegend ungewöhnlich pittoreske Vertreter einer neuen Armut sein mußten, als Mrs. Hardcastle mit dem ersten Gang hereingeschlurft kam. Diana, Liebste, es war Kaviar, serviert auf einem Silbertablett.

Da habe ich – wie Sybil sagen würde – mit den Ohren geschlackert, und die restlichen Gänge des Abendessens waren nicht minder überraschend: Es war, als seien die Guthries, in der Stadt zu Reichtum gekommen, zu einem teuren Picknick in die Burg ihrer feudalen Vorväter zurückgekehrt. Ich fürchte, ich habe recht auffällig den Blick schweifen lassen, von dem halbverfallenen Saal zu den Luxuskonserven, von der reichgedeckten Tafel zu den mageren Hunden, von den Hunden zu Mr. Guthrie auf Erchany, und ich konnte meine Verwunderung wohl nicht verbergen, denn mir fiel auf, daß Christine mich mit der gleichen Art von distanzierter Aufmerksamkeit betrachtete, die ihr Onkel dem Großneffen Horatio Gylbys angedeihen ließ – nur daß hier ein leichtes Amüsement zu spüren war. Sie war gespannt, könnte ich mir vorstellen, wie gut oder schlecht der höfliche junge Engländer wohl mit der kuriosen Lage fertigwürde, in die er da geraten war.

Denn es war, das wirst Du Dir ausmalen können, nicht gerade ein entspanntes Mahl. Guthrie machte bisweilen eine höfliche Bemerkung oder erkundigte sich nach etwas: ob unsere Wagen schwer beschädigt seien; ob wir Freunde in der Gegend hätten und ob diese wüßten, daß wir die Straße nach Erchany genommen hätten? Doch die meiste Zeit schwieg er; starrte entweder über unsere Köpfe hinweg, tief in Gedanken versunken, oder er musterte uns mit seinen zusammengekniffenen Schachspieleraugen in einer Art, die mir immer weniger gefiel. Ich glaube, Sybil spürte es auch; wie ich schon sagte, kann sie ja selbst streng genug dreinblicken, und ich hatte den Eindruck, daß sie anfing, es ihm mit gleicher Münze heimzuzahlen – jedenfalls studierte sie ihn aufmerksam genug. Den Großteil der sozialen Verpflichtungen übernahm Christine, und sehr hübsch tat sie das auf ihre schüchterne Art. Doch auch sie blickte versonnen drein, der Blick Mirandas, ganz in die Zukunft gerichtet. Dieser Blick muß es gewesen sein, der meine Aufmerksamkeit auf die Uhr lenkte.

Es ist eine mächtige Standuhr, beinahe alt genug, daß sie seit den Kindertagen der Burg in dem großen Saal stehen könnte, mit einem lauten und – so kam es mir vor – eigentümlich langsamen Ticken. Du weißt, wie gute Schauspieler ein ungeheures Gefühl der Spannung aufbauen können, nicht wahr, ein Gefühl, bei dem man einfach nur noch wartet? Ich spürte plötzlich, daß genau das die Uhr für mich tat. Anders gesagt, ich übertrug auf ein unpersönliches und in die Jahre gekommenes Werkzeug der Wissenschaft mein immer stärker werdendes Gefühl, daß uns etwas Grausiges bevorstand, eine Katastrophe. Eine Sinnestäuschung, sagte ich mir, verursacht durch Müdigkeit und Mangel an Ernährung – und machte mich umso dankbarer über den Plum-Pudding mit einer großzügigen Brandysoße her. Doch die Uhr tickte weiter und kündete weiter ihr Unheil. Als Christine und Sybil sich schließlich zurückzogen, war ich schon regelrecht hypnotisiert von dieser Uhr; hätte sie plötzlich die beiden Zeiger wie Hände gebreitet und hätte sie gerufen: *Schlaft nicht mehr, Macbeth mordet den Schlaf!*, so wäre ich zwar erschrocken, doch gewundert hätte ich mich nicht. Und Du weißt zwar, daß ich empfänglich für Stimmungen bin, aber ich lege es doch nicht darauf an, verrückt zu sein. Alle Saiten auf Erchany waren zum Zerreißen gespannt und warteten auf etwas, und ich, ich spürte einfach nur die Schwingungen davon.

Doch gleich darauf stellte sich das ein, was Du wohl einen lichten Augenblick nennen würdest – eine einfache und vernünftige Erklärung für die Spannungen, die in der Luft lagen. Irgendwo im Haus mußte jemand recht schwer krank sein. Hatte nicht Hardcastle, als er so vorsichtig seine kleine Hintertür geöffnet hatte, herausgerufen, ob wir der Doktor seien? Worauf alle warteten, das war, daß medizinische Hilfe durch diesen entsetzlichen Schnee zu ihnen durchkam, und daß nur wir es gewesen waren, war eine Enttäuschung, die sie mit großer Höflichkeit verbargen. Nur zwei Einwände schien es dagegen zu geben: zunächst die widerstrebende, geradezu verschwörerische Art, wie Hardcastle seine Tür jenen Spaltweit geöffnet hatte (aber das war vielleicht einfach nur sein übliches Betragen); zum zweiten, daß, wenn die Besorgnis so groß war, daß sie im Verhalten aller zu spüren war, es doch natürlich gewesen wäre zu fragen, ob Sybil oder ich etwa über medizinische Kenntnisse verfügten (aber vielleicht wirken wir zu jung dazu). Diese Idee hielt sich etwa fünf Minuten lang, dann brachte Guthrie sie höchstpersönlich zu Fall. »Mr. Gylby«, sprach er, als wir uns von der Tafel erhoben, »der Schnee mag Sie noch eine ganze Weile hier festhalten, und Sie müssen uns die äußerst einfache Weise, auf die wir hier leben, verzeihen. Abgesehen von einem Stallburschen, der in der Scheune schläft, besteht unser Haushalt nur aus meiner Nichte und mir und den beiden Hardcastles.«

Ich zeigte mich gebührend besorgt über die schwere Belastung, die das für Miss Mathers – das ist Christine – sein müsse. Worauf Guthrie eine noch ungeöffnete Kiste Zigarren ergriff, mir die Tür aufhielt und mit Nachdruck sagte: »Ich bin froh, daß Sie gekommen sind.«

Ich kann nicht sagen, ob der Schock, der mich in diesem Augenblick durchfuhr, auf geheimnisvolle Weise von jenen unschuldigen Worten verursacht wurde, oder ob es daran lag, daß im gleichen Augenblick der unaussprechliche Hardcastle erschien, der offenbar auf der anderen Seite der Tür in der Nähe gewartet hatte und nun herbeigeschlurft kam wie einer der weniger attraktiven Teufel auf einem Bild von Hieronymus Bosch. Er schien dorthin bestellt; vielleicht kommt er jeden Abend um diese Zeit, um seine Befehle entgegenzunehmen – jedenfalls verlor Guthrie keine Zeit, ihm jetzt eine Order zu erteilen. »Hardcastle«, sagte er streng, »wenn der junge Lindsay kommt – obwohl ich nicht glaube, daß er in diesem Schnee heraufkann –, müssen Sie ihn einlassen. Ich werde noch einmal mit ihm sprechen.«

Hardcastle zog langsam die Hand hinter dem krummen Rükken hervor – ich erwartete fast, daß sie ein offenes Rasiermesser halten würde – und kratzte sich nachdenklich das stopplige Kinn. Dann sagte er – und ich kann es nur als einen Versuch werten, jene rauhe und bedingungslose Treue zu mimen, wie man sie von den Gefolgsleuten in den besten schottischen Romanen kennt –: »Glaubt mir, Herr, der Junge ist gefährlich.«

»Was soll das heißen?« Der Gutsherr blieb stehen und sah seinen Verwalter mit einem Blick an, der in diesem düsteren Korridor etwas geradezu Gewalttätiges hatte.

»Ich sage, Neil Lindsay hat nichts Gutes vor.«

Der Auftritt als treuer Diener, oder was immer es sonst sein sollte, machte offensichtlich wenig Eindruck auf seinen Herrn. »Lindsay«, erwiderte er kalt, »kann zu mir in den Turm kommen. Nun lassen Sie uns den Damen Gesellschaft leisten, Mr. Gylby.«

Und so machten wir uns wieder auf den Weg. Mein Verstand war allmählich nicht mehr der wacheste; wir waren schon halb den Korridor hinunter, bevor mir die ersten Zweifel kamen, ob Guthrie von diesen finsteren Prophezeiungen wirklich so unberührt war, wie er sich gab. Ich konnte es mir nicht vorstellen, denn ich selbst war zutiefst beunruhigt: dieser Vorfall lieferte mir etwas, worauf ich geradezu gewartet hatte. Ich habe geschrieben, daß die Atmosphäre auf Erchany *gespannt* gewesen sei, aber inzwischen kam es mir vor, als hätte ich ebensogut von einer Atmosphäre der *Furcht* schreiben können. Doch wer fürchtete sich – und wovor?

So weit war ich in meinen Meditationen gekommen – Du wirst sagen, daß mir einfach nur ein Bett und ein paar Stunden Schlaf fehlten –, als ich vor Schrecken beinahe aus der Haut fuhr. Denn »Furcht« war genau das Wort, das Guthrie im selben Augenblick aussprach. Genauer gesagt sprach er es auf Latein: »Timor ...« Leise, doch deutlich zu vernehmen, hatte er vor sich hingemurmelt: »*Timor Mortis conturbat me*.«

Ein Blick zu ihm zeigte mir, daß er meine Gegenwart vollkommen vergessen hatte – was mir den Eindruck des Irrsinns nur umso mehr bestätigte. Und den Korridor entlangeilend, den Blick auf einen Punkt ein wenig unterhalb der Decke geheftet, sprach er:

Auch Clerk von Tranent liegt im Grab,
Der uns den kühnen Gawan gab,
Um Gilbert Hay ist's längst geschehn,
Timor Mortis conturbat me.

Blind' Harry gar und Sandy Traill
Und Patrick Johnston, meiner Seel'
Wir seh'n sie nie und nimmermehr,
Timor Mortis conturbat me. ...

Diana, in Deinem ganzen Leben hast Du nichts auch nur halb so Grausiges gesehen wie diesen gespenstischen schottischen Gutsherrn, der da verzückt, vom Wind umtost, über seinen verrottenden Korridor schritt und dabei, halb singend, jene unheimliche Totenklage Dunbars rezitierte!

Er würgt' Herrn Roull von Aberdeen,
Den edlen Roull von Corstorphine,
Nicht ihresgleichen sah man je,
Timor Mortis conturbat me. ...

Wir bogen um die nächste Ecke, und der Wind blies die Worte von mir fort, so daß ich nur noch ein Murmeln hörte. Im selben Moment flackerte die Kerze heller auf, und einen kurzen Augenblick lang sah ich ihn deutlicher, als ich bisher in diesem düsteren Gemäuer vermocht hatte. Und ich schwöre Dir, die Furcht vor dem Tode stand ihm tatsächlich im Gesicht geschrieben.

Der zweite Korridor nahm und nahm kein Ende. Schließlich hielten wir an einer Tür, die, vermutete ich, zu dem Raum führte, in den Sybil und Christine sich zurückgezogen hatten. Guthrie stand reglos da, er murmelte nun in einem anderen Rhythmus, sah die Tür an oder durch diese hindurch mit einem Ausdruck, der nun, fand ich, etwas geradezu Verzücktes hatte. Und dann rief er – wenn auch nur leise –:

»O mein Amerika, mein neu entdecktes Land!«

Wiederum schlackerte ich mit den Ohren. Und desgleichen im nächsten Augenblick. Er streckte die Hand nach dem Türgriff aus, und ganz unvermittelt war er mit seinen Gedanken wieder bei mir. Mit einem höflichen Lächeln erklärte er: »In der Regel leiste ich meiner Nichte noch eine halbe Stunde Gesellschaft.« Ich kann mir nicht vorstellen, daß er in diesem Augenblick wußte, was er noch im Augenblick zuvor auf dem Gang zitiert hatte. Mit anderen Worten, es scheint mir beinahe ein Fall von gespaltener Persönlichkeit: zwei Guthries, die voreinander Versteck spielen wie Zwillinge auf einer Varietébühne. An dieser pittoresken Theorie – der knauserige Guthrie A, der seine Hunde darben läßt und durch dessen zerbrochene Fensterscheiben der Wind pfeift, und der verschwenderische Guthrie B, der uns mit Kaviar bewirtet – spann ich noch weiter, nachdem wir bereits zu Christine und Sybil eingetreten waren, in das Schulzimmer, wie es genannt wird. Das legte auch eine andere Erklärung dafür nahe, daß Hardcastle nach dem Doktor gerufen hatte: der Gutsherr hatte einen Anfall dieser milden Form von Irrsinn, und es sollte unauffällig ein Bader ins Haus geschmuggelt werden. Vielleicht nicht gerade eine geniale Idee, doch der Satz des gräßlichen Hardcastle ging mir nicht aus dem Sinn. *Ist das der Doktor?* Wenn Erchany ein Geheimnis birgt, dann wird, dessen bin ich mir sicher, der Schlüssel zu diesem Geheimnis die Erklärung dieser Frage sein.

Diana, wenn Du Dir überhaupt noch die Mühe machst, meinen Hirngespinsten zu folgen, dann wirst Du mich an dieser Stelle unterbrechen und sagen: »Guthrie erwartet den gefährlichen Neil Lindsay; Hardcastle erwartet den geheimnisvollen Doktor: da liegt es doch auf der Hand, daß die beiden ein und dieselbe Person sind – Dr. Neil Lindsay, der vielleicht nicht unbedingt in seiner Eigenschaft als Arzt erwartet wird. Wie wäre es, wenn er der unerwünschte Verehrer deiner ach so verliebten Christine wäre?«

Auf diesen hübschen Einwand könnte ich Dir nichts Vernünftiges entgegnen. Daß Christine einen Verehrer hat – ja daß es an ihrem gesamten Horizont nichts außer diesem Verehrer gibt –, da stimme ich Dir ganz und gar zu. Und dieser Verehrer könnte Neil Lindsay sein – oder auch Hardcastles »Doktor«. Doch daß diese beiden ein und derselbe sind, kann ich einfach nicht glauben; etwas in der Art, wie der abscheuliche Hardcastle von beiden sprach, verbietet diese Deutung. Vielleicht werden wir es mit der Zeit noch erfahren.

Es wird ohnehin Zeit, daß ich etwas zum Thema Zeit sage. Es ist Dienstag, der 24. Dezember, 8 Uhr morgens; diese Zeilen, liebste Diana, so tief empfunden sie auch sind, haben mich doch nur die letzten dreieinhalb Stunden beschäftigt – einschließlich der Pausen, um die Kerze neu zu entzünden. Denn der Wind wird immer stärker, und mein Zimmer ist ein wahrer Saal des Äolus: gewaltige Winde, die oben an die Decke stoßen, und kleine Wind-Kinder, die am Boden umhertollen wie Putti aus dem Cinquecento und ihre sanften Stimmen unter dem Bett erproben. Das Feuer von gestern abend ist sehnsüchtige Erinnerung; es ist teuflisch kalt hier; ich sitze am Fenster – denn dort ist es nicht kälter als im ganzen Raum – in einer Art Iglu, den ich aus meinem Federbett gemacht habe, und hoffe, daß ich bald zu so etwas wie einem Frühstück gerufen werde. Draußen schneit es noch immer, der Wind bläst den Schnee in alle Richtungen, und ich fürchte, daß ich noch auf Tage hier festsitzen werde. Gestern abend war allerdings die Rede davon, welch wundersame Kräfte der Stallbursche von Erchany im Schnee entwickelt. Wenn ich also hierbleiben muß, besteht wenigstens die Hoffnung, daß ich mit seiner Hilfe ein Telegramm an Dich auf den Weg bringen kann. Die Sonne müßte längst aufgegangen sein, aber man sieht noch kaum etwas, so bleigrau ist der Himmel. Vor meinem Fenster gibt es nichts als dämmriges wirbelndes Weiß. Nur ein wenig links von der Mitte kann ich einen Einschnitt ausmachen, ein mattes Glimmen, das mich schon seit zwanzig Minuten beschäftigt. Es ist, als ob der Schnee auf einer dunklen, wärmeren Stahlfläche schmölze: ich glaube, es ist Wasser – der zugefrorene Arm eines Sees, der sich bis fast an die Burg heranwindet –, und der entsetzliche Wind bläst den Schnee von der Eisfläche fort.

Nichts regt sich, kein Anzeichen von Frühstück – da kann ich noch ein paar weitere Bemerkungen über den gestrigen Abend anfügen. Das Schulzimmer, in dem Christine ihre Ausbildung erfuhr – sie ist, wenn ich es recht verstehe, kaum, wenn überhaupt je, von Erchany fortgewesen –, ist nun ein freundlicher, wenn auch ein wenig karger Salon – Mirandas Winkel in der Höhle, ausgestattet mit ein paar eleganten Erinnerungsstücken an Mailand: in diesem Falle eine wirklich wunderschöne flämische Kommode und einige indische Malereien, Darstellungen von Vögeln, die ein besseres Licht verdienen als die zwei Kerzen, die auf Erchany offenbar die Standardbeleuchtung für Wohnräume sind. Als Guthrie und ich eintraten, fanden wir Christine und Sybil einträchtig beieinander auf einer Bank am Feuer sitzen, allem Anschein nach gerade dabei, sich anzufreunden. Beide erhoben sich; Sybils Blick, das fiel mir auf, musterte Guthrie eindringlich; Christine hingegen betrachtete Sybil mit etwas wie Verwunderung. Ich weiß noch, wie ich mich fragte, wie wir vier je miteinander auskommen sollten, wenn gerade keine Mahlzeit uns beschäftigte.

Unsere Zuflucht war die Höflichkeit. Wie auf dem sprichwörtlichen Tablett wurde ich an Christine weitergereicht, und bald kultivierte ich mit Bedacht eine nicht zu überschäumende Heiterkeit – wie es nun einmal meine Art ist, meine Liebe – und erzählte von den Abenteuern des Tages. Ich kann mir nicht vorstellen, daß Christine unter normalen Umständen nicht ihren Spaß daran gehabt hätte, wie ein junger Mann an einem Winterabend plötzlich aus der Welt herauspurzelt und auf Erchany landet, oder daß sie nicht den Witz und den Willen gehabt hätte, mit Spott meiner Ironie Paroli zu bieten und sie damit noch weiter anzustacheln. Ich bin ein geselliger Mensch; im Lauf eines Jahres lerne ich Dutzende von jungen Frauen kennen; und vielleicht ein halbes Dutzend ist darunter, zu denen man sich eine engere, persönlichere Beziehung vorstellen könnte. Das weiß man doch immer auf Anhieb, nicht wahr? Und Christine wäre eine solche Frau: so schüchtern sie auch ist, hätte es doch höchstens acht bis zehn Minuten dauern sollen, bis wir miteinander warm geworden wären. Spürst Du, Diana, wie da ein gewisser gekränkter Stolz hineinspielt? Sie war freundlich und höflich, doch wenn Du Dir eine Herzogin vorstellst, die auf einer Party mit ihren Gedanken bei komplizierten politischen Schachzügen ist und dabei ganz bezaubernd mit einem zufällig hinzugekommenen jungen Mann plaudert, der es vielleicht in dreißig Jahren einmal zu mittlerem Ansehen bringen könnte, dann trifft das die Verhältnisse recht genau. Der Vergleich ist sogar ausgesprochen passend – denn Christine, Landpomeranze, die sie ist, hat eine altmodische Vornehmheit, die ich sehr charmant finde: ich verzehre mich vor Neugier und wüßte furchtbar gern, wie sie hier aufgewachsen ist. Doch Tatsache ist, daß wir dort saßen und ich meine Kunststückchen vorführte und sie genau das angemessene Maß an Interesse und Erheiterung an den Tag legte und gerade soviel an eigener Konversation beitrug, wie es sich gehörte – und mich doch während dessen im Grunde gar nicht wahrnahm. Grund genug, wie gesagt, ein wenig pikiert zu sein.

Christine – ich betone es noch einmal, auch auf die Gefahr hin, daß ich Dir damit auf die Nerven gehe – *wartet* auf etwas: wartet, wie eine Braut gewartet haben muß, als die Welt noch jünger war. Ein Verehrer, gar keine Frage!

Und auch Guthrie wartet: doch worauf, das kann ich nicht einmal vermuten – vielleicht hat er eine Verabredung mit den Gespenstern von Clerk von Tranent und Sir Mungo Lockhart of the Lea. Doch man könnte sagen, daß er sich gar noch wackerer hielt als die tüchtige Christine; all seine Schweigsamkeit war verflogen, und er plauderte angeregt mit Sybil und überschüttete sie geradezu mit höflicher Aufmerksamkeit. Ich glaube, bei aller Verrücktheit weiß er doch sehr genau, was sich für einen Gutsherrn auf Erchany gehört. Als meine Aufmerksamkeit zu ihnen hinüberwanderte, zeigte er Sybil eben eine Schatulle mit Kuriositäten – Goldmünzen und Medaillen hauptsächlich –, die er aus einem anderen Zimmer geholt hatte. Christine nutzte die Gelegenheit, die mein, wenn auch nur für eine Sekunde, abschweifender Blick ihr bot, und führte mich hinüber zu den beiden anderen; tête à tête hatte sie – ich muß es zu meiner Schande gestehen – genug von mir.

Guthrie reichte Sybil eben ein kleines Medaillon. »Erkennen Sie das Motiv?« fragte er.

Ich erkannte sogleich die Figuren aus dem Treppenhaus wieder. Das Wappen der Guthries. Sybil nahm es und betrachtete es, doch sagte sie nichts.

»Das Familienwappen«, erklärte Guthrie. »Am Ende mag die junge Dame sogar mit uns verwandt sein?«

Guthrie ist natürlich höflicher alter Herr genug, daß er »die junge Dame« sagen kann: trotzdem hatte ich das Gefühl, daß diese konventionelle Wendung – paradoxerweise – der Frage Schärfe verlieh.

Der Wortschwall, mit dem Sybil reagierte, überraschte mich. »Mr. Guthrie, wäre das nicht wunderbar! Ich weiß noch, wie stolz mein Vater immer auf unsere schottischen Vorfahren war. Ich hätte ja *zu* gerne Verwandte, die in einer so romantischen alten Burg leben wie Ihrer hier. Die muß doch Jahrhunderte alt sein?«

Du darfst nicht denken, nun wo Christine die Bühne betreten hat, sei meine Begeisterung für Sybil erloschen: Sybil ist eine faszinierende Frau, auch wenn sie das Irrlicht war, das mich hierher geführt hat. Umso verblüffter war ich darüber, wie dick sie bei ihrer Antwort auf Guthries höfliche Worte auftrug. Doch im gleichen Maße, wie meine Augen größer wurden, kniff Guthrie die seinen zusammen. »Oh ja, die Burg ist alt. Die Grundmauern reichen bis ins 13. Jahrhundert zurück. Ich weiß«, fuhr er vorsichtig fort, »daß wir Verwandte in den Vereinigten Staaten haben. Eine Familie wie die unsere verliert selbst die entferntesten Zweige nicht aus den Augen.«

»Mr. Guthrie, das ist ja aufregend! Und bestimmt kommen sie nach Erchany zu Besuch!«

»Bisher haben sie mich nicht besucht.« Und ich glaube, Guthrie lächelte. »Soviel ich weiß, zumindest.« Er zögerte. »Vor ein oder zwei Jahren haben sie mir allerdings ihre – Freunde geschickt.«

Christine saß ein ganzes Stück ab von mir, und ich spürte wohl eher psychisch als körperlich, wie sie bei diesen Worten erzitterte. Rasch wandte ich mich zu ihr um. Und ich konnte gerade noch in ihren Zügen lesen, was ich auch in denen des Onkels schon gesehen hatte: Furcht.

Guthrie wartet und Christine wartet – doch nicht unbedingt auf das gleiche. Guthrie fürchtet sich und Christine fürchtet sich – doch wiederum vielleicht nicht vor dem gleichen. Hier, kurz gesagt, liegt das Rätsel, das mich im Augenblick beschäftigt – ja beinahe schon selbst ängstigt –; hier, Diana, liegt es verborgen: das Geheimnis von Burg Erchany!

Sybil gab nichts über ihre eigene Familie preis, und Guthrie verfolgte jene erste höfliche Andeutung, daß es womöglich eine Verwandtschaft geben könne, nicht weiter. Statt dessen erzählte er nun von seiner eigenen Kindheit – was nicht recht zu ihm paßte, fand ich, denn so anheimelnd es auch sein mochte, wenn der alte Gutsherr seine Gäste mit goldenen Erinnerungen an seine jungen Jahre auf Erchany unterhielt, kam einem das doch merkwürdig vor bei einem Mann, der von Natur aus so verschlossen schien. Es dauerte nicht lange, bis er Sybil im Gegenzug nach ihren eigenen Erinnerungen fragte, und selbst meinem müden Hirn ging auf, daß er auf Umwegen nach wie vor versuchte, etwas über ihre Familie herauszubekommen. Allerdings machte es wirklich den Eindruck, als seien seine Interessen ganz allgemeiner Art, und man hätte ihn für einen Forscher halten können, der sich der Sozialgeschichte Amerikas verschrieben hat, insbesondere den Dingen des alltäglichen Lebens vor vielleicht zwanzig Jahren. Sybil kommt aus Cincinnati, Ohio – soviel habe ich immerhin erfahren –, und das ist ein Name, der für mich etwas geradezu Hypnotisches hat. Cincinnati, Ohio ... Cincinnati, Ohio: wunderbar einschläfernde Kadenzen; nicht lange, und mir fielen die Augen zu. Doch dann wachte ich mit einem Ruck wieder auf.

Guthrie war zu dem fast erloschenen Feuer gegangen und stand davor, einen kleinen Scheit in der Hand: ich glaube, er wollte nicht mehr nachlegen, als unbedingt nötig war. Und als er dastand und zögerte, sagte Christine: »Du mußt dich entscheiden.«

Nicht viel, wirst Du sagen, um jemanden aufzuwecken – gewiß weniger als der kleine Schlag, mit dem das Scheit sogleich in die Glut fiel. Doch diese Bemerkung war geladen mit all der Heftigkeit der Gefühle, die ich bei Christine vermutet hatte: ich wußte, mit diesen wenigen Worten brachte sie eine innere Verzweiflung zum Ausdruck, und das mit der grimmigen Genugtuung, die einem eine geistreiche Bemerkung gibt. Was immer es war, worauf sie anspielte – es war etwas, worauf für sie alles ankam.

Danach erinnere ich mich, wie man zu sagen pflegt, an nichts mehr. Wir saßen noch eine Weile beisammen; Sybil und ich warteten, daß wir zu Bett gehen konnten, und Guthrie und Christine warteten, ich weiß nicht worauf – aber gewiß auf etwas, das jeden Moment geschehen konnte, Schritte auf dem Korridor oder ein Ruf in der Nacht. Doch inzwischen war es halb elf geworden, und der Zauber des Geheimnisvollen hatte seine Macht verloren; ich war froh, als man uns wieder die große Treppe hinauf zu unseren Zimmern führte.

Einzelheiten über die Schrecken dieser Nacht will ich Dir ersparen – umso bereitwilliger, als Mrs. Hardcastle eben den Kopf zur Tür hereingesteckt hat mit den Worten: »Wollen Sie denn gar nicht zum Frühstück herunterkommen?« Die Ratten waren schon zum Abendessen hungrig gewesen, und manch niederes Geschmeiß nicht weniger: bedenke den Einfluß, den so etwas auf die geistige Verfassung hat, bevor Du zu hart über meinen wirren Bericht von Burg Erchany urteilst. Ich habe zwei Stunden geschlafen, und vielleicht hat mich eine Ratte geweckt, die einmal versuchsweise ein wenig an meiner großen Zehe geknabbert hat, vielleicht auch nur eine Eule im Efeu, dessen Ranken sich unter meinem Fenster in der Schneelast biegen. Normalerweise bin ich ja ein großer Freund von Eulen, aber was ich auf Erchany zu hören bekommen habe, war doch des Guten zuviel. Ich konnte mehrere Arten unterscheiden, die allesamt Betrübnis und Verzweiflung in die Nacht riefen, und zumindest eine, deren Schrei ich noch nie vernommen hatte – ein hohes, langgezogenes *tu-iii*, das mir wirklich das Blut in den Adern gefrieren ließ. Von Zeit zu Zeit stimmten die Hunde ein, und man mußte sich geradezu zwingen nicht zu glauben, daß sie Wölfe waren – oder Werwölfe –, die unter dem Einfluß eines Zauberers stehen. Und unablässig der Wind. Bei stillem Wetter wird Erchany erfüllt sein von Flüstern: im Sturm sind es mächtige Stimmen, doch was sie rufen, versteht man nicht. Vielleicht kann ich am Morgen ja doch fort von hier und komme bis zum Abend nach Edinburgh, und dann bin ich morgen mit einem frühen Zug bei Dir.

Glaube mir, Diana, ich werde heroische Anstrengungen unternehmen. Dein Dich liebender

Noel.

II.

Spät am Heiligabend

Nichts zu machen. Es ist zum Verrücktwerden, aber ich sitze in diesem Schneesturm fest wie ein Forscher in der Antarktis, nur einen Tagesmarsch vom Lager entfernt. Der Weg zum Dorf – Kinkeig – wäre für antarktische Verhältnisse ein Katzensprung – neun Meilen ungefähr –, aber die Lage ist aussichtslos: die Pfosten, die in einem normalen Winter die Straße markieren, sind fast alle unter dem Schnee verschwunden; der heftige Wind und der noch immer fallende Schnee umfangen einen schon beim ersten Schritt vor die Tür mit einem wirbelnden weißen Schirm, daß einem schwindelig davon wird. Von Stunde zu Stunde müssen die Schneewehen tiefer und damit wohl auch gefährlicher werden. Selbst der sagenhafte Tammas – der Stallbursche auf Erchany, der sich als sabbernder Schwachkopf erwiesen hat (und damit die Ausstattung der Burg doch aufs schönste vervollkommnet) – selbst Tammas kommt bei einem solchen Unwetter nicht mehr durch. So muß ich mich denn damit abfinden – Diana, Jungfrau und Herrscherin der Monde und der Sterne! –, daß Du das Weihnachtsfest ohne Nachricht von mir verbringen wirst, voller Sorge und voller Wut. Das ist ja das Tückische, wenn uns die Zivilisation mit ihrem so dichten Netz umgibt; man kann sich gar nicht vorstellen, daß jemand hindurchfällt und auch noch einigermaßen weich fällt, ohne daß ein großes Unglück geschehen ist. Ich habe mir nichts gebrochen – das einzige, was ich zertrümmert habe, ist das Spielzeugauto einer bezaubernden jungen Dame –, und ich bin auch nicht im Gefängnis gelandet; ich sitze nur einfach bei sehr schlechtem Wetter neun Meilen vom nächsten Telefon fest.

Und ich langweile mich. Nach meinen Schwärmereien der frühen Morgenstunden ist das eine herbe Enttäuschung, doch im harten Licht des Tages schwindet – wie ja nicht anders zu erwarten war – der Zauber von Erchany schnell dahin. Der Dreh- und Angelpunkt all meiner Phantasien war der Gutsherr, und heute hat er sich den ganzen Tag lang nicht blicken lassen und nur höflich mitgeteilt, daß ihm ein wenig unwohl sei. Vielleicht war der Kaviar zuviel für ihn; ich kann mir nicht vorstellen, daß Kaviar zum gewöhnlichen Speiseplan von Erchany gehört. Dieses Abendessen war und bleibt mir ein Rätsel. Ich denke mir, Erchanys Variante des gemästeten Kalbs wäre ein Kanincheneintopf – und warum das Kaninchen in den Topf tun, wenn kein verlorener Sohn in Sicht ist? Weil Sybil vielleicht, ohne daß sie es weiß, eine verlorene Cousine fünften Grades ist? Gewiß nicht. Oder zu Ehren des Lieblings-Großneffen des lasterhaften Horatio? Wiederum gewiß nicht.

Man hat uns beide, Sybil und mich, ganz uns selbst überlassen. Christine führte den Vorsitz bei zwei Mahlzeiten – schlichte Kost diesmal – und verließ uns dann unter Berufung auf nicht näher beschriebene Pflichten, die sie zu erfüllen habe. Nach dem Frühstück führte sie uns ins oberste Stockwerk in eine Art Galerie, wo zahlreiche tote Guthries an den Wänden hängen und theologische Totgeburten in den Regalen modern, und forderte uns mit etwas, was ich nur Boshaftigkeit nennen kann, auf, uns Bücher zum Lesen auszusuchen; nach dem Mittagessen geleitete sie uns in ein Billardzimmer, zog das Tuch von genau jenem Tisch, der, darf man vermuten, schon Noah dazu diente, sich die müßigen Stunden zu vertreiben, und sagte: Amerikanerinnen spielten doch alle, nicht wahr? Es waren übermütige, geradezu phantastische Spielereien; der Teufel oder ein Engel ist heute in Christine gefahren; mit ihren Ängsten – sofern ich sie mir nicht ohnehin nur eingebildet habe – ist es vorbei. Und auch bei Tage ist sie eine Schönheit.

Sybil und ich spielten also Billard. Queues gibt es keine, an einem Ende fehlt die Tasche, und von dem Tuch, das Generationen von Motten zur Nahrung gedient hat, ist nicht mehr viel übrig; und doch haben wir, in unsere Mäntel gewickelt, eine Art Billard gespielt und dabei unseren Spaß gehabt. Mrs. Hardcastle brachte uns zwei große Tassen gräßlichen Tees und stand ungefähr eine halbe Stunde dabei und lauschte dem Klicken der Kugeln, als sei's das Radio. Wir haben uns sogar ein wenig mit ihr unterhalten – der Dank gebührt Sybil, die spürte, daß die alte Seele wohl gern ein Schwätzchen wollte, und die Initiative ergriff.

»Haben Sie oft Gäste auf Erchany, Mrs. Hardcastle?«

Mrs. Hardcastle machte ein verdutztes Gesicht. »Wie bitte, Miss?«

»Ich meine, kommen öfter andere Besucher her?«

Silbe um Silbe verarbeitete Mrs. Hardcastle das. Dann schüttelte sie mit Entschiedenheit den Kopf. »Der Herr ist sehr geizig.« Sie nickte mit einer Art düsterer Genugtuung. »Weit und breit werden Sie kaum einen finden, der geiziger ist als Guthrie auf Erchany.«

Das war ein Thema, das man kaum mit Anstand weiterverfolgen konnte – obwohl Mrs. Hardcastle ganz den Eindruck machte, als sei es für ihre Begriffe eine große Ehre für ihr Haus. Sybil mühte sich gerade, etwas anderes aufzubringen, als die Alte ihre Stimme zu einem heiseren Flüstern senkte und erklärte: »Das sind die Ratten!«

»Die Ratten, Mrs. Hardcastle?«

»Die Guthries haben schon immer ihre düsteren Phantasien gehabt. Er glaubt, daß die Ratten ihn auffressen – ihn und alles, was ihm gehört. Er ist so geizig, weil er denkt, damit kann er sich gegen die Ratten wehren. Sie werden es wissen – es gibt bestimmt viele Orte, wo es überhaupt keine Ratten gibt – Inseln und dergleichen?«

Verlegen beeilten wir uns, ihr das zu bestätigen.

»Sie sollten ihn von hier fortbringen, auf eine Insel. Das habe ich auch den Ärzten gesagt, als sie hier waren. Dann könnte er nachts schlafen, und es ginge ihm wieder gut, dem armen Mann.«

»Sie meinen, Mr. Guthrie macht sich große Sorgen wegen der Ratten?« fragte Sybil ein wenig linkisch.

Wiederum bestätigte Mrs. Hardcastle es mit ihrem energischen, senilen Nicken. »Und er gibt sein Geld nicht für Gift aus. Er sagt, er macht es lieber mit dem kleinen Federmesser.«

Nun singen die schottischen Balladen von so vielen Unholden, die so unglaubliche Schandtaten mit dem kleinen Federmesser begehen, daß ich den Verdacht hatte, der Gutsherr habe sich da einen kleinen literarischen Scherz erlaubt. Doch mit allem Ernst fuhr Mrs. Hardcastle fort: »Sehr geschickt wirft er das Messer. Und wie die Biester dann quietschen!«

Unerfreulich, dachte ich, welch perverse Formen die Jagdleidenschaft des Landadels annehmen konnte: mir wurde zusehends unwohler bei Mrs. Hardcastles Vertraulichkeiten. Doch Sybil war ganz Ohr. »Er spießt die Ratten auf?«

»Genau. Und jetzt hat er ein Beil. Gestern war er auf dem Hof und hat es geschliffen. Und rief mir zu, daß es einem angst werden konnte: ›Damit ich endlich mit einer großen Ratte quitt werde, Mrs. Hardcastle!‹ Ich wünschte, er wäre mit allen zusammen quitt. Ich wünschte, es gäbe keine Ratten mehr hier. Ich höre sie quietschen, nachts in meinem Kopf.«

Da wird einem warm ums Herz, bei der Alten. Sybil fragte noch, schon ein wenig kleinlaut: »Kann denn Mr. Hardcastle nichts dagegen tun?«

Mrs. Hardcastle blickte sich ängstlich um. Ihr Flüstern wurde noch heiserer. »Hardcastle ist kein guter Mann!«

Das glaubte ich ihr aufs Wort. Aber ich war mir auch sicher, daß jede nähere Bekanntschaft mit den häuslichen Untaten der Hardcastles alles andere als erquicklich sein würde, und ich schoß die Billardkugeln mit Macht über den Tisch, in der Hoffnung, daß das für Ablenkung sorgen würde. Doch die Musik der Kugeln hatte ihre Anziehungskraft verloren. Ohne jede Vorwarnung hatte die gräßliche Alte mit ihrer klauigen Hand Sybil beim Arm gefaßt. »Und weswegen?«

Auf diese Frage wußte keiner von uns beiden eine Antwort. Doch Mrs. Hardcastle ließ uns auch gar keine Zeit dazu. Sie senkte die Stimme noch weiter zu einem unglaublichen Krächzen. »Das sind die Ratten!«

»Die Ratten!« entgegneten wir wie aus einem Munde, verdattert.

Das emphatische Nicken beschränkte sich diesmal nicht auf ihren Kopf, sondern erfaßte den ganzen Körper: wenn ich es aus meiner Kindheit noch recht im Gedächtnis habe, war das genau die Art, wie sich die Hexen und bösen Geister im Weihnachtsmärchen auf der Bühne schüttelten. »Ich habe mir schon Vorwürfe gemacht, daß ich Sie gestern abend nicht gewarnt habe. Es gibt entsetzlich viele Ratten auf Erchany.«

Thema mit Variationen. Auf, Muse, laß uns von Ratten singen. Und Mrs. Hardcastle fuhr fort, in immer eindringlicheren, beschwörenderen Worten: »Die Ratten. Seit Jahren setzen sie meinem Mann schon zu. Das Wesen der Ratten, das geht in ihm um! Nachts, da tanzen sie in seinem Kopf und quietschen – die gräßlichen Biester. Er ist ja selbst schon halb zur Ratte geworden, und er spürt es. Deshalb ist er so grausam. Was soll nur aus uns werden? Nachts liege ich im Bett, Miss, und es gibt Tage, da tanzen sie in meinem Kopf, und Tage, da tanzen sie in seinem. Aber von Tag zu Tag wird mein Mann mehr wie eine große graue Ratte, und was soll das werden, wenn man Mensch und Ratte nicht mehr auseinanderhalten kann?«

Mrs. Hardcastle, das wirst Du schon gemerkt haben, hat eine Art, peinliche Fragen zu stellen, die in einem skandinavischen Drama aus dem vorigen Jahrhundert besser aufgehoben wären. Zugleich hat sie aber auch, was das psychologische Einfühlungsvermögen angeht, etwas geradezu Geniales, und mit ihrer Unterhaltung, auch wenn thematisch ein wenig begrenzt, beschwor sie jene düster-geheimnisvolle Stimmung neu herauf, die uns am vergangenen Abend gefangengenommen hatte. Ich holte eben zu der Frage aus, welche Wirkungen denn die Ratten von Erchany auf den tumben Tammas hätten, als Sybil ganz unvermittelt sagte: »Ist eigentlich der Doktor gekommen, Mrs. Hardcastle?«

Ich vermerkte anerkennend, daß auch Sybil sich mit dem Doktor beschäftigt hatte; interessanter noch, daß sie mit ihrer Frage nichts bezweckte. »Der Doktor, Miss?«

»Ich dachte, Sie hätten ihn gestern abend erwartet.«

»Oh nein, Miss, wir erwarten nie jemanden auf Erchany. Dr. Noble aus Dunwinnie ist der Arzt der Familie, aber der ist schon seit zwei Jahren nicht mehr hier gewesen – nicht mehr seit damals, als Miss Christine sich die Hand verstaucht hatte. Es waren ein paar Ärzte hier, vor ein oder zwei Jahren – ich habe Ihnen schon davon erzählt –, und der Herr hat sie nicht gerade freundlich aufgenommen. Waren *Sie* erwartet?«

Die Frage verriet uns, daß Mrs. Hardcastles Wahrnehmung, wenn man erst einmal die Sphäre der Nagetiere verließ, begrenzt war. Unsere Ankunft, versicherten wir ihr, sei ganz außerordentlich unerwartet gewesen. Worauf sie erst den einen, dann den anderen von uns mißtrauisch musterte und sich dann wieder an Sybil wandte. »Ich dachte nur, wo Sie doch eine Verwandte des Gutsherrn sind –«

Doch in diesem Augenblick schoß Sybil, deren Interesse verflogen war und die sich wieder dem Billard zugewandt hatte, eine Kugel mit solcher Vehemenz gegen die Kante, daß sie hochhüpfte und die alte Mrs. Hardcastle genau in die Magengrube traf.

»Oh, Mrs. Hardcastle, das tut mir aber leid –«

Mrs. Hardcastle hob die Kugel wieder auf und betrachtete Sybil anerkennend. Ihre Stimme nahm wieder den vertrauten Tonfall an, heiserer denn je. »Hatten Sie eine Ratte gesehen, Miss? Es gibt so viele Ratten hier auf Erchany, das ist entsetzlich.«

Und damit, Diana, hättest Du Mrs. Hardcastle ausgiebig kennengelernt: wenn es noch andere Seiten ihrer Persönlichkeit gibt, so haben sie sich uns bisher nicht offenbart.

Was übrigens auch für die Burg selbst gilt. Sie scheint sehr weitläufig, Stück für Stück angebaut, wie es zu dem mittelalterlichen Eindruck, den alles macht, ja auch gut paßt. Der älteste Teil ist ohne Frage der Turm, der den Kern des ganzen Komplexes bildet; offenbar hat der Hausherr dort seine eigenen Gemächer, aus denen er nur selten hervorkommt. Daß er indisponiert ist, ist also vielleicht nicht mehr als eine höfliche Ausrede. Aber da es nun heißt, er liege unwohl auf dem Krankenlager, kann man natürlich nicht neugierig dort die Nase hineinstecken. Es kann nicht mehr lange bis zum Abendessen sein, und ich warte mit jener dumpfen gelangweilten Ungeduld, mit der man in einem Hotel, in dem nichts los ist, auf die nächste Mahlzeit wartet. Ich freue mich, das muß ich zugeben, darauf, Christine wiederzusehen, und vielleicht werden die düsteren Geheimnisse dieses Ortes mich ja doch noch für die nächsten zwölf oder vierundzwanzig Stunden zerstreuen können. Aber was würde ich dafür geben, könnte ich jetzt weit auf der anderen Seite des Tweed sein!

Heiligabend, zu vorgerückter Stunde – und mein Geburtstag dazu. Soll ich meinen Strumpf für den Weihnachtsmann aufhängen, damit die Eulen drin nisten und die Ratten dran nagen können? Was es wohl auf Burg Erchany an Weihnachtsgeschenken gibt? Ich blicke aus meinem Fenster und sehe, daß der Sturm eine Pause eingelegt hat. Die Landschaft liegt im letzten Licht des Tages wunderbar friedlich, still und weiß. *Noel*, Diana, *Noel*!

Dein
Noel.

III.

Am Weihnachtsmorgen

Beflort den Himmel, weiche Tag der Nacht! Meine müßigen Notizen der letzten zwei Tage erweisen sich nun unversehens als Präambel zu einer wahren Tragödie. Mr. Ranald Guthrie von Erchany ist tot.

Es ist alles so fantastisch – und dazu auch wirklich entsetzlich –, daß ich gar nicht weiß, ob ich den Tonfall, mit dem ich begonnen habe, werde ändern können. Erchany ist und bleibt ein verwunschenes Schloß; nur daß der Zauber jetzt schal geworden ist wie eines von Großonkel Horatios Gedichten, und der Zauberer – einst Onkel Horatios Kumpan – ist bei Roull von Aberdene und dem edlen Roull von Corstorphine. Wenn man sich das vorstellt, daß er vorgestern abend, als er jenen Korridor entlangschritt, sein eigenes Klagelied sang!

Das irdisch Glück ist Lug und Trug,
Das Fleisch ist schwach, der Feind ist klug,
Und eitler Ruhm im Nu vergeht,
Timor Mortis conturbat me.

Ob Fürst, ob Priester, ob Scholar,
Der Würmer Fraß sind sie fürwahr,
Sie geh'n dahin ohn' Wiederkehr,
Timor Mortis conturbat me.

Des einen Macht, des andren Wissen,
Sind keine sanften Ruhekissen,
Da nützt kein Jammern und kein Fleh'n,
Timor Mortis conturbat me.

Ob Magier oder Astrologe,
Gelehrter oder Theologe …

Doch an die Arbeit – und die heißt zu Papier bringen, was geschehen ist. Wer weiß, wozu es noch nützlich ist; und außerdem ist es nach wie vor mein Tagebuch für Dich, Diana. Es wird gewiß noch Stunden dauern, bis die Welt herauf nach Erchany kommt – Ärzte, Polizisten, Anwälte –; und wie lange es dann noch dauert, bis ich abreisen kann, darüber läßt sich nicht einmal spekulieren. So unerfreulich das auch ist, bin ich doch in das verwickelt, was gut ein Mord gewesen sein kann. Ein seltsamer Weihnachtstag ist das!

Zuerst einmal muß ich Dich – und mich selbst – davon überzeugen, daß ich die bisherigen Seiten zwar geschrieben habe, um mir die Zeit zu vertreiben, daß jedoch, was darinsteht, keineswegs Phantasie ist. Sie berichten exakt, was vorgefallen ist, und sie sind auch ein getreues Zeugnis meiner eigenen, vielleicht ein wenig launigen, Reaktionen auf diese Ereignisse. Trotzdem sollte ich wohl noch einmal in nüchternerem Tonfall rekapitulieren.

Miss Guthrie und ich trafen am späten Montag abend auf Erchany ein, unangekündigt und allem Anschein nach durch schieren Zufall. Hardcastle hielt recht verstohlen Ausschau nach einem Doktor. Guthrie nahm uns mit aller gebotenen Höflichkeit in sein Haus auf, das uns als Haus eines chronischen Geizhalses erschien – servierte uns dann aber ein seltsam verschwenderisches Abendessen. Die Mitglieder des Haushaltes sind allesamt bemerkenswert: das kuriose Faktotum Hardcastle mit allen Anzeichen eines Schurken, seine Frau halb senil, der Stallbursche schwachsinnig, der Hausherr dafür umso scharfsinniger, vielleicht aber auch irrsinnig – womit ich aber schon wieder von den Fakten abkomme; ich würde einen jämmerlichen Zeugen abgeben, wenn ich etwas über Guthries Geisteszustand zu Protokoll geben sollte. Tatsache, wenn auch bisher unerklärt, ist hingegen, daß im ganzen Haushalt eine Anspannung herrschte und alle auf etwas zu warten schienen – eine Art elektrisches Feld, das zwischen Guthrie, seiner Nichte Christine Mathers und gewissen unbekannten Personen oder Ereignissen draußen bestand. Tatsache ist auch, daß Hardcastle vor der Gefahr warnte, die von einem gewissen Neil Lindsay ausgehe. Was ich sonst noch anführen kann, sind rein gefühlsmäßige Dinge. Zunächst einmal etwas an Sybil Guthries Verhalten gegenüber dem Haushalt ihres Verwandten sowie die Art, in der Guthrie davon sprach, seine amerikanischen Vettern hätten »Freunde geschickt«. Dazu halte ich, wie Du gleich hören wirst, einen Schlüssel. Zum zweiten die Art, wie Christine zu ihrem Onkel sagte, er »müsse sich entscheiden«. Und zum dritten die Art, wie Guthrie zu mir sagte: »Ich bin froh, daß Sie gekommen sind.« All diese Dinge *bedeuten etwas*; sie sind wichtige Aspekte des Bildes, auch wenn wir nicht wissen, wohin sie gehören; ich will sie die rätselhaften Fakten nennen. Außerdem ist natürlich gut möglich, daß noch andere, nicht minder bedeutende Indizien in meinem bisherigen Bericht verborgen liegen, doch wenn, dann sind sie mir nicht bewußt.

Und nun zu den Ereignissen, die zu Guthries Tode führten. Du wirst wohl kaum überrascht sein, wenn Du hörst, daß das erste, was es dazu festzuhalten gilt, eine *Ratte* betrifft.

Auch zum gestrigen Abendessen erschien Christine allein. Anschließend saßen wir wieder im Schulzimmer beisammen, und ich hatte den Eindruck, sie wußte nicht mehr, womit sie uns noch unterhalten sollte, und am Ende griff sie zu einer Mappe mit ihren Zeichnungen, die auf dem Tisch lag, als warte sie darauf, verpackt zu werden – rasch hingeworfene, sparsame Skizzen, größtenteils Impressionen von Wildgänsen über Loch Cailie. Doch sie war verlegener und mehr mit ihren eigenen Gedanken beschäftigt denn je und verabschiedete sich bald. Kurz darauf verkündete Sybil, daß es ihr zu kalt sei – und kalt war es! –; sie werde lieber im Bett lesen. Ein paar weitere Minuten, und ich begab mich ebenfalls nach oben; ich hatte mir in den Kopf gesetzt, ein rattensicheres Zelt zu bauen, in dem ich die Nacht verbringen konnte. Und um dies ehrgeizige Projekt wissenschaftlich zu untermauern, begann ich, mir diese Mitbewohner ein wenig näher anzusehen.

Am einfachsten klassifizieren ließen sie sich nach Farbe und Größe. Es gab große Ratten und kleine Ratten, braune Ratten, graue Ratten und – was mir, ich weiß nicht warum, besonders nobel vorkam – schwarze Ratten; und es gab Ratten unbestimmbarer Farbe, die man am ehesten als scheckig oder gefleckt bezeichnen könnte. Man sah ein paar fette Ratten, doch weitaus mehr magere Ratten, ein paar träge Ratten, doch hauptsächlich geschäftige Ratten – wobei natürlich all diese Eigenschaften in den verschiedensten Kombinationen auftraten –, und zuletzt hätte man sie auch noch in dreiste und noch dreistere unterscheiden können. Soweit ich sehen konnte, gab es keine wirklich furchtsamen Ratten, obwohl ihnen doch das kleine Federmesser des Hausherrn oft genug einen Schrecken einjagen mußte. All das war nur das, was in einem alten Gemäuer zu erwarten war, wo die Nager fast ganz die Oberhand hatten. Was mich jedoch wirklich verblüffte, waren die *gelehrten* Ratten, die man von Zeit zu Zeit sah. Ich könnte mir vorstellen, daß solche Ratten noch rarer sind als ihre rosa oder blauen Brüder.

Gelehrte Ratten. Genauer gesagt Ratten, die, nicht ohne eine gewisse Mühe, kleine Papierrollen mit sich umherschleppten – ganz in der Art von Studenten, die gerade ihre kunstvoll kalligraphierten Diplome erhalten haben. Alles in allem hatte ich zwei, vielleicht auch drei von diesen gelehrten Ratten gesehen.

Ich vermutete, daß Guthrie sich seine einsamen Tage mit naturkundlichen Experimenten vertrieb – so wie man Walen Schildchen anhängt, um herauszufinden, wie lange sie brauchen, bis sie einmal um die Welt geschwommen sind. Und die Sache interessierte mich so sehr, daß ich mich auf die Jagd nach gelehrten Ratten machte, ja, ich steigerte mich so hinein, daß ich fast eine ganze Stunde damit zubrachte. Für jeden, der mich gesehen hätte, hätte ich einen Verrückten in bester Erchany-Tradition abgegeben, wie ich den Biestern mit dem Schüreisen aus meinem Zimmer auflauerte. Die gelehrten Gesellen waren träger und, glaube ich, auch dreister als die anderen, und wahrscheinlich war das Schüreisen nicht das richtige Mittel; mit zwei geschickten Händen hätte man leicht ein Exemplar fangen können. Das

Eisen, wenn schon keine gute Angriffs-, mochte jedoch als Verteidigungswaffe noch gute Dienste tun; als ich die Jagd aufgab und mich für die Nacht rüstete, behielt ich es zur Hand.

Ich weiß nicht wie, aber ich schlief tatsächlich ein. Zweimal weckte mich das Scharren der Ratten, zweimal schlug ich im Dunkeln zu – und das zweite Mal folgte ein Schrei, der mir das Blut in den Adern gefrieren ließ. Die arme Mrs. Hardcastle: jetzt weiß ich, was sie nachts in ihrem Kopf zu hören bekommt. Ich zündete eine Kerze an. Und so unglaublich das war, hatte ich tatsächlich eine gelehrte Ratte erschlagen.

Es war kein schöner Anblick, und es dauerte eine Weile, bis ich den Mut gefaßt hatte, die Leiche zu untersuchen. Die Schriftrolle erwies sich als ein Stück feinen Papiers – vielleicht eine Seite, die aus einem Notizbuch mit Dünndruckpapier gerissen war – und war der Ratte recht geschickt mit einem Streifen Baumwollstoff ans Bein gebunden. Ich schnitt es ab und rollte es mit spitzen Fingern auf, denn das Blut des Tieres war darübergelaufen. Auf dem Blatt standen neun Worte, in ordentlicher Handschrift mit Tinte geschrieben: *Bringen Sie unbemerkt Hilfe zum Turm oberster Stock. Dringend.*

Ich kleidete mich an. Daß die ganze Sache melodramatisch oder absurd oder daß sie ein Witz oder eine Laune Guthries sein konnte, dieser Gedanke stellte sich gar nicht erst ein. Wenn man eine Weile in großer Höhe gelebt hat, dann kann man ohne weiteres auch zu noch höheren Gipfeln aufsteigen, und die nun schon gut vierundzwanzig Stunden, die ich auf Erchany war, hatten mich gut genug konditioniert, daß ich keine Sekunde lang auf die Idee kam, der Hilferuf der gelehrten Ratte könne ein Scherz sein. Das einzige, was ich überlegte, war, wie ich am besten ins oberste Stockwerk des Turmes kam.

Auf dem Gang vor meiner Zimmertür war es stockdunkel, und ich war noch kaum ein paar Schritte gegangen, bis der Wind, der nun wieder durch alle Ritzen fegte, meine Kerze ausblies. Da fiel mir Sybil Guthries elektrische Taschenlampe ein; und es war zwar nicht gerade freundlich, sie zu wecken und zu beunruhigen – nicht daß sie eine ängstliche Natur wäre –, doch andererseits hatte ich auch das Gefühl, daß die Umstände jede Unterstützung forderten, die zu erhalten war. Also machte ich wieder kehrt und klopfte an ihre Tür. Es war keine Antwort zu hören, doch das war nicht verwunderlich, denn der Wind ließ es an hundert Ecken ringsum rasseln und klappern. Ich klopfte noch einmal, dann öffnete ich die Tür und ging hinein. Ich rief nach ihr, zündete ein Streichholz an, dann nahm ich allen Mut zusammen und befühlte das gewaltige Bett. Der Verdacht erhärtete sich zur Gewißheit: es war niemand im Zimmer.

Hätte ich die Muße dazu gehabt, so wäre dies wohl der Augenblick gewesen, in dem mir ein wenig furchtsam zumute gewesen wäre. Doch im gleichen Augenblick erspähte ich einen Lichtschein auf dem Korridor; ich ging hinaus in der Erwartung, Sybil zu finden, doch statt dessen stand der abscheuliche Hardcastle vor mir, hielt eine Laterne in der einen Hand und donnerte mit der anderen an meine Zimmertür. Er sah mich düster an – zweifellos deutete er die Tatsache, daß ich aus Sybils Zimmer kam, in einem Sinne, der zu seinem ganzen Wesen paßte – und erklärte dann, der Herr schicke ihn; er fühle sich besser und ließe fragen, ob ich zu einem Schlummertrunk zu ihm hinauf in den Turm kommen wolle.

Ich warf einen Blick auf meine Uhr – alle Feinheiten der Höflichkeit wären bei Hardcastle verschwendet – und sah, daß nur noch fünf Minuten zur Mitternacht fehlten. Nur noch ein paar Minuten, und die Weihnacht begann.

»Gern«, entgegnete ich. »Ich war eben auf dem Weg zu ihm. Führen Sie mich.«

Die Laterne zuckte in der Hand des Unmenschen; mein Ton war wohl beinahe so grimmig gewesen wie der seines grimmigen Herrn. Schließlich war die Botschaft, die da mittels Hardcastle vom Turm heruntergeschickt wurde – obwohl bekannt war, daß ich schon Stunden zuvor zu Bett gegangen war –, kaum weniger rätselhaft als jene, die mir die Ratte gebracht hatte; die beiden zusammen, und dazu noch Sybils Verschwinden, waren Beweis genug, daß etwas Teuflisches im Gange war und daß ich nur zu bald sehen würde, was es war. So stapfte ich denn, geführt von Hardcastle, den Korridor entlang, wobei mein Zorn vermutlich einen Gutteil Furcht verbarg. Ich hatte keine Ahnung, was vorging, aber ich hatte das sichere Gefühl, daß es eine Falle war. Irgendwo spazierte in diesem Augenblick eine Fliege geradewegs ins Wohnzimmer der Spinne. War es Sybil? Oder ich? Daß es Guthrie sein könnte, darauf wäre ich nie gekommen!

Daß hingegen Hardcastle selbst viel von einer Spinne hatte, war keine Frage. Ich hatte darauf bestanden, daß er vorausging, denn ich spürte ja schon halb sein Messer am Hals, und hielt stets ein Auge auf ihn, als er vor mir die große Treppe hinabstieg und dann einen Korridor entlangschlurfte, den ich vage als den Weg zum Schulzimmer wiedererkannte. Wir hatten etwa die Hälfte des Ganges hinter uns, als er zögerte und dann kurz stehenblieb, als ob er horche. Ich blieb zwei Schritt hinter ihm stehen und lauschte ebenfalls angestrengt. Zuerst war mir, als vernähme ich eilige Schritte, die auf uns zukamen, doch so angestrengt ich auch den Korridor hinunterbrlickte, sah ich doch niemanden; dann – und die Haare standen mir dabei zu Berge – tappten die Schritte direkt an mir vorüber, und noch immer sah ich nichts. So absurd das war – schließlich läßt sich ein Gespenst ja nicht erschlagen – bedauerte ich, daß ich nicht den Schürhaken mitgebracht hatte, mit dem ich die gelehrte Ratte erlegt hatte: dann begriff ich, daß ich nichts weiter gehört hatte als das seltsame flappende Geräusch des langen abgewetzten Teppichs, der am Boden des Korridors wogte wie die See. Das brachte mich immerhin wieder soweit zur Besinnung, daß ich hörte, was Hardcastle innehalten ließ: Stimmen, die von irgendwo am Ende des Ganges kamen.

Anfangs war es nur ein Murmeln – doch dann erfaßte einer jener unberechenbaren Winde von Erchany sie, und wir konnten Christines Stimme vernehmen. Ich war recht erleichtert, denn ich malte mir aus, daß Sybil bei ihr sein würde und die beiden vielleicht noch beieinander saßen und ein wenig Weihnachten feierten. Hardcastle mag derselbe Gedanke durch den Kopf gegangen sein; er warf einen Blick auf seine Uhr, genau wie ich einige Minuten zuvor; und dann wehte der nächste Windstoß eine neue Stimme zu uns herüber, eine Männerstimme – ein älterer Mann, hatte ich den Eindruck, und sehr schottisch. Im nächsten Augenblick öffnete sich eine Tür an jenem Ende des Ganges, von dem das Murmeln gekommen war, und wir konnten gerade noch eine Gestalt ausmachen, die herausschlüpfte und im Dunkel vor uns verschwand.

Der gräßliche Hardcastle zögerte noch einen Moment lang, dann gingen wir weiter. Wie Du weißt, hatte ich ja keine Gelegenheit, mich in den entlegeneren Winkeln der Burg zu orientieren, und ich hatte keine Ahnung, auf welchen Wegen Hardcastle mich führte. Der Turm ist der älteste Teil, ein echter Wehrturm, und daraus, daß wir von der Schlafzimmeretage herabgestiegen waren, schloß ich, daß er unabhängig von den späteren Teilen und nur im Erdgeschoß mit ihnen verbunden war – womit er natürlich wirklich ganz außerordentlich abgeschieden war. Wie abgeschieden, wurde mir gleich darauf vor Augen geführt. Wir traten durch eine kleine, schwere Tür und dann, zwei Schritte darauf, durch eine zweite, gleichartige: und selbst in meinem verwirrten Zustand begriff ich, daß der Zwischenraum, zwei Schritt breit, der Dicke der Mauern dieses Turms entsprach. Und wir stiegen eine Treppe hinauf.

Ich rief mir ins Gedächtnis – so wie man sich etwas Absonderliches in einem Traum ins Gedächtnis ruft –, daß ich, ein zufälliger Gast in diesem Hause, unterwegs zu den Gemächern des freundlichen und höflichen Hausherrn war, um mit ihm die

Weihnacht zu begrüßen. Und trotzdem wünschte ich mir von neuem, ich hätte den Schürhaken mitgenommen. Wir stiegen immer höher – Hardcastle vor mir erklomm die Stufen mit einer sinistren Hartnäckigkeit, wie der Scherge, der den Verurteilten zum Galgen führt; eine unerwartet breite Treppe, die im raschen Wechsel von einem Absatz zum nächsten führte, jeder zweite davon durch schmale Fenster erhellt. Die Wolken hatten sich offenbar gelichtet; durch die Fenster fiel das bleiche Licht eines ermatteten Mondes und der vom Schnee zurückgeworfene Widerschein; und dies Mondlicht war es, was den nächsten Sekunden ihre besondere, makabre Wirkung verlieh. Die Treppenstufen nahmen und nahmen kein Ende – ich war eben zu dem Schluß gekommen, daß Guthrie seine Wache offenbar im allerobersten Raum des Turmes hielt –, als von oben ein einzelner, entsetzlicher Schrei erscholl. Im nächsten Moment verdunkelte sich das Fenster, an das wir gerade gelangt waren, den Bruchteil einer Sekunde lang, als habe jemand blitzschnell eine Blende vor den Mond gezogen und sie dann wieder geöffnet. Und dann – und den Zeitraum, der verging, konnte man am ganzen Körper spüren – drang ein leiser, dumpfer Schlag von unten herauf.

Wir hatten wohl beide sofort begriffen, was geschehen war. Für mich war der leise Schlag um vieles entsetzlicher als der Aufschrei, der ihm vorausgegangen war; Hardcastle, drei oder vier Schritte voraus, rief: »Gott im Himmel, habe ich ihn nicht gewarnt!« Dann hörten wir Schritte.

Was dann geschah, geschah binnen Sekunden. Ein junger Mann erschien auf dem Treppenabsatz über uns. Hardcastles Laterne leuchtete ihm nur einen einzigen Moment lang ins Gesicht – doch in diesem einen Augenblick sah ich ein Bild, das sich mir ins Gedächtnis eingebrannt hat, ein Bild äußerster Leidenschaft: ein dunkles, gespanntes Antlitz, aus dem alles Blut gewichen war, die Zähne zusammengebissen, und Augen, die funkelten wie Guthries Augen. »Lindsay!« rief Hardcastle und machte einen ungeschickten Versuch, ihn zu halten – so ungeschickt, daß ich mich fragte, ob er womöglich betrunken war; im nächsten Moment war der Junge an uns vorübergestürmt, ohne uns auch nur zu beachten. Vielleicht hätte ich ihn aufhalten müssen; ich fürchte, im entscheidenden Augenblick habe ich die Lage nicht rasch genug begriffen. Hardcastle schien unschlüssig, ob er ihm nacheilen oder weitergehen sollte; dann stieg er mit einem Fluch weiter hinauf. Ich konnte ihm nur folgen.

Es waren noch mehrere Stockwerke bis nach oben, doch nun wurde die Treppe schmaler, und es gab keine Fenster mehr. Auf dem Weg nach oben hatte ich auf jedem Absatz eine einzelne massive Tür gesehen; eine weitere passierten wir noch, dann stiegen wir heftig keuchend zur allerletzen auf, die gar noch wuchtiger war als die anderen. Hardcastle warf sie auf. Vor uns lag ein niedriger, quadratischer Raum, als Studierstube eingerichtet und mit den üblichen wenigen Kerzen erhellt. Und mitten in dieser Stube stand Sybil Guthrie.

Einen Moment lang standen wir da wie Schauspieler, die zum Tableau erstarrt sind, bis der Vorhang fällt; dann stürmte Hardcastle auf Sybil zu, von einer plötzlichen unmäßigen Wut gepackt. »Du kleines Miststück –!«

Wer weiß, was er noch weiter Beleidigendes gesagt hätte. Es war mir eine Genugtuung, den Schurken bei der Schulter zu fassen – vielleicht war es auch der Kragen – und ihn zum Schweigen zu bringen. Doch meine beherzte Tat hatte weitreichendere Folgen, als ich erwartet hatte. Vom selben Augenblick an blieb Hardcastle mürrisch und auf eine aufsässige Weise stur, und so stand ich nun da und mußte erkennen, daß das Ruder, mit dem wir durch die Ereignisse auf Erchany zu steuern hatten, an mich übergegangen war. Ob ich nun wollte oder nicht, ich hatte das Kommando, bis fähigere und berufenere Leute eintrafen.

Ich blickte Sybil an. »Wo ist Guthrie?«

Einen Sekundenbruchteil zögerte sie und blickte mißtrauisch, doch gefaßt, von einem zum anderen. Dann sagte sie leise, mit ein wenig unsteter Stimme: »Er ist vom Turm gestürzt.« Und wie zur Erklärung wies sie auf eine zweite Tür, gleich neben jener, durch die wir eingetreten waren.

Ich nahm Hardcastle die Laterne aus der Hand und sah mich um. Ich fand eine kleine, schmale Schlafkammer mit den gleichen schmalen Fenstern wie im Treppenhaus, und eine weitere massive Tür, die nun, sich in ihren Angeln wiegend, offenstand, so daß man in das schwarze Nichts hinaussah, fast genau gegenüber der Tür, in der ich stand. Ich ging hinüber und blickte nach draußen. Ich mußte mich am Türpfosten festhalten, denn der Wind – auch wenn er, glaube ich, zusehends abflaute – war dort oben gewaltig. Vor mir lag eine schmale Plattform, deren Schnee ganz zertreten war; umsäumt war sie von einer niedrigen, mit Zinnen besetzten Mauer – die originale Brustwehr, nehme ich an, des alten Turms. Ich tastete mich vorsichtig bis zur Kante vor und blickte hinunter. Es war nichts zu sehen außer der schwarzen Nacht und nichts zu hören außer dem Pfeifen und Seufzen des Windes. Ich führte mir vor Augen, wie viele Stockwerke weit ich gerade die Turmtreppe emporgeklommen war, und mir war klar, daß der Mann, der von diesen Zinnen gestürzt war – so dick die Schneedecke unten auch sein mochte –, tot war. Mein erster Gedanke – was zeigt, wie seltsam praktisch man in solchen Notfällen denkt – mein erster, erleichterter Gedanke war, daß wir wenigstens keine verzweifelten Versuche mehr unternehmen mußten, ihm zu helfen. Mein zweiter Gedanke, der sich unmittelbar aus dem ersten ergab, galt der Sorge, daß auf keine Hilfe von außen zu hoffen war, wenn tatsächlich ein Unhold unter uns wütete. Und als dritter stellte sich sogleich das Bild des Schurken Hardcastle ein, der in meiner Phantasie ja längst zum Inbegriff des grausigen Unholds geworden war.

Ich kehrte zurück in die Studierstube, verzweifelt bemüht, Ordnung in das Chaos in meinem Kopf zu bringen. Eines war schon nach kurzem Nachdenken klar: Ranald Guthrie, wenn er nicht betrunken oder tatsächlich irrsinnig gewesen war, wenn er nicht schlafwandelte oder in Trance war, konnte kaum durch ein schieres Unglück in die Tiefe gestürzt sein. Und da war es ein Schock, wenn ich an Sybils teilnahmslose Worte zurückdachte: »Er ist vom Turm gestürzt.« Sie legten – wenn man sie so wörtlich nahm, wie der Tonfall es geradezu forderte – nahe, es als einen reinen Unglücksfall anzusehen. Und mit einem Schlage begriff ich die ganze Tragweite einer solch geheimnisvollen Gewalttat, begriff, in welcher Atmosphäre ich die letzten dreißig Stunden verbracht hatte. Spannung, Furcht, düstere Stimmung, gelehrte Ratten, gewaltsamer Tod: all das führte immer wieder zum selben Schluß – auf dieser Burg war etwas Grausiges im Gange. Erchany als Spielplatz eines bösen Zauberers: das war eine Phantasie aus vergangener Zeit; was nun in der Nacht im Turm geschehen war, machte es zum Fall für den Untersuchungsrichter und für die Kriminalpolizei. Zehn Meilen von hier, zehn Meilen durch mannshohen Schnee, gab es gewiß einen Dorfpolizisten; zwanzig Meilen fort gar eine Polizeiwache; und in Aberdeen oder Edinburgh vielleicht die Beamten, die einer Angelegenheit wie dieser gewachsen waren. Ich muß von Sybil zu Hardcastle und von Hardcastle zu Sybil mit einer Miene geblickt haben wie ein kleiner Junge, der zum ersten Mal in seinem Leben eine eigene Entscheidung fällen muß.

Guthrie konnte diesen Sturz nicht überlebt haben: trotzdem war es ein natürlicher Impuls, als erstes hinunterzugehen und nach seinem Leichnam zu sehen. Wenn jedoch ein Verbrechen geschehen war, so fand ich, daß man weder Sybil – deren Gegenwart im Turm ja bisher nicht erklärt war – noch den sinistren Hardcastle allein am Tatort zurücklassen durfte. Sybil hätte man zu Christine schicken können – nur daß es anständiger gewesen wäre, wenn ich persönlich ihr berichtete, was geschehen war, und das mußte warten, bis ich draußen gewesen war und mich vergewissert hatte. Für den Augenblick war es das beste, wenn wir drei aus dem Turm zusammenblieben.

Während ich mir noch solchermaßen Gedanken um die Etikette bei Gewalttaten machte, blickte ich mich um. Ich will Dir die Szenerie beschreiben, so wie ich sie teils da, teils später, erkundete.

Dies oberste Stockwerk des Turmes springt von den darunterliegenden auf allen vier Seiten ein Stück zurück und ist folglich ganz umgeben von einem schmalen zinnenbewehrten Gang – einer Brustwehr –, von deren Mauer es geradewegs zu Haus und Burggraben in die Tiefe geht. Es gibt zwei Treppen: eines ist eine kleine Wendeltreppe, die zu einer Falltür in einer der vier Ecken der Brustwehr führt; die andere ist die Treppe, über die ich heraufgekommen war und deren oberste Türe direkt in die Studierstube führt. Von dort gibt es eine Tür zur Brustwehr und eine weitere zu dem kleinen Schlafzimmer – das wiederum eine Tür hinaus auf die Brustwehr hat. Alle Fenster sind schmal, kaum mehr als Schießscharten.

Ich beschloß, daß ich, wenn möglich, alles absperren sollte. So nahm ich mir von Hardcastle zum zweiten Mal die Laterne, um die Wendeltreppe zu erforschen, und besah mir auch den Schnee auf der Brustwehr. Ich hatte den Eindruck, daß rege Betriebsamkeit hinter diesen windumtosten Zinnen geherrscht haben mußte, doch die Spuren waren bereits allesamt halb verweht, und es wäre nur verschwendete Zeit gewesen, hätte ich sie mit dem Auge des Amateurdetektivs untersuchen wollen. Ich hielt lediglich fest, daß vor kurzem – etwa während der letzten halben Stunde – geradezu ein Gedränge an diesem gefährlichen Ort geherrscht haben mußte; dann wandte ich mich der Falltür zu. Und hier war der Schnee so offensichtlich beiseite gerutscht, daß es ein eindeutiger Beweis war; diese Falltür hatte vor kurzem jemand geöffnet. Ich zog an dem kräftigen Eisenring und stellte fest, daß nun von unten ein Riegel vorgeschoben war; ich suchte ein wenig und fand, was ich vermutet hatte: einen zweiten Riegel, mit dem sie sich von oben versperren ließ. Er ließ sich ohne weiteres bewegen; der erste Eingang zum Turmzimmer war damit gesichert.

Ich kehrte so rasch, wie es ohne Gefahr möglich war, nach drinnen zurück und hielt nur noch einmal inne, um nach dem Wetter zu sehen. Der Mond lag hinter einem Wolkenschleier, doch hie und da sah man einen Stern oder ein ganzes Sternbild: noch während ich hinaufsah, flammte Orion auf wie eine Reihe von Straßenlampen. Am Morgen würde, prophezeite ich in Gedanken, die Sonne über die weiten Schneeflächen scheinen, und zumindest vorerst waren die letzten Flocken gefallen.

Ich kehrte ins Zimmer zurück, wo Sybil und Hardcastle noch genauso dastanden, wie ich sie verlassen hatte. »Jetzt gehen wir nach unten«, ordnete ich an. Wir polterten hinaus auf den engen Treppenabsatz, und ich verschloß die Tür und steckte den Schlüssel in die Tasche. Studierstube, Schlafkammer und Brustwehr waren für niemanden mehr zugänglich. Hardcastle murmelte etwas Unverständliches – vielleicht ein Versuch, seine Rechte als Aufseher auf Erchany geltend zu machen –, aber ich war bereits vorausgeeilt und sprang beinahe die Treppenstufen hinunter. Unten angelangt, wies Hardcastle auf eine weitere, kleinere Treppe. Ich verschloß auch jene Tür noch, die zum Treppenhaus des Turms führte, und dann folgten wir Hardcastles Treppe in eine Art Keller. Der gestürzte Guthrie mußte mitten im Burggraben liegen. Wir kamen an eine kleine Tür, und hier sprach Sybil zum ersten Mal seit dem »Er ist vom Turm gestürzt« wieder ein Wort. »Ich komme mit«, sagte sie. Und zog mit einer so entschiedenen Geste ihre Taschenlampe hervor und schaltete sie ein, daß ich wußte: jede Gegenwehr war zwecklos.

Im Graben lag der Schnee so tief und so pulverfein, daß ich mir einen Moment lang wider alle Vernunft vorstellte, Guthrie könne doch überlebt haben. Als wir um die Ecke des Turms kamen, versanken wir bis zu den Knien im Schnee; Hardcastles Laterne tauchte uns in einen schwankenden Lichtschein, und Sybils Taschenlampe erforschte den Graben vor uns. Einen Augenblick noch, und wir sahen vor uns den schwarzen Fleck im Schnee, den wir gesucht hatten. Wir eilten zu ihm hin. Mir schlug das Herz bis zum Halse. Der dunkle Fleck hatte sich bewegt.

Ein grauenhafter Schrei erscholl – aus Hardcastles Kehle. Ich blickte ihn an; der Schweiß lief ihm in der Eiseskälte über das Gesicht; er hatte vollkommen die Nerven verloren. Ich blickte wieder nach vorn, und nun sah ich, daß das, was sich bewegt hatte, ein zweiter Mann war, der sich über den Gestürzten gebeugt hatte. Die Gestalt richtete sich auf, als wir herankamen. Eine Stimme sagte: »Er ist tot.«

Als ich davon schrieb, wie entsetzlich Guthries Ende war, da hatte ich vor allem jene Stimme im Ohr, die unglaubliche, unverhohlene Genugtuung, mit der die tiefe, schottische Stimme diese drei Worte sprach. Tote vernehmen keine Flüche, und Unflat und Wut alles Irdischen bedeuten nichts für einen Geist; trotzdem hoffe ich, daß dereinst in meinem Requiem kein solcher Ton zu hören sein wird. Ich sagte mit einer Strenge, als sei ich Burgherr auf Erchany und Polizeichef der Grafschaft in einer Person: »Wer sind Sie, und was haben Sie hier zu suchen?«

Der Mann sah mich im Licht der Laterne trotzig an, ein stattlicher älterer Mann, dessen vom Wetter gegerbtes Gesicht den Bauern verriet. »Rob Gamley heiße ich; ich bin hier, weil ich ein Wort mit dem Gutsherrn sprechen wollte. Aber jetzt hält der Herr sein Schwätzchen mit denen, die besser wissen, wie man mit seinesgleichen fertigwird.«

Ich wandte mich von diesen grausamen, pietätlosen Worten ab und machte mich an die Untersuchung der Leiche, und ich fragte mich dabei, ob Guthrie wohl eine einzige Menschenseele zurückließ, die ihn betrauerte. Christine vielleicht – das konnte ich nicht sagen. Daß er vor jenen Richter getreten war, auf den Gamley angespielt hatte, daran gab es keinen Zweifel; sein Genick war gebrochen, und er mußte auf der Stelle tot gewesen sein.

So stand denn unser kleines Grüppchen und umringte den Toten, und ich mußte entscheiden, was als nächstes zu tun war. Vielleicht hätte ich darauf bestehen müssen, daß der Leichnam an Ort und Stelle blieb; so ist es ja wohl üblich, wenn Grund zu dem Verdacht besteht, daß es nicht mit rechten Dingen zuging. Aber gab es denn nun tatsächlich etwas, womit man diesen Verdacht begründen konnte? Auf der einen Seite stand Sybils Aussage, Guthrie sei vom Turm gestürzt; auf der anderen stand nur das, was man atmosphärische Beweise nennen könnte – Gewalttat und Geheimnis, die einfach in der Luft lagen oder auf die kurioseste Weise Gestalt angenommen hatten in dem unglaublichen Auftritt der gelehrten Ratte. Kurz, ich wußte nicht, welchen Nutzen jemand davon haben sollte, daß wir Ranald Guthries sterbliche Überreste im Burggraben liegen ließen, und fand es unanständig von uns – eine Unanständigkeit, die Gamley, ich weiß nicht wie, mit seinen bitteren Worten noch unterstrichen hatte. So kommandierte ich nur kurz: »Miss Guthrie geht wohl am besten mit Lampe und Laterne voraus, und wir werden den Leichnam ins Haus tragen. Mr. Gamley, Sie werden so freundlich sein zu helfen.«

Als habe er sich plötzlich besonnen, was sich gehört, nahm Gamley die Kappe ab. Die Bewegung ließ mich zu ihm hinüberblicken, und ich sah, wie er aufmerksam und ohne jede Spur von Wärme Hardcastle beobachtete. Und als ich seinem Blick folgte, da sah ich etwas sehr Seltsames: ganz offensichtlich hatte der Unmensch eine Heidenangst vor Gamley und hielt Abstand, wie man Abstand vor einem Bären an seiner Kette hält. Zugleich warf er aber auch immer wieder Blicke zu Guthries Leichnam hinüber, mit genau jener verstohlenen und doch erregten Aufmerksamkeit, mit der er – ich sah ihn in Gedanken vor mir – sich eine obszöne Fotografie besehen hätte. Bei keinem dieser beiden

Impulse wußte ich, was ihn hervorrufen mochte, doch die Kombination aus beidem war unglaublich abstoßend. Da war mir Gamleys Respektlosigkeit um vieles lieber. Ganz impulsiv – und wahrscheinlich herablassend genug – befahl ich Hardcastle, ins Haus zu gehen und einen Platz vorzubereiten, an dem wir den Leichnam ablegen konnten. Gamley und ich folgten mit unserer Last, so gut es ging.

Wir legten den Toten zunächst auf eine Art steinernen Tisch in einem Keller nicht weit von der Tür zum Burggraben. Sybil leuchtete uns, wie angewiesen; dann sprach sie: »Tja, dann bin ich wohl dran. Ich gehe und bringe es Christine bei« und verschwand nach oben. Das war gut für sie, dachte ich, und wahrscheinlich ohnehin die beste Lösung; wer weiß, wie ungeschickt ich mich angestellt hätte.

Ich schickte Hardcastle davon, ein Bettuch holen. Gamley, noch immer die Kappe in der Hand, betrachtete den Toten mit einem forschenden Blick. Dann schritt er zur Tür. »Moment«, sagte ich, »wo wollen Sie hin?« Denn ich fand, daß er uns Rechenschaft schuldig war. Wiederum blickte er mir ruhig ins Gesicht. »Junger Herr«, antwortete er, »ich gehe dem Teufel Bescheid sagen, daß er besser sein Silber einschließt.« Und mit diesem grimmigen Scherz war er auf und davon.

Das war nun also, ging mir durch den Kopf, der zweite geheimnisvolle Besucher, den ich in dieser Nacht hatte entfliehen lassen. Für einen Ort, der so gut wie abgeschnitten von der Welt war, hatte Erchany sich als ausgesprochen belebt erwiesen. Woher war Neil Lindsay gekommen, woher Gamley? Wer hatte die Ratten mit ihren Botschaften ausstaffiert? Wer hatte im Schulzimmer mit Christine gesprochen? Und war Hardcastles Doktor je gekommen? Doch all diese kleinen Rätsel waren überschattet vom größten von allen, dem Rätsel des Todes.

Diana, ein Mann kann einen Schrei des Schreckens oder Schmerzes ausstoßen, er kann zweihundert Fuß weit in die Tiefe stürzen, sich den Hals und alle anderen Knochen im Leibe brechen, und doch am Ende daliegen wie ein Kind, das in seiner Krippe schläft! Gewiß, es ist nur ein Trick der Muskeln im allerletzten Moment, aber doch etwas Seltsames und Ehrfurchtgebietendes, wenn man darüber nachdenkt. Im Tode war Guthrie wieder unschuldig geworden; dies scharfe Antlitz mit den markanten Zügen, die von jahrhundertealter Familie sprechen, war nun stärker und reiner geworden, als habe ein Künstler einen Schwamm genommen und alles Niedere von ihm fortgewischt. Man liest davon, daß der Tod solche Dinge tut; doch sie von Angesicht zu sehen, unter so gewalttätigen Umständen, erschütterte mich tief. Ich richtete den Leichnam, so gut ich konnte, wischte ihm den Schnee aus Gesicht und Haar, und wartete.

Nicht lange, und Hardcastle kehrte mit einem Tuch zurück. Ob nun zu Recht oder nicht, ich hatte mir in den Kopf gesetzt, daß in seinem Verhalten gegenüber dem Toten etwas Ungehöriges war, und ganz instinktiv verstellte ich ihm an der Tür den Weg. Er reichte mir mürrisch das Tuch und starrte an mir vorbei den Leichnam an, genauso forschend wie zuvor. »Seien Sie so freundlich«, schlug ich vor, »und sagen Sie Ihrer Frau, sie soll uns Tee oder Kaffee machen. Ich glaube, eine Stärkung können wir alle brauchen.«

Der Unhold schluckte schwer, als schlucke er hinunter, was er mir darauf gern geantwortet hätte. Dann sagte er mit einer geradezu elefantösen Verschlagenheit, bei der ich, wie schon zuvor, nicht wußte, was ich davon zu halten hatte: »Mr. Gylby, Sie werden nachgesehen haben, daß mit dem Leichnam alles in Ordnung ist? Daß ihn niemand beraubt hat oder dergleichen?«

»Darum wird die Polizei sich kümmern.«

»Aber, Sir, wir könnten doch auch jetzt gleich nachsehen?«

Meine Wut auf diesen Wurm wurde von Minute zu Minute größer. Ich wandte ihm den Rücken zu und breitete ohne weiteres Zögern das Leichentuch über Guthrie. »Als nächstes, Mr.

Hardcastle, müssen wir in Kinkeig Bescheid geben. Es hat aufgehört zu schneien, und der Wind läßt nach. Sie müssen sehen, ob Ihr Junge im Morgengrauen aufbrechen kann.« Mit diesen Worten schob ich den Aufseher aus dem Keller, verschloß die Tür und steckte auch diesen Schlüssel ein. Glaube mir, Diana, etwas liegt hier in der Luft, das mich sicher sein läßt, daß ich das Richtige getan habe, als ich mich so eigenmächtig zum Hüter von Erchany aufschwang. Zum Glück fliegen, während ich dies niederschreibe, die Minuten nur so dahin, und es kann nicht mehr lange dauern, bis die Vertreter des Gesetzes eintreffen und ich mein Amt ehrenhaft in andere Hände legen kann. In der Zwischenzeit gibt es allerdings noch den einen oder anderen Schrekken, über den ich zu berichten habe.

Nachdem ich die Kellertür verschlossen hatte, schlurfte Hardcastle beleidigt davon, und ich blieb allein zurück und überlegte, was als nächstes zu tun war. Nichts auf der Welt hätte mich dazu gebracht, mich an dem Toten zu schaffen zu machen wie ein Polizeiarzt, aber Hardcastles Andeutung, die Leiche könnte beraubt worden sein, hatte mir doch eine Idee eingegeben. Es hatte ja eine Weile gedauert, bis ich das Turmzimmer versperrt hatte und mit meinem kleinen Trupp unten am Graben angelangt war; dort angekommen, fanden wir den geheimnisvollen Gamley neben dem Leichnam knien. Wer der Mann war, würde sich schon noch herausstellen, aber mochte es nicht Spuren im Schnee geben – die bald verschwunden sein würden und die man am besten sofort erkundete –, aus denen sich ablesen ließ, wie er dorthin gelangt war? Ich nahm die Laterne, die Hardcastle stehengelassen hatte, und begab mich, bevor ich nach oben ging, noch einmal hinaus zum Graben.

Der Wind, der oben auf den Zinnen so rasch alle klaren Spuren verwischt hatte, hatte in dieser tiefen Rinne keine Kraft; jedes Zeichen, das zurückgeblieben war, seit der große Schneefall vorüber war, war deutlich genug zu erkennen. Als ich mich umsah, kam mir noch einmal zu Bewußtsein, wie abgelegen Erchany war; überall hatten die wilden Tiere ihre Spuren hinterlassen, die vor dem Schneesturm dort Zuflucht gesucht hatten: die tiefen Schritte eines Fuchses, die langen Sprünge von Wieseln, die zu winzigen Schneewehen aufgewirbelten Zickzackspuren der Kaninchen, eine davon gekreuzt von den Schritten eines Fasans, der schnurgerade auf ein unbekanntes Ziel zusteuerte – und einmal ein kleiner Blutfleck mit einem Rest Fell. Der Mond tauchte hinter den Wolken auf und verschwand wieder mit der Regelmäßigkeit einer Neonreklame, und wie Wellen lief das Licht über diese Muster in dem großen Teppich aus Schnee; man hätte innehalten und es einfach nur ansehen sollen, so schön war es; ich mußte meine so unangemessenen ästhetischen Betrachtungen niederzwingen, bevor ich mich an die genauere Untersuchung machen konnte.

Wo Guthries Körper aufgeschlagen war, war der Schnee zur Seite gespritzt, als sei ein großer Meteor dort niedergegangen, und umgeben war dieser Krater von den zahlreichen Fußstapfen, die wir hinterlassen hatten, als wir den Leichnam bargen. Doch jenseits dieses Zirkels waren die Fußspuren eindeutig genug. Und ebenso eindeutig war die Geschichte, die sie erzählten. Etwa zehn Schritt von der Stelle, an der Guthrie niedergestürzt war, war Gamley – was nicht ungefährlich gewesen war – in den Graben gesprungen und direkt zu dem Leichnam gelaufen. Als er mich verließ, hatte er denselben Weg zurück genommen, jedoch festgestellt, daß er nicht so leicht wieder nach oben kam, und sich zu der kleinen Brücke vorgearbeitet, über die auch Sybil und ich zur Hintertür gelangt waren, als wir hier ankamen. Dort hatte er leicht aus dem Graben hinaufklettern können und hatte es mit einer solchen Zielstrebigkeit getan, daß sich daraus schließen läßt, daß er mit der Geographie von Erchany bestens vertraut ist. Ich kletterte ebenfalls dort hinauf und folgte seinen Fußstapfen – die oben schon fast verweht waren – fort von der

Burg. Nicht lange, und sie vereinigten sich mit jenen, die gerade noch sichtbar zu der Stelle führten, an der er hinabgesprungen war. Gamley war aus dem Dunkel der Nacht gekommen und in das Dunkel zurückgekehrt. Wahrscheinlich war er unterwegs zu der kleinen Hintertür gewesen, als er Guthrie stürzen sah.

Ich kehrte in den Burggraben zurück und ging, so beschwerlich das auch war, noch einmal den ganzen Zirkel ab. Das Bild, das ich so gewann, war vollkommen klar: Gamley kam aus der einen Richtung zur Leiche, Sybil, Hardcastle und ich aus der anderen; danach hatten wir Guthrie im Gänsemarsch ins Haus gebracht, und Gamley war wieder gegangen, auf dem Weg, den er gekommen war. Meine Erkundungen mögen vergeudete Mühe gewesen sein, aber sie verschafften mir doch das gute Gefühl, daß ich meine Arbeit so ordentlich wie möglich gemacht habe.

Hardcastle lauerte am Ende des Ganges, der zur Hintertür führte; vielleicht hatte er doch noch Hoffnung gehabt, in den Keller zu kommen – wenn seine Frau schon als Hexe durchgehen würde, dann kann man ihn nur noch als Ghoul beschreiben. Und nun kam er auf mich zu und sagte heiser: »Es ist Mord.«

»Das wird sich noch herausstellen, Mr. Hardcastle. Kommen Sie mit nach oben.«

»Glauben Sie mir, der Drecksjunge Lindsay hat ihn gestoßen und ihm das angetan. Habe ich dem Herrn nicht gesagt, es kann nichts Gutes draus werden, wenn er sich mit einem Lindsay einläßt? Er hat ihn umgebracht, er hat ihm das angetan, und jetzt ist er mit dem Mädel auf und davon.«

Ich war dem Unmenschen vorausgegangen, doch nun drehte ich mich doch zu ihm um: »Was sagen Sie da?«

Ein widerliches Grinsen lief über sein Gesicht, so als ob er sagen wolle: »Hab' ich's dir endlich gezeigt«; dann, wie schon einmal, kam die schmutzige Hand hinter dem Rücken hervor, und er fuhr sich damit über das Kinn. Es ist unglaublich, mit welch stumpfsinniger Bosheit er fortfuhr: »Wollen Sie es wissen?«

Doch was immer er sich, unverschämt wie er war, an Spannung von dieser Bemerkung versprochen hatte, wurde ihm verdorben durch den Lärm, der im selben Augenblick unmittelbar über uns einsetzte, ein Heulen und Jammern, das mir durch Mark und Bein ging. Ein verzweifelter Kampf zwischen Wölfen und Hyänen hätte, könnte ich mir vorstellen, ähnliche Laute hervorgebracht; es dauerte einige Sekunden, bis ich begriff, daß das, was ich da hörte, Erchanys Totenklage für Ranald Guthrie war – eine Klage, die zu etwa zwei Fünfteln von Mrs. Hardcastle bestritten wurde, zu zwei Fünfteln von dem schwachsinnigen Stallburschen und zum letzten Fünftel von den Hunden im Hintergrund. Die Tonlage änderte sich, als wir auf der obersten Treppenstufe anlangten: Tammas, der Bursche, senkte die Stimme zu einem leisen Wimmern, und Mrs. Hardcastle brachte einige halbwegs artikulierte Worte heraus. Sybil stand zwischen den beiden und blickte so betont kühl und ernst drein, daß ich den Eindruck hatte, daß die Ereignisse der Nacht sie nun doch allmählich überwältigten.

»Beklagt sei der Tag, beklagt sei der Tag! Der gute Herr ist tot, der gute Herr ist tot, und das Kind ist davon mit dem Lindsay!«

Es war merkwürdig anrührend, wie die alte Frau ihre Klage vor sich hinsang und sich wie im Takt dazu wiegte. Und grotesk, wie Tammas, aufgewühlt von ihrem Singsang, sein eigenes Lied zu murmeln begann:

Der Rabe holt' das Kätzchen-oh,
Der Rabe holt' das Kätzchen-oh …

Es war ein furchterregender Gesang. Aber ich hatte in den letzten anderthalb Tagen soviel Furchterregendes erlebt, daß ich nun nur kräftig an eine Schranktür klopfte wie ein Richter, der einen Tumult im Gerichtssaal beendet. Tammas senkte die Stimme sogleich, daß nur noch ein Flüstern zu hören war, und Mrs.

Hardcastle hatte, nachdem ein Exkurs über Ratten schon das Schlimmste befürchten ließ, doch noch einige lichte Augenblikke. Ich fasse wohl besser zusammen, was ich binnen der nächsten Viertelstunde über die Umstände erfahren konnte.

Neil Lindsay, der junge Mann, der in jenem dramatischen Augenblick auf dem Treppenabsatz an uns vorüberstürmte, ist, wie ich schon vermutet hatte, Christines Verehrer – und jemand, dessen Werben Guthrie durch und durch unerwünscht war. Er ist ein Bauernjunge – Pächter auf einem winzigen Hof – aus einem benachbarten Tal; und zu diesem gesellschaftlichen Manko kommt, wenn man den Hardcastles glauben darf, noch dazu, daß zwischen den beiden Familien eine Art Erbfehde besteht – solch pittoreske Absurditäten gibt es offenbar hierzulande auch heute noch. Die Lage war schon seit längerem angespannt, und in letzter Zeit war Lindsay verdächtig oft spätabends auf die Burg gekommen. Über die näheren Umstände hatten Guthrie und Christine sich ausgeschwiegen, und so tappen die Hardcastles hier ein wenig im Dunkeln. Aber Hardcastle glaubt, daß Guthrie beschlossen hatte, sich von Lindsay freizukaufen, und ihm deswegen aufgetragen hatte, den jungen Mann zu ihm hinauf in den Turm zu lassen, wenn er das nächste Mal kam.

Lindsay erschien kurz vor halb zwölf, Hardcastle ließ ihn ein und schickte ihn nach oben. Kurz vor Mitternacht läutete Guthrie – beide Hardcastles waren offenbar auch so etwas wie Kammerdiener –, und als Hardcastle die Treppe erklomm, rief er ihm den Auftrag hinunter, mich zum Schlummertrunk zu bitten – was dann zu meinem Erscheinen am Ort des Geschehens führte.

Das war der Punkt, an dem ich sie wirklich unterbrechen mußte. »Aber Mr. Hardcastle, wieso sollte *ich* denn feiern, daß der Gutsherr den jungen Lindsay losgeworden war? War das denn nicht seine Privatsache?«

»Mit Verlaub, Mr. Gylby, ich denke mir, der Junge wäre bis dahin wieder fort gewesen, und ein Gläschen mit einem Fremden wäre für den Herrn eine schöne Art gewesen, auf andere Gedanken zu kommen.«

Ich brauche wohl kaum zu sagen, daß ich kein Wort von dieser Geschichte glaubte. Allerdings mußte ich mir dabei auch immer zu bedenken geben, daß Hardcastle das Einmaleins hätte aufsagen können, und ich wäre auf der Stelle mißtrauisch geworden. Und er war abstoßender denn je: in seine mürrische Art war nun auch noch ein unterwürfiger Ton gekommen, und ich spürte, daß ihm ganz und gar nicht wohl in seiner Haut war. Einen Teil der Geschichte hatte ich mir von seiner Frau erzählen lassen, und ich glaube, er zitterte vor Angst, daß sie etwas Falsches sagte – die falsche Katze aus dem Sack ließ. Vielleicht fürchtete er sich auch nur einfach vor mir. Oder vor Sybil.

Eines jedenfalls steht fest. Lindsay und Christine – es sei denn, sie schmachten in einem verborgenen Verlies in den Tiefen der Burg – sind fort, ob nun gemeinsam oder allein. Mrs. Hardcastle, bei der ich mittlerweile doch den Eindruck habe, daß sie eine aufrechte Seele ist, sagt, sie habe gesehen, wie Christine mit einem Koffer in der Hand den Gang vom Schulzimmer herunterlief, und als wir uns mit der Laterne vor der Vordertür umsahen, fanden wir zwei schon halb verwehte Spuren fort ins Dunkel. Die beiden sind tatsächlich auf und davon; eine merkwürdige Zeit haben sie sich dafür ausgesucht, und ein mühsamer Weg muß es sein. Nachdem er an uns vorübergestürmt war, lief Lindsay offenbar schnurstracks zu Christine, und schon wenige Augenblicke darauf waren sie aus dem Haus. Aber was war unmittelbar davor geschehen? Was hatte sich im Turm zugetragen?

Zumindest für letzteres hatten wir Sybil als Zeugin. Sie war – aus unerfindlichen Gründen – in dem Raum gewesen, aus dem Guthrie zu Tode gestürzt war. Doch bisher hatte sie kaum ein Wort gesprochen, und ich fand es ungehörig, in Gegenwart der Hardcastles Fragen zu stellen, die wie ein Verhör wirken mußten. Hardcastle selbst, das spürte man, wenn er Sybil ansah, verging fast vor Neugierde, und das allein hätte mich schon dazu gebracht, die Fragen noch aufzuschieben. Außerdem hatte ich den Eindruck, daß in Sybils Augen ein Bitten oder eine Warnung zu lesen stand, als wolle sie mir zu verstehen geben, daß wir die Sache besser unter uns besprachen.

Eine andere Frage kam mir wieder in den Sinn. Ich wandte mich Hardcastle zu und fragte so unvermittelt, wie ich nur konnte: »Ist eigentlich Ihr Doktor noch gekommen?«

Es war ein Volltreffer. Hätte ich mir plötzlich die Maske des Scharfrichters übergestülpt und ihn lässig aufgefordert, den Hals auf den Richtblock zu legen, hätte die Verblüffung des Unmenschen nicht größer sein können. Wenn ich mir vorstelle, was ein guter Staatsanwalt in diesem Augenblick alles aus ihm hätte herausbringen können – ein Augenblick, in dem er japste wie ein Fisch, den man an Land geschleudert hat! Er hatte ja keine Ahnung, was ich wußte. Und wie ein Dummkopf, das muß ich leider eingestehen, verriet ich es ihm sogleich.

»Als Sie Miss Guthrie und mir die Tür öffneten, da haben Sie gefragt, ob es der Doktor sei.«

»Haben Sie denn nicht gehört, Mr. Gylby, daß einer von unseren Hunden Doktor heißt? Ich habe gedacht, er wäre draußen.«

Nun war *ich* an der Reihe, verblüfft dreinzublicken, daß er mir eine so eiskalte, offensichtliche Lüge auftischte. Der Bursche ist tatsächlich so verschlagen, wie seine Visage schon vermuten läßt, und für den Augenblick konnte ich nichts weiter mehr dazu sagen. Ich überlegte, ob man sich nicht doch mit Tammas verständigen könnte – der ja unser erster Bote an die Welt draußen werden sollte.

»Meinst du, du kommst durch nach Kinkeig, Tammas?« fragte ich.

Tammas, als er begriff, daß ich mit ihm sprach, errötete im flackernden Lampenschein wie ein junges Mädchen. Und dann murmelte er:

Kein Glück gibt's mehr im Haus,
Kein Glück gibt's nimmermehr,
Kein Glück gibt's mehr im Haus
Denn der Herr, der ist nicht mehr …

Du wirst Dich erinnern, daß die Narren und Schwachköpfe im elisabethanischen Drama sich stets in Versen aus obskuren Liedern ausdrücken. Tammas' Art legt den Schluß nahe, daß diese Regel eine gewisse Begründung in den pathologischen Fakten hat. Der erste Versuch, Kontakt mit ihm aufzunehmen, war jedenfalls gescheitert, und auch danach habe ich mich nicht mit ihm verständigen können. Daß ich auf Hardcastle als Dolmetscher angewiesen war, machte die Angelegenheit natürlich nicht besser. Ich lauschte ihren Stimmen, wie sie in einem Dialekt miteinander redeten, von dem ich kein Wort verstand, und erfuhr schließlich, daß Tammas bereit sei, sogleich nach Kinkeig aufzubrechen.

Tatsächlich machte er sich unverzüglich auf den Weg, mit dem einzigen Auftrag, daß er den Tod Guthries verkünden und uns einen Arzt und einen Polizisten herbestellen solle. Ich hatte halb erwartet, daß Hardcastle eine sofortige Treibjagd auf Lindsay und Christine fordern würde, und war überrascht, daß er meinem Vorschlag, vorerst nichts zu unternehmen, so einsichtig zustimmte. Ich schrieb ein oder zwei Telegramme, von denen Du das Deine inzwischen schon erhalten haben solltest. Ich sah ihm nach, wie er davonstapfte und mit mächtigen Schritten im Mondlicht durch die Schneewehen pflügte. Binnen weniger Minuten war er verschwunden; doch in der Stille, die herrschte, nun wo der Wind verstummt war, hörte ich ihn – und wie unheimlich es klang! – noch lange den Mond ansingen. Er würde entsetzlich mühsam vorankommen; mit viel Glück, kalkulierte ich, würde er vielleicht im Morgengrauen im Dorf sein.

Inzwischen sind es zwei Stunden seit Sonnenaufgang, und es kann nun nicht mehr lange dauern, bis Hilfe eintrifft. Seit den frühen Morgenstunden habe ich meine Totenwache gehalten und diesen Bericht zu Papier gebracht; er ist unvernünftig lang geworden, und ich will ihn nicht unnötig ausschmücken. Doch eines gibt es, worüber ich noch berichten muß. Du wirst es schon erraten: es ist eine Unterredung mit Sybil Guthrie.

Nachdem Tammas aufgebrochen war, gab es nicht mehr viel, was man noch tun konnte. Mrs. Hardcastle servierte Sybil und mir große Tassen Tee im Schulzimmer – seltsam verlassen liegt der einfache, zuvor so freundliche Raum nun da –, und Mrs. Hardcastle, die respektvoll Abstand hielt und zwischen den Worten immer ein wenig schniefte, erzählte uns, daß bis vor kurzem Guthrie es gar nicht zugelassen habe, daß Tee gekauft wurde – offenbar ein besonders rühmenswerter Charakterzug ihres guten Herrn, aus dessen frommer Betrachtung sie nun großen Trost schöpft.

Als wir sie hinauskomplimentiert hatten, herrschte zunächst Schweigen. Sybils Angelegenheiten gingen mich ja im Grunde nichts an, zufällige Reisebekanntschaft, die ich war, und das blieb für meine Begriffe auch jetzt noch so, so geheimnisvoll die Dinge auch sein mochten. So fand ich es angemessen, daß ich vorerst nichts sagte, gestattete mir aber, sie erwartungsvoll anzublicken. Und es dauerte nicht lange, bis Sybil sagte: »Ich glaube, ich sollte mit Ihnen sprechen, Mr. Gylby.« Dabei wies sie mit einer vielsagenden Geste in Richtung Tür.

Ich verstand sogleich, ging hinüber und öffnete sie. Und da stand Hardcastle in seiner üblichen Haltung, lauernd, ein zu fetter Fuchs vor der Tür zum Hühnerstall. »Mr. Gylby, Sir«, sagte er, und sein Bemühen, harmlos dreinzublicken, war geradezu grotesk, »ich dachte, Sie wünschen vielleicht ein wenig mehr Feuer im Kamin?«

Ich begriff, daß es im Augenblick nur ein einziges gab, was das Verhältnis zwischen mir und Hardcastle wirklich zufriedenstellend regelte, und das waren ein paar kräftige, verschlossene Türen. Ich erklärte ihm, daß er vorerst das Feuer nicht zu schüren brauche; wir seien ohnehin gerade auf dem Weg zum Turm. Und nach oben gingen wir, auch wenn Hardcastle uns nachsah wie zwei Turteltauben, die ihm gerade ins Gebüsch entwischen. Offensichtlich gab es noch immer etwas, hinter das er unbedingt kommen wollte – Gott weiß, was es sein mochte –, und so kam es, daß man seine ja nun nicht gerade zierende Gestalt ständig irgendwo umherstehen fand. Ich wandte mich um und rief ihm, vielleicht mit einer winzigen Spur Bosheit, noch zu, daß wir zum Frühstück wieder unten seien und ob Mrs. Hardcastle uns wohl ein paar Eier kochen könne? Dann machten wir uns schweigend, noch immer im Licht der Laterne, auf den mühsamen Weg nach oben.

Seit dem Augenblick, in dem ich so säuberlich ihr Automobil demoliert hatte, waren Sybil und ich die besten Kumpel gewesen. Welten prallten aufeinander – im wahrsten Sinne des Wortes, muß ich es noch einmal sagen? –, die Tausende von Meilen auseinanderlagen, und der Aufprall schleuderte uns an einen Ort, der uns beiden fast gleichermaßen fremd war: was wäre besser geschaffen, ein enges Band zwischen uns zu knüpfen? Nur während der letzten Stunden – seit Sybil so unerklärlich im Turmzimmer gestanden hatte – hatten wir uns sehr entfremdet. Als wir jedoch nun in der düsteren Einsamkeit des Turms die endlosen Stufen emporklommen, stellte sich – ganz unabhängig von Sybils unterschwelligem Versprechen, mir alles zu erklären – die alte Kameradschaft wieder ein. Ich glaube nicht, daß ich romantische Gefühle für diese ganz und gar unromantische junge Dame hege, aber als wir an der verschlossenen Tür anlangten, hatte ich doch sehr den Eindruck, daß sie sich in eine ziemliche Klemme gebracht hatte und daß ich ihr ritterlich zur Seite stehen mußte. »Halten Sie die Laterne, Sybil«, sagte ich, »bis ich den Schlüssel gefunden habe.« Sie legte mir die Hand auf den Arm, und dann nahm sie die Laterne; ein paar Augenblicke, dann traten wir von neuem in Ranald Guthries Studierstube ein.

»Da wären wir also«, sagte ich, ohne mir etwas dabei zu denken. »Der Ort des Verbrechens.«

»Aber Noel, es hat kein Verbrechen gegeben. Das habe ich Ihnen doch schon gesagt – er ist einfach hinuntergestürzt.«

»Und wie hat er das angestellt?«

Es muß wohl ungläubig oder spöttisch geklungen haben. Jedenfalls errötete Sybil und sagte noch einmal: »Er ist einfach hinuntergestürzt.«

Eine kleine Pause trat ein. Vielleicht fuhr ich mir perplex durchs Haar; jedenfalls weiß ich noch, wie mir plötzlich auffiel, daß ich das Ticken meiner Armbanduhr hörte. Und lebhaft kam die Erinnerung an den vorletzten Abend zurück, als wir beim Abendessen zusammengesessen hatten, an das langsame Ticken der Standuhr, auf das ich jenes unerträgliche Gefühl des Wartens projiziert hatte, das Gefühl des Wartens, das alles andere zu durchdringen schien. Hatten wir denn nur darauf gewartet, daß Ranald Guthrie durch einen dummen Zufall von seinem Turm purzelte? Um zwei Uhr morgens sind die logischen Fähigkeiten des Verstandes nicht ganz auf ihrer Höhe: ich war in jenem Augenblick überzeugt, daß die Atmosphäre des vorletzten Abends und Sybils Aussage nicht zusammenpaßten. Ein Kurzschluß des Gehirns, nichts weiter; es war durch nichts zu rechtfertigen, daß ich eine vollkommen unlogische Folge von Ereignissen in ein einfaches, melodramatisches Muster zwängen wollte, und Sybil brachte mich mit der hübschen Frage zur Besinnung: »Bestehen Sie denn darauf, daß es etwas Spektakuläreres gewesen sein muß?«

Ausweichend antwortete ich: »Die Leute werden eine Menge Fragen stellen.«

»Wahrscheinlich.«

»Die Polizei wird alles genau wissen wollen – wo jeder von uns war und warum er dort war und so weiter.«

»Und ich sollte bei Ihnen schon einmal meine Antworten üben?«

Ich antwortete nur: »Das fände ich schön.«

Sie ging zum anderen Ende des Raums und wandte sich um. »Noel, Sie sind ein netter junger Mann, auch wenn Sie immer so albern tun. Aber ich wünschte, ich wüßte etwas über Ihre Prinzipien.«

»Verlassen Sie sich darauf, sie sind orthodox und streng.«

»Ein Jammer.« Sybil blickte mich dabei mit ernster Miene an, und ich wußte, daß sie tatsächlich meinte, was sie sagte. Sie hielt inne, legte die Stirn in Falten, holte von irgendwo Zigaretten hervor. Ich gab ihr Feuer, sie nahm zwei Züge, dann fuhr sie bedachtsam fort. »Mr. Gylby – Noel –, Sie haben ein Recht, die ganze Geschichte zu hören, so gut ich sie erzählen kann. Hören Sie zu.« Wieder ging sie zum anderen Ende des Zimmers, und diesmal sprach sie mit dem Rücken zu mir. »Ich habe hier oben herumgeschnüffelt.«

»Na, das ist ja allerhand.«

Die nonchalante Bewunderung, die ich in diesen Satz legen wollte, kam leider nicht gut an. Als Sybil sich wieder umdrehte, hatte sie ein spöttisches Lächeln aufgesetzt, ganz die lässige Amerikanerin, die sich dem steifen Engländer überlegen fühlt. »Wie gesagt, ich habe herumgeschnüffelt. Das ganze Leben hier hat mich einfach irgendwie neugierig gemacht, und ich hatte Lust, mal an ein paar Türen zu lauschen. Deshalb habe ich mir ja vorhin im Schulzimmer auch gleich gedacht, daß Freund Hardcastle davorstehen wird. Diese Art, mich umzusehen, das liegt mir einfach im Blut.«

»Nun gut, Sybil. Sie wollten also das Haus auskundschaften. Erzählen Sie weiter.«

Sybil warf mir einen mißtrauischen Blick zu, und anscheinend kostete es sie einige Überwindung, weiterzumachen. »Was mich am meisten reizte, war dieser Turm hier. Er ist so romantisch –«

»Spielen Sie nicht die unschuldige Touristin, Sybil. Oder sparen Sie sich das für die Herren im Trenchcoat auf.«

»Ich dachte, ich sollte bei Ihnen üben! Also, es war folgendermaßen. Ich ging auf mein Zimmer, legte mich aufs Bett und las – und je länger ich da lag, desto weniger Lust hatte ich, mich auszuziehen und unter die Decke zu kriechen. Ein- oder zweimal stand ich auf und blickte zum Fenster hinaus. Die reine Unruhe, denn außer Finsternis war nichts zu sehen. Jedenfalls bis ungefähr halb zwölf nicht; da fiel mir nämlich ein Licht auf, das sich hoch oben auf der anderen Seite des Hofes hin- und herbewegte – mein Fenster liegt ja zum Hof. Ich vermutete, daß es Guthrie oben in der Galerie war, und ich begriff, daß niemand im Turm sein würde, solange er dort oben war. Ich fand, daß es doch keine große Sünde war, wenn ich mir die – anderen Räumlichkeiten der Burg einmal ansah.«

»Da haben Sie ganz recht. Um ehrlich zu sein: kurz nach Ihnen habe ich mich ebenfalls in Richtung Turm auf den Weg gemacht.«

»Als Hardcastle Sie rief, meinen Sie?«

»Nein. Ich war schon von mir aus losgegangen, als Hardcastle kam.«

Einen Augenblick lang schien Sybil ganz darauf konzentriert, einen verborgenen Sinn in diesem Satz zu suchen. Dann berichtete sie weiter. »Ich nahm eine Kerze und Streichhölzer und ging nach unten. Ich hatte mir meine Gedanken gemacht, wie die Burg wohl aufgebaut ist, und vertraute darauf, daß ich mich schon zurechtfinden würde. Allzu große Hoffnungen, daß ich auf meinem Ausflug etwas entdecken würde, machte ich mir nicht; wahrscheinlicher war ja, daß Guthrie die Tür zu seinem Turm verschlossen hielt. Mein Herz schlug schneller, als ich sah, daß sie offen war und ich ins Treppenhaus konnte; allerdings pochte es auch ein bißchen vor Angst.«

»Begegnet sind Sie niemandem? Oder haben Sie etwas gehört? Das ist die Art von Fragen, die bestimmt gestellt werden.«

»Niemanden gesehen, nichts gehört. Auf dem Weg nach oben habe ich ein paar Türen probiert. Alle waren verschlossen. Also bin ich immer weiter gestiegen, bis ich oben ankam, und bin hier hereinspaziert.«

Sybil hielt inne, und wir sahen uns beide in dem Zimmer um. Es war ein finsterer Raum, rundum dunkel getäfelt und vollgestopft mit Büchern; allem Anschein nach war Guthrie nicht nur Poet gewesen, sondern ein gelehrter Mann dazu. Ich ließ den Blick über die Buchrücken schweifen, teils weil ich neugierig war, womit er sich wohl beschäftigt hatte, teils aber auch, damit nicht der Eindruck entstand, ich drängte Sybil zu weiteren Geständnissen. Am einen Ende stand eine Reihe von Regalen mit der Seitenwand zum Raum; ich ging und warf dort einen Blick hinein; als ich zu Sybil zurückkam, fragte ich: »Haben Sie sich näher umgesehen?«

»Nein. Dazu hatte ich gar keine Zeit. Ich war noch keine Minute im Zimmer, da hörte ich Schritte von unten heraufkommen. Guthrie kehrte zurück.«

»Was Sie in einige Verlegenheit gebracht haben dürfte, Sybil.«

»Das kann man wohl sagen. Wie sollte ich das rechtfertigen, daß ich bis in diesen fernsten Winkel des Hauses vorgedrungen war? Das war furchtbar ungehörig von mir. Und wenn ich mir vorstellte, daß ich dem alten Herrn gegenübertreten und zerknirscht meine Entschuldigungen stammeln sollte, bekam ich es mit der Angst zu tun. Jetzt sah ich, was für eine Dummheit es gewesen war, in sein privates Reich einzudringen. Und ich verlor den Kopf.«

Inzwischen, dachte ich bei mir, saß er aber wieder bemerkenswert fest auf den Schultern; besonnener als sie hätte man kaum wirken können.

»Es war der reine Irrsinn, aber mein einziger Gedanke war, eine Stelle zu finden, an der ich mich verstecken konnte! Es gab zwei Möglichkeiten: die Tür dort neben der Tür zum Treppenhaus und die andere hinten, die so eine Art Terrassentür zu dem Gang mit den Zinnen ist. Die erste – von der ich da noch nicht wußte, daß sie zu dem kleinen Schlafzimmer führt – war verschlossen; ich konnte gerade noch durch die andere entwischen. Das war eine ziemlich ungemütliche Überraschung; ich stellte fest, daß ich im Freien stand, auf einer Art Sims, in schwindelnder Höhe und mitten im heulenden Hurrikan.«

»Zwischen dem Fürsten der Lüfte drinnen und seinen dienstbaren Geistern draußen.«

»Genau. Ich ließ meine Kerze in den Schnee fallen – sie wird noch draußen liegen –, stand da und klammerte mich am Türgriff fest. Es war stockdunkel da draußen, und ich war ganz benommen von dem Wind. Es muß Minuten gedauert haben, bis mir aufging, daß da, wo eine Tür war, ja wahrscheinlich auch etwas war, wohin sie führte, und nicht einfach nur ein Fensterbrett. Ich hatte die Tür nicht ganz zubekommen, und wenn ich wirklich fest gezogen hätte, hätte ich vielleicht das Gleichgewicht verloren. So stand ich auf der einen Seite der Tür, und auf der anderen war Guthrie, ging durchs Zimmer und zündete einige Kerzen an. Ich mußte entweder zur Vernunft kommen und mich ihm stellen, oder ich mußte bleiben, wo ich war. Ich blieb, wo ich war.

Guthrie ging zu dem Schreibtisch in der Mitte des Zimmers, setzte sich und vergrub das Gesicht in den Händen. Zwei Minuten später – mehr war es nicht – richtete er sich auf und rief etwas, was ich nicht verstand. Die Tür zum Treppenhaus öffnete sich – bis dahin konnte ich durch meinen Türritz gerade noch sehen –, und ein junger Mann trat ein; ich glaube, Hardcastle hatte ihn hinaufgeführt, obwohl ich ihn nicht gesehen habe. Guthrie erhob sich, wies auf einen Stuhl, und für einen Augenblick konnte ich seine Stimme deutlich hören. ›Setzen Sie sich, Mr. Lindsay.‹

Leider – das muß man wohl sagen – waren das die einzigen Worte, die ich verstand. Der Wind heulte dermaßen, daß für mich ihre Unterhaltung nur eine Pantomime war. Sie redeten eine ganze Weile mit ernster Miene –«

»Stritten sie sich, Sybil?« unterbrach ich.

Sybil schüttelte den Kopf. »Eindeutig nicht. Es war ihnen schon anzumerken, daß sie keine guten Freunde waren – es sah eher nach einer förmlichen Unterredung aus –, aber es gab keine Anzeichen von Wut. Sie hätten zwei Kaufleute sein können, die ein Geschäft beredeten.«

»Das Geschäft, von dem Hardcastle gesprochen hat – daß Guthrie sich freikaufen wollte?«

»Wahrscheinlich.« Sybil hielt für einen Augenblick inne, als wolle sie meine Frage näher inspizieren. Dann fuhr sie fort. »Bald darauf standen beide auf, und Lindsay schüttelte den Kopf – seltsam sanft und doch sehr entschieden, kam es mir vor. Sie gingen zur Tür –«

»Und während all der Zeit waren sie immer zu sehen, Sybil? Sie sind nicht zum Beispiel einmal zum anderen Ende des Raumes gegangen?«

»Ich hatte sie die ganze Zeit vor Augen. Sie gingen zur Tür und gaben sich die Hand – förmlich, würde ich sagen, nicht herzlich. Lindsay ging hinaus, und Guthrie kehrte zurück. Es war ein Schock, als ich sein Gesicht sah. Es hatte – ich weiß nicht, wie ich das sagen soll – etwas Tragisches. Er war ein gebrochener Mann. Nur eine Sekunde lang konnte ich das Gesicht sehen. Er zog einen Schlüssel aus der Tasche, schloß die Schlafzimmertür auf, ging hinein und zog die Tür hinter sich zu. Es verging eine Minute oder eine halbe Minute, dann hörte ich leise einen Schrei. Ich wartete noch einmal eine Minute, dann beschloß ich, die Flucht über die Treppe zu wagen. Ich war gerade in der Mitte des Zimmers, als Sie und Hardcastle hereinkamen.«

»Und als ich Sie nach Guthrie fragte, antworteten Sie: ›Er ist vom Turm gestürzt.‹ Verzeihen Sie, Sybil, aber das werden die anderen auch fragen: Woher um alles in der Welt wußten Sie das?«

Sybil Guthrie sah mich einen Moment lang schweigend an. Dann sagte sie: »Verstehe.« Ein weiteres Schweigen. »Noel, ich wußte es einfach intuitiv.«

»Haben Sie mir nicht einmal gesagt, Sie glaubten nicht an das Übersinnliche?«

Das war ein wenig ungehörig von mir; ich war schließlich kein Staatsanwalt. Aber es schien mir wichtig, daß Sybil die Gefahren der Lage, in der sie sich befand, auch erkannte. »Ich habe es gewußt, Noel Gylby!« rief sie trotzig. »Nach dieser Unterredung war er ein gebrochener Mann. Der Tod stand ihm im Gesicht geschrieben. Und die Art, wie Sie gleich nach dem Schrei hereinstürzten, war für mich der Beweis. Guthrie war ohnehin so gut wie wahnsinnig, und als seine Pläne fehlschlugen, machte er seinem Leben ein Ende.«

»Sie meinen, es war ihm nicht gelungen, Neil Lindsay abzufinden, und er konnte den Gedanken nicht ertragen, daß er seine Nichte verlieren würde?«

»Etwas in dieser Art. Das wäre doch spektakulär genug für Sie, oder?«

Wir hatten uns nebeneinander auf Guthries Schreibtischkante gesetzt. Nach einer Weile sagte ich: »Tja, für den ersten Probelauf war das gar nicht schlecht, Sybil.«

Sie wandte den Kopf und sah mich mißtrauisch an: »Was soll das denn nun wieder heißen?«

»Das soll heißen«, sagte ich behutsam, »daß wir an dieser Geschichte noch etwas feilen müssen.«

»Mit anderen Worten, Sie glauben, ich lüge?«

»Ganz und gar nicht. Was Sie mir erzählt haben, kann gut die Wahrheit und nichts als die Wahrheit sein. Aber es ist alles viel zu abstrus; damit werden Sie niemanden überzeugen. Ich kann mir gut vorstellen, daß Sie gespürt haben, wie er sprang. Aber genau diese Dinge sind es, mit denen man vor Gericht immer einen denkbar schlechten Eindruck macht.«

Wiederum sagte Sybil: »Verstehe.«

»Sie verstecken sich hier, Guthrie geht in die Schlafkammer, man hört einen Schrei, wir kommen hereingestürmt, und Ihre Phantasie macht im Dunkeln einen großen Sprung – es mag ein Sprung zur Wahrheit sein. Aber sehen Sie nicht, wie das auf andere wirken könnte? Nur daß Sie und Guthrie im Grunde nichts miteinander zu tun hatten, verhindert, daß Sie regelrecht als Tatverdächtige dastehen.«

Sybil stand auf und stellte sich vor mich hin. »Noel, soll ich Ihnen die Wahrheit verraten?«

»Um Himmels willen, ja.«

»Vor Ihnen steht die Herrin von Erchany!«

Ich sprang auf. »Was soll das heißen?«

»Das soll heißen, daß ich Ranald Guthries Erbin bin.«

* * *

Die Reihe von Sternchen, liebste Diana, setze ich her, damit Du eine kleine Pause hast, in der Du gebührend verblüfft sein kannst. Aber vielleicht bist Du das auch gar nicht – weil ich es ja ebenfalls nicht war. Irgendwie hatte ich schon seit einer ganzen Weile gespürt, daß es da doch, um wieviele Ecken auch immer, eine Beziehung zwischen Sybil Guthrie und den Bewohnern von Erchany gab, und davon schimmert wahrscheinlich schon weiter vorn in meinem Bericht etwas durch. Wenn mich etwas wirklich beschäftigte, dann das Bild, das nun wieder lebhaft vor meinem inneren Auge erschien: das Bild von Sybil und mir im Schnee, jeder auf einem Kotflügel meines Wagens, und ich sehe das Licht von Erchany und erkläre mit wichtiger Miene, daß wir *dorthin* gehen sollten. Denn in Wirklichkeit hatte sie ja von Anfang an nichts anderes vorgehabt, als im wahrsten Sinne des Wortes auf Erchany hereinzuschneien – und ohne mit der Wimper zu zucken, spannte sie mich für ihre Pläne ein. An manche Details – die unschuldige Art, wie sie sich nach dem Weg in Richtung Süden erkundigte, die Entschlossenheit, mit der sie ihren Wagen über die Schneewehe fuhr – denke ich geradezu mit Ehrfurcht zurück. Und hatte sie nicht im kritischsten Augenblick ihres Plans lässig dagestanden und ihre Witze mit Coleridges *Christabel* gemacht? Wie ich, glaube ich, schon weiter oben schrieb – ein patentes Mädchen.

Bisher habe ich nur ein paar Andeutungen darüber, worum sich alles dreht. Die amerikanischen Guthries – Sybil und ihre verwitwete Mutter – haben durch irgendwelche finsteren finanziellen Machenschaften von Ranald Guthrie Schaden genommen; ihnen kamen Gerüchte zu Ohren, daß er verrückt und unzurechnungsfähig sei; und da sie Ansprüche auf seinen Besitz erheben, haben sie schon eine Reihe von Anläufen unternommen, herauszufinden, wie die Dinge tatsächlich stehen. Als Sybil nach England kam, beschloß sie, sich mit eigenen Augen einen Eindruck zu machen. Sie war vor ein paar Wochen schon einmal hier und sah sich um, und als nun der große Schnee kam, da witterte sie ihre Chance. Was sie allerdings nicht voraussehen konnte, das arme Kind, das war die gewaltige Klemme, in die sie durch diese leichtsinnige Unternehmung geraten sollte. Jetzt hat sie es doch ein wenig mit der Angst zu tun bekommen – was nur zeigt, wie vernünftig sie ist. Ihre Lage ist ja tatsächlich nicht beneidenswert.

Doch so erschrocken sie sein mag, ist sie doch voller Kampfgeist. Als ich vor dem erkalteten Kamin in Guthries Studierstube stand und sie betrachtete, wie sie jetzt wieder auf der Kante des Schreibtischs hockte, mußte ich an den Wahlspruch denken, der allem Anschein nach von nun an der ihre sein wird, *Tast nicht den Tiger an*. Das war angemessen genug: ich konnte die Raubkatze sehen, wie sie da vor mir saß, und ich hatte mich gehütet, ihr zu nahe zu kommen, ja ich hatte sie nicht einmal leise berührt – oder, um es anders zu sagen, ich wußte im Grunde kaum etwas über Sybil. Aber ich war mir sicher, daß sie angreifen würde, wenn sie in Bedrängnis kam; und gewiß konnte sie in manchen Dingen sehr, sehr unerbittlich sein. Du siehst also, Diana, die Anziehungskraft von Miss Sybil Guthrie ist nur ein schwacher Abglanz der Anziehungskraft von Miss Diana Sandys; kein Grund zur Besorgnis also.

Sie hockte da auf der Kante, zum Angriff gespannt, und brauchte eigentlich meine dezenten Hinweise auf ihre prekäre Lage nicht. Ich wurde sogar das unbestimmte Gefühl nicht los, daß sie schon weiter in die Zukunft plante, als ich im Augenblick überhaupt sehen konnte – ein Gefühl, das seine Ursache in etwas haben mußte, was mir in jüngster Zeit begegnet war. Schon im nächsten Moment kam ich darauf: es waren Sybils Augen. Sie betrachtete mich und das Zimmer mit genau jenem Blick, mit dem Ranald Guthrie seine unerwarteten Gäste studiert hatte. Dramatischer hätte sie mir nicht zu Bewußtsein bringen können, daß es nach wie vor einen Guthrie auf Erchany gab.

»Was ist von Ihren früheren Erkundungen hier bekannt geworden?« fragte ich.

»Keine Ahnung. Nicht viel. Einmal habe ich von dem Gasthaus in Kinkeig ein Telegramm abgeschickt, in dem stand, daß ich damit rechnete, bald fündig zu werden.«

»An wen?«

»Unseren Anwalt. Er war damals in London, aber inzwischen ist er wieder zu Hause. Noel, wahrscheinlich sollte ich mir besser einen Rechtsanwalt oder so etwas suchen.«

»Den sollten Sie wohl haben. Genauer gesagt haben Sie ihn sogar schon. Ich habe ihn telegrafisch angefordert.«

»Noel Gylby! Erzählen Sie.«

»Mir gefiel die Situation ganz und gar nicht: Guthrie tot, Hardcastle schreit Mordio, und Sie stehen da oben im Zimmer. Man muß doch Vorsorge treffen, nicht wahr? Und ein Onkel von mir ist gerade in Edinburgh; er ist Militär und Kommandeur der schottischen Truppen. Er wird dafür sorgen, daß der richtige Mann hier eintrifft.«

»Na, das nenne ich Kopf bewahren.«

»Gerade darum geht es ja, Sybil.«

»Verstehe.«

Das war also geregelt – auch wenn ich mir nicht vorstellen konnte, daß tatsächlich jemand versuchen würde, Sybil dafür an den Galgen zu bringen; ich persönlich hätte ja lieber Hardcastle baumeln sehen, auch wenn ich nicht recht wußte weswegen. Doch dieser Gedanke brachte mich auf eine Frage. »Sybil, Sie sagen, Sie haben Guthrie und Lindsay die ganze Zeit über sehen können. Hat Guthrie dabei geläutet und ist er zur Tür gegangen und hat hinuntergerufen, man solle mich holen?«

Zum ersten Mal, seit ich sie kenne, blickte Sybil wirklich verdutzt drein; sie sah sofort, daß ich da einen Punkt zur Sprache gebracht hatte, den sie übersehen hatte. »Wo ist die Klingel?« fragte sie.

»Hier drüben, neben dem Kamin.«

»Dann hat Guthrie nicht geläutet. Und er ist auch mit Sicherheit nicht zur Tür gegangen und hat etwas gerufen. Hardcastle lügt.«

»Und Hardcastle hätte fast der Schlag getroffen, als er Sie hier fand. Ich weiß auch, worauf er es abgesehen hatte. Schauen Sie hier.«

Ich führte sie ans andere Ende des Raumes zu einem der Regalnischen, in denen ich mich vorhin umgesehen hatte. In einem alten Sekretär, der dort stand, war eine Schublade brutal aufgebrochen. Sie war leer, bis auf ein paar einzelne Goldmünzen. »Der Spielzeugschrank des alten Geizhalses«, sagte ich, »und das Spielzeug ist fort.«

Ich betrachtete Sybil, als ich das sagte, und sah, daß sie bleich geworden war. Eine ganze Weile lang schwieg sie; dann sagte sie – und es war ein merkwürdiges Gegenstück zu dem Wort, das bisher ihr häufigster Kommentar gewesen war –: »Nein – nein, das verstehe ich nicht.« Sie runzelte die Stirn. »Und selbst wenn –« Sie sprach nicht weiter, und es war ihr anzusehen, wie angestrengt sie nachdachte, vielleicht nach einer Erinnerung suchte. »Da kann ich mich nicht täuschen.« Dann wandte sie der ausgeräumten Schublade den Rücken zu. »Natürlich macht es die Sache noch rätselhafter, Noel, aber neue Probleme wirft es nicht auf.«

Man muß mir die Überraschung angesehen haben, mit der ich diese ganz und gar unverständlichen Kommentare aufnahm, denn Sybil mußte selbst lachen. Sie ging wieder ans andere Ende des Zimmers und warf mit einer überdrüssigen Geste die Zigarette in den Kamin. »Noel, Ihr Anwalt, was wird das für ein Mann sein? Ich kann es gar nicht erwarten, ihn zu sehen.« Sie reckte die Arme wie ein Schauspieler, der Müdigkeit mimt, und fügte hinzu: »Und ich sehne mich nach meinem Bett und nach Schlaf.«

»Dann ab mit Ihnen. Ein paar Stunden wird es noch dauern, bevor der große Aufruhr beginnt. Ich begleite Sie noch zu Ihrem Zimmer.«

Doch Sybil warf nur abwehrend den Kopf in den Nacken. »Sparen Sie sich den Weg nach unten, Noel Gylby. Ranalds Geist wird mir schon nicht erscheinen; Sie wissen ja, eigentlich neige ich nicht zum Romantischen. Aber ich bin froh, daß Sie mein Auto zu Schrott gefahren haben. Gute Nacht.«

Und so blieb ich allein in Ranald Guthries Turm zurück. Und hier sitze ich und fülle Seite um Seite, schreibe wie weiland Pamela – die, wie Du Dich erinnern wirst, in Tausenden und Abertausenden von Worten den Lieben daheim berichtete, was der Herr alles anstellte, um ihr ihre Unschuld zu rauben. Ich habe Pamela immer gemocht, und jetzt weiß ich warum: ich habe selbst den gleichen Drang – den ihren, meine ich, nicht den ihres Herrn. Wie die Leute zum Chronisten des römischen Weltreichs sagten: »Schreiben Sie, Mr. Gibbon, schreiben Sie!« Es ist eine gute Geschichte, aber ich fange schon an, sie zu vergessen. Ich bin müde. Glaube mir, diese letzten Zeilen sind reinstes Schlafschreiben.

Nicht mehr lange, denke ich, dann wird Tammas mit ein paar wackeren Männern der Ordnung und der Vernunft auf diese Burg des Irrsinns zurückkehren. Crazycastle, Dampcastle, Coldcastle, Hardcastle. Hardcastle – grrr!

Gute Nacht, holde Dame, gute Nacht, liebe Dame, gute Nacht, gute Nacht.

Sprach

Noel Yvon Meryon Gylby.

DRITTER TEIL

Aljo Wedderburn ermittelt

I.

Beginnen muß ich meinen Beitrag zu diesem Bericht über die kuriosen Begebenheiten auf Castle Erchany mit einem Geständnis. Von der ersten Minute an hatte ich meine größten Zweifel daran – Zweifel, von denen ich nicht guten Gewissens behaupten kann, daß die nachfolgenden Ereignisse sie ausräumten –, ob es tatsächlich, wie der junge Herr Gylby mich so großzügig begrüßte, »genau der rechte Mann« war, der da nach Erchany kam.

Diejenigen unter den Lesern, die mit den Institutionen der Jurisprudenz unserer Inseln vertraut sind, werden zweifellos wissen, daß die Edinburgher Anwaltskammer sich in der Regel und zur Erleichterung ihrer Mitglieder eher mit den stilleren und zeitloseren Aspekten unseres Rechtswesens beschäftigt, mit der im wahren Sinne gelehrsamen Seite des Rechts. Und ich darf in aller Bescheidenheit sagen, daß die Kanzlei Wedderburn, Wedderburn und McTodd ihren reichlichen Beitrag zu dieser ehrenwerten Tradition geleistet hat. Niemals drängen wir unsere Klienten, ihre Angelegenheiten allzu eilig vor den Richter zu bringen, denn was heute das Blut in Wallung bringt, ist morgen nichts als eine Dummheit, die schon halb vergessen ist, und Besonnenheit ist der Schlüssel zu jeder wahrhaft umsichtigen Rechtspraxis. So sind unsere Klienten denn auch nur selten den Unwägbarkeiten eines Rechtsstreites ausgesetzt, denn dem harmonischen und einträglichen Umgang von Rechtsberater und Auftraggeber kann es nur abträglich sein, wenn die geschätzten Kollegen von der Prozeßanwaltschaft hinzugezogen werden – ganz zu schweigen von den nicht unbeträchtlichen Forderungen finanzieller Natur, mit denen eine solche Prozeßvertretung in der Regel verbunden ist. Die wohltuende Solidität des Eigentumsrechts – eine Wissenschaft, die oft von größtem historischem Interesse ist – sowie die diskrete Abwicklung von Bankrotten, Unterhaltsforderungen, Fällen von Irrsinn und Unzurechnungsfähigkeit in den bedeutenden Familien Schottlands sind schon seit Generationen die Bereiche gewesen, in denen unsere Kanzlei in erster Linie tätig war. Was wir vor allen Dingen stets gemieden haben, das war das grelle Rampenlicht der Strafjustiz!

Nachdem diese Präambel vorausgeschickt ist – welche, darauf vertraue ich, zur Erklärung für jedes Mißverständnis, das sich noch ergeben mag, genügen wird –, will ich nun, um den Ausdruck zu gebrauchen, den auch mein geschätzter Freund Ewan Bell schon verwandte, *in medias res* gehen. Am Nachmittag jenes Weihnachtstages, der im Mittelpunkt der vorliegenden Chronik steht, begab ich mich, nachdem ich meine Familie zur Weihnachtsvorstellung ins Theater auf den Weg gebracht hatte – ein Freizeitvergnügen, dessen Popularität ich, das muß ich leider sagen, nie so recht verstanden habe – zum Burghügel und ließ mich in die Bibliothek der Anwaltskammer ein, wo ich mich in aller Ruhe einigen Stunden der Lektüre zu widmen gedachte: zumindest den einen oder anderen meiner Leser wird es interessieren, daß meine Monographie *Streubesitz und Flurbereinigung in den schottischen Landgerichten des achtzehnten Jahrhunderts* kurz vor der Fertigstellung steht. Ich war eben dabei, einen wertvollen Artikel des eminenten Dr. Macgonigle in der *Scottish Historical Review* zu lesen, als die Ankunft meines Fahrers mich unterbrach; er teilte mit, daß General Gylby mich in einer recht dringenden Angelegenheit habe sprechen wollen und nun bei mir zu Hause auf meine Rückkehr warte.

Gylby und ich waren in Morayshire gemeinsam auf die Jagd gegangen, und man konnte von einem freundschaftlichen Verhältnis sprechen; außerdem wußte ich, daß seine Schwägerin mit dem jungen Grafen von Inverallochy verlobt war: ich lobte den Chauffeur, daß er mich benachrichtigt hatte, und ließ mich sogleich nach Hause fahren.

Es wird kaum nötig sein, dem Leser zu sagen, daß General Gylby eines Telegramms wegen gekommen war, das er von seinem Neffen erhalten hatte: dieser junge Herr war zusammen mit einer Freundin in einen ebenso gewalttätigen wie geheimnisvollen Vorfall verwickelt worden – und zwar so sehr verwickelt, daß er dringend einen Rechtsbeistand brauchte. Das Telegramm war kurz und ließ, wie es im Wesen solcher Mitteilungen liegt, viele Fragen offen, und hätte ich nicht gefürchtet, daß es den General kränken könne, so hätte ich ihn wohl einfach an einen tüchtigen jungen Anwalt ohne jede Verbindung mit unserer Kanzlei weiterverwiesen. So wie die Dinge standen, hielt ich es jedoch für klüger, mich an meinen Neffen Aeneas zu wenden. Aeneas ist nun schon seit einigen Jahren der Junior unserer Sozietät, und man muß sagen, daß er in diesen Jahren ein außerordentliches Talent für den Umgang mit gerade jenen allzu pittoresken Aspekten der Juristerei entwickelt hat, denen aus dem Wege zu gehen wir uns stets bemüht haben. Als Mrs. Macrattle aus Dunk ihren Wildhüter vergiftete, indem sie mit einer Spritze, die sie dem Hausarzt entwendet hatte, Desinfektionsmittel für Schafe in seinen Haggis injizierte, hatte Aeneas die Angelegenheit in Ordnung gebracht; als der Herr von Macqueady (was einiges Aufsehen erregte) vor Gericht kam, weil er eine gewaltige Tellermine unter dem Haus gezündet hatte, in dem seine Frau eben eine Abendgesellschaft bewirtete, da war es Aeneas, der dem Verteidiger die erfolgreiche Strategie eingab, darauf zu plädieren, daß es nichts weiter als ein geologisches Experiment rein wissenschaftlicher Art gewesen sei. Aeneas schien genau der richtige Mann für General Gylbys Neffen, und am Abend des Weihnachtstages machte er sich auf den Weg nach Dunwinnie. Man wird verstehen, mit welcher Erregung ich früh am nächsten Morgen ein Telegramm las, in dem er mir mitteilte, daß er beim eiligen Umsteigen auf dem Bahnhof von Perth auf dem Eis ausgerutscht war und sich das Bein gebrochen hatte. Ich brauche auch nicht näher zu schildern, welche Anstrengungen ich unternahm, noch andere Arrangements zu treffen. Sie mißlangen allesamt; wir hatten General Gylby unsere Hilfe zugesagt; am Nachmittag des zweiten Weihnachtstages machte ich mich nach Dunwinnie auf den Weg.

Ich will nicht verhehlen, daß ich mein Abteil auf dem Kaledonischen Bahnhof in recht verdrießlicher Stimmung bestieg – und daß diese Stimmung sich nicht besserte, sondern umso verdrießlicher wurde, als ich sah, daß ich meinen alten Schulkameraden Lord Clanclacket zum Reisegefährten hatte. Bei allem Respekt, der einem Senator des Rechtskollegiums gebührt, muß man es doch sagen: Clanclacket ist ein alter Langweiler. Und nicht nur ein Langweiler, sondern ein eiskalter Fisch dazu: der letzte, dem man auf einer Eisenbahnfahrt gegenübersitzen möchte, die schon für sich genommen langweilig und kalt genug zu werden verspricht.

Wir waren schon auf der Brücke über den Forth, bevor Clanclacket zum ersten Mal sein Schweigen brach. »Na, Wedderburn«, sagte er dann, »Sie fahren in den Norden?«

Das ist genau die Art von hintersinnigen Fragen, mit denen Clanclacket ahnungslose junge Advokaten in die Falle lockt. Ich bestätigte ihm mit knappen Worten, daß ich in der Tat in Richtung Norden unterwegs sei, und fügte noch die Vermutung hinzu, daß das ja wohl bei ihm nicht anders sei.

»Eine Woche zum Ausruhen in Pertshire«, entgegnete er. »Und Sie, Wedderburn, fahren Sie auch in die Ferien?«

»Ich bin beruflich unterwegs – eine kleine Familienangelegenheit. Sehen Sie nur, Clanclacket, die Flotte liegt im Hafen. Was meinen Sie, kann das dort die *Renown* sein, gerade gegenüber von Rosyth?«

Doch mein Reisegefährte ließ sich nur einen kurzen Augenblick lang von solchen Marineangelegenheiten zerstreuen, nicht länger, fürchte ich, als die schiere Höflichkeit gebot. Wir ratterten noch immer zwischen den Stäben der Brücke hindurch, als er auf sein altes Thema zurückkam. »Bis wohin fahren Sie?«

»Ich steige in Perth um. Darf ich Ihnen mein *Blackwood's* anbieten?«

Clanclacket nahm die Zeitschrift – und ich muß sagen, daß es mir nicht leichtfiel, sie aus der Hand zu geben – und studierte den Umschlag, wie er ein unbekanntes Dokument studiert hätte, das als Beweisstück vorgelegt wird. Dann sagte er schwerfällig: »Ah, *Blackwood's*. Vielen Dank. Wunderbar. Sehr gut.« Woraufhin er es umständlich verstaute – so umständlich, daß es nicht wirklich zuviel wäre zu sagen, daß er sich darauf setzte. »Und wohin, sagten Sie, Wedderburn, steigen Sie in Perth –«

»Dunwinnie.«

»Dorthin ruft Sie die Arbeit?«

»*Meine* Arbeit, mein lieber Clanclacket, ruft mich dorthin oder doch in die Nähe.«

Für eine Weile brachte der Nachdruck, mit dem ich das sagte, ihn zum Schweigen, doch wir hatten kaum North Queensferry hinter uns gelassen, als er es mit einer neuen Taktik versuchte.

»Ah ja – Dunwinnie. Ein hübscher Ort. Habe allerdings nicht viel Bekanntschaft in dieser Gegend. Kennen Sie die Frasers von Mervie?«

»Nein.«

»Die Grants von Kildoon?«

»Ich glaube, ich habe Colonel Grant einmal kennengelernt. Aber näher kenne ich ihn nicht.«

»Die Guthries von Erchany?«

»Soviel ich weiß, bin ich nie einem Mitglied der Familie begegnet.«

»Die alte Lady Anderson von Dunwinnie Lodge?«

»Mein Vater war mit ihr befreundet. Doch die Kanzlei hat nie für sie gearbeitet, und wenn ich mich recht entsinne, haben wir uns nie gesehen.«

Einige Minuten lang verfiel Clanclacket wieder in ratloses Schweigen. Ich gratulierte mir in Gedanken, wie gut ich die gefährlichen Klippen umschifft hatte. Doch nicht lange, dann setzte er von neuem an. »Wie steht es mit den anderen Familien dort? Kennen Sie davon jemanden?«

Mit großer Befriedigung erwiderte ich: »Nicht eine Menschenseele.«

Das – wie Aeneas gesagt hätte – setzte ihn schachmatt. Und da er nun keine Informationen erlangen konnte, blieb ihm nichts anderes übrig als statt dessen welche zu geben. »Von den Frasers von Mervie«, sagte er, »da könnte ich Ihnen Geschichten erzählen –«

Das ist Clanclackets übliche Formel, mit der er zu einer längeren Dissertation ausholt; eine gute Stunde lang bekam ich alles über das exzentrische Leben der Frasers von Mervie und ihrer gesamten Verwandtschaft rund um den Erdball zu hören. Clanclacket ist für sein enzyklopädisches Wissen in diesen Dingen berüchtigt, und als das Thema der Frasers sich zu erschöpfen begann, ging mir durch den Kopf, daß mir dieses Wissen, wenn ich mir vorsichtig daraus verschaffte, was ich brauchte, vielleicht noch nützlich sein konnte. »Clanclacket«, sagte ich, als sei plötzlich mein Interesse daran erwacht, »die Grants von Kildoon – wissen Sie über die etwas?«

Er sah mich mißtrauisch an. »Nein«, sagte er. »Nein! Nicht das geringste. Aber über die Guthries von Erchany, da könnte ich Ihnen –«

Ich versuchte das gleiche Gesicht aufzusetzen, mit dem ich mir seine Erzählungen von den Taten und Untaten der Frasers angehört hatte, obwohl mir ja nun ganz anders ums Herz war. Bisher wußte ich über Mr. Guthrie von Erchany, den Verstorbenen, zu dessen verwaistem Besitz ich unterwegs war, ja nicht mehr als das, was am Morgen in einer Notiz in einer Ecke des *Scotsman* gestanden hatte: daß er in der Weihnacht unter Umständen, die eine gerichtliche Untersuchung erforderlich machen würden, von einem Turm gestürzt war. Alles, was ich aus Clanclackets Fundus von Anekdoten noch über Charakter und Lebensumstände dieses unglücklichen Mannes erfahren konnte, würde mir vielleicht noch gute Dienste erweisen. Ich muß gestehen, daß ich ein Gähnen vortäuschte und in so gleichmütigem Tonfall wie möglich fragte: »Sind es interessante Leute?«

»Interessante Leute seit Jahrhunderten! Nehmen Sie zum Beispiel Andrew Guthrie, den ›Blutigen Guthrie‹, der in Solway Moss erschlagen wurde –«

Kein Zweifel, dachte ich, als sich eine dreiviertel Stunde später die Chronik meines Reisegefährten dem 18. Jahrhundert näherte, daß diese Guthries von Erchany interessante Leute waren; ich konnte mir nicht vorstellen, daß es irgendwo im schottischen Kleinadel eine Familie mit pittoreskerer Geschichte geben konnte. Doch unter den gegebenen Umständen galt mein Interesse allein der Gegenwart, und ich faßte mich in Geduld, bis Clanclacket bei der Generation des jüngst verstorbenen Burgherrn und dessen unmittelbaren Vorgängern anlangte. Der Abend kam, und die Landschaft vor dem Zugfenster verschwand, je weiter nach Norden wir kamen, immer mehr unter Bergen von Schnee, und das trug nicht eben dazu bei, daß mir die Mission, in der ich reiste, weniger mühsam oder weniger unbequem vorkam; trotzdem bedauerte ich beinahe die Geschwindigkeit, mit der wir fuhren, denn ich fürchtete, daß wir früher in Perth anlangen würden als bei Mr. Ranald Guthrie.

» … Und dann Ranald Guthrie, der heutige Gutsherr. Wieder die gleiche morbide Veranlagung – nur hier allem Anschein nach noch stärker ausgeprägt. Ich glaube« – und hier senkte Clanclacket die Stimme und warf einen Blick auf den Gang hinaus, um sich zu vergewissern, daß niemand mithörte – »ich glaube, er hat künstlerische Neigungen.«

» Du liebe Güte!«

»Aber wir müssen präzise sein, Wedderburn; wir müssen immer präzise sein. Ich will gleich hinzufügen, daß es mit diesen Neigungen inzwischen vorbei sein mag.«

»Da können Sie sicher sein, Clanclacket.«

»Äh – wie bitte? Sie wissen ja nichts über ihn, mein Lieber! Als junger Bursche ist dieser Ranald von zu Hause fortgelaufen und zum Theater gegangen.«

»Ah!«

»Genau. Eine durch und durch labile Familie. Aber wir müssen fair sein, Wedderburn; wir müssen immer fair sein. Er war damals noch sehr jung. Und man fand ihn wieder. Nach ein paar Monaten – einem Jahr vielleicht – fand man ihn wieder, und natürlich wurde er in die Kolonien geschickt. Das einzige, was man in solchen Fällen tun kann. Die Wahl fiel auf Australien; es hat gegenüber Kanada den Vorteil, daß es drei- oder viermal so weit fort ist. Doch Ranald wollte sich nicht fügen. Als er den Hafen von Fremantle sah, versuchte er sich umzubringen.«

»Du liebe Güte! Aber das sind inzwischen alles alte Geschichten, nicht wahr? Man würde zum Beispiel kaum noch einen Zeugen finden, der beschwören würde, daß es ein Selbstmordversuch war, oder?«

»Also wirklich, Wedderburn, Sie sollten doch wissen, daß ich keine Klatschgeschichten erzähle. Das sind Fakten, die man mir anvertraut hat und die ich vertraulich weitergebe. So lange dieser Vorfall nun auch schon zurückliegt und auch wenn er sich am anderen Ende der Welt zutrug, könnte ich Ihnen, wie der Zufall es will, schon morgen einen Augenzeugen beibringen. Ranald Guthrie wollte sich dort im Hafen ertränken, und nur die Beherztheit seines älteren Bruders rettete ihm das Leben.«

»Ein Bruder ging also mit ihm nach Australien?«

»Ian Guthrie. Auch er hatte über die Stränge geschlagen. Nichts Schlimmes, soviel ich weiß: ich habe nie gehört, daß Ian künstlerische Neigungen gehabt hätte. Wahrscheinlich ging es um nichts weiter als die jungen Frauen; da müssen wir fair sein. Soviel ich weiß, gab es auch keine Skandalgeschichten. Es hieß, daß beide Brüder hauptsächlich in die Kolonien gegangen waren, weil sie nicht in den geistlichen Stand eintreten wollten. Als Ranald dann den Besitz erbte, kam er natürlich zurück.«

»Ian war tot?«

»Ja. Ein Unglück. Ich glaube, die beiden waren auf einer Forschungsreise oder Gold suchen oder so etwas, und Ian verirrte sich. Eine Suchmannschaft fand später seine Leiche. Ranald, der, wie gesagt, ein labiler Charakter ist, ist seither verwirrt.«

»Verwirrt?«

»*Schwer* verwirrt. Als er zurückkehrte, begann er ein Leben als Sonderling. Wie ich höre, ist er das bis heute geblieben; er lebt dort als Einsiedler und unverbesserlicher Geizhals.«

»Lebte.«

»Wie bitte, Wedderburn?«

»Ranald Guthrie ist tot. Und da wären wir in Perth. Ich muß mich beeilen. Aber nein, Clanclacket, behalten Sie das *Blackwood's* nur. Auf Wiedersehen.«

II.

Die Bahnstrecke von Perth nach Dunwinnie war noch nicht ganz vom Schnee befreit, und so kam es, daß mein Zug mit über einer Stunde Verspätung eintraf. Und damit nicht genug; endlich angekommen, hatte ich die größte Mühe, einen Fahrer zu finden, der bereit war, sich auf die Gefahren einer Nachtfahrt nach Kinkeig einzulassen. Ich erfuhr, daß Dr. Noble auf der Burg gewesen war, ebenso die Polizei und der Sheriff, und daß der Sheriff es für nötig befunden hatte, eine gerichtliche Untersuchung über Mr. Guthries Todesursache anzuberaumen. Es war also keine Zeit mehr zu verlieren, und nachdem die Verhandlungen über den exorbitanten Preis, den der Fahrer forderte, eine gewisse Mäßigung erzielt hatten – wenn auch kaum mehr als ein *solacium* –, verlief die Weiterfahrt nach Kinkeig ohne größere Zwischenfälle, und ich langte kurz vor elf Uhr dort an. Es ist kaum mehr als ein Weiler, und ich konnte mich glücklich schätzen, daß ich einfache, wenn auch ausreichende Unterkunft im Gasthaus fand, das den lakonischen Namen »Kinkeig Arms« trägt.

Mein Mandant – ich ging davon aus, daß es der junge Mr. Gylby war – weilte noch auf Erchany, und dorthin gedachte ich am nächsten Morgen weiterzureisen – oder besser gesagt: mich durchzupflügen. Dort würde ich präzise Auskünfte erhalten können. Einstweilen fand ich es ratsam, nicht ganz zu vernachlässigen, was an Gerüchten erzählt werden mochte. Ich ging zum Salon – die Bar war natürlich geschlossen – und läutete an der Tür. Die Wirtin, eine Mrs. Roberts, ließ mich ein, und ich wandte mich an sie mit den Worten: »Seien Sie doch bitte so freundlich und bringen Sie mir –«

»Was Sie jetzt brauchen«, unterbrach mich Mrs. Roberts mit einer Stimme, die keinen Widerspruch duldete, »das ist eine schöne Tasse gemälzte Milch.«

Es ist bewährte forensische Praxis und immer das sicherste Mittel, den Fisch an Land zu ziehen, wenn man den exzentrischen Zügen im Charakter eines Zeugen nachgibt. So entgegnete ich denn: »Genau was ich gerade sagen wollte. Bringen Sie mir bitte eine schöne Tasse – ähm – gemälzte Milch.«

Mrs. Roberts eilte davon, und man muß fairerweise sagen, daß das Getränk, mit dem sie zurückkehrte, nicht unschmackhaft war. Dazu kam, daß sie in gesprächiger Stimmung war, und die nächste halbe Stunde lang ließ ich mir von den Ereignissen auf Erchany erzählen, und es gab manche Stelle, an der ich doch ein wenig die Augenbrauen hob. Vor kaum mehr als vierundzwanzig Stunden war ich noch ganz in die friedliche Welt der Gebietsreformen des 18. Jahrhunderts versunken gewesen. Nun saß ich hier und lauschte einer Geschichte, die alles hatte, was, wie die Gelehrten uns sagen, zum Drama Senecas gehört: Rache, Mord, Verstümmelung und ein Gespenst. Muß ich noch eigens eingestehen, daß allmählich etwas von der Laune meines Neffen Aeneas über mich kam und daß der Seniorpartner von Wedderburn, Wedderburn und McTodd, je mehr er hörte, desto mehr spürte, wie sein Puls um einiges schneller schlug, als sonst bei ihm üblich war? Ich habe schon immer eine merkwürdige Vorliebe für Kriminalromane gehabt – ein Genre, dessen Geschichten mit der tatsächlichen Welt des Verbrechens etwa soviel Ähnlichkeit haben wie Schäfergedichte mit dem wahren Landleben –, und nun, als ich lauschte, was die wackere Mrs. Roberts zu erzählen hatte, da kam es mir vor, als habe es mich aus der wahren Welt in die Welt der Märchen und Träume verschlagen. Daß Mr. Guthrie umgekommen war, war eine Tatsache, doch diese Tatsache war von einem solchen Gespinst fantastischer Erzählungen umgeben, daß man meinen konnte, ein launiger und leichtfertiger Literat sei am Werke. Vielleicht war es auch eher Folklore, womit ich hier zu tun hatte, mit deren bizarrer Art, die Dinge auszuschmükken. Was ich von Mrs. Roberts zu hören bekam, waren Gerüchte, mit anderen Worten es war die mythenschaffende Kraft des einfachen Volkes. Rache, Mord, Verstümmelung und ein Gespenst – vielleicht war es nur die neueste jener romantischen Guthrie-Legenden, mit denen Clanclacket mich am Nachmittag unterhalten hatte.

RACHE UND MORD. Ein gewisser Neil Lindsay, ein junger Mann von verschrobenen Ansichten und grausamem Herzen, hatte es sich, so heißt es, in den Kopf gesetzt, eine jahrhundertealte Familienfehde mit den Guthries wiederaufleben zu lassen und um eine weitere Schandtat zu bereichern. Dies tat er, indem er Ranald Guthrie in der Weihnacht von einem hohen Turm der

Burg schleuderte, eine große Summe Goldes stahl und sich mit einer jungen Frau davonmachte, die teils als Mündel seines Widersachers bezeichnet wird, teils als Nichte, teils als Tochter und teils als Geliebte.

VERSTÜMMELUNG UND EIN GESPENST. Doch selbst mit diesen Greueltaten gab sich der junge Lindsay, so hört man, nicht zufrieden; auf der Flucht hielt er noch inne und schändete Guthries Leiche aufs Grausigste, indem er ihr eine Reihe von Fingern abhackte, als Rache für eine blutige Tat, die vor fünfhundert Jahren die beiden Familien entzweit hatte. Doch diese grausame und unmenschliche Rache Lindsays schrie nun wiederum ihrerseits nach Vergeltung; um Mitternacht des Weihnachtstages war Guthries Geist in Kinkeig umgegangen, hatte seine verstümmelten Hände zum Mond erhoben und Entsetzliches aus jener Hölle verkündet, aus der er nur für wenige Stunden entlassen war, um auf Erden zu wandeln.

Ich habe hier Mrs. Roberts' Bericht in wenigen Sätzen zusammengefaßt; was sie erzählte, war in Wirklichkeit um ein vielfaches wortreicher. Doch ihre Schauermärchen, die immer weiter ihre Kreise zogen, schlugen mich, wie gesagt, merkwürdig in den Bann; die Elemente dieser Geschichte paßten so kunstvoll zusammen und alles war so durch und durch schlüssig, daß ich mich immer wieder ermahnen mußte, sie kritisch zu betrachten und zum Beispiel zu vermerken, mit welcher Geschwindigkeit in solchen Legenden die übernatürlichen Elemente Eingang finden. Bescheidener Folklorist, der ich bin, hakte ich, was die Reaktion Kinkeigs auf den Tod seines Gutsherrn anging, bei diesem Aspekt noch einmal nach. »Mrs. Roberts«, fragte ich, »haben viele das Gespenst gesehen?«

»Oh ja.«

»Sie selbst ebenfalls?«

»Oh nein!« Schon die Vorstellung jagte Mrs. Roberts offenbar einen gewaltigen Schrecken ein.

»Und wer hat es gesehen?«

Mrs. Roberts dachte nach. »Die erste wäre Mistress McLaren gewesen, die Frau unseres Dorfschmieds. Die Pumpe in ihrem Hof war zugefroren, und sie wollte Wasser von dem Brunnen an der Straße holen, und da sah sie das gräßliche Ding direkt vor sich im Mondschein. Sie hat einen Schrei getan, die arme Frau, daß man es in halb Kinkeig hören konnte. Einen besseren Beweis könnten Sie doch gar nicht haben.« Mrs. Roberts hatte offenbar einen skeptischen Unterton in meinen Fragen entdeckt und präsentierte den Schrei, mit dem Mrs. McLarens Begegnung mit dem Geist ihren Höhepunkt erfuhr, mit einer Geste des Triumphes.

»Da haben Sie recht, Mrs. Roberts. Und was geschah dann?«

»Mistress McLaren war gerade vor dem Laden von Ewan Bell, dem Schuhmacher. Sie lief zu ihm hinein, ganz aufgelöst vor Angst, und er brachte sie nach Hause.«

»Und Mr. Bell, hat der das Gespenst auch gesehen?«

»Das nicht.«

»Kommt es öfter vor, daß Mrs. McLaren Gespenster sieht?«

Die Wirtin war tief beeindruckt von dieser Frage. »Daß Sie gerade danach fragen, Sir! Sie kommt aus den Highlands, müssen Sie wissen, und hat das zweite Gesicht; sie sagt auch, daß sie den Schwachkopf von Erchany gesehen hat, eine Vision von ihm, wie er durch den tiefen Schnee kommt und Guthries Tod verkündet. Und sie war auch die erste, die bemerkt hat, daß Guthrie den bösen Blick hatte.«

»Nun, Mrs. Roberts, um es mit Ihren eigenen Worten zu sagen, einen besseren Beweis könnten Sie doch gar nicht haben. Und wer hat das Gespenst als nächstes gesehen?«

Mrs. Roberts bedachte mich mit einem recht mißtrauischen Blick. »Die nächste wäre Miss Strachan gewesen, die Lehrerin.«

»Miss Strachan. Und diese Miss Strachan hatte nicht vielleicht zufällig einen Grund, sich in letzter Zeit in Gedanken viel mit Erchany und den Geschehnissen dort zu beschäftigen?«

Mrs. Roberts' Mißtrauen nahm nun eher respektvolle Züge an. »Da haben Sie ganz recht, Sir! Es ist noch nicht lange her, da hat die junge Strachan eine gräßliche Begegnung mit dem Herrn von Erchany gehabt.«

»Was Sie nicht sagen. Und wer hat Mr. Guthries Geist noch gesehen?«

Mrs. Roberts dachte nach. »Also ich weiß nicht, ob sonst noch jemand –«

»Nur die beiden? Haben Sie nicht vorhin gesagt, es sei eine ganze Reihe von Leuten gewesen?«

Ich hatte fast ein schlechtes Gewissen, daß ich Mrs. Roberts diesem Verhör unterzog; sie blickte so verlegen drein. »Nein«, antwortete sie, »ich glaube, sonst eigentlich niemand. Außer natürlich –«

An dieser Stelle wurden wir von ihrem Mann unterbrochen, der einen letzten Rundgang machte, bevor er das Gasthaus für die Nacht verschloß. »Mr. Wedderburn, Sir«, fragte er an, »Sie werden gewiß noch einen Schlummertrunk wollen? Ein Grog wäre das richtige, nicht wahr, bei diesem grimmigen Wetter?«

Mrs. Roberts ergriff meine leere Tasse. »Noch eine gemälzte Milch, Mr. Wedderburn?«

Ich spürte, daß hier eheliche Zwistigkeiten schwelten, die ich ja nun nicht noch mehren wollte; ich murmelte etwas vor mich hin, nahm meine Kerze und ging auf mein Zimmer. Aber so halb erwartete ich dennoch, so erfolgreich ich auch Mrs. Roberts' Geschichte die übernatürlichen Töne ausgetrieben hatte, daß der Geist des Ranald Guthrie von Erchany auf dem Korridor auf mich wartete.

Am Morgen erwachte ich von lautem Geschrei; ich eilte zum Fenster und sah, daß es von der versammelten Jugend von Kinkeig ausging und daß der Anlaß das Erscheinen eines schlanken, hoch aufgeschossenen jungen Mannes am anderen Ende des Dorfes war, eines Mannes von so selbstsicherer Erscheinung, daß ihm weder Erschöpfung noch der derangierte Zustand seiner Kleider etwas anhaben konnten, noch die Gerätschaften auf seiner Schulter – der Hauptgrund für jene jugendliche Begeisterung, die mich aufgeschreckt hatte –, die sich, als er näher kam, als ein Paar Skier mit zugehörigen Stöcken erwiesen. Der Schluß lag nahe, daß ich hier einen Besucher aus Erchany vor mir hatte; ich kleidete mich rasch an und begab mich nach unten. Wie ich schon vermutet hatte, wartete der junge Mann auf mich. Er begrüßte mich mit den Worten: »Ich bin Noel Gylby. Und Sie müssen –« Ich rechnete halb damit, daß er sagen würde: »der Mann sein, den mein Onkel geschickt hat«, doch statt dessen fuhr er fort: » – der Herr sein, der so freundlich war, uns zu Hilfe zu kommen?«

»Mein Name«, erwiderte ich, »ist Wedderburn. Ich bin hier, um Ihnen zu helfen, so gut es in meinen Kräften steht.«

Freundlich, doch nicht ohne die Zurückhaltung, die sich für einen Jüngeren gegenüber einem Älteren gehört, schüttelte Mr. Gylby mir die Hand. »Wenn das so ist, Sir«, sagte er, »können Sie damit anfangen, daß Sie mich zum Frühstück einladen!«

In der folgenden Stunde lernte ich Noel Gylby – wenn er auch ein wenig zu sehr von seinem eigenen Charme eingenommen sein mochte – als angenehmen und intelligenten jungen Mann kennen. Er lieferte mir einen lebhaften Bericht über die Ereignisse auf Erchany – bisweilen wirklich das, was Aeneas einen »Reißer« genannt hätte, doch dabei blieb er besonnen und klar: hier hatten wir, wenn die Zeit kam – sofern es denn überhaupt notwendig wurde – einen ausgezeichneten Zeugen. Und noch glücklicher fügte es sich, daß er auf Erchany Tagebuch geführt hatte. Er war so freundlich, mir die Blätter zu überlassen, und ich las sie sogleich. Ich will hier lediglich zusammenfassen, welchen Gang die Ereignisse seit seinem letzten Eintrag genommen haben.

Der Stallbursche von Erchany hatte Kinkeig, wie Gylby es vorausgesagt hatte, am Weihnachtsmorgen kurz nach Sonnenaufgang erreicht. Er war so erschöpft gewesen, daß es eine ganze Weile dauerte, bis man einen halbwegs zusammenhängenden Bericht aus ihm herausbekam, und es war schon zwischen neun und zehn Uhr, bevor erste Schritte unternommen wurden. Ein Freiwilliger mußte gefunden werden, der sich nach Dunwinnie durchschlug und den Arzt verständigte, denn die Telefonleitungen waren in der Nacht gerissen. Weitere Verzögerung war zu erwarten, denn die praktikabelste Route nach Erchany führte für Dr. Noble über den zugefrorenen Loch Cailie, und es würde wahrscheinlich Stunden dauern, bis ein Fahrzeug für ihn bereit war. Auch bis Entsatz für Castle Erchany kam, dauerte es eine Weile. Der Dorfpolizist von Kinkeig hatte – was ja nur zu verständlich war – seine Zweifel, ob er ohne Tammas die Orientierung behalten würde, und so mußte man warten, bis dieser sich erholt hatte. Bald nach dem Mittag setzten sich dann Tammas, der Polizist und zwei kräftige junge Männer in Marsch – die Eskorte, darf man vermuten, hielt der Konstabler für angemessen, weil er darauf gefaßt war, daß er ein veritables Spukschloß der schwarzen Magie stürmen würde. Sie erreichten Erchany in Rekordzeit; kurz nach vier Uhr waren sie dort. Der Beamte inspizierte Turm und Leiche, nahm Zeugenaussagen auf, forderte Schlüssel ein und trank Tee – und bis das alles getan war, war es zu spät, noch gefahrlos zurückzukehren. Einer der beiden Burschen bestand allerdings darauf zu gehen – Gylby nahm an, daß er eine Verabredung mit seinem Mädchen hatte – und machte sich schließlich allein auf den Weg, und er langte auch glücklich gegen neun Uhr wieder in Kinkeig an und überbrachte den ersten Bericht des Dorfpolizisten. Inzwischen war das Telefonkabel repariert, und die Polizeiwache in Dunwinnie erfuhr – offenbar übermittelt von Mrs. Johnstone, der Postmeisterin – alles, was zu diesem Zeitpunkt an Informationen verfügbar war. Derweil war Dr. Noble über den See auf der Burg angekommen; wie der Konstabler und der zweite kräftige Bursche verbrachte auch er die Nacht dort.

Am Donnerstag, dem 26. Dezember – dem Tag, an dem ich ebenfalls gen Norden gereist war – trafen die höheren Polizeibeamten und der Sheriff der Grafschaft ein, letzterer ein Mann mit Abenteuergeist, den das Geheimnis angelockt hatte, das dort so tief im Schnee verborgen lag. Er kam über Kinkeig, machte sich zu Fuß mit seinem Schreiber auf, ließ den Schreiber auf halbem Wege zurück, nahm, auf der Burg angekommen, alles zu Protokoll, verkündete, daß eine gerichtliche Untersuchung unerläßlich sei, machte kehrt, fand den unglücklichen Schreiber fast erfroren und trug ihn auf den Schultern zurück ins Dorf. Dann verzehrte er ein Abendessen, dessen Ausmaße mir Roberts später noch in leuchtenden Farben beschrieb, marterte Mrs. Roberts damit, daß er anderthalb Flaschen schlechten Bordeaux dazu trank, und ließ sich dann nach Dunwinnie zurückchauffieren, wobei er noch versprach, er werde dafür sorgen, daß am nächsten Tag Schneepflüge kämen. Wenn ich diese Begebenheiten hier anführe, so nicht, weil sie unbedingt für meinen Bericht erforderlich wären, sondern einfach nur, weil es Dinge sind, mit denen die Juristenzunft unserer nördlichen Gefilde Ehre einlegen kann.

Als nächstes erklärte Gylby sein eigenes Erscheinen an jenem Morgen. Die Skier hatte er zwischen anderem Gerümpel in dem kleinen Schlafzimmer im Turm gefunden, und da er von seinem Hinweg wußte, daß die Fahrt nach Kinkeig größtenteils bergab gehen würde und die verschneiten Hänge nicht zu sehr mit Bäumen bestanden waren, hatte er den Polizisten, der auf Erchany geblieben war, zu der Erlaubnis überreden können, sie vom Ort des Geschehens zu entfernen. Die Talfahrt war bestens geglückt und hatte ihm, wie er zufrieden hinzufügte, einen enormen Appetit bereitet. Das einzige, was er bedauerte, war, daß kein zweites Paar Skier für meine Mandantin vorhanden gewesen war, Miss Sybil Guthrie – die als Erbin von Erchany die Ankunft ihres Rechtsbeistandes mit einiger Ungeduld erwarte.

Ich hatte mich schon beinahe damit abgefunden, daß ich unter Umständen weiterreisen müßte, die weitaus mühsamer zu werden versprachen, als einem Mann von meinen Jahren angemessen war, als ein neuer, noch größerer Aufruhr im Dorf von der Ankunft der versprochenen Schneepflüge kündete. Zwei moderne, kraftvolle Motorfahrzeuge zogen mit einem gedämpften Dröhnen an uns vorüber und verschwanden die Straße hinauf in Richtung Erchany. Ich hatte meinen Mietwagen samt Fahrer über Nacht behalten; nun brauchten wir nur noch einzusteigen und konnten in aller Ruhe den Pflügen folgen. Als ich hörte, daß der Leichnam am Nachmittag ins Dorf gebracht werden sollte und daß die gerichtliche Untersuchung unmittelbar vor dem Begräbnis im Pfarrhaus anberaumt war, fand ich es ratsam, ohne weitere Verzögerung die Fahrt zur Burg anzutreten. Ich mußte sehen, was mich an Instruktionen erwartete, und mußte mir von allem einen Eindruck verschaffen, damit ich wußte, wie ich mich am Nachmittag zu verhalten hatte. Gylby, der mir vorkam wie ein Leuchtturmwärter, der trotz schwerem Wetter erfolgreich seine Wache übergeben hat, schien eher geneigt, noch ein wenig bei Haferkeksen und Marmelade zu verweilen; mit einiger Überredung konnte ich ihn zum Aufbruch bewegen, und es fehlten nur noch wenige Minuten bis halb zehn. Wir wollten eben das Gasthaus verlassen, als Mrs. Roberts erschien und – mit allen Anzeichen größten Interesses – fragte, ob ich noch einen Besucher empfangen könne, und zwar Ewan Bell, den Mann, zu dem Mistress McLaren sich in der Spuknacht geflüchtet hatte. Da konnte ich kaum nein sagen; Gylby war so freundlich, sich zu einem Spaziergang ins Dorf zu verabschieden, wo er Tabak kaufen wollte, und der Besucher wurde sogleich in mein Wohnzimmer geführt.

Mr. Bell wird es nicht falsch verstehen, wenn ich sage, daß er eine imposante Erscheinung ist. Ein Athlet, der auf seine alten Tage zum biblischen Patriarchen geworden ist – das gibt dem

Leser einen gewissen Begriff des Mannes, der nun bei mir eintrat: den breiten Schultern nach hätte man ihn eher für einen Schmied als für einen Schuster halten können; seine Züge hatten die gütige Strenge eines Kirchenältesten, so wie der Stift eines Wilkie ihn porträtiert hätte. Er verneigte sich stoisch und erkundigte sich dann, ob er recht gehört habe, daß ich bei der Untersuchung der traurigen Ereignisse im Herrenhaus die Interessen der Familie vertreten werde?

»Ich komme als Rechtsbeistand für Miss Guthrie, Mr. Bell. Das ist die junge Amerikanerin, die, wie Sie vielleicht schon gehört haben, durch Zufall auf der Burg zu Gast war, als Mr. Guthrie umkam.«

»Und gewiß ist sie eine Verwandte des Gutsherrn, Sir?«

Ich betrachtete Mr. Bell aufmerksam. Er schien mir ein durchaus verantwortungsvoller Mann, der kaum aus bloßer Neugierde gekommen war. »Miss Guthrie ist eine Verwandte des Verstorbenen und hat Ansprüche auf den Besitz.«

Wiederum nickte Ewan Bell mit ernster Miene. »Was mich zu Ihnen führt, Mr. Wedderburn, das sind die beiden jungen Leute, die fortgelaufen sind – Miss Mathers und der junge Lindsay. Wenn die Leute anfangen zu reden, daß es womöglich kein Unfall war, was auf Erchany geschehen ist, dann sicher deswegen, weil die beiden so heimlich verschwunden sind.«

»Diese Flucht wird gewiß vielen zu denken geben.«

Mein Besucher erwog meine vorsichtige Antwort sorgfältig. Dann sagte er: »Sie müssen wissen, daß der Gutsherr es so verlangt hatte.«

»Darüber müssen Sie mir mehr erzählen, Mr. Bell. Darf ich Sie zu einem Glas einladen, etwas, das uns aufwärmt bei diesem garstigen Wetter?«

Mit einer Miene, die für jeden Betrachter die strikteste Ablehnung bedeutet hätte, nahm Mr. Bell die Einladung an. Mrs. Roberts brachte uns sogleich das Gewünschte – ich fürchte, es bestätigte ihr nur noch den schlechten Eindruck von der Juristerei, den sie hatte, seit der Sheriff so großzügig dem Rotwein zugesprochen hatte –, Mr. Bell prostete mir mit einer knappen Geste zu, und dann zog er den Brief von Christine Mathers hervor, der schon weiter vorn zu lesen stand. Ich las ihn einmal und dann noch ein zweites Mal mit größter Aufmerksamkeit, bevor ich etwas sagte. »Mr. Bell, das ist ein hochwichtiges Dokument. Sie haben es gewiß der Polizei schon vorgelegt?«

»Ich dachte, Mr. Wedderburn, ich hole besser vorher den Rat eines angesehenen Mannes ein, wie Sie einer sind.«

»Das war sehr umsichtig von Ihnen. Aber Sie müssen ihn vor der gerichtlichen Untersuchung der Polizei zu lesen geben. Und ob Sie mir nun wohl näher berichten könnten, wie es kam, daß überhaupt ein solcher Brief an Sie geschrieben wurde?«

Bell faßte mir kurz jenes Gespräch mit Christine Mathers zusammen, das er in seinem Teil dieses Berichtes ausführlich aufgezeichnet hat. Ich war erschüttert, von den Fakten wie auch von der Deutung, die der Schuhmacher von Kinkeig ihnen unterschwellig gab. Wenn Guthrie bei jener letzten Unterredung im Turm Lindsay nicht mit Geld abfinden, sondern ihn mit Miss Mathers auf die Reise schicken wollte, dann war die Stimmung dieser Unterredung, so wie Miss Guthrie sie beschreibt, nur angemessen. Und es war durchaus vorstellbar, daß Guthrie, ein äußerst labiler Mann, es einfach nicht ertragen konnte, daß er die Nichte an seinen Widersacher verlor, und sich das Leben genommen hatte, worauf Miss Guthrie ja offenbar nach wie vor beharrte.

Daß jedoch einiges gegen den jungen Lindsay sprach, lag auf der Hand. Die offene Feindschaft gegenüber Guthrie, sein dramatisches Erscheinen im Treppenhaus unmittelbar nach dem Sturz, der aufgebrochene Sekretär, seine Flucht mit Miss Mathers: das genügte allemal, ihn anzuschuldigen. Das einzige, was ihn schützte, war die kategorische Aussage meiner Mandantin

Miss Guthrie, die versicherte, daß Guthrie am Leben gewesen war, als Lindsay den Turm verließ. Diese Aussage wurde nun durch die Informationen, die Bell lieferte, und durch den Brief, den er besaß, untermauert, denn sie zeigten, daß der Streit, der um Lindsays Werben entstanden war, beigelegt werden sollte – eine Einigung, deren letzten Schritt Miss Guthrie kurz vor Mitternacht aus ihrem Versteck vor Guthries Studierstube beobachtet hatte. Jemand, dem es darauf ankäme, Argumente gegen Lindsay anzuführen, könnte gewiß sagen, der Brief sei Teil einer ausgeklügelten Verschwörung gegen Guthrie gewesen, doch für den Augenblick schien mir das zu weit hergeholt, als daß ich es weiter verfolgte. Ich wandte mich einer anderen Frage zu.

»Mr. Bell, die ganze Sache ist wirklich unglaublich. Miss Mathers' Brief legt den Schluß nahe, daß sie am Weihnachtstag in aller Stille fortgeschickt – ja regelrecht verstoßen werden sollte. Es wurde erwartet, daß sie und ihr zukünftiger Ehemann das Land verließen und aus Mr. Guthries Leben verschwanden. Das ist unnatürlich und hart genug und wird jeden überzeugen, daß der Verstorbene in seinem Wesen mehr als nur exzentrisch war. Aber was sollen wir davon halten, daß dieser Aufbruch für die Mitternacht festgelegt war – und daß Guthrie allem Anschein nach darauf bestand, selbst als er sah, wie stürmisch die Nacht war? Man kann sich ja kaum vorstellen, daß die beiden jungen Leute überhaupt lebend aus dem Schnee herausgekommen sind.«

Bell nickte und schwieg einen Moment lang. Dann antwortete er auf den letzten Punkt zuerst. »Sie haben auf ihr Glück vertraut und sind in dem mörderischen Sturm aufgebrochen, weil ihr Inneres sie dazu trieb. Aber Sie wissen ja wahrscheinlich, Mr. Wedderburn, daß bald danach der Sturm nachließ und sogar der Mond ein wenig durchkam. Lindsay ist ein kräftiger, geschickter Junge; er wird das Mädchen schon sicher zu seiner Familie nach Mervie gebracht haben. Am nächsten Morgen konnten sie nach Dunwinnie, und von da an war es nicht mehr schwer.«

»Aber ob jemand sie in Dunwinnie gesehen hat, können Sie nicht sagen?«

»Ich habe nichts gehört. Bei dem Trubel, der dort mit dem Eisstockschießen herrscht, könnten sie gut durchgeschlüpft sein, ohne daß jemand sie gesehen hat. Und daß der Gutsherr sie still um Mitternacht aus dem Haus geschickt hat, mitten in den Sturm, das paßt zu seiner schwarzen Seele.«

»Und Sie meinen, das hat er tatsächlich getan?«

»Da bin ich überzeugt.«

»Und dann brachte er sich in einer Art Verzweiflung um?«

»Ich denke mir, das ist der Schluß, zu dem wir kommen werden, Mr. Wedderburn.«

Ich blickte Ewan Bell forschend an. »Und wie erklären Sie sich dann, daß Gold verschwunden ist?«

Seine Verblüffung war nicht zu übersehen. »Gold, Sir? Davon weiß ich nichts.«

»Eine Schublade in einer Ecke des Zimmers wurde, wie ich höre, brutal aufgebrochen, und allem Anschein nach wurde Gold entwendet.«

»Das ist nicht so schwer zu erklären, wie Sie vielleicht denken, Mr. Wedderburn. In Christines Brief steht ja, daß Guthrie ihr Geld geben wollte – ihr eigenes –, und die Schublade kann er gut selbst aufgebrochen haben. Guthrie war ein gewalttätiger Mensch; Sie werden gewiß noch die Geschichte zu hören bekommen, in welch irrsinniger Wut er vor ein paar Wochen eine Tür aufgebrochen hat.«

Daß Guthrie selbst die Schublade aufgebrochen und das Gold Miss Mathers gegeben haben könnte, paßte, wie ich sah, wiederum gut mit Miss Guthries Aussage zusammen, daß weder Guthrie noch Lindsay zu dem Sekretär gegangen waren, solange Lindsay im Turm war. Und wieder sah ich mich mit einem hypothetischen Hergang der Ereignisse konfrontiert, dessen logischer Zusammenhalt bemerkenswert war: die letzte, angespannte Begegnung, der verzweifelte Todessturz fast mit dem Glokkenschlag jener Stunde, die Frieden auf Erden und große Freude verkündigen sollte. Ich dachte ein paar Augenblicke lang schweigend darüber nach … und es überzeugte mich nicht.

Ich erhob mich. »Mr. Bell, es wird höchste Zeit, daß ich nach Erchany fahre. Bisher weiß ich noch viel zu wenig, als daß ich die Dinge wirklich beurteilen könnte. Aber ich bin Ihnen sehr dankbar, daß Sie gekommen sind. Sie sind ein wichtiger Zeuge, und wir werden uns gewiß heute nachmittag wiedersehen.«

»Denken Sie, daß das Urteil auf Selbstmord lauten wird, Mr. Wedderburn?«

»Zunächst einmal denke ich, daß die Polizei oder sonst jemand Lindsay und Miss Mathers finden muß. Und ansonsten – daß die Wahrheit am Grunde eines tiefen Brunnens liegt. Übrigens, können Sie mir noch etwas über einen Mann namens Gamley sagen? Er war der erste, der bei Mr. Guthries Leiche im Burggraben war.«

»Er war früher Bauer auf dem Hof des Gutes; nach einem Streit mit dem Gutsherrn ging er fort.«

»Es fielen heftige Worte?«

Bell lächelte. »Es wird nicht leicht sein, in dieser Gegend jemanden zu finden, der nie heftige Worte mit Guthrie von Erchany gewechselt hat. Aber ich kann mir nicht vorstellen, daß er viel mit dieser Geschichte zu tun hat. Wahrscheinlich ist er nur mit dem jungen Lindsay mitgekommen und wollte ihm auf dem Rückweg zur Hand gehen. Die beiden haben in letzter Zeit Freundschaft geschlossen.«

Und damit endete meine Unterhaltung mit Ewan Bell. Ich ging wieder hinunter zu Gylby, der aus dem Zeitungsladen triumphierend mit einer Dose John Cotton zurückgekehrt war, und wir gingen hinaus in die Kälte des Wintermorgens. Die Skier kamen auf dem Dach des Wagens unter, mehrere Päckchen, die Gylby für Mrs. Hardcastle besorgt hatte, übernahm der Fahrer, und wir machten uns unter den neugierigen Blicken von ganz Kinkeig auf den Weg nach Burg Erchany. Wie Mrs. Roberts mir beim Aufbruch noch anvertraute, hatte es keine solche Aufregung mehr im Dorf gegeben, seit die Quacksalber da waren – ohne Zweifel jener unglückselige Londoner Arzt, der etwa zwei Jahre zuvor mit seinen Kollegen den nun Verstorbenen besucht hatte.

»Mr. Gylby«, sagte ich, als wir uns vorsichtig über die von den Schneepflügen freigelegte Fläche vortasteten, »ich darf doch hoffen, daß nichts« – ich zögerte – »Ungehöriges mit Guthries Leichnam geschehen ist?«

»Was wollen Sie damit sagen?«

»Nun, in Kinkeig erzählt man sich, daß dieser unglückselige Lindsay ihm mehrere Finger abgehackt hat.«

Abrupt hielt Gylby im Stopfen seiner Pfeife inne. »Also diese Schotten sind wirklich –«

»Das Allerletzte?«

Mein junger Bekannter hatte mich wohl als einen Mann gesehen, der sich ein wenig umständlich auszudrücken beliebt; es bereitete mir beträchtliches Vergnügen zu sehen, wie er geradezu zusammenfuhr, als ich mit so knappen Worten zusammenfaßte, was ihm durch den Kopf ging. »Ich wollte sagen«, entgegnete er, »daß sie ein Volk mit einem entschiedenen Hang zum Makabren sind. Guthries Finger sind unberührt. Was ihm abhanden gekommen ist, ist sein Gold.«

»Ich weiß … Und ich verstehe es recht, daß es die Interessen von Miss Guthrie sind, die ich vertrete?«

»Wenn Sie so freundlich sein wollen.«

»Nun gut. Dann möchte ich Sie darauf aufmerksam machen, daß eine Aussage, die von Ihnen vorliegt, soweit ich sehe dem Zeugnis meiner Mandantin widerspricht.« Ich tippte mit dem Finger auf Gylbys Tagebuchblätter, die ich noch immer in Händen hielt. »Miss Guthrie sagt, daß es in der Unterhaltung zwischen Guthrie und Lindsay nichts Hitziges gab; sie reichten sich die Hände und gingen friedlich auseinander; es heißt sogar, daß Lindsay ›sanft‹ gewesen sei. Sie hingegen sagen, Lindsay sei, als sie ihn kaum eine Minute darauf erblickten, ›ein Bild äußerster Leidenschaft‹ gewesen. Dieser Widerspruch kann unter Umständen sehr wichtig werden. Sind Sie sicher, daß Sie sich nicht getäuscht haben?«

»Ja«, antwortete Gylby, zögernd, doch mit Überzeugung.

»Miss Guthrie konnte die beiden mit, könnte man sagen, Muße beobachten. Sie hingegen sagen, daß alles ›binnen Sekunden‹ geschah, ›in einem einzigen Moment‹. Ist es denn nicht wahrscheinlicher, daß Sie sich irren, als daß Miss Guthrie sich irrt?«

Ich fand es ratsam, diesem ein wenig leichtfertigen jungen Mann auf den Tonfall vorzubereiten, in dem eine Befragung der Art, wie sie uns bevorstand, vielleicht geführt wurde. Doch er antwortete sehr ruhig und ohne Zaudern: »Die Möglichkeit besteht, Mr. Wedderburn. Trotzdem glaube ich nicht, daß mein Eindruck falsch war.«

Ich glaube, das war der Augenblick, in dem sich – wenn auch zunächst noch sehr provisorisch – mein Eindruck dessen bildete, was wirklich auf Erchany geschehen war. Und wenn sich bewahrheitete, was ich vermutete, dann war ich in einer recht delikaten Lage. Ich wandte mich einem anderen Punkt zu.

»Wie steht es mit diesem Hardcastle, Mr. Gylby? Da haben Sie gewisse Vorurteile, nicht wahr? Jemand, der Ihr Tagebuch läse, könnte sagen, daß Sie ihm gegenüber recht feindselig waren, von dem Augenblick an, in dem er Sie so unfreundlich auf Erchany begrüßte?«

Doch Gylbys einzige Antwort war: »Warten Sie ab, bis Sie ihn sehen.«

»Und Sie meinen, daß er in dieser Angelegenheit seine eigenen verborgenen Absichten verfolgt?«

»Er führte etwas im Schilde. Guthrie hat ihm den Auftrag, mich in den Turm zu bitten, nie gegeben.«

»So scheint es zumindest Miss Guthrie zu sehen.«

Mit unerwarteter Heftigkeit entgegnete Gylby: »Sybil sagt die Wahrheit.«

»Nichts läge mir ferner als das Gegenteil anzudeuten. Haben Sie denn einc Idee, warum Hardcastle Ihnen eine falsche Botschaft überbrachte?«

»Ich könnte mir vorstellen, daß es einfach nur eine stumpfsinnige Bosheit gegenüber seinem Herrn war. Auf dem Weg nach oben torkelte er ein- oder zweimal gegen die Wand des Treppenhauses und benahm sich überhaupt sehr erratisch, unlogisch. Womöglich ist er nicht nur ein Gauner, sondern ein Säufer dazu.«

»Also kein Mann, der ein kompliziertes Betrugsmanöver im Schilde geführt hätte?«

Gylby schüttelte den Kopf. »Verschlagen ist er schon. Aber ich glaube nicht, daß er den Weitblick dafür hätte.«

»Noch ein anderer Punkt. Sie hatten den Eindruck, daß Guthrie wahnsinnig war? Und dieser Eindruck hatte sich schon gebildet, bevor Sie Mrs. Hardcastle von den Ärzten reden hörten, die einige Jahre zuvor offenbar gekommen waren, um seinen Geisteszustand zu untersuchen?«

»Es dauerte nur wenige Minuten, bis sich das Gefühl einstellte, daß ich es mit einem Irrsinnigen zu tun hatte. Aber verstehen Sie mich nicht falsch, Sir; ich nehme das Wort in einem sehr allgemeinen Sinne. Ich glaube nicht, daß es die Art von Verwirrung war, für die man jemanden ins Irrenhaus gesteckt hätte; das bestimmt nicht. Es war eher, als lebte er im Schatten von etwas, das kein Mensch ertragen kann, ohne den Verstand zu verlieren, wenn er erst einmal anfängt, daran zu denken. Er war gebrochen, gespalten. Er war rasend wie die antiken Heroen es waren, wenn die Furien sie hetzten.«

Ich betrachtete den jungen Mann mit ganz neuen Augen. »Eine höchst aufschlußreiche Bemerkung, Mr. Gylby. Ich habe all unseren pädagogischen Reformern stets entgegengehalten, daß es nichts gibt, was den Geist mehr schärft als eine gute klassische Bildung.«

III.

Die Straße von Dunwinnie nach Kinkeig und die Straße von Kinkeig durch das Erchany-Tal nach Castle Erchany bilden mit dem langen, schmalen Loch Cailie ein ungefähr gleichseitiges Dreieck. In der Mitte dieses Dreiecks ragt der gewaltige Ben Cailie auf, im Süden flankiert von dem kleineren Gipfel des Ben Mervie, von dem ihn das Tal von Mervie und der gefährliche Mervie-Paß trennen. Dies Panorama – Gipfel um Gipfel mit ihrem unberührten Schnee, wie sie beide der bleichen Sonne des Winterhimmels zustreben – begleitete uns auf unserer Fahrt zur Rechten, ein Schauspiel, friedlich und erhebend zugleich. Den letzten Teil verbrachten wir schweigend, ein Schweigen, das erst mein unwillkürlicher Laut der Überraschung brach, als wir um eine Kurve bogen und am letzten Arm des Sees die Burg auftauchte. Als historisches Bauwerk ist sie, würde ich vermuten, nicht von großer Bedeutung, und Anbauten aus dem späten siebzehnten Jahrhundert haben die mittelalterliche Strenge ein wenig abgemildert, wenn auch nicht zerstört. Doch mein erster Eindruck war ein Anblick von solch düsterer Macht und so unendlicher Einsamkeit – wie ein menschenscheues Ungeheuer, das dort in der Einöde kauerte, in seiner Höhle aus Lärchen und Schnee –, daß es mich nicht größer hätte beeindrucken können, wäre König Arthurs Tintagel so unvermittelt vor uns erschienen.

Besonders eindrucksvoll war der Turm, massig und dabei ungewöhnlich hoch, wahrscheinlich ebensosehr als Beobachtungsposten wie als Wehrturm gebaut. Nun wo ich die schroffen Kanten aus der Ferne sah, konnte ich Gylbys instinktives Wissen verstehen, daß ein Mann, der von diesem Turm gestürzt war, nicht mehr am Leben sein konnte.

Wir fuhren über eine Zugbrücke und gelangten in den Innenhof. »Endlich wieder daheim!« rief der junge Gylby munter und half mir beim Aussteigen.

Das erste, was mir auffiel, waren – genau wie bei den unverhofften Gästen auf Erchany einige Abende zuvor – die Hunde; von ihren Zwingern am anderen Ende des Hofes aus ließen sie keinen Zweifel daran, wie sehr sie unsere Ankunft mißbilligten. Das nächste, was ich sah, war eine recht gebrechliche alte Frau in Schultertuch und Winterstiefeln, die uns mit allen Anzeichen von Eile und Besorgnis entgegengetappt kam. Einen Augenblick lang befürchtete ich beinahe, daß sie von einem neuen Unglück künden würde, doch sie rief uns nur eifrig entgegen: »Haben Sie an mein Gift gedacht, Mr. Gylby? Sie haben es doch nicht vergessen, Sir?«

»Alles da, Mrs. Hardcastle.« Und Gylby reichte ihr die Päckchen vom Beifahrersitz. Sie machte Anstalten, sich damit genauso eilig zu entfernen, wie sie gekommen war, doch dann bemerkte sie, daß noch ein Fremder angekommen war. Nicht ohne Schmerzen in den Knochen – malte ich mir aus – begrüßte sie mich mit einem linkischen Hofknicks. Gylby machte uns formvollendet bekannt: »Mr. Wedderburn – Mrs. Hardcastle.«

»Sir«, sagte sie, »Sie sollten am besten gleich erfahren, was Mr. Gylby schon weiß. Es gibt entsetzlich viele Ratten auf Erchany.« Sie pochte mit dem Finger auf ihre Päckchen und blickte sich ängstlich um. »Aber ich werde es nicht mehr länger dulden! Ich bin eine alte Frau, und von jetzt an will ich nachts schlafen.« Sie senkte die Stimme zu einem heiseren Flüstern und wies mit dem Kinn hinüber zu einem Mann, der bei den Hundezwingern hervorgekommen war. »Aber sagen Sie meinem Mann nichts davon! Er ist kein guter Mann. Manchmal hetzt er sie auf mich.«

»Die Hunde, Mrs. Hardcastle?«

»Die Ratten.«

Und Mrs. Hardcastle, die Päckchen unter ihrem Tuch verborgen, eilte davon. Ich wandte mich wieder Gylby zu. »Ist das Hardcastle dort hinten? Ich glaube, ich sollte ein paar Worte mit ihm sprechen, bevor wir ins Haus gehen.«

Ich begab mich ans andere Ende des Hofes. Der Verwalter des Gutsherrn fütterte den Hunden eben ihr dürftiges Mahl und bedachte sie dabei mit den wüstesten Beschimpfungen. »Platz, Caesar«, rief er eben, als ich herankam, »Platz, du räudiger Köter!«

Der Schnee hatte meine Schritte gedämpft, und er hatte mich nicht kommen gehört. »Schöne Tiere haben Sie da, Mr. Hardcastle«, sagte ich ihm freundlich ins Ohr.

Er fuhr herum und sah mich mißtrauisch an – und das vermutlich nicht nur der offensichtlichen Ironie meiner Bemerkung wegen. Das schurkische Wesen stand ihm, da hatte Gylby ganz recht, im Gesicht geschrieben. Was ihm jedoch fehlte, war das Selbstvertrauen des Gauners; im Gegenteil: er machte einen geradezu jämmerlich unsicheren Eindruck. Mürrisch und mit einigem Zögern antwortete er nur: »Kann sein.«

»Das ist also Caesar? Eine Dosis Wurmmittel würde ihm wahrscheinlich guttun, und dann ein wenig frisches Fleisch. Welcher von ihnen, Mr. Hardcastle, ist denn Doktor?«

Mit einer schlaffen Geste zeigte er auf ein Tier, das weit hinten im Zwinger am Boden lag. »Das da ist er.«

»Tatsächlich? Lassen Sie ihn einmal genauer ansehen. Doktor! He, Doktor! Wissen Sie was, Mr. Hardcastle? Ich habe fast das Gefühl, Doktor ist taub.«

Hardcastles Züge hellten sich auf. »Das stimmt, er *ist* taub.«

»Was Sie nicht sagen! Das ist aber doch ungewöhnlich, bei einem so jungen Hund. Haben Sie sich denn vergewissert? Wir könnten es jetzt gleich ausprobieren.«

»Teufel nochmal!« rief Hardcastle. »Lassen Sie den Hund in Ruhe!«

»Aber gewiß, wenn Sie es so wünschen. Ich glaube, ich habe ohnehin das Interesse an ihm verloren. Ein tauber Zeuge, und ein stummer dazu, nicht wahr? Ich komme als Anwalt von Miss Guthrie, der neuen Eigentümerin. Wenn Sie bitte so freundlich sein wollen, mich zu ihr zu führen?«

Gylbys Einschätzung des Verwalters hatte sich, überlegte ich, als bemerkenswert akkurat erwiesen. Ein verschlagener Gauner, doch einer, der schnell mit seiner Verschlagenheit am Ende war. Ich war recht zufrieden, daß er sich so schön in das Bild einfügte, das sich allmählich bei mir von den Ereignissen der Weihnacht entwickelte. Dies Bild war noch längst nicht vollständig; nur die größten Steine des Puzzlespiels – ein Vergleich, den mir Ranald Guthries Beschäftigung mit seinen Puzzles eingab – waren bisher an Ort und Stelle. Doch schon diese zeigten mir, wenn ich mich nicht ganz täuschte, die Grundzüge einer höchst kuriosen Situation. Zwangsläufig lag noch vieles im Dunkeln und forderte noch umsichtige und sorgfältige Ermittlungen. Ermittlungen – das Wort läßt mich innehalten. Ich war nach Erchany von Berufs wegen gekommen, als Anwalt; der Leser wird nicht ohne Heiterkeit sehen, wie ich mich nun, obwohl ich noch nicht einmal die Schwelle des Hauses überschritten hatte, von den Ereignissen in die unwürdige Rolle eines Privatdetektivs hatte locken lassen!

Als ich den großen Saal der Burg betrat, kam mir ein Polizeibeamter in Uniform entgegen, stellte sich als Inspektor Speight vor und bat mich in einen kleinen, spärlich möblierten Raum, in dem er offenbar sein Hauptquartier aufgeschlagen hatte. Ich hätte darauf bestehen können, daß ich zuerst mit meiner Mandantin sprach, bevor ich der Polizei zur Verfügung stand, doch bestand dazu für meine Begriffe kein Grund, und ich kam seiner Bitte nach. Inspektor Speight erwies sich rasch als ein höflicher und intelligenter Mann, und ich fand es nur recht, wenn ich ihm zu verstehen gab, daß ich schon einiges über den Tatbestand wußte. Nach ein paar Vorbemerkungen fragte ich deshalb: »Ich nehme an, Gamley haben Sie inzwischen gefunden?«

»Oh ja, das war nicht schwierig. Wir wissen, wonach wir ihn heute nachmittag fragen müssen.«

»Und Sie werden auch die beiden jungen Leute ausfindig gemacht haben, die der verstorbene Mr. Guthrie aus dem Haus gejagt hat?«

»Aus dem Haus gejagt? Davon weiß ich nichts.«

»Sie werden es noch erfahren, Inspektor. Ich denke, daß dieser Umstand noch von einiger Wichtigkeit sein wird. Bis wohin waren die beiden denn gekommen?«

Der Inspektor schüttelte den Kopf. »So seltsam das ist, Mr. Wedderburn, wir haben bisher keine Spur von ihnen. Aber sie haben natürlich auch guten Grund, sich zu verstecken.«

»Da, mein lieber Inspektor, bin ich mir nicht so sicher. Ich könnte mir gut vorstellen, daß sie nun, wo Mr. Guthrie tot ist, gar keinen Grund mehr haben, sich so klammheimlich davonzumachen. *Sehr* gut vorstellen sogar.«

»Wenn ich mir die Bemerkung erlauben darf, Mr. Wedderburn – das scheint mir eine ausgesprochen abwegige Vorstellung.«

»Das kommt ganz auf den Blickpunkt an, meinen Sie nicht auch? Vielleicht haben Sie Grund zu der Annahme, der junge Mr. Lindsay habe sich etwas zuschulden kommen lassen?«

Ich hatte mich nicht verrechnet, als ich auf eine gewisse Gereiztheit baute, die im Verhalten von Inspektor Speight zu spüren war. Prompt ließ er sich von meiner gelassenen Art provozieren und sagte abrupt: »Der Junge hat Guthrie vom Turm gestoßen. Daran gibt es für mich überhaupt keine Zweifel.«

»Denkbar ist es, Inspektor. Aber ist es nicht noch ein wenig früh, um jetzt schon überzeugt zu sein? Und wenn mich nicht alles täuscht, gibt es Aussagen, die dagegen sprechen?«

»Sicher, die von Miss Guthrie.«

Miss Guthrie hatte der Polizei ihre Geschichte also bereits erzählt. Ich erhob mich. »Inspektor, ich glaube, es wird Zeit, daß ich mit meiner Mandantin spreche.«

Inspektor Speight machte eine beschwichtigende Geste. »Sie dürfen nicht glauben, Sir, daß ich die Aussage der jungen Dame ganz und gar in Zweifel ziehen will. Aber sie fürchtete sich draußen im Sturm, sie war verwirrt, und sie wollte die Geschehnisse im Turm so harmlos wie möglich sehen.« Der Inspektor hielt inne. »Vielleicht erinnert sie sich ja besser, wenn sie noch einmal in Ruhe darüber nachdenkt.«

Wieder sah ich, daß Inspektor Speight ein kluger Mann war. Ich überlegte, ob er nicht sogar geradezu souverän war. Miss Guthrie, die sich, ohne daß sie einen triftigen Grund dafür nennen konnte, auf dem Wehrgang befunden hatte, von dem der Gutsherr gestürzt war, war allem Anschein nach dessen Erbin. Den Schluß, der sich da aufdrängte, hatte Speight nicht einmal angedeutet.

»Und Sie meinen, Inspektor, es war entweder Lindsay oder niemand?«

Speight nickte entschieden. »Eine alte Fehde, ein neuer Streit, ein Zeuge, der ihn in rasender Wut sah, die aufgebrochene Schublade, das gestohlene Gold, er und das Mädchen verschwunden. Mehr kann man doch wirklich nicht verlangen.«

»Höchstens noch, daß der Leiche die Finger abgehackt werden.«

Der Inspektor blickte ärgerlich vor sich hin. »Das haben Sie also auch gehört? Das zeigt nur, was für dummen und abscheulichen Gerüchten die Leute auf dem Lande Glauben schenken. Geben Sie nichts auf dieses Gerede, Mr. Wedderburn. Sie und ich, wir müssen uns an die Fakten halten.«

»Ein guter Grundsatz, Inspektor. Ich bekomme ihn oft von meinem Freund, dem Richter Lord Clanclacket, zu hören. Und Sie meinen, es gibt keine andere Möglichkeit, die Fakten zu deuten?«

Speight lächelte beinahe glücklich. »Mr. Wedderburn, ich will Ihnen etwas verraten. Die Amerikanerin war es nicht. Nach dreißig Jahren Polizeidienst hat man seine Erfahrungen. Und meine Erfahrung sagt mir, daß wir da gar nicht erst unsere Zeit verschwenden müssen. Das ist ein feines Mädchen.«

»Ich brauche wohl kaum zu sagen, daß mich das sehr zu hören freut. Doch könnte sich immer noch herausstellen, daß Neil Lindsay ein feiner Junge ist.«

Speight lachte. »Das können wir ja entscheiden, wenn wir ihn gefaßt haben. Ich bleibe dabei: Lindsay oder niemand. Und ich denke mir, im Grunde sind Sie doch meiner Meinung, Sir.«

»Nein, Inspektor, das bin ich nicht. Schließlich habe ich nicht Ihre Erfahrung mit der Welt des Verbrechens. Und ich habe eine andere Theorie.«

»Mr. Wedderburn, es wäre mir eine Ehre, sie zu hören.«

»Wenn, wie ich hoffe, aus meiner Ahnung eine Überzeugung wird, werden Sie sie heute nachmittag beim Sheriff zu hören bekommen. Aber – wie gesagt – ich finde, es ist noch ein wenig früh für Überzeugungen.«

IV.

Miss Guthrie empfing mich im – wie der Raum in diesen Berichten stets genannt wird – Schulzimmer. Ich sah sogleich, daß sie jene Mischung aus Eleganz und Elan hatte, die so vielen kultivierten Frauen aus der Neuen Welt ihren entwaffnenden Charme gibt; als Inspektor Speight sie »ein feines Mädchen« nannte, da hatte er sie nicht nur treffend beschrieben, sondern es zeugte auch von einem bemerkenswert guten Geschmack. Offenbar war sie entschlossen, mich kühl und sachlich zu empfangen. Ich hatte den Eindruck, daß sie mit den Grundbegriffen des Rechtswesens vertraut war; trotzdem fand ich es angebracht, ihr in ein paar Worten die Beziehung zwischen Anwalt und Mandanten auseinanderzusetzen, von der hierzulande ausgegangen wird. Sie hörte mir mit sehr zuvorkommender Miene zu – der Leser soll nicht glauben, mir sei nicht bewußt, daß ich bei solchen Gelegenheiten bisweilen ein wenig zum Umständlichen neige –, und schon bald darauf hatten wir es uns gemeinsam auf einem Sofa bequem gemacht. Miss Guthrie war sogar so freundlich und gestattete mir, meine Pfeife anzuzünden.

»Bisher«, sagte ich, »habe ich nur mit einem gewissen Mr. Bell gesprochen, mit unserem Freund Mr. Gylby – von dem ich ausführliche Berichte, schriftlich wie mündlich, erhalten habe – und mit beiden Hardcastles. Gylbys Charakterskizze von Hardcastle scheint mir sehr scharfsinnig.«

»Noel«, sagte Miss Guthrie munter, »ist ein tüchtiger Junge.«

»Kein Zweifel. Von ihm habe ich auch – wohlgemerkt ursprünglich an eine sehr vertraute Adressatin gerichtet – eine Art Charakterskizze von Ihnen, Miss Guthrie.«

Diesmal sagte sie nur »Oh!«, vielleicht ein wenig zurückhaltender.

»Er schreibt, daß Sie nicht zum Romantischen neigen.«

»Das finde ich aber nicht nett von Noel. Alle braven Mädchen sind romantisch.«

Ich lächelte. »Manche verbergen es vielleicht.«

Sybil Guthrie zündete sich eine Zigarette an. »Mr. Wedderburn«, sagte sie, »ist das die Art, unsere Geschäfte zu besprechen?«

»Ich für meinen Teil«, erwiderte ich ernst, »halte sie für durchaus angemessen.«

»Nun gut. Und ich bin also ein romantisches Mädchen und Noel hat sich geirrt. Verraten Sie mir auch warum?«

»Überlegen Sie doch nur, wie Sie nach Erchany gekommen sind, Miss Guthrie. Mr. Gylby, der ja selbst zum Mitspieler in Ihrem Plan wurde, ist vor allem beeindruckt von dessen Raffinesse und Effizienz. Doch jemand wie ich, der die Dinge aus einem gewissen Abstand betrachtet, erkennt darin den romantischen Streich, der es ist. Sie hatten, soviel ich weiß, das Urteil eminenter Mediziner, daß Mr. Guthrie auf keinen Fall für unzurechnungsfähig zu erklären war, und einen praktischen Nutzen konnte der Besuch, den Sie ihm inkognito abstatten wollten, für Sie nicht haben. Aber die aufregende Idee gefiel Ihnen – romantisch und aufregend –, die Burg zu belagern und sie nicht im Sturm, sondern durch eine List einzunehmen. Sogar ein triumphierendes Telegramm an Ihren amerikanischen Anwalt in London hatten Sie geschickt. Worum ging es Ihnen denn letzten Endes? Familiengeschäfte? Nicht im mindesten. Ihnen ging es um Abenteuer – und zwar Abenteuer mit einer leichten Prise Gefahr, denn Mr. Guthrie war ein sehr exzentrischer Mann. Noel Gylby war so geblendet von, wenn man so sagen darf, Ihren strategischen Fähigkeiten, daß er gar nicht bemerkt hat, wie romantisch das Motiv war, das hinter allem steckt.«

Miss Guthrie blies einen zarten Rauchschleier zwischen uns. »Und was folgt daraus, Mr. Wedderburn?«

»Ich frage mich, ob dieser selbe Impuls nicht auch ein wenig Ihre Wahrnehmung der Vorfälle im Turm gefärbt hat.«

»Sie meinen, Ranald Guthrie hat sich doch nicht selbst umgebracht?«

»Im Gegenteil, ich bin voll und ganz überzeugt, daß es Selbstmord war. Glauben Sie mir, wenn ich den Eindruck gewonnen hätte, daß die Darstellung, die Sie gegenüber Mr. Gylby gaben, grundsätzlich nicht der Wahrheit entspricht, dann wäre ich niemals bereit gewesen, Ihre Interessen wahrzunehmen. Und nun, Miss Guthrie, sollten wir unsere weiteren Besprechungen besser am Ort des Geschehens führen.«

»Im Turm? Müssen wir denn da hinauf? Mir ist das Ding jetzt ein Greuel.«

»Trotzdem denke ich, daß es, wenn Sie so freundlich sein wollen und wenn die Polizei uns die Erlaubnis erteilt, nützlich sein wird.«

Mein Freund Inspektor Speight war so freundlich und überließ mir einfach die Schlüssel zum Treppenhaus und zur Studierstube des Toten; ich kehrte zu Miss Guthrie zurück, und wir machten uns an den mühsamen Aufstieg. Oben angelangt, schaute ich mich mit unverhohlener Neugier um. In einer Linie mit der Tür, an der wir standen, und nur wenige Schritt entfernt, fand ich die Tür, die zu dem kleinen Schlafzimmer führen mußte. In der Mitte der Wand zur Linken war die Tür, die zu den Zinnen hinausführte. Mitten im Raum stand ein stabiler Tisch, der als Schreibtisch diente. Und überall waren Bücher.

Was mich anrührte, war die Alterslosigkeit dieses Ortes: es gab nichts hier, was nicht schon seit Generationen am selben Ort sein konnte. Der Schluß lag nahe, daß der verstorbene Mr. Guthrie von mehr als nur konservativer Gesinnung gewesen war – ganz abgesehen davon natürlich, daß er keinen Penny ausgegeben hatte, wenn es sich vermeiden ließ. Eher zu meinem Vergnügen ließ ich den Blick auf der Suche nach etwas aus dem zwanzigsten oder wenigstens aus dem neunzehnten Jahrhundert schweifen, und ich fand es zu meiner Überraschung in Form eines Telefons auf dem Schreibtisch. Ich warf Miss Guthrie einen verblüfften Blick zu. »Aber Erchany hat doch gewiß keinen Telefonanschluß!« rief ich.

»Natürlich nicht, Mr. Wedderburn; so dumm, daß wir das nicht probiert haben, waren wir nicht. Es muß so eine Art Haustelefon zu den Dienstbotenräumen sein. Ich habe in der ganzen Burg kein anderes gesehen.«

»Eine interessante Anschaffung für einen so geizigen Hausherrn. Die Polizei wird zweifellos die Räumlichkeiten gründlich untersucht haben; trotzdem würde ich vorschlagen, daß wir, bevor wir weiterreden, sie selbst noch einmal einer kleinen Inspektion unterziehen. Lassen Sie uns an dem aufgebrochenen Sekretär beginnen.«

Das Möbelstück, zu dem meine Mandantin mich führte, hätte jeden Antiquitätenfreund begeistert, doch als Geldschrank schien es mir denkbar ungeeignet. Es verfügte nur über die eine, aufgebrochene Schublade – es hatte vermutlich genügt, kräftig daran zu ziehen –, auf deren Boden noch die einzelnen Münzen lagen, von denen Gylby schreibt. Ich muß sie wohl in einer Art geistesabwesender Verwunderung angesehen haben, und Miss Guthrie erriet, was mir durch den Kopf ging. »Ich denke mir«, sagte sie, »der Turm selber ist ja schon Tresor genug.«

»Da mögen Sie recht haben. Trotzdem war es doch eine Versuchung für jemanden, eine Aufforderung geradezu. Was meinen Sie: wäre zum Beispiel Hardcastle ein so treuer Diener, daß er ihr widerstand?«

Miss Guthrie runzelte die Stirn. »Das ist schon ein Rätsel.«

»Ganz und gar nicht.«

»Mr. Wedderburn!« Es war wunderbar, mit welcher Verblüffung meine Mandantin das aufnahm.

Das Glucksen, mit dem ich es quittierte, hätte man als schönen Beleg nehmen können, daß Onkel und Neffe Wedderburn doch nicht so verschieden waren, wie ich manchmal dachte.

»Kein Rätsel war beabsichtigt, meine Liebe, und – wichtiger noch – Rätsel gibt es auch keine. Obwohl ich schon sagen muß, daß Sie Ihr Bestes getan haben, es so rätselhaft wie möglich zu machen.«

»Mr. Wedderburn, Sie machen sich über mich lustig. Das gehört sich nicht für einen Mann Ihres Standes.«

»Dann wollen wir wieder ernst sein und mit unserer Inspektion fortfahren. Zum Beispiel würde ich gern die Gedichte von William Dunbar finden.«

Ich hatte das Gefühl, daß ich es mit meiner geheimnisvollen Art nun wirklich übertrieben hatte, und ohne weiteres Geplänkel wandte ich mich den Bücherregalen zu, auf der Suche nach den schottischen Klassikern. Guthrie hatte seine Bücher sehr systematisch aufgestellt, und ich fand die Abteilung im Handumdrehen. Als ich die drei Bände Dunbar vom Brett nahm, rieselte eine große Staubwolke auf mich herab. »Unser Freund, der poetische Gutsherr«, sagte ich, »hatte seine Klassiker im Kopf. Er brauchte die Elegie nicht noch einmal zu lesen, die ihm so lieb war.« Und ich schlug das *Klagelied für die Dichter* auf.

Er schlägt den Ritter in der Schlacht,
Kein Harnisch trotzet seiner Macht,
Nicht Schild, nicht Schwert ihm widersteh'.
Timor Mortis conturbat me.

Des Siegers Fleisch der Würmer Fraß,
Auch wenn im sich'ren Turm er saß,
Der Damen Liebreiz rasch verweh',
Timor Mortis conturbat me.

»Tja, vom sich'ren Turm hat ihn der Tod geholt, das steht fest.« Ich legte den Band nieder. »Und es gibt ja wohl nur die eine Möglichkeit, das zu deuten, nicht wahr? Aber wenn Guthrie in letzter Zeit nicht in seinem Dunbar gelesen hat, dann lassen Sie uns doch einmal sehen, was er statt dessen las.« Ich ging hinüber zum Schreibtisch, wo ein Stapel neuer Bücher, noch in ihren Schutzumschlägen, lag. Ewan Bell hatte, als er mir ein paar Stunden zuvor seinen Bericht gegeben hatte, Guthries plötzliches Interesse an medizinischen Studien – von dem Miss Mathers ihm ja erzählt hatte – ausgespart, und so war ich überrascht und verwundert über den Stapel wissenschaftlicher Werke, den ich dort fand. Letheby Tidys *Handbuch der Medizin*. Oslers *Theorie und Praxis der Medizin*. Muirs *Lehrbuch der Pathologie* – ratlos nahm ich sie eins nach dem anderen in die Hand. »Wo«, fragte ich, »kommt denn nun bei alldem auch noch die Medizin ins Spiel?«

»Auf alle Fälle kommt sie in dem Gedicht ins Spiel.« Miss Guthrie griff zu dem Dunbar und las:

Doctores gar der Medizin,
Die rafft er allesamt dahin,
Der Medicus, er liegt entseelt.
Timor Mortis conturbat me.

»Das ist ja hochinteressant. Und wenn ich mir die Bemerkung erlauben darf, Miss Guthrie, Sie lesen das Mittelschottische sehr gut. Sie haben es auf dem College studiert?«

»Ja, schon.«

»Darf ich fragen, ob Sie auch einen Doktortitel erworben haben?«

»Jawohl, Mr. Wedderburn, das habe ich.«

»Und sind Sie ganz sicher, daß Sie nicht der ›Doktor‹ sind, nach dem Hardcastle Ausschau hielt?«

Miss Guthrie errötete. »Na, das haben Sie ja clever kombiniert! Natürlich bin ich das nicht. Er wußte nichts von mir. Und ich lege keinen Wert darauf, mein Leben lang ›Frau Dr. Guthrie‹

genannt zu werden, nur weil ich im jugendlichen Leichtsinn einmal ein paar pedantische Zeilen zu Papier gebracht habe.«

»Das kann ich verstehen. Nun, lassen Sie uns weitersuchen. Ich wünschte nur, mein eigener ›jugendlicher Leichtsinn‹ läge so weit hinter mir wie der Ihre hinter Ihnen.«

Ich fand nichts mehr im Turmzimmer, was uns noch weitergeholfen hätte. Von den Büchern abgesehen gab es nicht viel, wovon man auf Leben und Vorlieben Ranald Guthries schließen konnte: ein Bumerang und ein Flechtkorb der Einheimischen aus seiner australischen Zeit; ein paar Skizzen von Beardsley erinnerten an seine Bande zu einer verflossenen Dichtergeneration, ein oder zwei piktische oder römische Fundstücke zeugten von seinem Interesse an der Archäologie. Ich betrat die Schlafkammer. Auch hier schien nur wenig interessant. Guthries eigentliches Schlafzimmer war im Stockwerk unter uns gewesen; von einem Feldbett abgesehen, auf dem er vielleicht gelegentlich ein Nickerchen hielt, war diese Kammer hauptsächlich ein Abstellraum: ein zerbrochener Stuhl, in einer der Ecken ein Sortiment aus alter Leinwand, Seilen und Stäben, ein zerbrochener Spiegel an der Wand, ein halb verrotteter Vorhang an den schmalen Fenstern. Ein Großteil von Erchany befand sich, soweit ich sah, in einem solchen Stadium des Verfalls; ich hatte mich schon abgewandt, als mir noch ein Buch auffiel, das am Fußboden lag. Ich hob es auf. »Noch mehr Medizinisches, Miss Guthrie. *Experimentelle Radiologie* von Richard Flinders.« Ich legte es wieder an seinen Platz. »Wir sind mit freundlicher Duldung der Polizei hier, und wir sollten alles so zurücklassen, wie wir es gefunden haben. Und nun ist es vielleicht Zeit, unsere Diskussion wieder aufzunehmen.«

Drüben in der Studierstube nahm Miss Guthrie ihre – wie ich ja nun wußte – Lieblingshaltung auf der Kante des Schreibtisches ein. Es war ganz außerordentlich kalt, und ich machte mir – ein Zugeständnis an das Alter, in dem das Blut nicht mehr so recht in den Adern fließen will – ein wenig warm, indem ich begann, im Raume auf- und abzugehen. »Miss Guthrie, Sie haben gewiß schon Kriminalgeschichten gelesen, in denen die unerhörtesten Erkenntnisse aus einer, wie der Ausdruck lautet, Rekonstruktion des Verbrechens gewonnen werden?«

Indirekt, aber umso nachdrücklicher, beantwortete Miss Guthrie meine Frage: »Es gab kein Verbrechen. Das haben Sie doch selbst gesagt.«

»Ich glaube, da verstehen Sie mich falsch. Aber für den Augenblick können wir uns auf ›die Ereignisse des Weihnachtsabends‹ einigen. Und ich möchte Sie bitten, sich hier in diesem Zimmer auszumalen, zu welchen Schlüssen die Polizei kommen wird, wenn sie jene Ereignisse rekonstruiert.«

»Ich verstehe nicht, worauf Sie hinauswollen.«

»Einfach nur darauf, daß eine solche Rekonstruktion Ihre Zeugenaussage, so wie sie im Augenblick steht, auf Anhieb erschüttern würde, und das aus gutem Grund. Die Schilderung, die Sie Mr. Gylby gaben, war ebensosehr von Ihren eigenen Wünschen gefärbt, wie sie vom klaren Licht der objektiven Tatsachen erleuchtet war.«

Miss Guthrie stand auf. »Wenn Sie das glauben, Mr. Wedderburn, dann wüßte ich nicht, warum wir noch länger – «

»Was ich jedoch sehe und was die Polizei vielleicht nicht sehen wird, das ist, daß Sie sich in diese gefährliche und unerfreuliche Lage ohne jeden Grund bringen. Als Mensch steht es mir nicht zu, über Ihre Einstellungen zu urteilen, doch als Ihr Anwalt muß ich sagen, daß sie falsch sind. Und zwar deswegen: Ein romantisch ausgeschmückter Bericht kann uns nur in Verlegenheit bringen. Was wir brauchen, sind Fakten.«

Miss Guthrie inspizierte ihre Fingerspitzen. Dann sagte sie: »Können Sie mir beschreiben, wie so eine Rekonstruktion aussehen wird?«

»Stellen Sie sich diesen Raum hier vor, nur von zwei oder drei Kerzen erleuchtet. Die Tür zum Wehrgang ist nicht ganz verschlossen. Draußen tobt ein Sturm, das Licht ist nicht nur schwach, sondern unstet und flackernd dazu. Sie stehen draußen und spähen durch die Ritze. Wieviel sehen Sie da?«

»Eine ganze Menge – auch wenn das Licht noch so unstet war. Und keine Rekonstruktion der Welt kann beweisen, daß ich nur etwas Bestimmtes gesehen habe und nichts anderes.«

»Das ist wahr. Aber beweisen läßt sich, daß Sie nicht um die Ecke sehen können, genausowenig, wie sonst jemand das kann. Und nun sage ich Ihnen, daß es, wenn Sie nicht gerade den Kopf zur Tür hineingesteckt hätten, unmöglich gewesen wäre, die beiden nebeneinanderliegenden Türen – Treppenhaus und Schlafkammer – *in ganzer Breite* zu sehen. Wäre eine von beiden *weit* geöffnet worden, so hätten Sie die Bewegung gewiß bemerkt. Doch hätte jemand sie, eine oder beide, nur einen Spaltbreit geöffnet, gerade so weit, daß ein Mann hindurchschlüpfen konnte, dann hätten Sie nichts bemerkt. Mit anderen Worten, Miss Guthrie, Ihre Aussage stellt den *Eindruck*, den Sie hatten, als *Gewißheit* dar, und damit kommen Sie nicht durch. Die Tür zum Treppenhaus öffnete sich weit, und Sie sahen Lindsay nicht wieder. Die Tür zur Schlafkammer öffnete sich weit, und Sie sahen Guthrie nicht wieder. Doch schon im nächsten Augenblick könnte Lindsay durch beide Türen geschlüpft sein – von der Treppe zur Schlafkammer und zurück –, ohne daß Sie das geringste davon gesehen hätten.«

Von ihrem Platz am Schreibtisch betrachtete meine Mandantin die Türen lange und nachdenklich. »Ich glaube«, sagte sie, »da haben Sie recht.«

»Sie mochten Miss Mathers, nicht wahr?«

»Das stimmt.«

»Und der junge Mr. Lindsay, nach dem wenigen, was Sie sehen konnten?«

Miss Guthries Kinn rückte ein spürbares Stück nach oben. »Er war ein schöner Mann, Mr. Wedderburn.«

»Und des weiteren waren Sie zu dem Schluß gekommen, daß Ihr Verwandter in so ziemlich allem das genaue Gegenteil eines schönen Mannes war?«

»Das kann man wohl sagen.«

»Dann sehen wir doch allmählich, woran wir sind. Sie wollten zu diesen beiden jungen Leuten halten – deren Drama romantisch, rührend und schön war –, was immer auch geschah. Das einzige, was verhinderte, daß ein schwerwiegender Verdacht auf Lindsay fiel, war die Tatsache, daß Sie *gesehen hatten*, daß er das Zimmer verließ, als Guthrie noch am Leben war. Deshalb haben Sie es bewußt so dargestellt, als sei es eine Gewißheit ... Miss Guthrie, hat die Polizei Ihre Aussage schon zu Protokoll genommen?«

»Nein. Inspektor Speight sagt, die offizielle Niederschrift hat noch Zeit.«

»Speight ist ein sehr umsichtiger Mann. Ich rate Ihnen dringend, wenn die Sprache auf die Türen kommt, lediglich zu sagen, daß es Ihr *Eindruck* war. Das ist das einzige, was Sie ehrlich verantworten können, und wenn Sie etwas anderes sagen, verlieren Sie Ihre Glaubwürdigkeit. Alles hängt davon ab, daß Ihre Aussage solide wirkt.«

»Das verstehe ich nicht, Mr. Wedderburn. *Was* hängt davon ab?«

»Die Sicherheit Ihres schönen jungen Mannes Neil Lindsay.«

Meine Mandantin sprang auf und kam mir, nun sichtlich erregt, entgegen. »Mr. Wedderburn, Sie müssen mir sagen, was Sie im Sinn haben. Sie *müssen* es mir sagen.«

»Es geht um folgendes. Daß Sie die Türen nicht wirklich deutlich sehen konnten, ist ein Jammer – aber es ist nicht von grundlegender Bedeutung. Viel grundlegender ist die Frage, was sich tatsächlich zwischen Lindsay und Guthrie zutrug. Und in diesem Punkt haben Sie schlicht und einfach gelogen.«

Miss Guthrie war sehr bleich, und ich hatte den Eindruck, daß eine Leidenschaft in ihr aufwallte, die mich schon im nächsten

Augenblick ein für allemal aus ihrer Gegenwart verbannen konnte. Ich beeilte mich denn, so rasch weiterzusprechen, wie sich mit der Notwendigkeit, mit Nachdruck aufzutreten, vereinen ließ, denn ohne diesen Nachdruck, das wußte ich, würde ich bei ihr nie zu meinem erstrebten Ziel kommen. »Sie sagen, Lindsay sei friedlich gegangen. Gylby sagt, er war wutentbrannt. Und Gylby sagt die Wahrheit. Wenn wir Lindsays Unschuld belegen wollen, dann müssen wir in allen Einzelheiten wissen, was tatsächlich hier geschah. Mit anderen Worten, wir brauchen die Wahrheit – Gylbys Wahrheit. Verstehen Sie mich?«

Miss Guthrie fuhr sich mit der Hand über die Stirn und ließ sich recht matt auf einen Stuhl sinken. »Ich verstehe überhaupt nicht mehr, wovon Sie reden.«

»Dann lassen Sie mich Ihnen eines versichern – und ich spreche aus fast fünfzig Jahren juristischer Erfahrung. Neil Lindsay hat nichts zu befürchten. Ich habe die Verteidigung fertig im Kopf; kein Staatsanwalt käme dagegen an. Guthrie hat Selbstmord begangen. Aber damit will ich noch lange nicht gesagt haben, daß kein Verbrechen geschah. Vor ein paar Stunden dachte ich noch, Ihre Zeugenaussage – daß Sie ihn zur Tür hinausgehen sahen – würde für Lindsays Schicksal entscheidend sein. Mittlerweile weiß ich, daß es genügt, wenn Sie einfach nur sagen, was in diesem Raum geschah. Das möchte ich von Ihnen hören, und zwar jetzt.«

Miss Guthrie erhob sich, ging zum Fenster und spähte hinaus in den Schnee, als ob sie sich von dort einen Rat erhoffe. »Es fällt mir nicht leicht«, sagte sie nach einiger Zeit, »Ihnen zu glauben.« Sie schwieg. »Aber ich muß tun, was Sie sagen, das ist keine Frage.« Und sie machte kehrt und kam wieder auf ihren alten Platz am Tisch zurück.

»Mit den Türen haben Sie natürlich recht. Mir war das nicht klar, aber jetzt sehe ich, daß man es einfach mit einem Grundriß des Zimmers beweisen könnte. Ich konnte nicht mit Gewißheit sagen, daß Lindsay nicht für die notwendige halbe Minute zurückgekommen und durchs Schlafzimmer hinaus auf den Wehrgang geschlüpft war – obwohl ich *wußte*, daß er es nicht getan hatte.« Miss Guthrie blickte mir fest ins Gesicht. »Ich *wußte*, daß er Guthrie nicht umgebracht hatte. Und daraus ergab sich alles andere.«

»Eine falsche Zeugenaussage kann sich niemals rechtmäßig aus etwas anderem ergeben, meine Liebe.«

Mit einem nüchternen Nicken nahm Miss Guthrie auch diesen väterlichen Tadel noch an. Dann fuhr sie fort. »Alles, was ich über die Begegnung von Guthrie und Lindsay gesagt habe, stimmt – bis auf den Schluß. Sie saßen am Tisch und sprachen ruhig miteinander. Guthrie ist nicht aufgestanden, nicht zur Tür gegangen und hat Hardcastle keine Anweisung gegeben, Noel heraufzubitten. Keiner von beiden kann auch nur in die Nähe des Sekretärs gekommen sein – «

»Genau. Das ist ein entscheidender Punkt, und niemand kann Ihnen das widerlegen.«

»Doch am Ende standen sie auf und gingen bis etwa halbwegs zur Tür. Ich sah sie nach wie vor deutlich und erwartete, daß sie sich in aller Form verabschieden würden – so wie ich es dann Noel weisgemacht habe. Aber plötzlich sah ich, daß etwas nicht stimmte. Guthrie redete auf Lindsay ein, und auch wenn ich nichts hören konnte, konnte ich doch *sehen*, was er tat. Es war wie Peitschenhiebe, wie er auf den Jungen – den jungen Mann – mit Worten einhieb. Es war, als ob er wüßte, daß er Lindsay in seiner Gewalt hatte – etwas, das ihm die Macht gab, dies eine Mal noch grausam zu ihm zu sein, entsetzlich grausam. In diesem Augenblick begriff ich, daß ich ihn haßte, auch wenn er mein Verwandter war, und ich spürte – auch wenn es mir jetzt noch so schrecklich vorkommt – ich spürte, wie ich mich danach sehnte, daß der Junge ihm dort auf der Stelle den Hals umdrehte. Deshalb hatte ich dann hinterher das Gefühl, daß ich – «

»Verstehe. Hätte er Guthrie in diesem Augenblick tatsächlich umgebracht, wären Sie Lindsays Komplizin im Geiste gewesen.«

»Etwas in dieser Art. Es war irgend eine obszöne Gemeinheit, die Guthrie ihm da sagte, und in ein paar Sekunden war es vorüber. Ich hatte gerade wieder Atem geschöpft, da sah ich, daß Lindsay fort war.«

»Und das ist die reine Wahrheit? Dann müssen Sie jetzt nur noch nach unten gehen und alles schön ordentlich Inspektor Speight erzählen.«

Miss Guthrie stieß einen Seufzer der Erleichterung aus. Doch dann zögerte sie wieder. »Mr. Wedderburn – sind Sie wirklich sicher? Ich kann das gar nicht glauben.«

Ich lächelte, weil sie es zum zweiten Mal sagte. »Machen Sie sich keine Sorgen.«

»Mir fällt ein, da ist noch etwas, worauf Noel mich gebracht hat. Er sagt, die Leute würden es sehr seltsam finden, daß ich bei Guthries Schrei ge*raten* habe, daß er – «

»Meine liebe junge Dame, Mr. Gylbys Erfahrungsschatz ist zweifelsohne ebenso reichlich wie vielfältig. Trotzdem kann ich Ihnen versichern, daß Sie nichts zu befürchten haben.« Ich konsultierte meine Uhr. »So, und jetzt haben wir gerade noch Zeit genug, in aller Eile aus Dunwinnie einen Elektriker kommen zu lassen.«

»Einen Elektriker!«

»Ganz genau. Und zwar, wenn möglich, einen, der ein ehrwürdiges und vertrauenerweckendes Gesicht macht. Von solchen Kleinigkeiten hängt vieles ab. Und nun, Miss Guthrie, ab mit Ihnen zu Inspektor Speight.«

Wir gingen hinaus, und ich verschloß die Tür der Studierstube hinter mir. Ich glaube, ich tat es mit der gleichen Genugtuung, mit der ich die Schatulle mit den Papieren einer Familie verschließe, wenn ich weiß, daß ihre Angelegenheiten für die nächste Generation zur Zufriedenheit aller geregelt sind. Schweigend stiegen wir die lange Treppe hinab und begaben uns zum Zimmer des Inspektors. Speight war eben dabei, einsam und nachdenklich ein Schinkenbrot zu verzehren.

»Dürfen wir Sie stören, Inspektor? Meine Mandantin, Miss Guthrie, möchte gern ihre Aussage zu Protokoll geben. Und ich glaube, nicht mehr lange, und das Geheimnis von Erchany wird gelöst sein.«

»Meinen Sie wirklich, Mr. Wedderburn? Das hört man gerne. Kommen Sie, Miss Guthrie, dann schreiben wir alles auf für den Sheriff.«

»Noch eines, bevor wir beginnen. Ich schlage vor, daß ich meinen Wagen nach Dunwinnie schicke und daß wir von dort einen tüchtigen Elektriker kommen lassen. Ich könnte mir vorstellen, daß er uns nützlich sein wird.«

Inspektor Speight ließ sein Butterbrot sinken. »Habe ich Sie recht verstanden, Mr. Wedderburn, einen Elektriker?«

»Ganz recht. Und wenn Sie eine Stoppuhr auf der Polizeiwache haben, dann würde die uns, glaube ich, ebenfalls gute Dienste erweisen.«

V.

Als die Aussage meiner Mandantin aufgenommen war, entschuldigte ich mich und machte mich auf die Suche nach Noel Gylby. Ich würde demnächst einen Assistenten brauchen, und da ich wußte, daß Miss Guthries neue Aussage Speight nur in seinen Verdächtigungen Lindsays bekräftigt hatte, fand ich es nicht ratsam, ihn zu diesem Zeitpunkt ins Vertrauen zu ziehen. Gylby war verläßlich und intelligent, und er würde gewiß mit Begeisterung mithelfen, das Geheimnis aufzuklären. Gemeinsam suchten wir Mrs. Hardcastle, die in ihrem aussichtslosen Krieg gegen die Ratten finster durch die Burg kroch, und überredeten sie, uns ein paar Butterbrote als frühes Mittagessen zurechtzumachen. Ich schlug vor, daß wir eine stille Ecke suchten, um uns zu unterhalten, und nach kurzer Überlegung führte Gylby mich hinauf in den langen, um drei Seiten des Hauses führenden Raum, die Galerie. Ich betrachtete die zerschmetterte Tür mit einiger Verwunderung – die Geschichte der kleinen Isa Murdoch hatte ich ja noch nicht gehört –, und dann gingen wir hinein. Nach einigen Blicken auf die Familienporträts und die vor sich hin modernde Theologie machten wir es uns in einer Nische so bequem, wie wir nur konnten.

»Mr. Gylby, Sie haben wahrscheinlich einen gewissen Begriff davon, was die Polizei über die ganze Angelegenheit denkt?«

»Daß der flüchtige Lindsay am Galgen baumeln sollte.«

»Genau. Und Sie, haben Sie eine eigene Meinung zu dieser Frage?«

»Eine Meinung kann man es nicht nennen, dazu ist es nicht eindeutig genug. Aber ich habe ein oder zwei Ahnungen – vor allem das Gefühl, daß wir zu viele Puzzlesteine haben. Es ist, als seien mehrere der berühmten Puzzles des Gutsherrn durcheinandergekommen, und je mehr das Bild Gestalt annimmt, desto mehr hat man es mit einem *embarras de richesses* zu tun.«

»Da bin ich ganz und gar Ihrer Meinung, Mr. Gylby. Sprechen Sie weiter.«

»Zu viele Schurkereien. Offensichtlich bei Hardcastle, unterschwellig, eine Art Drohung, bei Guthrie selbst. Gefühlsmäßig würde ich sagen, daß Guthrie irgendwelche Gemeinheiten vorhatte, daß Lindsay sich aber als zu starker Gegner erwies, und daß schließlich Guthrie mehr oder weniger bekam, was er verdiente. Ich habe den Eindruck, daß Sybil dasselbe vermutet oder daß sie etwas darüber weiß – und deshalb versucht, Lindsay zu schützen.«

»Eine sehr interessante Theorie. Können Sie sie noch näher ausführen?«

»Nun – es klingt weit hergeholt und grausig und gemein – aber wie wäre es mit folgendem. Bedenken Sie dabei den allem Anschein nach aufgebrochenen Sekretär. Guthrie wollte Lindsay einen Diebstahl anhängen, gerade in dem Augenblick, in dem er mit seiner Nichte auf und davon wollte. Bei seinem Besuch oben im Turm riecht Lindsay die Lunte, kommt noch einmal zurück, ohne daß Sybil etwas bemerkt, und stößt Guthrie über die Zinnen. Dann bricht er mit dem Mädchen auf, als sei nichts gewesen.«

»Fast perfekt. Aber ich glaube, eine psychologische Schwäche hat diese Theorie. Einen solchen Plan gegen Lindsay könnte nur jemand hegen, dessen Verstand labil ist. Das können wir zugestehen, denn daß Guthrie ein höchst wunderlicher Mann war, steht außer Frage. Doch wie steht es mit Lindsay? Guthrie war in gewissem Sinne sein Feind, und daß er ihn im Jähzorn getötet hätte, als er Ihren hypothetischen Plan entdeckte, ist denkbar genug. Aber würde er dann – wie Sie sagen, ›als sei nichts gewesen‹ – mit dem Mädchen fortlaufen? Das würde ja beinahe noch einen zweiten labilen Verstand voraussetzen. Ein normaler Mann, der seinen Feind tötet, als er entdeckt, daß dieser heimtückische Absichten gegen ihn hegt, würde doch bleiben und sich den Konsequenzen stellen. Und ganz gewiß würde er nicht mit dem Mädchen, das er liebt, davonlaufen wie ein gewöhnlicher Verbrecher. Bin ich da sentimental, Gylby? Ich würde eher sagen, es ist gesunde Psychologie.«

»Und ich stimme zu.«

»Es blieben auch immer noch viel zuviele Puzzlesteine übrig – im Grunde hätten wir ja kaum mehr als die aufgebrochene Schublade erklärt. Lassen Sie uns noch einmal zurückgehen und überlegen, wie Lindsay bei Speight dasteht. Er bringt Guthrie um, raubt sein Gold und flieht mit seiner Nichte. Was halten Sie davon?«

»Zunächst einmal würde Christine Mathers sich nicht in so jemanden verlieben. Und dann ist es einfach lächerlich und verrückt.«

»Und wenn sich nachweisen ließe, daß Lindsay auf seiner Flucht noch innehielt und um einer alten Fehde willen der Leiche ein paar Finger abhackte?«

Gylby starrte mich an. »Der Gipfel des Irrsinns.«

»Ganz genau – der Gipfel des Irrsinns. Und der erste Eindruck, den Sie von Ranald Guthrie hatten, war, daß er irrsinnig war.«

»Gütiger Himmel!«

»Ich kann gut verstehen, daß Sie die Götter anrufen. Es ist eine abscheuliche Vorstellung. Ranald Guthrie beging Selbstmord – und im gleichen Augenblick beging er ein entsetzliches Verbrechen. Das ist der Kern des ganzen Geheimnisses. Nun müssen wir nur noch hinter die Einzelheiten kommen.

Guthrie wollte um jeden Preis verhindern, daß Lindsay seine Nichte bekam – ich glaube, das ist die pathologische Tatsache, von der wir ausgehen müssen. Und aus einem Grunde, den wir nicht kennen, haßte er den jungen Mann so sehr, daß er – vielleicht nachdem es ihm nicht gelungen war, sein Ziel auf anderen Wegen zu erreichen – einen Plan ersann, ihn umzubringen – und sich dazu. Bedenken Sie, daß er von mehr als nur melancholischem Temperament war – daß er jenen tiefen Willen zum Tode in sich hatte, der die Erklärung für so viele anscheinend grundlose Selbstmorde ist. Tatsächlich hat er schon einmal versucht, sich das Leben zu nehmen – davon habe ich durch einen glücklichen Zufall gestern erfahren –, und wir müssen uns vorstellen, daß er einen Plan ersann, in dem er die beiden Impulse zum Äußersten trieb. Er würde Lindsay seine Nichte vorenthalten, und zwar dadurch, daß er dafür sorgte, daß Lindsay in Schande durch den Arm des Gesetzes starb, und mit dem gleichen Akt würde er seine eigene, unerklärliche und tief sitzende Sehnsucht nach

Selbstzerstörung befriedigen. Da werden Sie verstehen, warum er Dunbars Verse rezitierte und warum sein Gesicht von Todesfurcht gezeichnet war: er wußte, daß er sterben würde. Sie werden auch verstehen, warum Sie Anzeichen eines inneren Kampfes gespürt haben und warum Miss Mathers die Unentschlossenheit, wenn auch nicht deren Grund, spürte und sagte: ›Du mußt dich entscheiden.‹ Kein Mensch hätte solche Pläne in seinem Herzen bewegen können, ohne daß es Augenblicke der Furcht und des Entsetzens gab.

Ein Verbrechen würde geschehen – und es sollte einen Zeugen dafür geben. Und den besten, den man sich denken kann – einen Arzt.«

»Hardcastles Doktor!«

»Das würde ich vermuten. Das erste, was ihm von seinem Plan mißlang, das war, daß dieser Doktor – wer immer er gewesen sein mag – nicht kam. Statt dessen kamen Sie und Miss Guthrie. Und Guthrie beschloß, daß Sie die Rolle des Doktors übernehmen würden. Daher das Kalkulierende in seinem Betragen, als er Sie das erste Mal sah. Deshalb die nachdrückliche Bemerkung, er sei froh, daß Sie gekommen seien.

Ich glaube, auch daß Guthrie am nächsten Tag Krankheit vortäuschte, war noch ein Rest des ursprünglichen Plans. Wahrscheinlich ging es darum, den Doktor zum richtigen Zeitpunkt am rechten Ort zu haben – davon hing ja alles ab –, und er hielt sich an seine Pläne, selbst als der Doktor – der, darf man vermuten, nicht mehr durch den Schnee kam – ausblieb und Sie an seine Stelle traten.

Und nun zu dem Plan. Im Grunde war er sehr einfach. Lindsay sollte am Weihnachtsabend kommen und in aller Stille, ja sogar im geheimen, Miss Mathers und die Mitgift holen. Exzentrisch wie Guthrie war, und so wie er diese Ehe als Schande hingestellt hatte, würde dies Arrangement bei den beiden keinen Verdacht erregen. Lindsay und Miss Mathers sahen zwar, daß er sie damit demütigen wollte, aber weitergehende Absichten vermuteten sie nicht. Und ebensowenig hätten wir heute die geringste Ahnung davon, was vorgegangen war, wenn nicht Miss Mathers durch reinen Zufall die Gelegenheit bekommen hätte, einem alten Freund in Kinkeig einen Brief zu schreiben. Wäre dieser Umstand, mit dem Guthrie nicht rechnen konnte, nicht gewesen, dann hätte nichts die Aussage der beiden Flüchtigen, daß Guthrie den Aufbruch gestattet und Christine eine Summe Goldes gegeben hatte, beweisen können.

Lindsay sollte zu einer letzten Unterredung mit Guthrie in das Turmzimmer kommen – und zu einem vorbestimmten Zeitpunkt wieder fortgeschickt werden. Und zwar in einer bestimmten Verfassung fortgeschickt. Ich könnte mir vorstellen, daß Guthrie das Temperament des Jungen kannte und wußte, wie er ihn zu flammender Leidenschaft aufstachelte wie mit Peitschenhieben – Miss Guthries Ausdruck –, bevor er ihn dann fortschickte.«

»Mr. Wedderburn, der Mann war ein Teufel in Menschengestalt!«

»Das ist kaum übertrieben. Vergleichen Sie nun, was tatsächlich geschah. Von Hardcastle gerufen, kamen Sie gerade zur rechten Zeit die Treppe des Turms hinauf, um dem vor Wut schäumenden jungen Mann ins Gesicht zu blicken. Er stürmte an Ihnen vorüber, ohne sich um Sie zu kümmern – Sie werden sich erinnern, daß Hardcastle einen auffällig ungeschickten Versuch machte, ihn aufzuhalten –, und schöpfte keinerlei Verdacht. Er ging hinunter zu Miss Mathers, und gemeinsam kehrten sie Erchany den Rücken. Und in der Zwischenzeit – genauer gesagt im selben Augenblick, in dem Lindsay zur Tür der Studierstube heraus war – stürmte Guthrie durch das kleine Schlafzimmer und stürzte sich über die Zinnen in den Tod.«

Gylby war aufgesprungen und mit großen Schritten in der Galerie auf- und abgegangen. Nun hielt er inne und sah mich mit erregter Miene an. »Es paßt – Mr. Wedderburn, alles paßt! Ich weiß nur nicht, ob es zeitlich –«

»Ein wichtiger Punkt. Ich hoffe, daß wir in Kürze eine Stoppuhr zur Verfügung haben werden und damit beweisen können, daß die Zeit für Lindsay nicht gereicht hätte, Guthrie vom Turm zu stoßen – daß die Zeit zwischen dem Augenblick, in dem Sie den Schrei hörten und Guthrie stürzen sahen, und Lindsays Auftauchen an der nächsten Biegung der Treppe nicht gereicht hätte, um von den Zinnen bis dorthin zu kommen. Guthrie rechnete ja nicht damit, daß es auf eine halbe Minute ankommen würde. Er rechnete nicht damit, daß der Zeuge auf der Treppe ihn tatsächlich stürzen *sah*. Er überschätzte auch seine eigene Beherrschtheit und rechnete nicht mit dem Aufschrei. Nach seinen Plänen hätte es genügt, daß jemand sieht, wie Lindsay wutentbrannt die Turmtreppe herunterstürmt, und man kurz darauf Guthries Leiche am Fuße des Turmes findet.

Trotzdem müssen wir uns mit diesen Fragen des Zeitplans gleich noch näher beschäftigen. Zuvor sollten wir aber festhalten: Guthries Schrei zeigt, daß er im letzten Augenblick nicht so tapfer war, wie er geglaubt hatte. Doch auch bei einem noch wichtigeren Detail fehlte ihm der Mut. Er hat es nicht fertiggebracht, sich vor dem Sturz einen Finger oder zwei abzuhacken.«

»Mr. Wedderburn, ich kann das alles nicht glauben. Das ist das entsetzlichste, was ich je in meinem Leben gehört habe.«

»Aber es ist die Wahrheit. Guthrie schärfte eine Axt, um, wie er Mrs. Hardcastle erklärte, eine große Ratte zu erledigen: ohne Zweifel meinte er Lindsay mit dieser Ratte, und das Beil sollte seine Rolle dabei spielen, ihm ein Verbrechen anzuhängen. Denken Sie daran, welch merkwürdigen Eifer Hardcastle daransetzte, festzustellen, ob auch niemand die Leiche etwas ›angetan‹ habe; sobald der Junge, der mit dem Dorfpolizisten hergekommen war, wieder in Kinkeig war, begann das Gerücht die Runde zu machen, daß der Leichnam verstümmelt sei. Nur Hardcastle kann der Ursprung dieses Gerüchtes sein; er glaubte daran, daß es geschehen war, weil es ja zum Plan gehört hatte; und wenn Hardcastle in letzter Zeit etwas Verwirrtes oder Verunsichertes hat, dann deswegen, weil er gar nicht verstehen kann, daß es ihm immer noch niemand offiziell bestätigt hat. Wäre es so gekommen, dann wären die Indizien, die für Lindsays Schuld sprachen, zumindest in der Öffentlichkeit überwältigend gewesen. Und die öffentliche Meinung braucht man, wenn man jemanden als Verbrecher anschuldigen will. So makaber Guthries mißlungener Plan auch war, war er doch ausgesprochen raffiniert.«

Gylby holte ein Taschentuch hervor und wischte sich die Stirn. »Mr. Wedderburn, ich kann Ihre innere Ruhe nur bewundern. Guthrie muß ja irrsinnig durch und durch gewesen sein.«

Ich schüttelte mit Bestimmtheit den Kopf. »Nein! An der ganzen Sache ist nichts, was nicht vollkommen logisch und rational wäre, nichts, was ein Gericht auch nur einen Moment lang erwägen ließe, daß Guthrie nicht bei Verstand war. Er wußte, was er wollte, und er wußte, wie er es erreichen konnte. Und aus Ihrem eigenen Bericht habe ich auch durchaus den Eindruck eines Mannes, der zwischen Recht und Unrecht unterscheiden konnte. Verrückt war er nur in einem sehr allgemeinen Sinne. Genau betrachtet war er ein Mann mit zwar bösem und abstrusem, doch klarem Verstand, und selbst in seinen abwegigsten Plänen funktionierte dieser Verstand perfekt – alles war auf ein rationales, wenn auch perverses Ziel abgestellt. Nur ein einziges Mal leistete er sich eine Extravaganz – eine fantastische Ausschmückung, mit der er sich regelrecht verriet.«

Gylby, der gerade neben dem großen Globus stand, schlug mit der Hand auf die ausgebleichten Umrisse Afrikas, daß es nur so klatschte. »Die gelehrten Ratten!«

»Die gelehrten Ratten. Sein Plan, im rechten Augenblick einen Zeugen auf die Turmtreppe zu bekommen, wurde ihm durchkreuzt, als der Doktor nicht kam, und bevor er auf die wiederum vollkommen vernünftige Idee verfiel, die er dann umsetzte, spielte er mit dem kuriosen Gedanken, Sie durch die Nachrichten, die er den Ratten umband, in den Turm zu locken. Das würde ein Gericht wohl schon als Indiz auf einen tatsächlichen Irrsinn sehen. Aber es war nur eine kurzfristige Verirrung. Und während dessen wartete die prosaischere und wirkungsvollere Maschinerie, Sie im rechten Augenblick zum Turm zu bringen, nur darauf, daß sie in Gang gesetzt wurde.«

»Sie haben gesagt, wir kommen noch auf den Zeitplan zurück. Und das war ja gewiß das Schwierige daran – es so einzurichten, daß ich auf die Minute pünktlich oben auf der Turmtreppe erschien.«

»Das war es ohne Zweifel. Und dazu bediente der Burgherr, so konservativ er auch war, sich der modernen Technik. Deshalb habe ich den Elektriker angefordert. Bedenken Sie: es war nicht erforderlich, daß Sie wirklich zu einem bestimmten Zeitpunkt an einer bestimmten Stelle waren. Es genügte, wenn Guthrie jeweils wußte, wo Sie waren – dann konnte er seine Unterhaltung mit Lindsay entsprechend einrichten und ihn im richtigen Moment davonschicken. Erinnern Sie sich? Sie wunderten sich, ob Hardcastle betrunken war – denn ein- oder zweimal torkelte er auf dem Weg nach oben gegen die Wand des Treppenhauses. Und ist Ihnen aufgefallen, daß Guthrie ein kleines Haustelefon auf seinem Schreibtisch hatte? Zweifellos hat es keine Glocke, sondern nur einen leisen Summer, wie man sie heute hat. Und zweifellos konnte Hardcastle auf dem Weg nach oben durch ein einfaches Mittel, etwa indem er zwei Kabel aneinanderhielt, Signale nach oben senden, die verrieten, wo Sie sich gerade befanden. Sie werden sich noch erinnern, er führte Sie ›mit einer sinistren Hartnäckigkeit‹ nach oben. Damit hätten wir unser Bild beisammen. Ihr Besuch beim Gutsherrn war vorausgeplant mit der Präzision eines königlichen Triumphmarsches.«

»Und das hieße, Hardcastle war in den ganzen abscheulichen Plan eingeweiht?«

»Ich glaube nicht, daß Sie sich getäuscht haben, mein lieber Mr. Gylby, als Sie von Hardcastles Verworfenheit sprachen. Lieber heute als morgen würde ich seinen Kopf in der Schlinge sehen, aber wegen Beihilfe zum Mord kann man ihn wohl kaum belangen.«

»Aber verurteilt wird er? Sie glauben, daß Sie diese ganze Geschichte dem Sheriff, oder wer sonst zuständig ist, erklären können und daß er vor Gericht kommt?«

»Da habe ich keine Zweifel. Und lassen Sie uns noch einmal überlegen, ob wir etwas vergessen haben. Guthries plötzliche Anfälle von Verschwendungssucht – die Ihnen immerhin ein Abendessen mit Kaviar beschert haben – waren ganz eindeutig ein Versuch, das heimtückische Abschiedsgeschenk an seine Nichte glaubwürdiger zu machen. Wenn sie Anlaß hatte zu glauben, daß er seinen gewohnheitsmäßigen Geiz aufgegeben hatte, würde sie nicht auf die Idee kommen, Verdacht zu schöpfen. Und das plötzliche Interesse an medizinischen Studien würde ich als Beschäftigung mit dem Tod erklären, denn er wußte ja, was ihm bevorstand. Hier haben wir vielleicht sogar ein weiteres Indiz für echten Wahnsinn: daß Guthrie sich Bücher über amputierte Gliedmaßen und gebrochene Hälse als Bettlektüre aussuchte. Eine jämmerliche Vorbereitung auf die Ewigkeit, Gylby. Ich fürchte, er hat sich den letzten Vers von Dunbars Gedicht nicht allzusehr zu Herzen genommen.«

Gylby erhob sich. »Die einfachsten Gefühle sind doch die besten. Ein tröstlicher Gedanke, daß Ranald Guthries Seele jetzt schon in der Hölle schmort.«

»Ich fürchte, das ist genau die Einstellung, die Sie zu Recht bei Gamley tadelten. Und jetzt –«

Das Erscheinen von Inspektor Speight in der zerschmetterten Tür ließ mich innehalten. »Das kann doch noch nicht mein Elektriker sein, Inspektor?«

»Nein, das nicht: das wird noch eine gute Stunde dauern. Aber wir haben eine Nachricht aus Kinkeig, die Sie sicher hören wollen. Sie haben Lindsay und die junge Dame in Liverpool gefaßt. Die beiden sind schon auf dem Rückweg, mit einem Kollegen von Scotland Yard, damit sie sich unterwegs nicht verlaufen. Sie sind gestern nachmittag aufgebrochen und werden rechtzeitig zum Termin mit dem Sheriff in Kinkeig sein.«

»Wunderbar, Inspektor. Das kommt gerade zur rechten Zeit. Ich denke mir, wir werden Mr. Guthries Tod schnell genug aufgeklärt haben, und dann steht nichts mehr dem Glück der beiden im Wege. Und sie haben es sich verdient.«

Speight starrte mich an, schüttelte dann ungläubig den Kopf und ging seines Weges. Ich wandte mich um und sah, daß Gylby gedankenverloren die lange Reihe der dunkel und rissig gewordenen Familienporträts betrachtete, und er machte ein seltsam ratloses Gesicht dabei. Er merkte, daß ich ihn beobachtete. »Mr. Wedderburn, Guthries Tod wäre aufgeklärt – aber ein Gefühl sagt mir, daß Christine Mathers trotzdem nicht glücklich werden wird. Irgend etwas an ihr, eine dunkle Ahnung, die sie sich selbst nicht eingesteht … ich weiß nicht.«

»Mein lieber Gylby – noch mehr Geheimnisse?«

»Ich weiß es nicht. Etwas Tragisches vielleicht.« Er fuhr sich mit der Hand durchs Haar. »Erchany legt sich mir auf die Seele. Ich werde von Minute zu Minute trübsinniger.«

Das war ein Noel Gylby, wie ich ihn bisher nicht gesehen hatte, und ich wollte eben nachforschen, woher diese Stimmung kam, als wir von neuem unterbrochen wurden. Der Konstabler aus Kinkeig erschien schwer atmend in der Tür. »Bitte um Verzeihung, Sir, aber ist der Inspektor irgendwo hier oben?«

»Sie haben ihn gerade verpaßt. Warum, ist etwas geschehen?«

»Wenn Sie gestatten, Sir, es geht um diesen gräßlichen Hardcastle – «

Ich sprang auf. »Hat er sich aus dem Staub gemacht?«

»Nein, Sir. Aber er säuft wie ein Fisch.«

»Ist das alles, guter Mann? Da sparen Sie sich mal Ihren Atem und lassen Sie ihn trinken. Das muß er selber wissen.« Ich wandte mich zu Gylby. »Umso schlechter wird er heute nachmittag dastehen.«

»Aber Mr. Wedderburn, Sir, Sie verstehen mich nicht. Ich weiß nicht mehr ein noch aus. Der verrückte Kerl säuft Wasser!«

Einen Augenblick lang glaubte ich, der Mann erlaube sich einen höchst unpassenden Scherz; doch dann sah ich, daß er nicht nur erregt war, sondern am ganzen Leibe bebte. »Erklären Sie es«, sagte ich.

»Sir, es kann einem angst und bange werden. Der gräßliche Kerl liegt bei dem Viehtrog hinter dem Haus und brüllt und schreit wie Judas Ischariot am Jüngsten Tag, und dazwischen säuft er die stinkende Brühe.«

»Um Himmels willen! Gylby, kommen Sie.« Und wir eilten alle drei von der Galerie nach unten.

Das Bild, das sich uns bot, als wir hinter dem Haus anlangten, hätte grotesker kaum sein können. Hardcastle, sein Körper entsetzlich aufgetrieben und aufgedunsen, lag in einer Ecke an einem niedrigen Trog, stieß die entsetzlichsten Schreie aus und kämpfte um das Wasser mit einer Unzahl ebenso aufgedunsener Ratten. Noch ein paar Augenblicke, dann erstarben seine Schreie. Noch bevor wir bei ihm anlangten, wälzte er sich auf den Rükken und zuckte noch einmal, und dies Zucken fand ein gräßliches Echo im letzten Beben der sterbenden Ratten ringsum. Und es fehlte ihm nicht an Beistand in seinem Todeskampf. Auf der einen Seite stand seine Frau und rief: »Er hat das Gift für seinen Porridge gehalten, es war die Ratte in ihm, die ihn dazu getrieben hat, der Herr erbarme sich seiner!« Und auf der anderen stand – oder besser gesagt: hüpfte – der Schwachkopf Tammas, klatschte in die Hände und lachte schallend im Angesicht des Todes.

VI.

Wir taten, was wir konnten, doch es war offensichtlich, daß Hardcastle zu seinen Vorvätern gegangen war. Wahrscheinlich hatte er vorher schon im anderen Sinne des Wortes getrunken: sonst hätte er wohl kaum eine Schüssel mit vergiftetem Hafer für sein Mittagessen gehalten. Mrs. Hardcastle war lediglich nachlässig gewesen – nichts weiter; im nachhinein sah ich deutlich genug, daß man einer alten Frau von so begrenztem Verstand niemals größere Mengen Gift hätte anvertrauen dürfen. Speight schickte eine Nachricht an Dr. Noble – obwohl der Doktor nur noch den Totenschein ausstellen konnte –, und dann kam Erchany mit seinen zwei Toten zur Ruhe, und alle warteten. Es war ein zermürbendes Warten, und als ich, um ein wenig frische Luft zu schnappen, hinaus in den Schnee ging und das düstere, halb verfallene Gemäuer betrachtete, spürte ich, wie schwer sich das Bedrückende dieses Ortes auf mich legte. Voller Mitleid und voller Entsetzen malte ich mir aus, was für eine seltsame Kindheit und Jugend die junge Christine Mathers hier verbracht haben mußte, und ich konnte Noel Gylbys Zweifel verstehen, ob jemals ein Mensch aus einer solchen Welt herauskommen und sein Glück finden konnte. Mit regelrechter Erleichterung sah ich den Leichenwagen kommen, der Guthries Leichnam nach Kinkeig bringen sollte. Ein paar Minuten darauf kehrte auch mein eigener Mietwagen zurück, und darin saß ein sehr respektabel wirkender älterer Elektriker aus Dunwinnie. Von da an hatten Gylby und ich alle Hände voll zu tun, bis es Zeit wurde, ins Dorf zu fahren.

Ich sollte hier noch anfügen, daß die Untersuchung, die in Schottland vom Sheriff – dem Amtsrichter einer Grafschaft – durchgeführt wird, eine weniger formelle und in ihrer Funktion enger begrenzte Angelegenheit ist als jene, die bei vergleichbaren Fällen in England der Untersuchungsrichter oder Coroner anstellt. In England sind im Laufe der Jahrhunderte an ein Amt, das ursprünglich nur das des amtlichen Leichenbeschauers war, Funktionen übergegangen, die eigentlich eher in die Zuständigkeit eines Polizeigerichts fallen sollten, und die gerichtliche Untersuchung in England ist oft mit langwierigen Ermittlungen und Debatten verbunden. In Schottland beschränkt sich der Sheriff, der ja ein viel größeres Aufgabenfeld hat als der Coroner, darauf, den Hergang bei einem Unfalltod zu klären; kommt dabei der Verdacht krimineller Ursachen auf, so geht der Fall unverzüglich an die Staatsanwaltschaft über, die entscheidet, ob ein Verfahren angestrengt wird. Daß die schottische Praxis die weitaus überlegenere ist, brauche ich nicht eigens zu sagen – der Hinweis genügt, daß in England ein Mann vor dem Coroner regelrecht vor Gericht gestellt werden kann, oft ohne daß er dabei den Schutz eines echten Strafgerichtshofes genießt. Ich füge diese Erklärung umso freudiger hier an, als ich nicht vorhabe, den Hergang der Befragung, die am Nachmittag in Kinkeig stattfand, zu schildern. Der Leser ist mit allen ermittelten Fakten vertraut, er kennt die Ansichten des braven Inspektors Speight und weiß, was ich mit meinen Bemühungen noch zutage förderte. Es mag genügen, wenn ich in aller Bescheidenheit sage, daß meine Darlegungen in sämtlichen Punkten überzeugten. Die Sache war klar, und dadurch, daß nun sowohl Guthrie als auch sein Komplize tot waren, hatte sich der Fall praktisch von selbst erledigt. Das Protokoll, in welchem Guthries hochkriminelle Machenschaften festgehalten waren, ging unverzüglich an den Staatsanwalt, doch sofern man nicht gegen die einfältige Mrs. Hardcastle Anklage wegen Mittäterschaft erheben wollte, war es unwahrscheinlich, daß noch ein Prozeß folgen würde. Den Bericht darüber, wie es weiterging und welchen Beitrag die beiden jungen Leute, die nun wieder in Dunwinnie eingetroffen waren, noch zur Aufklärung weiterer Fragen leisteten, kann ich in die – wie ich mit voller Überzeugung sagen darf – fähigen Hände des nächsten Erzählers legen.

VIERTER TEIL

John Appleby

I.

Verheiratet waren die beiden noch nicht. Vielleicht sollte die Ehe noch geschlossen werden, bevor das Schiff am Nachmittag ablegte: ich habe nicht gefragt, denn es ging mich nichts an. Im Grunde ging mich die ganze Angelegenheit nichts an, und auch später ist mir der Fall nie offiziell übertragen worden: ich war einfach nur derjenige, der sie aufspürte und der den Auftrag bekam, sie nach Kinkeig zurückzubringen – dezent und, wenn möglich, ohne den Haftbefehl hervorzuholen, den ich gegen Neil Lindsay in der Tasche hatte. Wenn ich mich im Zuge der Reise für die beiden zu interessieren begann und wenn ich mich später noch umso mehr für die Dinge interessierte, in die sie verwickelt waren, dann war das meine ganz persönliche Neugier und keine amtliche Ermittlung. Bis ich sie meinen schottischen Kollegen übergab, war ich Aufpasser; danach eigentlich nur noch jemand, der überall seine Nase hineinsteckte. Das wäre mein Vorspruch zu dem, was ich zu berichten habe: nicht ganz so eindrucksvoll, fürchte ich, wie der von Mr. Wedderburn.

»Darf ich Sie ein paar Minuten lang ungestört sprechen? Ich bin Detective-Inspector bei Scotland Yard.«

Sie blickten mich überrascht an, doch, soweit ich sehen konnte, nicht erschrocken. Sie wirkten beklommen – eine solche Flucht, ganz gleich unter welchen Umständen, wird immer etwas Beklommenes haben –, doch wenn meine Ankunft ihre Anspannung noch vergrößert hatte, dann nur deswegen, weil sie befürchteten, daß lästige offizielle Angelegenheiten ihren Aufbruch verzögern würden. Miss Mathers reagierte als erste; auch wenn sie bisher noch weniger davon gesehen hatte als Lindsay, war sie doch tüchtiger im Umgang mit der Welt. Von ihm hatte ich den Eindruck, daß er ein Mann war, der selbst in seiner angestammten Umgebung halb verloren sein mußte, einer, der für nichts anderes Augen hatte als für das eine, abstrakte, kaum recht verstandene Ziel, das er um jeden Preis erreichen wollte. Miss Mathers sagte: »Kommen Sie bitte herein.«

»Wenn ich recht informiert bin, kommen Sie beide von Castle Erchany in Schottland? Und Sie, Madam, sind die Nichte von Mr. Ranald Guthrie? Ich muß Ihnen leider sagen, daß Mr. Guthrie tot ist.«

Lindsay stieß einen überraschten Ruf aus. Miss Mathers wandte sich wortlos ab und ging für ein paar Augenblicke in eine finstere Ecke des armseligen kleinen Zimmers. Als sie sich mir wieder zuwandte, war sie sehr bleich, aber doch gefaßt. »Er ist … tot, sagen Sie?«

»Ich weiß nur, daß er in der Weihnacht plötzlich und unter ungeklärten Umständen starb. Und daß Ihrer beider Anwesenheit in Kinkeig erforderlich ist.«

»Neil, wir müssen sofort zurück. So schnell wie nur möglich.« Sie wandte sich an mich. »Was wäre die schnellste Möglichkeit? Geld haben wir genug.«

Geld hatten sie genug: sie fanden überhaupt nichts dabei, daß das meiste davon in Goldmünzen war. »In zwanzig Minuten geht ein Zug nach Carlisle«, antwortete ich. »Ich habe ein Taxi draußen; wir könnten es gerade noch schaffen.«

Miss Mathers ging zu Lindsay, der reglos dastand und mich mit großen dunklen Augen ansah, und schüttelte ihn sanft an der Schulter. »Beeil' dich, Neil.« In aller Eile sammelte sie ihre Sachen zusammen. Erst als der Zug sich schon in Bewegung gesetzt hatte, fragte sie mit einem Ton, als sei es eine Frage von größter Bedeutung: »Sie kommen auch mit?«

»Es wird eine gerichtliche Untersuchung stattfinden. Da ist es reine Routinesache, Miss Mathers, daß ich Sie auf Ihrer Fahrt gen Norden begleite.«

Erst nun sah ich so etwas wie Furcht in ihren Augen. »Ist mein Onkel –«

»Ich weiß kaum etwas über die Sache. Ich komme aus London, nicht aus Schottland.«

Lindsay sprach, mit abrupter, rauher Stimme. »London?«

»Sie mußten gefunden werden. Ich bekam den Auftrag, Sie zu suchen.«

Von Liverpool nach Carlisle und von Carlisle über die Heide und vorbei an den Städtchen des Grenzlandes nach Edinburgh stand ich die meiste Zeit auf dem Gang des Zuges und verfluchte meine Arbeit. Ich glaube, ich war dem Zauber des Mädchens erlegen. Von ihrer Vergangenheit wußte ich nichts, und ihre Zukunft versprach nichts Gutes. Doch auf der rasenden Fahrt durch diese wilde, einsame Landschaft, die noch heute ihre alten Geschichten von Grenzfehden und Glaubenskrieg erzählt und die nun wie eine Büßerin dalag unter ihrem Kleid aus Schnee, spürte ich, daß Christine Mathers ein Teil all dessen war und daß ich sie im wahrsten Sinne des Wortes nach Hause brachte. Einmal, kurz vor Moffat, kam sie nach draußen und stand eine Weile neben mir, und ihr Blick war so sehr in die Ferne gerichtet, daß ich dachte, sie ist ganz in ihre Erinnerung und ihre Ängste versunken. Doch dann sagte sie leise: »Die Kiebitze.« Ich strengte meine Augen an und konnte sie gerade noch erkennen, wie sie in der Abenddämmerung ihre Kreise zogen. In Kanada, habe ich mir sagen lassen, gibt es nur wenige Vögel; wahrscheinlich dachte sie daran, daß sie vielleicht nie wieder einen Kiebitz sehen wird.

Von Carlisle hatten sie ein Telegramm aufgegeben, und in Edinburgh wartete schon ein junger Anwalt namens Stewart, der ihnen mit bemerkenswerter Schnelligkeit aus Dunwinnie entgegengekommen war. Ich besorgte uns Unterkünfte für die Nacht, so gut es ging, und am nächsten Tag fuhren wir weiter. Es lag in der Natur der Dinge, daß es eine unbequeme, angespannte Reise war, und ich fürchtete schon, daß Stewart sich hart geben und mir die Tür weisen würde. Doch er war diskret: vielleicht ahnte er, daß ich für alle Fälle noch ein Papier in der Tasche hatte.

Lindsay sprach kein Wort, sondern vertiefte sich ganz in ein Lehrbuch der Geologie. Die Geologie, erfuhr ich, war seine Leidenschaft; er kam aus einer Familie, die Generation um Generation die Scholle brechen mußte, auf der sie lebte, und hatte den nackten, unveränderlichen Fels zum Symbol seines Aufbegehrens gemacht. Er hatte etwas Genialisches an sich, das einen Menschen über alle Klassenschranken erheben kann; auch wenn ich noch nicht einmal ein Dutzend Worte mit ihm gewechselt hatte, sah ich doch, daß es keine Mesalliance mit einem ungebildeten, wenn auch gutaussehenden, Bauernjungen war, was Miss Mathers da vorhatte. Daß er gut aussah, war keine Frage – ein schöner Mann, um es mit Sybil Guthries Worten zu sagen –, und ebenso sah man ihm an, daß er das Zeug zu einer Gewalttat hatte. Aber mich interessierte weniger das Verbrechen, das er vielleicht begangen hatte, als die Intensität der Beziehung, die zwischen ihm und Christine Mathers bestand. Dies Eisenbahnabteil war ganz erfüllt vom alten Drama der Liebe – in unserer heutigen Welt so streng in Sinnlichkeit und Freundschaft geschieden –: Leidenschaft, die so rein und so intensiv war, daß sie alles Peinliche oder gar Lächerliche hinter sich ließ und die so deutlich zu spüren war – obwohl die beiden sich kaum ein Wort oder einen Blick gestatteten –, daß man die Stimmung in der Luft wahrscheinlich mit einem Barometer hätte messen können. Und dieser Hochdruck war umso faszinierender, als ich spüren konnte, wie die Nadel zitterte, wie das Hoch fast unmerklich von einem fremden Tiefdruckgebiet unterlaufen wurde. Ich fragte mich, ob es ein Mißtrauen zwischen ihnen gab, ein Mißtrauen, von dem sie vielleicht beide nichts wußten.

Miss Mathers hatte eine Taktik entwickelt – die für sich genommen schon eindrucksvoll war –, die Peinlichkeit und Anspannung unserer Reise zu ignorieren. Bisweilen sprach sie zu mir einige Worte über Dinge, die wir vorüberziehen sahen, doch die meiste Zeit saß sie nur da und blickte nachdenklich zum Zugfenster hinaus, studierte eindringlich die vom Schnee mächtig angeschwollenen Wasser des Forth oder verfolgte den Flug eines Falken über der Ebene von Stirling. In Perth konnte ich mit einer gewissen Professionalität glänzen, als ich eine Reihe von Journalisten entdeckte, die von unserer Ankunft Wind bekommen hatten, und ihren Anschlag vereitelte; in Dunwinnie erwartete uns bereits ein prachtvoller, besorgter alter Herr – Ewan Bell war es – mit einem schweren Wagen. Er hielt mit den anderen eine Art Konferenz ab, während ich uns Tee holte: dann ging es ab nach Kinkeig.

Inzwischen war ich doch neugierig geworden, was es mit der ganzen Geschichte auf sich hatte. Ich hörte mir aufmerksam und mit der gebührenden Bewunderung an, was Inspektor Speight alles an Fakten gesammelt und an Theorien entwickelt hatte; ich inspizierte die beiden Leichen – mit besonderem Interesse die des so dramatisch vergifteten Hardcastle –; und ich fand sogar, glaube ich, noch etwas Neues heraus, als ich mich mit einem schmächtigen jungen Mädchen namens Isa Murdoch unterhielt. Dann war es Zeit für die Untersuchung.

Auf ihre etwas makabre Art war diese Untersuchung ein Erlebnis. Ich wußte nicht, wer Mr. Wedderburn war, und war lange Zeit im Glauben, es sei Stewart gewesen, der hier den fähigsten Advokaten aus ganz Edinburgh hatte kommen lassen. Anfangs machte er keinerlei Anstalten, etwas gegen das zu sagen, was wie eine schlüssige Kette von Indizien gegen Lindsay aussah. Während Miss Guthries Aussage ergriff er nur ein einziges Mal das Wort, und zwar, um auf den entscheidenden Umstand hinzuweisen, daß Lindsay während der ganzen Zeit, die er im Turm war, keine Gelegenheit hatte, sich an jener Schublade zu schaffen zu machen. Dann hielt er sich ganz zurück, bis der Zeuge Gamley auftrat, und hier gelang es ihm, einen zweiten wichtigen Punkt herauszustreichen. Lindsay und Gamley hatten sich angefreundet, und Lindsay hatte Gamley anvertraut, daß er, mit Zustimmung ihres Onkels, am Weihnachtstag mit Miss Mathers auf und davon gehen würde. Er hatte Gamley gebeten, ihn zu dieser letzten Begegnung mit dem Gutsherrn zu begleiten; und daß er fürchtete, er werde vielleicht die Hilfe eines Freundes brauchen, war ja verständlich. Gamley war mit Lindsay zur Burg gegangen, doch Hardcastle hatte ihm den Zutritt verwehrt. Er hatte draußen gewartet, hatte Guthrie stürzen sehen und war ihm zu Hilfe geeilt. Als Lindsay und Miss Mathers ihn nicht draußen fanden, hatten sie geglaubt, er sei nach Hause gegangen, und hatten nicht gewartet. Sofern Lindsay und Gamley nicht unter einer Decke steckten, stand damit fest, daß Lindsay zumindest keinen Vorsatz zur Gewalttat gehabt hatte.

Doch erst nachdem allem Anschein nach alle verfügbaren Zeugen gesprochen hatten, spielte Wedderburn seine Trumpfkarte aus. Bevor der Sheriff seine Entscheidung fälle, bitte er noch einen gewissen Murdo Mackay zu hören – der sich als Elektriker älteren Jahrgangs erwies und durch und durch solide wirkte. Dieser Mann sagte unter Eid aus, daß im Treppenhaus des Turms eine elektrische Anlage installiert worden war – und zwar ganz eindeutig erst vor kurzem installiert –, die keinem anderen Zweck diente, als Guthrie von verschiedenen Punkten der Treppe aus Signale im Turmzimmer zukommen zu lassen. Die Apparatur war denkbar einfach – lediglich zwei Kabel, die man zusammendrücken mußte, um den Summer eines kleinen Tischtelefons in Gang zu setzen – ein Summer, der so gedämpft war, daß nur jemand, der tatsächlich am Schreibtisch saß, ihn hören konnte. Einen anderen Sinn als den genannten konnte die Anlage nicht haben, und jeder, der auch nur fünf Minuten allein in Turmzimmer und Treppenhaus gewesen wäre, hätte sie wieder abbauen können, ohne daß eine Spur davon geblieben wäre. Die Polizei, deren Aufmerksamkeit Wedderburn noch im letzten Moment darauf gelenkt hatte, mußte die Existenz dieser Apparatur bestätigen.

Danach hatte Wedderburn leichtes Spiel. Er legte seine Deutung des Falles so schlüssig dar, daß niemand widersprechen konnte. Guthrie hatte, während er tat, als gebe er unter exzentrischen und demütigenden Umständen seine Nichte an Lindsay frei, in Wirklichkeit ein wahrhaft teuflisches Verbrechen vorbereitet, wie man es nicht oft in der menschlichen Natur findet.

Ich verfolgte all das mit einigem Interesse – es war ein Maß an Verworfenheit, das selbst mir mit meinen beträchtlichen Erfahrungen bisher noch nicht begegnet war –, doch mein größtes Augenmerk galt, glaube ich, nach wie vor den beiden jungen Leuten, mit denen ich gereist war. Je weiter die Darlegungen sich entwickelten, desto finsterer blickte Lindsay drein; doch sonst fand ich kein Anzeichen, aus dem sich hätte ablesen lassen, was in ihm vorging. Ich nahm an, daß er erleichtert war – obwohl ich meine Zweifel habe, ob er während all der Zeit überhaupt wirklich wahrnahm, daß er den Kopf schon in der Schlinge hatte. Er war ein Mensch, der die Dinge für sich behielt, mit jener mädchenhaften Scheu, die Männer von einfacher Herkunft, doch großer Sensibilität so oft haben, und das grelle Licht, das nun auf Christine Mathers und ihn fiel, war eine Art Tod für ihn. In gewissem Sinne, hatte ich das Gefühl, hatte Ranald Guthrie doch noch triumphiert. Das Mädchen mußte ihn, obwohl er sonst nicht unhöflich war, drängen, daß er Wedderburn wenigstens mit ein paar Worten seinen Dank abstattete; danach wollte er ganz offensichtlich nur noch fort.

Am meisten beschäftigte mich jedoch Christine Mathers. Sie hatte nicht die Maske oder den Panzer Lindsays, und zuerst Staunen, dann Entsetzen, dann Dankbarkeit standen ihr im Gesicht geschrieben: daß ihr Geliebter vom Verdacht freigesprochen und zugleich ihr Onkel und Vormund der gräßlichsten Greueltaten überführt wurde, mußte sie in ihrem Innersten aufwühlen und verwirren. Doch ihre Reaktionen waren keineswegs nur emotional; sie folgte der Untersuchung Wort für Wort mit ihrem ganzen

Verstand, als wolle sie jedes einzelne davon bestreiten, wenn die Notwendigkeit sich ergab. Und mir fiel auf – was, glaube ich, niemand sonst im Raum bemerkte –, daß, je weiter Wedderburn seine Geschichte darlegte, desto größer die Verwunderung in Christine Mathers' Zügen wurde. Durch all das Wechselspiel ihrer Emotionen – Furcht, Schrecken, Erleichterung – war eines ständig und immer stärker zu spüren: ein Zweifeln des Verstandes. Speight hätte vielleicht neuen Mut gefaßt, wenn er es gesehen hätte, doch er war viel zu beschäftigt damit, seinen geordneten Rückzug anzutreten.

Auch Sybil Guthrie – das »feine Mädchen«, wie Speight befunden hatte – nahm etwas von meiner Aufmerksamkeit gefangen. War Miss Mathers erleichtert und verwundert, so zeigte Miss Guthrie Triumph – und noch etwas anderes, Undefinierbares dazu. Als Wedderburn zu seiner Rede anhob, da hatte sie ihn mit einem Blick betrachtet, den ich schon bei Frauen auf Pferderennplätzen gesehen habe, die auf einen Außenseiter gesetzt haben; als er zu Ende gesprochen hatte und alles vorüber war, war mir, als sähe ich einen Anflug von Ironie oder Spott in ihren Zügen. Sie kam mir vor, als spüre sie noch eine weitere, feinere Geschmacksnote der ganzen Affäre, die alle anderen gar nicht bemerkten – einen Geschmack, der vielleicht nicht ganz frei von Schärfe oder gar Bitterkeit war. Doch als der Sheriff sein Urteil verkündet und sich zurückgezogen hatte, war sie die erste, die zu Miss Mathers hinübereilte. Von meinem Platz am hinteren Ende der Bibliothek des Pfarrhauses, wo die Untersuchung stattgefunden hatte, sah ich, wie sie Christine umarmte, Neil Lindsay ungeschickt die Hand schüttelte und dann raschen Schrittes den Raum verließ. Ein interessantes Mädchen: es tat mir leid, daß ich außer ein paar flüchtigen Blicken wohl kaum noch etwas von ihr sehen würde.

Der Übergang von der gerichtlichen Untersuchung zum Begräbnis erforderte viel Taktgefühl, und der Pfarrer, Dr. Jervie, schlug sich bewundernswert. Man hätte meinen können, er sei umgeben von den Hinterbliebenen des beliebtesten und frömmesten Mitglieds seiner Gemeinde; und daß er die Situation so gut meisterte, war umso bemerkenswerter, als er für meine Begriffe keiner von denen war, denen solche Hirtenpflichten leicht fielen – im Gegenteil, er schien mir ein scheuer, akademischer Mann, der Visionen haben mochte. Vielleicht weil mir der Pfarrer sympathisch war, spielte ich mit dem Gedanken, mit auf das Begräbnis zu gehen. Aber es war doch nicht der richtige Ort für neugierige Fremde, und nachdem ich noch ein paar Worte mit Speight gewechselt hatte, begab ich mich ins Dorf, um mir ein Quartier zu suchen.

Das Pfarrhaus liegt ein wenig abseits vom Dorf; ich mußte eine gute Viertelmeile durch den dicken Schneematsch stapfen. Das Wetter war im Laufe des Tages umgeschlagen: ein kräftiger, milder Wind hatte die Wolken fast ganz vertrieben, und der Schnee begann rapide zu tauen. Das Bächlein am Wege spritzte und gurgelte und war zum reißenden Wildbach geworden; am Anfang des Dorfes mischte es sich mit den eisgrünen Wassern des Drochet, eines kleinen Flusses, der schon bis hoch an die Bögen der alten Brücke angeschwollen war, über die ich nun kam. Vor mir, in einer Entfernung, die in der einsetzenden Abenddämmerung nur schwer abzuschätzen war, lag der Ben Mervie als ein weißer Schatten, dahinter ragte, noch klar umrissen im hellen Sonnenlicht, der Gipfel des Ben Cailie auf. Der Wind blies den blauen Rauch der Torffeuer über das Dorf, und in einem der kleinen Läden brannte schon gelb die erste Lampe. Es war kalt, friedlich, einsam, verlockend; ich ging eine ganze Weile durchs Dorf und ließ einfach nur die Stimmung auf mich wirken. Doch dann brachte mich der Schnee, der mir das Gehen schwermachte, wieder darauf, daß ich auch in Gedanken noch einiges umzuwälzen hatte. Doch ich hatte eben erst damit begonnen, als ich von hinten eine Stimme hörte. Es war Noel Gylby.

Ich sollte erklären, daß Gylby und ich uns im Jahr zuvor unter recht turbulenten Umständen kennengelernt hatten. Er hat reichlich romantische Vorstellungen vom Leben eines Kriminalbeamten und bedauerte wohl, daß ich nicht früher nach Erchany gekommen war und dort meine spektakulären Ermittlungen geführt hatte. Jetzt rief er: »He – Appleby – ich habe mein Tagebuch wieder!«

Ich blieb stehen. »Sie haben – was?«

»Wußten Sie das nicht? Ich habe ein literarisches Meisterwerk verfaßt – einen Bericht für Diana über alles, was auf der Burg vorgefallen ist. Ich hatte es dem alten Wedders geliehen« – wie er unseren eminenten Rechtsgelehrten aus Edinburgh zu nennen beliebte –, »und jetzt habe ich es zurück. Möchten Sie es lesen?«

»Mit Vergnügen.«

Gylby drückte mir einen kleinen Packen Papiere in die Hand. »Sie werden es vielleicht zu ausgeschmückt finden« – er sagte das voller Stolz –, »aber sämtliche Fakten stehen drin. Gehen Sie zum Gasthaus? Wissen Sie was, ich glaube, Sie sollten uns ein Abendessen ordern. Der Sheriff hat zu Wedders gesagt, der Bordeaux, den sie dort haben, ist genau das Richtige zu einem wirklich scharfen Curry oder einem Kuchen mit ordentlich Erdbeermarmelade. Ich gehe zurück, zum letzten Akt.«

»Ich werde den Leichenschmaus bestellen. Und danke für Ihre Notizen.«

Ich ging zum Gasthaus, ließ mir ein Zimmer geben und machte mich dann an die Lektüre von Gylbys Bericht. Vielleicht ist es ein Kompliment für seine literarische Ader, daß ich darüber das Bestellen des Abendessens ganz vergaß. Als er eine gute Stunde später mit Wedderburn und Sybil Guthrie zurückkehrte, setzten wir uns, nachdem wir noch einmal in aller Form miteinander bekannt gemacht waren, zu einem Mahl aus kaltem Hammelbraten zusammen. Er schmeckte nach nichts, wodurch zweifellos die

Säure des Weins nur umso krasser in Erscheinung trat. Ich trank Bier.

Der alte Wedderburn schien in gesprächiger Stimmung; er strahlte mich so wohlwollend an, daß es angebracht schien, ihn zu seiner Aufklärung des Falles zu beglückwünschen.

»Mein lieber Mr. – ähm – Appleby, mein großes Glück war, daß ich aufmerksam den Klatschgeschichten zuhörte, die unsere Wirtin hier im Gasthaus zu erzählen hatte. Alles andere ergab sich daraus.«

»Tatsächlich?«

»Das unglaubliche Gerücht, daß der Leichnam verstümmelt worden sei! Konnte denn so etwas die Runde machen, ohne daß es absichtlich ausgestreut war; konnte es sich durch Mißverständnis aus etwas anderem entwickeln? Eine Weile lang war ich so einfältig und glaubte das tatsächlich. Dann begriff ich, daß Bösartigkeit dahinterstecken mußte – entweder reine, dumme Bösartigkeit oder eine, die etwas damit bezwecken wollte. Ich überlegte, wie es funktionieren konnte, wenn es böse Absicht war – und worauf kam ich? Ich kam darauf, daß dieses Gerücht, wenn es wirklich jemand anderen belasten sollte, wahr sein mußte. Und damit brachte ich nun den auffälligen Umstand zusammen, daß Hardcastle unbedingt die Leiche sehen wollte und daß er, ohne daß er sich vergewissern konnte, davon sprach, Lindsay habe Guthrie etwas ›angetan‹. Das führte mich direkt ins Zentrum des ganzen Planes.«

»Und ein seltsamer Plan war es, Mr. Wedderburn. Ich glaube nicht, daß Sie in den Akten etwas auch nur annähernd Vergleichbares finden werden. Gewiß, Leute haben sich schon umgebracht, um andere damit zu belasten, aber es waren keine Leute von dem Format, das Guthrie offenbar hatte. Sie mögen seine Melancholie am Rande des Wahnsinns geteilt haben, aber sie hatten nicht seinen kühnen Verstand.«

»Was das Wesen des Kriminellen angeht, Mr. Appleby, kann

meine Erfahrung es nicht mit der Ihren aufnehmen. Aber man muß seine Psychologie den Fakten anpassen, nicht umgekehrt.«

Ich rief mir ins Gedächtnis, daß Wedderburn am Nachmittag seine Gegenspieler vernichtend geschlagen hatte und daß nichts gewonnen war, wenn ich noch nachträglich Zweifel an einer forensischen Methode anmeldete, die sich so gut bewährt hatte. »Da haben Sie recht«, sagte ich. »Und daß er heimtückisch gegen Lindsay intrigierte, ist nicht zu leugnen.«

»Wissen Sie – « Gylby ergriff das Wort, und er sah Wedderburn sehr vorsichtig an, bevor er weitersprach. »Wissen Sie, Christine hat da etwas Seltsames gesagt. Ich bin noch ein wenig im Pfarrhaus geblieben, für den Fall, daß ich nützlich sein konnte. Und plötzlich sagte sie ganz unvermittelt: ›Ich kann das nicht glauben; ein so grober Mensch war mein Onkel nicht.‹ Und dann sah sie mich an, als erwarte sie von mir, daß ich eine andere Erklärung aus dem Hut zauberte.«

Wedderburn betrachtete streng das Sediment, das sich in seinem Weinglas abgesetzt hatte. »So seltsam kommt mir das nicht vor. Daß die Nichte des Schurken, und sein Mündel dazu, solche Gefühle für ihn hegt, ist anständig und ehrt sie. Aber diese Familiendinge gehen uns nichts an.«

»Ich fürchte, Sir, so hat sie das nicht gemeint. Sie wollte nicht bestreiten, daß Guthrie der größten Schandtaten fähig war. Sie fand nur, daß sein Verstand feiner – ausgeklügelter – war, als diese Geschichte nahelegt.«

»*Noch* ausgeklügelter? Lieber Himmel!«

»Und sie sagte auch: ›Sein Verstand war ausgeglichen; etwas so Extremes hätte er nur gegen ein anderes Extrem gesetzt.‹«

Sybil Guthrie zerbröselte Brot, nahm einen Schluck von dem Wein und verzog die Miene, und dann sagte sie: »Wird es ihr schwer zu schaffen machen? Wahrscheinlich schon. Mr. Appleby, wie reagiert ein Menschenverstand, wenn er etwas so Schreckliches erlebt?«

Ich ging der Verallgemeinerung aus dem Weg. »Ich denke mir, Miss Guthrie, es wird ihr zusetzen, solange sie das Gefühl hat, daß sie nicht die Wahrheit kennt.«

»Aber sie kennt die Wahrheit! Wir alle kennen sie.«

»Jeder von uns kennt einen Teil davon. Aber keiner weiß bisher alles.«

Sehr bedächtig stellte Wedderburn sein Glas ab und faltete seine Serviette. »Mr. Appleby, Gylby versichert mir, daß bei Fragen wie dieser Ihre Ansicht einiges gilt. Würden Sie wohl so freundlich sein und uns erklären, was Sie da gerade gesagt haben?«

»Miss Mathers selbst kennt ein Stückchen Wahrheit, das sie, soviel ich weiß, uns anderen bisher vorenthalten hat. Wer hat sie im Schulzimmer aufgesucht und wer verließ dieses Zimmer und verschwand im Dunkeln, unmittelbar bevor Gylby und Hardcastle die Treppe zum Turm emporstiegen?«

»Alle Achtung – eine interessante Frage. Gewiß hat sie mit Stewart darüber gesprochen. Ich habe ihm ja heute nachmittag sehr die Zügel aus der Hand genommen; andernfalls wäre die Erklärung mit Sicherheit gefallen.«

»Es ist mehr als nur eine interessante Frage. Mitten in der Einsamkeit von Erchany und in tiefer Nacht finden wir einen weiteren Mann – und wissen nichts über ihn. Es sei denn, es wäre nur der Bursche Tammas gewesen.«

Dazu schüttelte Gylby den Kopf. »Tammas war es nicht; der kam erst viel später ins Haus. Und Gamley natürlich auch nicht.«

»Gut. Und dieser Umstand gewinnt umso mehr an Gewicht, als es aller Wahrscheinlichkeit nach – auch wenn Miss Guthrie anderer Ansicht ist – noch einen weiteren Besucher auf dem Turm gab. Jemand muß wissen, wer es war, der die Falltür bei den Zinnen öffnete, der hinabstieg und sie von unten wieder verriegelte. Aus Gylbys Aufzeichnungen wissen wir, daß der Schnee dazu eindeutige Beweise lieferte. Die Falltür war nicht lange zuvor geöffnet worden. Von wem? Und warum?«

Sie schwiegen einen Moment lang, dann sagte Wedderburn unerwartet humorvoll: »Da metzeln Sie die unschuldigen Kindlein hin, Mr. Appleby. Und ich fürchte, das trifft nicht nur mich, sondern auch Ihren Kollegen Speight.« Er überlegte. »Die Grundzüge der Situation sind eindeutig genug, aber ganz offensichtlich gibt es noch weitere Faktoren, die wir übersehen haben. Und ich würde sagen, dem muß nachgegangen werden.«

»Das finde ich auch – und würde damit rechnen, daß noch einige Aufschlüsse auf uns warten. Miss Guthrie, stimmen Sie zu?«

Sie betrachtete mich nachdenklich, bevor sie antwortete. »Wenn Sie wirklich belegen können, daß noch jemand auf dem Turm war, dann wird es auch neue Aufschlüsse geben. Auf nach Erchany, Mr. Appleby.«

Wedderburn erhob sich. »Miss Guthrie und ich hatten ohnehin vor, noch hinaufzufahren. Der Verstorbene hatte offenbar keinen Hausjuristen, und unter diesen Umständen halten wir es für angemessen, daß wir zusammen mit dem jungen Stewart nachforschen, was sich an Papieren finden läßt. Wollen Sie uns begleiten? Aber vielleicht sollten wir zuerst zum Pfarrhaus fahren, wo Miss Mathers Unterkunft gefunden hat, und uns nach ihrem nächtlichen Besucher erkundigen.«

»Ich komme gern mit – obwohl Sie wissen sollten, daß ich nicht offiziell mit dem Fall betraut bin. Wenn wir etwas entdekken, muß ich es unter Umständen an Speight weitergeben. Den Besuch bei Miss Mathers würde ich gern auf später verschieben. Ich habe noch eine weitere Frage an sie, und die möchte ich mir noch aufheben.«

Wedderburn, der eben Miss Guthrie in den Mantel half, wandte sich um. »Und die wäre?«

»Ob ihr Onkel jemals Wintersport trieb.«

»Ein höchst rätselhaftes Anliegen.«

Noel Gylby, der sich vorausschauend die Taschen mit gebuttertem Zwieback vollstopfte, hielt einen Augenblick dabei inne.

»Sie werden feststellen«, sagte er, »daß Appleby für jeden von uns eine solche Frage hat. Wie lautet denn meine?«

»Nur eine Kleinigkeit. Wir wissen, welche Botschaft die gelehrte Ratte überbrachte. Doch was wollte Ihnen die unbekannte Eule sagen?«

II.

Wir erfuhren, daß Stewart in einem dringenden Fall zurück nach Dunwinnie gemußt hatte, und er ließ uns ausrichten, er werde so schnell wie möglich nach Erchany nachkommen. Auf der Fahrt durchs Dunkel erzählte mir Wedderburn aus seinem Bericht das meiste, was ich davon noch nicht gewußt hatte, und ich glaube, ich hatte einigermaßen Ordnung in meine Gedanken gebracht, als wir bei der Burg anlangten. Aus den kleinsten Indizien dessen, was am Weihnachtsabend hier geschehen war, hatte Wedderburn am Nachmittag ein Bild konstruiert, das schlüssig und überzeugend war. Aber er hatte – um wieder den so vielsagenden Vergleich zu Ranald Guthries Puzzlespielen zu bemühen – nicht alle Steine untergebracht, und sein Bild konnte also noch nicht vollständig sein. Auch wenn nichts darauf hindeutete, war es doch nicht undenkbar, daß die fehlenden Steine den Konturen, die schon so klar umrissen waren, eine ganz neue Deutung geben würden – etwa in der Art, wie ein Meuchelmörder, den man erst nach längerem Hinsehen in einer dunklen Ecke eines Gemäldes entdeckt, eine plötzliche sinistre Bedeutung für ein Bild eröffnet, das einem zuvor als reines Rühr- oder Schaustück vorgekommen sein mochte. Natürlich konnte die Erchany-Affäre nicht mehr viel sinistrer werden, aber ich war mir recht sicher, daß das Bild vielschichtiger und komplizierter werden würde, wenn mehr Steine hinzukamen. Was ich zu jenem Zeitpunkt noch nicht wissen konnte, das war, daß die Metapher des Puzzlespiels gänzlich unzureichend war; daß wir es eher mit einer chemischen Mixtur zu tun hatten, komplex und instabil, die ihre letzte und unerwartete Form erst annahm, als wir die allerletzte Komponente hinzugegossen hatten. Vielleicht liegt es daran, daß die Metapher des Puzzlespiels eine solche Gewalt über meine Gedanken angenommen hatte, daß ich, wenn ich heute auf das Rätsel von Erchany zurückblicke, mir Ewan Bells Worte vorhalten muß: ein solcher Hochmut bleibt nicht lange ungestraft.

Mrs. Hardcastle und Tammas waren bei freundlichen oder neugierigen Leuten in Kinkeig untergekommen, und die Burg lag verlassen da. Der Mond war noch nicht aufgegangen, doch die Sterne leuchteten am klaren Himmel; als wir über die Zugbrücke in den Innenhof fuhren, konnte ich die schemenhaften Umrisse des Haupthauses ausmachen, das uns drohend auf allen Seiten umschloß, und dann, nach oben hin klarer werdend, wo sie den Lichtern am Himmel entgegenstrebten, die geraden, kräftigen Linien des Turms. Von Kindesbeinen an, malte ich mir aus, mußte Ranald Guthrie diese enorme Höhe über dem Burggraben gekannt haben; von Zeit zu Zeit mußte er sich über die Zinnen gelehnt haben – mehr oder weniger weit, je nach Temperament – und probiert haben, wie weit sein Mut reichte, ehe ihm schwindelte. Und seit wie vielen Jahren mochte ihn der Gedanke schon fasziniert haben, daß ein Körper über der Brüstung hing, kippte, stürzte – und mit der Wucht einer Kanonenkugel unten auf die Steine prallte. Ich wandte mich an Wedderburn: »Als erstes würde ich gern den Burggraben sehen.«

Gylby besorgte eine Laterne, und dann kletterten wir beide auf dem Weg hinunter, den Gamley genommen hatte. Der tauende Schnee war nun weich und naß, und wir kamen sehr mühsam voran. Wir fanden den kleinen Krater, den der Leichnam hinterlassen hatte – er war nach wie vor deutlich zu sehen, mit solcher

Wucht war der Körper aufgeprallt – und betrachteten ihn ein paar Augenblicke lang schweigend. Dann sagte ich: »So viele Puzzlesteine überall – ich könnte mir vorstellen, daß einer davon hier unten liegt. Können Sie mir einen Spaten besorgen?«

Gylby ging sich umsehen und kehrte schon kurz darauf durch den Schneematsch mit zwei Spaten zurück. »Bittesehr«, sagte er munter. »Nun also der Schädel Yoricks.«

Wir stocherten im Schnee und gruben hie und da – es wäre weitaus vernünftiger gewesen, es bei Tageslicht zu tun –, und es war reines Glück, daß ich mit meinem Spaten schließlich an etwas stieß, das tief drinnen steckte. Nach kurzem Graben hatte ich eine kleine, scharfe Axt freigelegt. Gylby musterte sie sorgfältig. »Das wird ein hübsches Präsent für Speight«, meinte er.

»Speight konnte nichts dafür, daß niemand sie gefunden hat. Bis zum heutigen Nachmittag gab es ja keinen Grund, ihre Existenz überhaupt zu vermuten. Und da sie aus solcher Höhe fiel, ist sie natürlich tief im Schnee versunken. Aber Wedderburn wird sich freuen: ein hübsches Werkzeug zum Fingerabschlagen, das ist doch genau, was ihm zu seiner Theorie noch fehlt.« Ich befühlte die Schneide. »›Damit ich endlich mit einer großen Ratte quitt werde.‹ Ich kann nicht sagen, daß mir Freund Ranald dadurch sympathischer wird. Lassen Sie uns ins Haus gehen.«

Wir fanden Wedderburn und Miss Guthrie umgeben von einer kleinen Insel aus Kerzenlicht mitten im düsteren Saal der Burg. Noch vor ein paar Tagen, stellte ich mir vor, hatte in diesem Saal zumindest ein gewisses Maß an Leben geherrscht. Nun, obwohl er ja erst seit ein paar Stunden verlassen war, lag ganz und gar die schwere Stimmung des Historischen darauf. Daß Ranald Guthrie hier gelebt hatte, war der Faden gewesen, der die alte Burg mit der Gegenwart verband; nun wo dieser Faden gerissen war, war sie mit der Selbstverständlichkeit einer reifen Aprikose, die vom Baum fällt, in die Vergangenheit geplumpst. Wir hätten müßige Touristen sein können, die zu einer spätabendlichen Besichtigung kommen, wären nicht die Gedanken an die jüngsten Todesfälle noch so allgegenwärtig gewesen. Die Standuhr, die Gylbys Gedanken so sehr gefangengenommen hatte, tickte noch, doch mit dem sinistren Klang einer Uhr, die in der Tasche eines Toten tickt.

Ich sog die kalte, abgestandene Luft tief ein. Dies hier, und nicht Kinkeig, war gewiß der Ort für Guthries Gespenst, angemessen begleitet von dem Schatten Hardcastles und einem Schwarm tanzender Geisterratten. Und auch wenn ich nicht wirklich daran glaubte, daß diese Geister umgingen, wurde ich doch von einer plötzlichen abergläubischen Stimmung beinahe überwältigt. Am Nachmittag hatte Wedderburn das Geheimnis von Erchany begraben: sollte man es denn wirklich wieder aufstören und womöglich etwas noch Schlimmeres zutage fördern? So sehr nahm mich dieses Gefühl gefangen, daß ich zuerst an meine Berufsehre appellieren mußte – daß die Gerechtigkeit stets Vorrang hatte –, bevor ich diese Gedanken abschütteln und die anderen bitten konnte: »Wäre es möglich, daß wir jetzt gleich auf den Turm gehen?«

Schweigend gingen wir einen langen Korridor entlang und passierten die erste jener Türen, die Gylby so geistesgegenwärtig verschlossen und damit alle Versuche Hardcastles vereitelt hatte, die verräterische Telefonapparatur zu entfernen. Dann ging es die Treppe hinauf. Der Turm, sagen die Psychologen, ist ein Symbol des Ehrgeizes – eine gefährliche Höhe, wie der höchste Punkt des Glücksrades. Und die massive Erde – die kleine Welt drunten – steht symbolisch für die Sicherheit. Und ein Mann, den der Wahnsinn dazu treibt, sich vom einen dem anderen entgegenzustürzen, der sucht nichts weiter als einen Weg von der Gefahr zur Sicherheit; die trügerische Logik des Unbewußten wird ihm zum Verhängnis. Zweifellos war es Guthries Ehrgeiz, der ihn unbewußt sein Domizil an diesem so mühsam zu erreichenden Ort hatte aufschlagen lassen. Konnte die symbolische Deutung der Psychologen Licht in das bringen, was am Weihnachtsabend hier geschehen war? War tief in seinem Inneren der Sturz ins Verderben für Guthrie der Weg in die Sicherheit – die Rettung – gewesen? Hatten wir hier, wenn man es so ausdrücken konnte, einen unbewußten Stein jenes größten aller Puzzles, von dessen Lösung er zu Christine Mathers so düster gesprochen hatte? Doch ich verschob diese akademischen Fragen auf später: wir waren an der Tür zur Studierstube angelangt.

Das Zimmer ist schon von meinen Vorgängern beschrieben worden, und ich brauche nur einige wenige Details hinzuzufügen. Türme wie dieser sind oft im Laufe der Jahrhunderte aufgestockt worden – der Bau in die Höhe war das billigste Mittel, zusätzlichen Raum zu schaffen. Doch das Turmzimmer von Erchany gehörte unmißverständlich von Anfang an zum ältesten Teil des Hauses dazu. Die Wände, die etwa vier Fuß gegenüber den darunterliegenden Mauern zurücksprangen, damit sich der Raum für den Wehrgang ergab, konnten nur etwa halb so dick sein wie die unmittelbar darunterliegenden: trotzdem beeindruckte mich neben der unglaublichen Einsamkeit vor allem das Wehrhafte dieses Ortes. Diese beiden Zimmer – die Studierstube und die kleine Schlafkammer nebenan – stammten aus einer Zeit, als man sich in einer Burg noch wirklich verschanzte und sie nicht nur zum Zeichen des gesellschaftlichen Ranges baute. Und diesen Charakter einer uneinnehmbaren mittelalterlichen Festung hatten sie bis heute behalten.

Inzwischen zierte eine ganze Reihe toter Ratten den Raum: sonst war alles unverändert, seit Gylby die Tür zum ersten Mal verschlossen hatte. Ich konnte mir gut vorstellen, daß Speight, wenn er die Ereignisse des Nachmittags erst einmal verdaut hatte, am Morgen herkommen und sich noch einmal gründlich umsehen würde, und ich war froh, daß ich vorher in Ruhe einen Blick darauf werfen konnte. Die aufgebrochene Schublade, das falsche Telefon – Amateurarbeit, aber doch eine wunderbar einfache und praktische Idee – und die Bücher auf dem Schreibtisch: ich sah sie mir gründlich an, bevor ich mich dem Schlafzimmer zuwandte. Hier untersuchte ich, was an Gerümpel in der Ecke stand, und kehrte dann mit dem Buch in die Studierstube zurück, das Wedderburn am Vormittag entdeckt hatte: Flinders' *Experimentelle Radiologie*. »Ein interessantes Buch«, sagte ich. »Oder besser gesagt: ein interessantes Vorsatzblatt. Ist Ihnen das aufgefallen?«

Doch keiner hatte das Vorsatzblatt angesehen, und ich legte das Buch nun aufgeschlagen auf den Tisch. In ordentlicher Handschrift stand mit Tinte darauf geschrieben:

Richard Flinders
Mitglied des Royal College of Surgeons
Geboren in Südaustralien, Februar 1893
Gestorben in

Wedderburn war ganz perplex, als er diesen Eintrag und die nicht zu Ende geschriebene letzte Zeile sah. »Liebe Güte! Das hätte mir auffallen müssen. Ein höchst seltsamer Vermerk. Meinen Sie, es hat etwas mit Guthries Jahren in Australien zu tun?«

Ich zeigte mit dem Finger auf die dritte Zeile. »Geboren 1893. Sagt uns das etwas?«

Es herrschte verblüfftes Schweigen, bis Sybil Guthrie das Wort ergriff.

»Ich weiß von Christine, daß ihr Onkel im Jahr 1894 zurückkam und Erchany erbte. Ein Jahr nach dem Geburtsjahr dieses Mannes.«

Ich nickte. »Gut. Ein wichtiges Faktum – und eines, das nicht paßt! Oft die nützlichsten Fakten. Gylby, können Sie einmal nachsehen, ob es in Guthries jüngst erstandener medizinischer Bibliothek einen Medizinerkalender gibt? Ich kann mir gar nicht vorstellen, daß er sich kein solches *Who's Who* der Medizin zugelegt hat.«

Eine kurze Suche förderte das Erwartete zutage, und ich schlug die entsprechende Seite auf. »Hier haben wir ihn – und eine Koryphäe, der Länge des Eintrags nach zu urteilen. Doktor der Medizin in Adelaide; arbeitete dort, dann in Sydney, dann für lange Zeit in den Vereinigten Staaten. Was zweifellos erklärt, daß er vor kurzem den Ehrentitel eines Emeritus einer dortigen akademischen Gesellschaft erhalten hat, mit Pension. Dann wieder in Sydney, ein paar kürzere Reisen nach London. Offenbar zunächst ein großer Chirurg, dann wandte er sich experimentellen Arbeiten zu – deshalb braucht er wahrscheinlich auch die Pension. Verfasser zweier Standardwerke, von denen eines hier vor uns liegt. Unzählige Zeitungsaufsätze, ungefähr ein Dutzend Monographien. Hören Sie sich das nur an. *Radiologie und Kardiologie. Radiologie als Hilfsmittel zur Diagnose innerer Erkrankungen. Radium in der Medizin: Ein historischer Überblick. Analyse eines Falles von langzeitigem Gedächtnisschwund. Syringomyelie: Der radiologische Ansatz. Hochgeschwindigkeitsaufnahmen: Ein Beitrag zur modernen Radiologie. Radon* –«

Wedderburn unterbrach mich. »Mein lieber Mr. Appleby, interessiert uns das wirklich?«

»Sie finden es uninteressant? Nun, vielleicht interessiert Sie dann der folgende Punkt: Der große Flinders ist nicht nur eine Koryphäe, sondern ein Wunderkind dazu.«

»Ein Wunderkind?«

»Keine Frage.« Ich wies auf das Vorsatzblatt. »›Geboren in Südaustralien, Februar 1893.‹ Wenn wir das akzeptieren, dann müssen wir auch glauben, daß er seinen Doktor der Medizin mit sieben Jahren machte.«

»Das ist doch Unsinn!« rief Wedderburn ungeduldig.

»Im Gegenteil, es ist das erste Stückchen Wahrheit. Und nun sollten wir sehen, daß wir noch mehr davon zusammenbekommen. Miss Guthrie, ich könnte mir vorstellen, daß Sie bei den neuesten Entwicklungen ein wenig den Boden unter den Füßen verlieren?«

»Das kann man wohl sagen.«

»Dann hören Sie zu. Ich gebe Ihnen, was Lindsay betrifft, dasselbe Versprechen, das Mr. Wedderburn Ihnen gegeben hat. Daß das, was wir über seine Rolle in dieser Geschichte wissen, die Wahrheit ist, daran zweifle ich nicht. Ich verdächtige ihn nicht. Und jetzt möchte ich Ihnen die Frage stellen, die schon Gylby gestellt hat. *Woher um alles in der Welt wußten Sie, daß Guthrie Selbstmord begangen hatte?*«

»Überhaupt nicht. Genauer gesagt habe ich sogar gesehen, wie er über die Brüstung gestoßen wurde.«

Wedderburn seufzte und putzte seine Brillengläser. »Vielleicht«, sagte ich, »hilft es, wenn wir uns einmal in der Galerie umsehen.«

III.

Der ausgebleichte Globus ruckte, drehte sich: mein Finger verfolgte die lange Route von Australien über Suez nach Southampton.

»Er wird es tun! Es steckt ihm im Blut, und bei Gott, er wird es tun … !«

Wir gingen die Galerie entlang, und unsere Laternen und Taschenlampen beschienen die lange Reihe toter Guthries. Ich blieb stehen, betrachtete ein Porträt, das ein flämischer Künstler aus dem 16. Jahrhundert geschaffen hatte, dann drehte ich mich um und sah einen Gutsherrn aus dem späten 18. Jahrhundert, gemalt von Raeburn. Es war dasselbe Gesicht, das von beiden

Wänden zu uns herunterblickte. Leise sagte ich vor mich hin: »Warum soll es denn nicht gehen, Mann? Warum soll es denn nicht gehen?« Einen Moment lang standen wir schweigend da. »Gylby, sagen Sie uns noch einmal die letzten drei Verse von Dunbars Gedicht?«

Und Noel Gylby rezitierte:

Und Meister Robert Kennedy,
Den zwingt der Tod nun in die Knie,
Oh daß ich ihn nie sterben säh',
Timor Mortis conturbat me.

Er rafft' dahin die Brüder mein,
Und ich muß bald der nächste sein,
Er läßt mich nicht, mein Herz ist weh
Timor Mortis conturbat me.

Dem Tod entfliehen kannst du nicht,
Drum rüste nur beizeiten dich,
Zum Auferstehn nach Todes Weh,
Timor Mortis conturbat me.

Wieder schwiegen alle, diesmal für länger. »Ranald Guthrie«, sagte ich schließlich, »hat eine hübsche Art, die mittelalterliche Frömmigkeit zur Ironie zu wenden. *Der Tod droht; da richtet man es am besten so ein, daß man weiterlebt.* So hat er seinen Dunbar verstanden. Und irgendwo dort draußen ist Ranald jetzt noch am Leben. Der, der umkam, war sein Bruder Ian – Richard Flinders, der australische Arzt. Ranalds Geschichte werden wir aus den Puzzlesteinen zusammensetzen. Doch die ganze Wahrheit über Ian werden wir wohl nie erfahren.«

Wedderburn rang nach Worten – und ein unterdrückter Schrei von Sybil Guthrie erstickte sie im Keim. Etwas raschelte im

Dunkeln; ich hielt meine Laterne nach unten und sah, daß Mrs. Hardcastles schicksalhaftes Gift eine weitere Ratte zur Strecke gebracht hatte – ein großes graues Tier, das mit grotesken Bewegungen aus seinem Winkel gekrochen kam, um vor unseren Füßen zu sterben. Auf den ersten Blick dachte ich, es sei eine von Gylbys gelehrten Ratten, und sie habe einen Zettel umgebunden. Dann sah ich, daß sie noch viel gelehrter war als das. Im Maul hatte sie, als habe sie sich hinein verbissen, um ihre Todesqual zu lindern, ein kleines schwarzes Notizbuch.

FÜNFTER TEIL

Der Bericht des Doktors

I.

Als ich erwachte, fand ich mich in einer Landschaft, die mir fremd war. Zu Anfang war es wie das Bewußtsein Adams im Garten Eden: ich erkannte, daß alles neu war, obwohl ich keine Erinnerung hatte, die doch eigentlich notwendig sein muß, damit sich ein Gefühl der Neuheit überhaupt einstellen kann. Und seltsamer noch: es verwunderte mich gar nicht. Ich glaube, mein Verstand und mein Körper hatten für nichts anderes Kraft als für das bloße Überleben.

Vor mir wogte das dunkle Grün unermeßlich weit, ein matter Glanz, der sich in purpurner Ferne unter einem flirrenden blauen Himmel verlor. Hinter mir vernahm ich ein Tosen wie von Ozeanwellen, und heiß war es, als ob es Wellen aus Lava seien, die da aus einer brennenden unterirdischen See emporschwappten. Mühsam wandte ich mich um. Die See war eine Täuschung; in Wirklichkeit war es ein Vorhang aus lodernden Flammen, eine große brennende Sichel, die Bäume und Büsche, trocken wie sie waren, mit einer Schnelligkeit dahinmähte, daß ich zusehen konnte, wie sie heranrückte. Einen Moment lang war es nur ein Schauspiel; dann begriff ich die drohende Gefahr. Ich arbeitete mich auf Hände und Knie hoch und sah eine Schar prähistorischen Wesen *en miniature*, die vor dem Feuer auf der Flucht war – in jeder Größenstufe ein groteskes Exemplar, von der Menschen- bis zur Rattengröße, ausgeschüttet wie eine Kiste Kinderspielzeug. Känguruhs und Wallabys: mit äußerster Anstrengung fand mein geschundener Verstand ihre Namen wieder. Und damit kehrte viel von meinem Wissen über meine engste Umgebung zurück; ich sah, daß ein Buschfeuer auf mich zukam und daß ich eine felsige Stelle finden mußte, sonst war ich verloren.

Ich kauerte da, wo ich gestürzt sein mußte, auf halber Höhe einer Kalksteinformation, von der eine trockene Rinne abwärts führte und sich im Buschwerk verlor. Hie und da trat der Busch zurück, und es kam ein Flecken lichterer Lederholzbäume, stachliger Büsche und Salzpflanzen, zwischen denen es kleine Inseln kahlen Sandes gab. Doch nirgends eine freie Fläche groß genug, daß sie Sicherheit geboten hätte; meine einzige Hoffnung war ein einzelner massiger Felskamm, der höchstens zwei Meilen vor mir aufragte, ein Felsen in der unendlich wogenden See aus Grün. Er schien zu schwanken und zu flirren, als ich ihn betrachtete – ein Eindruck, der durch die Hitze, aber gewiß auch durch meine geschwächten Sinne entstand –, und ich konnte weder abschätzen, wie groß er war, noch sagen, ob es wirklich möglich sein würde, ihn zu erklimmen. Die Flanken waren schiere Wände, nur von wenigen senkrechten Kluften oder Kaminen durchbrochen. Eine solche Felsspalte hinauf konnte ich vielleicht in Sicherheit klettern.

Ich raffte mich auf und fand mich – mit einer Art Überraschung, die ich wie aus der Ferne betrachtete – bemerkenswert kräftig. Der immer wieder umspringende Wind dämmte das Feuer ein wenig; hätte es den Wind im Rücken gehabt, so wäre mir keine Chance geblieben. Auch so stand mir ein grimmiger Wettlauf bevor, und ich verlor keine weitere Zeit. Doch bevor ich die Rinne hinunterkletterte, sah ich mich noch um, ob ich etwas bei mir gehabt hatte. Es gab Spuren eines Lagers: ein erstorbenes Feuer, ein umgestürzter Kochtopf, Pferdeäpfel. Davon wußte ich nichts. Doch ich fand einen Knappsack, den ich als den meinen erkannte, und hängte ihn mir um. Ich wußte nun auch wieder, daß eine Wasserflasche da sein mußte. Ich suchte verzweifelt, doch ich fand sie nicht. Dann machte ich mich auf den Weg. Der Busch war niedrig und nicht so dicht, wie es von oben den Anschein hatte; ich kam ohne Schwierigkeiten voran und hatte mein Ziel stets vor Augen. Eine Meile später fand ich eine Wasserflasche – ob meine oder eine fremde, weiß ich nicht –, viertels voll. Dieser unglaubliche Zufall gab mir ein irrationales, abergläubisches Selbstvertrauen, ohne das ich heute nicht mehr am Leben wäre.

Als ich den Fuß des Bergkammes erreichte, standen bereits ringsum weitere Flecken in Flammen. Die Hitze sog einen leichten Wind an, der mir ins Gesicht blies, doch auch weiterhin gingen überall Funkenschauer nieder, die oft schon weit voraus einzelne kleine Feuer entzündeten. Einmal wäre ich beinahe in einer Flammenfront gefangen gewesen, die plötzlich vor mir in einem Grüppchen Yaccas aufsprang – kurzen, schmalen Bäumen, deren harzige Knospen mit der Schnelligkeit einer Explosion Feuer fangen.

Ein paar qualvolle Minuten lang suchte ich vergebens in der Felswand nach einer Spalte oder sonst einem Einstieg: es schien, daß ich im wahrsten, schrecklichsten Sinne des Wortes mit dem Rücken zur Wand stand. Doch bald darauf fand ich einen Kamin, der vielleicht nach oben führte, und begann mit dem Aufstieg. Es ist seltsam, wie ich in dieser Not über alles Wissen verfügte, das man in einer Jugend in den Bergen erwerben mochte, obwohl ich an eine solche Jugend keinerlei Erinnerung hatte. Und vielleicht weil mein Gedächtnis wie eine frisch abgewischte Schiefertafel war, weiß ich noch heute jeden Schritt und jeden Schmerz dieses verzweifelten Aufstiegs mit geradezu seherischer Kraft. Als ich oben anlangte, stand ich an die neunhundert Fuß hoch über einem flammenden Inferno, und in meiner Erschöpfung schien mir mein Berg nichts weiter als ein gewaltiger Rost hoch über dem Feuer, auf dem ich umkommen würde wie ein Märtyrer im Traum eines irrsinnigen Malers. Doch ich war in Sicherheit.

Über eine Stunde lang sah ich zu, wie das Feuer vorüberzog. Zwar konnte es gegen die Felsbarriere nicht an, doch die Gluthitze der Sonne und der heiße Atem des Nordwindes, der es anfachte, wurden noch um vieles sengender dadurch. Der Aufstieg und die Hitze und der Schrecken all dessen hatten mich für den Augenblick erschöpft; ich nahm einen vorsichtigen Schluck aus meiner Wasserflasche und konzentrierte all meine Willenskraft auf den nächsten und alles entscheidenden Kampf – den Kampf gegen die schiere Verzweiflung. Viele Menschen, die durch die Wildnis streiften, haben sich in ähnlich gefahrvoller Lage befunden, doch wenige, vielleicht im letzten Aufbäumen vor dem Zusammenbruch, können ein Leiden wie das meine gespürt haben. Obwohl ich noch alle Sinne beieinander hatte und meine körperliche Kraft kaum geschmälert war, hatte ich doch jede Erinnerung daran verloren, wer ich war und wo ich war. Die Landschaft zu meinen Füßen, das spürte ich deutlich, war nicht meine Heimat – es war Australien, da wo die Einöde am größten ist. Nicht daß ich mein Gedächtnis verloren hatte – ich hätte einen lateinischen Text lesen oder den Parthenon erkennen oder eine Fliege fürs Fliegenfischen auswählen können –, doch was meine eigene Person anging, wußte ich nichts als: ich war ein Fremder, verirrt im australischen Busch. So sehr ich mich auch mühte, kam ich über diesen Punkt nicht hinweg. Was ich über mich selbst wußte, war nicht die Art von Wissen, deren Grenzen man mit Willenskraft weiter hinausschieben konnte: ich war in meinem Unwissen gefangen, umgeben von Wänden, die so hart waren wie der Fels, den ich erklommen hatte.

Das Buschfeuer war weitergewandert – etwa, der untergehenden Sonne nach zu urteilen, in Richtung Südwesten. Es hatte eine qualmende Wüste zurückgelassen, und bis zum Morgen würde es zu gefährlich sein hinunterzusteigen; für den Augenblick blieb mir nichts als mich zu orientieren, so gut es ging, einen geschützten Platz zu finden und mich zur Ruhe zu legen.

Ich kalkulierte, daß es bis zum Horizont etwa fünfzig Meilen waren. Und in diesem ganzen gewaltigen Zirkel gab es außer der Erhebung, auf der ich stand, nichts als den immergleichen, menschenleeren Busch, durchzogen von einer schwelenden Brandnarbe, deren brennendes Ende sich nun allmählich in der Ferne verlor – eine leicht hügelige Ödnis aus spärlichem Buschwerk und Sand, aufgelockert nur dann und wann von ein paar Bäumen oder einer Erhebung, die ein wenig über die anderen hinausragte. Eine Lichtung, eine menschliche Siedlung – ob Weißer, ob Einheimischer – war nirgends in Sicht; alles war leer und bedrückend, hatte etwas sinister Wartendes, das die Nerven zermürbte. Nur am äußersten Ende des südlichen Horizonts gab es eine gleichmäßige, wie mit dem Bleistift gezogene Linie. Lange und beklommen studierte ich sie in der trügerischen Hitze. Am Ende beschloß ich, sie zur See und damit zu meinem Ziel zu erklären.

Als nächstes überlegte ich, was ich brauchen würde und wie es mit meinen Ressourcen bestellt war. An dem Knappsack angebunden hatte ich einen Hut gefunden, das Notwendigste überhaupt. In dem Sack steckten ein Hemd, Haferflocken, einiger Zwieback, Streichhölzer und ein paar persönliche Besitztümer, die ich nur ratlos betrachten konnte. Einen Kompaß hatte ich nicht. Doch in meiner Hosentasche entdeckte ich eine Uhr. Und ich hatte einen kleinen Kochtopf ohne Deckel.

Ich machte mir keine Hoffnung, daß man sich in dem gesichtslosen Land zu meinen Füßen nur nach Sonne und Uhr orientieren könnte. Ich brauchte die Uhr, die ich um Mittag etwa auf die richtige Zeit einstellen würde, die Sterne am Himmel, ein hinreichend offenes Land und einen Erdboden, bei dem man es wagen konnte, in der Kühle der Nacht zu marschieren. Ich mußte Wasser binnen der nächsten vierundzwanzig Stunden finden und Nahrung binnen der nächsten drei oder vier Tage. Nachdem das entschieden war, suchte ich mir einen schattigen Flecken und legte mich nieder, und schon im nächsten Moment schlief ich fest.

Ich erwachte in der kurzen australischen Abenddämmerung, und als ich von meinem Felsen hinunterblickte, sah ich, daß das Feuer an hundert Stellen noch weiterschwelte. Doch der große Brand war vorüber, erstickt vielleicht von einem sandigen Streifen, der durch Zufall ein wenig breiter als die anderen war, und ich beschloß hinunterzuklettern und wenigstens zu prüfen, ob ich in der Nacht meinen Marsch beginnen konnte. Nun wo das Licht schon schwächer wurde, war der Weg den Kamin hinunter doppelt gefährlich, aber ich war in der Stimmung, etwas zu riskieren. Ich hätte mir beinahe den Hals gebrochen. Andererseits rettete es mir aber auch das Leben.

Bevor ich noch halb unten war, war es fast dunkel geworden. Am unteren Ende verzweigte sich der Kamin; ich wollte den Arm hinabsteigen, durch den ich gekommen war, doch ein Stein, auf den ich trat, gab nach, und ich fiel vielleicht fünfzehn Fuß tief durch das andere Ende des Kamins. Ich lag da, benommen, und doch kalkulierte mein Verstand bereits meine Chancen: ein gebrochenes oder verstauchtes Bein, und ich war erledigt. Schmerz spürte ich keinen – doch Schmerzen stellen sich oft erst später ein. Ich regte versuchsweise die Gliedmaßen; alle folgten, zu meiner gewaltigen Erleichterung, meinem Willen. Doch im nächsten Moment folgte ein ebensogroßer Schrecken. Beide Beine waren, wie ich glaubte, blutüberströmt. Doch es war Wasser. Diese Entdeckung änderte meine sämtlichen Pläne. Ich mußte jedes Quentchen Wasser mitnehmen, das ich tragen konnte, die Hälfte davon einem offenen Kochtopf. Bis das Wasser im Kochtopf aufgebraucht war, durfte ich nicht stolpern. Eine so kuriose Variante des Eierlaufens war nur bei Tageslicht denkbar. Ich fand, daß der Gewinn an Wasser die Tatsache, daß meine Nahrungsvorräte dann zwölf Stunden länger reichen mußten, überwog, und auch das Risiko, daß ich bei Sonnenlicht keinen wirklich geraden Kurs nach Süden halten konnte, wollte ich eingehen. Nachdem das beschlossen war, legte ich mich noch einmal schlafen, oder doch zur Ruhe. Die Nacht war kühl, aber nicht unerträglich kalt, und Frost gab es keinen. Das gab meiner Hoffnung, daß ich am Horizont das Meer gesehen hatte, noch Nahrung: mein Standpunkt konnte weder allzu hoch gelegen noch allzu tief im Landesinneren sein.

Bei Sonnenaufgang war ich wieder auf den Beinen, und auch wenn das Vorbild des Kamels wohl nur bedingt für mich taugte, trank ich ein Gutteil mehr Wasser, als angenehm für mich war. Der Weg von der Quelle, neben die ich gestürzt war, zum offenen Gelände war beschwerlich, und ich stellte fest, daß mein Verstand, obwohl einigermaßen klar, neben den Gedächtnislükken noch andere besorgniserregende Schwächen hatte. Ich mühte mich entsetzlich, mit dem randvollen Kochtopf durch den Kamin zu klettern, bis mir aufging, daß ich das Wasser unten aus der Flasche eingießen und dann noch einmal zurückkehren konnte, um die Flasche neu zu füllen. Als ich sah, wie unzuverlässig mein Verstand reagiert hatte, packte mich eine Zeitlang die schiere Furcht – Furcht, daß ich in mir die ersten Anzeichen jener lähmenden Panik entdeckt hatte, die Menschen befallen kann, wenn sie keine Hoffnung mehr sehen. Doch ich überwand dieses Gefühl, indem ich mich bei den ersten Meilen meines Marsches ganz auf das Eierlaufen konzentrierte. Die Büsche standen weit genug auseinander, und das Unterholz war so spärlich, daß es keine Gefahr bedeutete. Ich gestattete mir einen halben Liter Wasser für den Tag, und den Rest brachte ich sicher bis zum Nachtquartier. Auf dem Weg hatte ich ein paar von meinen Zwiebäcken gegessen; nun machte ich ein Feuer und buk mir auf einem heißen Stein eine Art Haferkuchen. Mir war ganz und gar nicht hoffnungslos zumute. Den Tag über hatte mich immer wieder einmal ein stechender Kopfschmerz gequält; ansonsten war meine körperliche Verfassung gut. Und in der Nacht schlief ich traumlos. Doch am Morgen erwachte ich mit steifen Gliedern und schloß daraus, daß ich in meinem früheren Leben wohl eher zu Pferde unterwegs gewesen war als auf langen Fußmärschen.

Am zweiten und dritten Tag muß ich jeweils etwa zwanzig Meilen vorangekommen sein. Danach war der Kochtopf leer, und von da an marschierte ich nachts. Daß ich einen guten Kurs Richtung Süden hielt, daran zweifelte ich nicht, und am Ende meines dritten Nachtmarsches mußte ich einsehen, daß es nicht das Meer sein konnte, was ich gesehen hatte. Mein Ziel war eine Luftspiegelung gewesen, oder ein See, an dem ich längst vorüber sein mußte. Ringsum war ich nach wie vor umgeben von derselben immergleichen Einöde, nie etwas anderes als Buschwerk und Sand. Bisweilen sah ich in der Abenddämmerung Känguruhs; einmal glaubte ich am hellichten Tage, ich sähe zwei Einheimische, doch als ich zu ihnen hinlief, erkannte ich – so trügerisch war das Licht –, daß es nur zwei einsame Elstern waren, die auf Baumstümpfen saßen. Und dann, im Morgengrauen des siebten Tages, als meine Wasser- wie meine Nahrungsvorräte erschöpft waren, stieß ich auf die eindeutigen Spuren eines Weißen – die Abdrücke von Stiefeln, in zu langer Reihe, als daß es nur eine Laune der Natur sein konnte, und gerade noch zu erkennen in dem lockeren, sandigen Boden. Ich begriff, daß sie frisch sein mußten – schon ein Windhauch hätte sie fortgeblasen –, und ich eilte voran mit der entsetzlichen Angst, daß ich in meiner Schwäche den weniger Erschöpften niemals würde einholen können. Mir schlug das Herz bis zum Halse, als ich, keine Viertelmeile vor mir, die kleine Rauchfahne eines Lagerfeuers aufsteigen sah. Ich lief voran, schluchzend, versuchte, aus der trokkenen Kehle einen Ruf hervorzuwürgen.

Der Mann war tot. Er lag da mit einer leeren Wasserflasche – das einzige, was er an Besitz noch nicht hergegeben hatte. Sein noch warmer Leichnam lag auf dem Gesicht, eine Hand war ausgestreckt zum schwelenden Feuer und hielt noch ein paar trokkene Blätter umklammert. Der Tod war gekommen, als er seinen letzten, verzweifelten Hilferuf senden wollte.

Etwas in mir zerbrach – eine Schranke, die ich errichtet hatte, nicht um mich vor den Gedanken an meinen eigenen bevorstehenden Tod, meine Schwäche, meinen Durst zu schützen, sondern vor der Stille der Einöde. Die Schranke zerbrach, und ich hörte diese Stille, die heiße, drückende Stille, die stundenlang nicht einmal durch den trockenen Ruf einer Zikade unterbrochen wurde oder durch das Rascheln eines Lüftchens im verdorrten Gras. Ich stieß einen Schrei aus, und meine Stimme klang entsetzlich; ich warf meinen Beutel davon und lief, brüllte laut dabei, lief in die unendliche Leere, nur fort von diesem schweigenden Grab mit seinem entsetzlich hohen Gewölbe. Ich war rasend, und das weckte wohl die letzten Kräfte in mir; ich muß stundenlang so gelaufen sein. Mir war schwarz vor Augen, und in meinem Kopf pochte der Schmerz; in den Ohren hatte ich ein Tosen, ein Tosen so unablässig, wie zuvor über Tage die Stille gewesen war. Das Tosen wuchs zum Donner. Es war wie ein Fausthieb, als ich begriff, daß dieser Donner nicht in meinem Inneren dröhnte, sondern von draußen kam. Und da sah ich, daß ich direkt am Rand einer hohen Klippe stand, und tief unter mir brandeten die Wellen des Ozeans.

Ost- und westwärts erstreckten sich diese Klippen, so weit das Auge reichte, gewaltige Zinnen und Bastionen aus Fels, die in der Morgensonne glitzerten. Es war ein prachtvoller Anblick, der mich ganz gefangennahm, und nun kehrte wieder Ruhe in mich ein; bald war mein Kopf auch klar genug, daß ich begriff, was der Eingeborenenpfad bedeutete, der deutlich entlang der Kante nach Osten führte. Ich folgte ihm mühsam etwa zwei Meilen weit, dann kam ich an eine Stelle, wo die Klippen ein wenig vom Meer zurückwichen, der Mündung eines trockenen, sandigen Tales, zu dem der Weg den steilen Abhang hinunterführte. Ich stieg hinab – unter größten Mühen, so geschwächt, wie ich war –, und nach vielleicht einer Stunde stieß ich zwischen den Sandhügeln auf mehrere erst vor kurzem gegrabene Brunnen der Einheimischen. Außerdem gab es ein niedriges Gestrüpp, an dem reichlich rote Beeren wuchsen, und als ich hinsah, flog ein Schwarm weißer Papageien auf, die davon gepickt hatten – das erste Mal seit Tagen, daß ich Tiere sah. Ich aß und war klug genug, maßvoll zu essen. Ich ruhte ein wenig, denn suchte ich mir eine warme Wasserstelle und badete. Meine Kräfte kehrten zurück. Später fand ich einen Teich und es gelang mir, mit dem Hut ein paar Fische zu fangen. Mein Knappsack war zwar fort, aber die Wasserflasche und den Kochtopf hatte ich noch, und in der Hosentasche auch Streichhölzer. Ich aß und ich begriff, was für ein Glück es ist zu schmecken. Und an diesem Abend wiegte mich das Lied der Wellen in den Schlaf.

Zwei Tage marschierte ich ostwärts, den festen Strand entlang mit sandigen Hügeln und dahinter den Klippen zu meiner Linken – eine regelrechte Straße, die nur bisweilen von großen Mengen Seegras versperrt war. Ich hatte Wasservorräte für mehrere Tage, und ansonsten lebte ich von Beeren. Ich war nun wieder voller Zuversicht, daß ich binnen kurzem auf menschliche Behausungen stoßen würde. Landvögel wurden häufiger, ein Zeichen, daß vor mir eine andere Landschaft liegen mußte.

Am dritten Tag kehrten die Klippen wieder bis ans Meer zurück, und ich verbrachte Stunden damit, einen Weg nach oben zu finden. Damit war meine Lage nun wieder schlechter geworden. Die Büsche, deren Beeren mir Nahrung gegeben hatten, wurden seltener; ich hatte keine Möglichkeit, größere Vorräte von den Beeren mitzunehmen; und sie konnten mich auch nicht über Tage bei Kräften halten. Und – was das Schlimmste war – ich hatte kein weiteres Trinkwasser mehr gefunden. Zweimal erwachte ich frühmorgens und versuchte, den Tau von den Büschen zu sammeln; mit einem improvisierten Schwamm aus Gras konnte ich unter Mühen einen Achtel- oder Viertelliter sammeln. Entsprechend weniger kam ich voran, und ich wußte, daß die Arbeit mehr Kräfte verzehrte, als sie aufbaute. Das einzige, was mir Hoffnung machte, das war, daß die Landschaft, durch die ich mich kämpfte, sich nun zusehends veränderte.

Das Buschwerk wurde dichter und reichte oft bis unmittelbar an die Kante der Klippe mit ihrer schwindelerregenden Höhe heran, und ein paarmal fürchtete ich, daß kein Durchkommen mehr sein würde. Doch manchmal kamen größere Baumgruppen, und ich nahm das als ein weiteres Zeichen, daß ich in eine Gegend mit fruchtbarerem Boden gelangte. Die Eukalyptusbäume verschafften mir sogar unerwartet Nahrung, denn unter ihrer rauhen Rinde verbargen sich dicke weiße Maden. Ich aß vorsichtig davon, und auch wenn mir sehr übel wurde, halfen sie mir doch, wieder zu Kräften zu kommen. Und die Verlockungen dieser Nahrung waren es, die mich das Meer aus dem Blick verlieren ließen. In der bleischweren Nachmittagssonne irrte ich nun durch ein Gewirr aus Eukalyptus, und zum zweiten Mal hatte ich keinen Tropfen Wasser mehr. Es wurde Abend, und von einem Augenblick auf den anderen verlor ich die Nerven. Mag sein, daß die Maden etwas Giftiges hatten und dies der unmittelbare Anstoß war, doch meine Nerven waren schon seit langem zum Zerreißen gespannt. Meine Körperkräfte genügten, um weiterzustolpern, doch ich hatte nicht mehr die Willenskraft, mich mit Einbruch der Nacht zur Ruhe zu legen. Ich irrte zwischen den großen Bäumen umher, nun ganz von jener Panik ergriffen, die ich so lange gefürchtet hatte, und schließlich stürzte ich zu Boden.

Stundenlang muß ich halb ohnmächtig dort gelegen haben, und ich spürte, daß die Nacht dumpfer und drückender als gewöhnlich war. In den quälenden Durst mischte sich nun schmerzender Hunger, und es war wohl die Suche nach den nun schon vertrauten Maden, die mich den Baumstamm, neben dem ich lag, abtasten ließ. Plötzlich durchfuhr es meinen ganzen Körper, als hätte mir der Baum einen Stromstoß versetzt. Die Rinde war abgeschält. Es war die erste Spur einer menschlichen Besiedlung.

Ich brachte keinen Hilferuf zustande, und die Nacht war vollkommen sternlos und dunkel. Ich konnte nur bis zum Morgengrauen warten, und von Zeit zu Zeit tastete ich nach den Spuren der Axt, um mich zu vergewissern, daß sie tatsächlich da waren. Die Sonne ging auf, und bis zum heutigen Tage habe ich die Bitternis und Verzweiflung nicht vergessen, die sich meiner bemächtigten, als ich nun meine Lage sah. Der Baum war seiner Rinde beraubt und abgestorben, wie fünfzig andere ringsum. Doch wer immer es getan hatte, hatte seinen Versuch, diesen Wald zu roden, schon vor langer Zeit aufgegeben; die einzige Spur, die sonst noch von den Siedlern blieb, war eine leere, verfallene Hütte. Ich würde umkommen, gerade als ich die Grenze der Zivilisation erreicht hatte; damit hatte ich mich abgefunden – doch dann brach das Unwetter los.

Binnen fünf Minuten hatte ich Zuflucht in der Hütte gesucht, naß bis auf die Haut und mit meinem Topf voller Wasser. Nur wenige Augenblicke später, und das andere Ende meines Obdachs zerbarst unter einem der abgestorbenen Bäume, der mit großem Getöse niederging. Und wieder einmal brachte mir die Gefahr im selben Moment auch die Rettung. In dem umgestürzten Baum – und es konnte ja nur einer unter Tausenden sein – hatten wilde Bienen ihre Waben gebaut. Das Unwetter hatte mir Honig gleich pfundweise beschert.

Ich war aus einer außerordentlich einsamen Gegend an den Rand menschlicher Behausungen gekommen. Ich mußte nur zurück zum Meer finden und der Küste folgen, bis ich in Sicherheit war. Und in der Nacht, als der Sturm sich gelegt hatte, hörte ich das Rauschen der Wellen. Ich fand die Klippen wieder, noch nicht einmal eine Meile weit fort.

Wo die großen Eukalyptusbäume wachsen, hat der Boden für ein Unterholz keine Kraft mehr, und ich kam gut voran; doch als ich erst einmal aus dem Wald heraus war, wurde das Gestrüpp von Meile zu Meile dichter; nicht lange, und es war eine fast undurchdringliche Barriere bis hinunter an die Klippen, die sich noch immer ins Unermeßliche erstreckten. Unter mir, zwischen Klippe und See, lief ein schmaler Streifen mit sandigen Hügeln, die auf Wasser hoffen ließen, und jenseits gab es – außer bei Flut – wieder einen breiten, festen Weg auf dem Sand. Ich beschloß, daß ich bei der ersten Möglichkeit hinunterklettern und es riskieren würde, daß die Klippen weiter vorn vielleicht wieder bis ans Wasser reichten und ich mühsam den Weg zurückgehen müßte.

Ich war voller Zuversicht und voller Ungeduld; zugleich war ich aber auch mit den Nerven am Ende, und mein Urteilsvermögen ließ gewiß nach. Ich nahm die erste Abstiegsmöglichkeit, die sich bot. Sie erwies sich als ein ausgesprochen gefährlicher Weg; um jeden festen Halt für meinen Fuß mußte ich kämpfen, und zudem schwindelte mir immer mehr. Schließlich – doch es kann nicht mehr weit vom Boden gewesen sein – stürzte ich.

Von dem, was dann geschah, sind in meiner Erinnerung nur noch Fragmente geblieben. Ich weiß noch, wie ich den endlosen Strand entlangwanderte, ohne jedes Gefühl, in welche Richtung ich ging, und ohne jedes Ziel. Ich weiß noch, wie ein Schwarm Wasserläufer vor mir aufflog und wie sie in eleganter Formation vor mir herflogen – mich vielleicht weiterzogen, wo ich sonst liegengeblieben wäre. Wasserflasche und Kochtopf hatte ich, glaube ich, verloren; ich erinnere mich, daß ich Wasser fand, das von dem Regen in einer natürlichen Vertiefung des Kalksteins zurückgeblieben war. Noch lebhaft ist mir die Debatte im Gedächtnis, die ich mit mir über die Frage führte, ob ich einen Hund hatte bellen hören oder nicht. Und schließlich weiß ich noch, wie ich am Ende im Dunkeln lag und mir klar war, daß nun das Delirium begonnen hatte – ich wußte es, denn ringsum war die warme Nachtluft durchdrungen vom schwerem Duft der Nelken.

Der Junge beugte sich über mich. Sein Gesicht, golden gebräunt von der Sonne, hatte etwas Surreales, die Präsenz und den Reichtum eines großen Gemäldes. Er stellte die Blechtasse zwischen die Nelken des kleinen, Fels und Sand abgetrotzten Gartens und rief glücklich zu jemandem in der Hütte hinter uns: »Vater – er kommt zu sich!« Dann hob er mir wieder die Tasse an die Lippen. »Beinahe wär's um Sie geschehen gewesen, Mister. Aber wir kriegen Sie schon wieder hin.« Ich muß wohl etwas gemurmelt haben, daß ich wochenlang durch den Busch geirrt sei. Er machte große Augen. Dann lächelte er, und sein Lächeln war wie die Sonne, die plötzlich über einem dunklen Bergsee in den Highlands durchbricht. »Tatsächlich? Tja, westlich von Desperation Bay, da wird's ziemlich einsam.« Er war vielleicht zehn oder elf, und seine Stimme war erfüllt vom Stolz des Pioniers.

Plötzlich sprang er auf und blickte hinaus aufs Meer. Dann rief er aufgeregt und hatte mich dabei schon ganz und gar vergessen: »Vater, Vater – da kommt das Schiff von den Ansons!«

II.

Ich will hier nicht näher von Richard Anson schreiben, von seiner Humanität, seiner exzentrischen Art. Er nahm mich mit nach Port Lincoln und hörte sich unterwegs meine so merkwürdig kurze Geschichte an. Ich war ein erwachsener Mann – zwanzig, vielleicht einundzwanzig Jahre alt –, doch ich hatte keine Vergangenheit außer zwei Wochen Wanderschaft entlang der Küste der Großen Australischen Bucht. Ich hatte nicht einmal einen Namen; und als wir Cape Catastrophe umschifften, verfiel Anson auf die launige Idee, mir den Namen des ersten Seefahrers zu geben, der diese Gewässer erforscht hatte. Und so kam in jenem Februar des Jahres 1893 Richard Flinders zur Welt.

Heute verstehe ich, daß Anson mich, weil er mich gefunden hatte, als eine Art Eigentum ansah; daß seine Pläne in aller Unschuld unbewußt darauf hinausliefen, daß ich bei ihm blieb. Die Gegend, in der man mich fand, war damals die südwestlichste

Grenze der Besiedlung Südaustraliens: von Port Lincoln segelten wir nach Port Augasta und fuhren von dort zum größten der Anson-Landsitze in einem entlegenen Winkel der Region; die Ärzte, die mich behandelten, kamen – es muß ein Vermögen gekostet haben – aus Sydney den Ostsaum des Kontinents entlang. Wäre Ian Guthries Verschwinden unaufgeklärt geblieben, so hätte man mich gewiß, auch wenn ich mein Gedächtnis nicht zurückerlangte, entdeckt und wiedererkannt. Doch einige Wochen später fand man – wie ich heute weiß – jenen einsamen Leichnam, ausgestreckt bei der Asche seines letzten Signalfeuers, und mein Knappsack mit dem wenigen, was man identifizieren konnte, lag ganz in der Nähe. Danach zweifelte niemand mehr daran, daß Ian Guthrie umgekommen war; was nun noch von ihm existierte, das existierte in einem Teil von Richard Flinders' Hirn, zu dem der Schlüssel verloren war.

Im Haus der Ansons und an der Art, wie sie lebten, fand ich vieles, was mir vertraut war. Das Leben auf dem Land, das weitläufige Haus mit seinen dunklen Möbeln, die edlen, doch nun ausgeblichenen und zerschlissenen Stoffe, die langen Reihen der Vorfahren, die den Unternehmungen der Heutigen von den Wänden aus zusahen: das waren Dinge, die meinen Verstand besser anregten, als alle Kunst der Psychologen es gekonnt hätte. Anson war ein kinderloser, unverheirateter Mann, und ich sah eine Zukunft vor mir, gegen die ich aufbegehren mußte. Ich hatte nicht vor, mein Leben in dieser Einsamkeit zu verbringen; es mochte an den Schrecken liegen, die ich durchgemacht hatte, doch vermutlich eher an nun unterbewußten Einflüssen meiner früheren Jahre, doch ich fand die endlose Weite der Ländereien bedrückend, und bisweilen flößten sie mir sogar Furcht ein. Dazu kam, daß ich ganz in das Geheimnis meines eigenen umwölkten Verstandes vertieft war, und daraus ergab sich ein Wunsch, Medizin zu studieren, der stärker war als alles andere. Jahre später sollte ich, auch wenn ich es ratsam fand, gewisse

Punkte auszulassen und zu verschleiern, meine *Analyse eines Falles von langzeitigem Gedächtnisschwund* veröffentlichen – eine Monographie, die seltsam verloren zwischen meinen vielen Bemühungen steht, die Wissenschaft der Radiologie voranzubringen.

Mr. Anson unterstützte mich großzügig nicht nur während meiner Studienjahre in Adelaide, sondern auch in der langen, entbehrungsreichen, oft hoffnungslosen Zeit, die auf jeden jungen Facharzt wartet. Ihm verdanke ich alles, was aus Richard Flinders geworden ist; und es geschah nicht zuletzt aus Dankbarkeit ihm gegenüber – und als Demütigung empfinde ich es ganz und gar nicht –, daß ich, als die Zeit kam, beschloß, daß Richard Flinders nicht sterben sollte.

Es war im letzten Jahr meines Studiums. Eines Frühlingsnachmittags ging ich zu Fuß von der medizinischen Fakultät zu meinem Zimmer, das etwa zwei Meilen von dort lag, jenseits des Parks, der das Herz der kleinen Stadt umschließt. Eine Pferdetram fuhr davon und gab den Blick auf eine kleine Menschenmenge frei, die vor einem verhüllten Denkmal stand. Es war das Denkmal eines schottischen Entdeckungsreisenden, das dort eingeweiht wurde – McDougal Stewart mag es gewesen sein –, und gerade als ich hinübersah, hob das Lied eines Dudelsacks an.

Einige Schritte ging ich noch wie in großer Dunkelheit, dann sah ich, wie im Meisterstück eines Zauberkünstlers, meinen Bruder Ranald vor mir. Ich sah ihn auf einem Felsen stehen, und er spähte hinaus in den endlosen australischen Busch. Und ich hörte seine Stimme, wie er mit all der schwarzen Leidenschaft des erstickten Dichters rezitierte:

Vom verlass'nen Heim, dem verhang'nen Eiland
Scheiden Berge uns und wüste See,
Doch das Blut hat die Macht …

Stimme und Bild verschwanden, und ich ging weiter und wußte so wenig wie zuvor. Doch in der Nacht, als ich am Fenster stand und hinunter auf die mondbeschienene Stadt blickte, wie sie so lieblich zwischen Hügeln und See dalag, da lüftete sich Schleier um Schleier meines Gedächtnisses. Ich wußte nun, daß ich Ian Guthrie war, und ich wußte, daß, wie immer wir in jene Notlage auch gekommen sein mochten, Ranald mich im Angesicht jenes Buschfeuers im Stich gelassen hatte.

Ich zog Erkundigungen ein und erfuhr, daß Ranald, da die Kinder unseres älteren Bruders umgekommen waren und auch ich für tot erklärt war, Erchany geerbt hatte. Ich war in unserer Familie immer der Tüchtigste gewesen; die Unentschlossenheit, die bei Ranald so ausgeprägt war und die ein Zeichen des neurotischen Charakters ist, kannte ich nicht; damals brauchte ich gerade einmal zwei Stunden, bis ich wußte, was ich wollte. Gewiß, ich fühlte mich gekränkt und ungerecht behandelt, doch ich wollte diesen Gefühlen keine Macht über mich einräumen. Ich hatte kein Verlangen danach, das Leben eines schottischen Gutsherrn zu führen – meine Medizinerkarriere war ja schon bis in die Einzelheiten hinein geplant; ich konnte nicht darauf vertrauen, daß Ranald mich freudig aufnahm, und ich sah nichts als Verdruß auf mich zukommen, wenn es zum Streit um die Erbschaft kam. Australien hatte der Welt schon den berühmten Prozeß um das Tichborne-Erbe beschert, und ich fand, die Sensationen, die es da gegeben hatte, reichten für eine ganze Reihe von Generationen. Außerdem war meine Zuneigung zu Mr. Anson zu bedenken, der mit mir gemeinsam meine Karriere als australischer Arzt plante. Ich sah, daß es dabei keine Kompromisse geben konnte; wenn ich mich zu erkennen gab, würde es unangenehm für alle sein, und die Umstände würden mich mehr oder weniger zwingen, mein Amt als Oberhaupt meiner Familie anzutreten.

Und so lebte ich denn mein Leben als Richard Flinders – meist in dem Land, das mir zur Heimat geworden war, doch bisweilen auch in England und für längere Zeit in den Vereinigten Staaten. Ich war nie der wohlhabende Mann, der ich geworden wäre, wenn ich eine eigene Praxis eröffnet hätte; das meiste, was ich verdiente, habe ich ebenso wie die beträchtliche Summe, die Richard Anson mir vermachte, in meine aufwendigen Radiumforschungen gesteckt. Und ich finde, daß es nicht oft Geld auf der Welt gibt, das besser angelegt ist. Und mein Grundsatz, die Sorge um meine eigene Zukunft niemals mein Streben nach Wissen beeinträchtigen zu lassen, hat sich mehr als nur ausgezahlt. Vor ein paar Tagen erfuhr ich von einer großen Ehre: die amerikanische Stiftung, der zu dienen ich vor Jahren das Vergnügen hatte, hat mich zum Ehrenmitglied gemacht. Ich werde nach Kalifornien gehen. Das ist das rechte Klima für ein waches Alter, und zehn Jahre brauche ich noch, um ein paar Dinge zu studieren, für die ich in meinem regen Wissenschaftlerleben kaum Zeit gefunden habe. Auf meinem Felde habe ich getan, was ich konnte – ja, meine Arbeiten sind in gewissem Sinne abgeschlossen –, und ich werde mich von der Medizin wie vom gesellschaftlichen Leben ein für allemal zurückziehen. Im Laufe meiner Karriere habe ich Kenntnisse in einer ganzen Reihe von Sprachen erworben, und das Studium der europäischen Literaturen ist genau die richtige Beschäftigung für einen Mann, der am Ende eines langen Lebens angekommen ist.

Erst jetzt, wo meine Lebensaufgabe in die Hände Jüngerer übergeht, denke ich wieder an Erchany. Und je sentimentaler ich werde, desto leichtsinniger werde ich auch; nun spüre ich wieder, wie unrecht mir vor vielen Jahren getan wurde; ich möchte Ranald einen Schrecken einjagen. Wenn dieser Impuls jemals die Oberhand gewinnt, dann weiß ich, daß ich im Alter wieder zum Kind geworden bin.

Aber es ist eine Tatsache – ich habe Sehnsucht nach dort. Ich denke daran zurück, wie wir Ball im Burggraben gespielt haben, an den Turm, an das Herzklopfen, wenn man im Dunkeln an den Zinnen stand, an die Galerie, wo wir die Heldentaten unserer Vorfahren nachspielten, die uns dabei von den düsteren Wänden zusahen. Der verschneite Ben Cailie, der Nebel über dem See, die Lachse, die über das Stauwehr sprangen … Das Blut ist noch immer stark. Vielleicht sehe ich Erchany doch noch in mehr als nur meinen Träumen, bevor mein letztes Stündlein schlägt.

Sydney, New South Wales,
am Andreastag 1936.

III.

TIMOR MORTIS CONTURBAT ME … Der Singsang meines Bruders – seltsam, wo ich es doch bin, der sterben soll. Ich selbst habe nur wenig Furcht.

Da ich Feder und Tinte habe und noch schreiben kann, will ich diesen Bericht – den ich zu Ranalds Aufklärung mit nach Erchany brachte – fortführen, so gut es geht. Wenn ich ihn in einer Ritze dieses alten Gemäuers verberge, wird er vielleicht seinem wachsamen Auge entgehen und später einmal die Geschichte erzählen können. Und daß sie erzählt wird, das will ich, auch wenn sie der langen und bunten Chronik der Guthries ein finsteres Blatt hinzufügen wird. Mein Leben lang habe ich mich dafür eingesetzt, das menschliche Wissen zu mehren: für mich darf eine Chronik nichts verschweigen.

Deshalb halte ich auch fest, daß die Notlage, in der ich mich jetzt befinde, allein meine Schuld und Verantwortung ist. Was ich getan habe, war kindisch und rachsüchtig. Und – was mich, fürchte ich, noch mehr quält – ich habe mich als schlechter Analytiker des Verstandes erwiesen.

Rachsüchtig in gewissem Sinne, doch andererseits wollte ich auch einen gnädigen Mantel des Vergessens über die Vergangenheit breiten. Ich hatte in jenen Ereignissen im Busch ja im Grunde nicht mehr gesehen als daß Ranald mir einen bösen Streich gespielt hatte, daß er sich nicht an die Regeln gehalten hatte, und zur Strafe wollte ich ihm einen ordentlichen Schrecken einjagen, bevor ich mich aufs Altenteil zurückzog. Was für eine kindische Idee – und wie sehr hatte ich unterschätzt, was zwischen uns lag! Als er damals in jener Not davonlief, mit Pferden, Wasser und allem, da hatte Ranald versagt – als Guthrie, als Bruder, als Mann. Und seither lebte er in der Schande dieses Versagens, sein ganzes Leben beherrscht von dieser einen demütigenden Erinnerung. Den hysterischen Jüngling hatte ich aus dem Hafen von Fremantle gefischt, wo es vor Haien nur so wimmelte, und er war mir dankbar dafür gewesen; ein paar Monate später im Busch ließ er mich im Stich. Und der Kampf, der nun in diesem einsamen schottischen Turm zu Ende gekämpft werden soll, steht in seltsamem Einklang mit der großen Wahrheit der größten aller schottischen Tragödien, *Macbeth*. Es gibt eine Blutschuld, vor der niemand zurückweichen kann, keinen Weg hinaus außer dem Weg vorwärts durch neues vergossenes Blut. Was Ranald in seinem Gedächtnis sieht, ist kein böser Streich, sondern es sind Verrat und Verbrechen. Jahr um Jahr wuchs die Überzeugung bei ihm, daß er mich nicht in Panik, sondern mit Absicht im Stich ließ. Jahr um Jahr haben die Schuldgefühle sich in seinem Verstand immer stärker festgesetzt, haben seine Persönlichkeit mehr und mehr belastet und schließlich zerbrochen, so daß er in jeder Zwangslage sich sogleich als Gefangenen und als skrupellosen Täter sehen wird. Überzeugt – durch meine eigene melodramatische Dummheit, kein Zweifel –, daß ich wie ein Guthrie-Wüterich vergangener Zeiten über ihn kommen und gnadenlos Rache nehmen würde, legte er sich seinen eigenen Plan von unerbittlicher Grausamkeit zurecht – wenn auch gemäßigt durch seine ausgeklügelte Art, seine faszinierenden intellektuellen Feinheiten, die ich, habe ich den Eindruck, nicht einmal annähernd erfaßt habe. Mein Gespenst hat Ranalds gesamtes Leben überschattet. Nun wo ich wie von den Toten zurückgekehrt bin, ist es ihm eine seltsame Befriedigung geworden, meinem Leben eine ganz andere Perspektive zu geben, bei der die Tatsache, daß es geopfert wird, nichts weiter ist als ein Schachzug in einem komplizierten Spiel, das ganz von ihm beherrscht wird. Mein Tod im Busch überrumpelte ihn und wurde ihm zum Verhängnis; meinen Tod auf Erchany wird er beherrschen und zu seinem Vorteil nutzen. Es ist eine Art sich zu »retten«, die einigen Stoff für die Psychologen bieten würde.

Ich schrieb ihm von Australien aus, berichtete ihm, was aus mir geworden war, sagte jedoch nichts von meinen Plänen – genoß die alberne Befriedigung, ihm mit vagen Andeutungen Angst zu machen. Er hatte reichlich Zeit, seine Vorbereitungen zu treffen; er konnte Erchany isolieren, Hausangestellte entlassen, sich der Hilfe des servilen Hardcastle versichern. Was Ranald antreibt, sind Jahre geistiger Verirrung, und im Grunde will ich nicht, daß er dafür zur Rechenschaft gezogen wird. Doch Hardcastle läßt sich für seine Hilfe bei diesem Mord bezahlen. Ich hoffe, er bekommt seine Strafe dafür.

Ich schrieb Ranald ein zweites Mal und kündigte an, daß Dr. Richard Flinders in aller Stille am Abend des 23. Dezember bei ihm eintreffen werde. Das mag verschroben und melodramatisch genug erscheinen, und mit schöner Ironie kam es Ranalds eigener melodramatischer Phantasie noch höchst gelegen. Aber es verfolgte eine Absicht. Ich wollte ja nicht, daß Ian Guthrie zu neuem Leben erwachte, und die gewählte Stunde würde es meinem Bruder leicht machen, ein Zusammentreffen ganz im Vertrauen zu arrangieren. Außerdem hatte die Wahl des Datums etwas Sentimentales, Versöhnliches. Als Kinder hatten wir uns immer heimlich zur Mitternacht dieser Nacht getroffen und uns ausgemalt, was in der nächsten Mitternacht – der Weihnacht – in unseren Strümpfen stecken würde. Doch ganz offensichtlich war Ranald nicht in einer Verfassung, in der er diese Anspielung verstanden hätte.

Die unerwartet heftigen Schneefälle machten mir zu schaffen. Aber ich bin schon seit langem ein versierter Skiläufer – kaum jemand weiß, was für ausgezeichnete Skipisten es in Australien gibt –, und Skier waren in meinem Hotel in Dunwinnie nicht schwer zu finden: der Ort ist ein – im Augenblick überfülltes – Zentrum für die Wintersportgäste, die auch Schottland neuerdings anzieht. Ich erreichte Erchany auf einem nicht ganz ungefährlichen Weg entlang der Flanke des Ben Cailie.

Hardcastle ließ mich so umsichtig ein, wie ich erwartete, und führte mich sogleich in den Turm. Und dort überwältigten er und Ranald mich gemeinschaftlich. Mehr ist dazu nicht zu sagen. Die Sache ist einfach genug, entsetzlich und – wenn man bedenkt, daß Ranald und ich Brüder sind – merkwürdig grausam. Diese kleine Kammer ist vielleicht schon von ihren Erbauern als Gefängnis gedacht gewesen; vielleicht hat schon vor Hunderten von Jahren ein anderer hier geschmachtet. Ich habe getan, was ich konnte. Ich habe einige der Ratten von Erchany fangen können, dreiste und träge Geschöpfe, und habe sie als Boten ausgeschickt: ich könnte mir vorstellen, daß sie in alle Winkel des Hauses kommen. Und ich habe so gut es ging versucht, den australischen Kui zu rufen – es gibt kaum einen durchdringenderen Ruf auf der Welt. Doch dieser Raum liegt so hoch, die Wände sind dermaßen dick, der Sturm tobt so sehr und der Schnee dämpft jeden Laut, daß ich mir nicht vorstellen kann, daß jemand es auch nur bemerken wird, oder, wenn er den Ruf vernimmt, für etwas anderes als das Heulen des Winds oder für eine Eule halten wird. Ich weiß ja nicht einmal, ob es außer meinem Bruder und seinem Faktotum überhaupt noch eine Menschenseele auf Erchany gibt.

Er hat mir ein Buch zu lesen gegeben: *Experimentelle Radiologie* von Richard Flinders – ich kann mich glücklich schätzen, daß Ranald diesen Hang zum Abstrusen hat und nicht einfach nur sadistisch ist. Es ist ein klares, vernünftiges Buch, und es hat mir Freude gemacht, noch einmal darin zu lesen. Und der Gedanke an die Medizin bringt mich darauf, noch ein letztes hier festzuhalten: Ranald ist nicht verrückt. Seine Gedanken und Taten sind logisch auf ein Ziel gerichtet, ein Ziel, das er erreichen kann …

SECHSTER TEIL

John Appleby

I.

Mr. Wedderburn stieß einen tiefen Seufzer aus, als ich diesen so jäh abbrechenden Bericht niederlegte. »Brudermord«, sagte er. »Und Miss Mathers hatte recht. Meine Deutung der Tatsachen wurde Guthries Genie nicht einmal halbwegs gerecht. Ranald mordete Ian, und es sollte aussehen, als hätte Lindsay Ranald gemordet. Er brachte seinen Bruder um und lastete es dem Geliebten seiner Nichte an. Es ist Irrsinn.«

Ich nickte. »Wenn man moralische Maßstäbe anlegen will, ganz gleich welche, dann ist es Irrsinn. Und doch könnte alles nicht logischer sein. Er tat mit großem Geschick, was notwendig war, und erreichte sein Ziel.«

Sybil Guthrie, die sich nicht gerührt hatte, während ich Ian Guthries Vermächtnis verlas, sprang auf. »*Warum?*« fragte sie. »Was hat ihn getrieben? Was war das Motiv zu einer so teuflischen Tat?«

Ich versuchte, es in Worte zu fassen. »Es ist ein ganzes Geflecht von Motiven. Man kann es in verschiedene Richtungen zurückverfolgen, man kann es Schicht um Schicht freilegen und findet immer weitere Motive. Zunächst einmal das, was Ian sah: Ranalds ganzes Leben überschattet von jenem Verbrechen in Australien; all die Schuldgefühle, die sich zur Neurose verdichteten; folglich die absolute Gewißheit, daß Ian nur kommen konnte, um sich zu rächen; der Schluß daraus, daß Ian überlistet und getötet werden mußte. Zugleich war aber auch eine Symbolik am Werke, die tiefer ging. Ians Tod im Busch beherrschte jeden seiner Gedanken; doch darüber, wie Ian nun zum zweiten Mal, und diesmal wirklich, starb, darüber würde *er* herrschen.«

Noel Gylby klatschte in die Hände wie ein Kind. »Diesmal würde *er* oben bleiben, und zwar werweißwieviele Stockwerke weit oben … oben auf dem Turm!«

»Ganz genau! Und ein Psychoanalytiker würde Symbole finden, die noch tiefer liegen. Das ging mir schon früher am Tag durch den Kopf. Wenn ein Mensch sich aus großer Höhe in die Tiefe stürzt, dann ist es eine symbolische Flucht vor der Gefahr – der angsteinflößenden Welt *oben* – in die Sicherheit und Geborgenheit der Welt *unten*. Als er Ian von Turm stürzte, gelang Ranald das, wobei er in Australien versagt hatte. *Er rettete Ian*. Sein Verbrechen war ein Witz – ein Werk jener grimmigen Ironie, die wir schon so oft bei Ranald gefunden haben.«

»Ein Witz!« rief Wedderburn.

»In dem Sinne, in dem Freud das Wort gebraucht. Die Versöhnung vollkommen gegensätzlicher Wünsche auf einer verbalen oder symbolischen Ebene. Der Wunsch, Ian zu zerstören: der Wunsch, sich zu rehabilitieren, seine eigene Männlichkeit zu beweisen, indem er Ian rettete.«

In dem Schweigen, das nun folgte, konnten wir hören, wie sich eine vergiftete Ratte hinter der Vertäfelung der Galerie dahinschleppte. Wedderburn zog ein Taschentuch hervor und wischte sich die Stirn. »Ich bin froh«, sagte er, »wenn mir solche Abgründe des menschlichen Wesens nur in Lehrbüchern begegnen. Und zwar in medizinischen, nicht in juristischen.«

»Es liegt in der Natur der Sache, daß sie in beiden auftauchen werden. Aber unser Geflecht der Motive ist noch lange nicht erschöpft – und auch unser Schatz an Indizien noch nicht. Tief drinnen steckt Furcht, Entsetzen, Haß gegen Neil Lindsay, dessen Vernichtung mit so diabolischem Geschick in das größte aller Puzzles eingefügt wurde. Dem müssen wir nachgehen. Bisher haben wir nur Gewißheit über jenen Teil des ganzen Komplexes, der Ian betrifft. Vieles wird Ihnen einfallen, was da hineinpaßt. Zum Beispiel die Vehemenz, mit der Ranald diese Galerie hier verschloß, als er seine Erbschaft antrat.« Ich ließ meine Taschenlampe über die Porträts an den Wänden wandern. »Die Guthries von Erchany! Die Tradition, die Ranald verraten hatte. Eine wilde, finstere Bande, das mögen sie gewiß gewesen sein. Doch Brudermord – was Ranald sich im Busch ja praktisch hatte zuschulden kommen lassen –, das hatte es in der Familie noch nie gegeben.«

Wedderburn nickte. »Das sagt auch mein Freund Clanclacket – daß sie dafür bekannt waren, wie sehr sie zusammenhielten.«

»Und dann die leidenschaftliche Ungeduld, mit der er die Tür zur Galerie wieder aufbrach. Er hatte seinen Plan geschmiedet, und er mußte die Familienporträts noch einmal sehen, um sich zu vergewissern, daß er praktikabel war – sich zu vergewissern, daß die Guthries tatsächlich, wie man es bisweilen bei alten Familien findet, über Generationen hinweg einer wie der andere aussahen.«

Gylby meldete sich zu Wort. »Aber ich verstehe nicht, wie –«

»Dann hören Sie.« Ich holte Gylbys Tagebuch hervor und blätterte darin. »Wie Sie selbst sagen, ein recht literarisches Werk, aber es vermittelt doch den Grundeindruck.« Und ich las vor:

»Im Tode war Guthrie wieder unschuldig geworden; dies scharfe Antlitz mit den markanten Zügen, die von jahrhundertealter Familie sprechen, war nun stärker und reiner geworden, als habe ein Künstler einen Schwamm genommen und alles Niedere von ihm fortgewischt. Man liest davon, daß der Tod solche Dinge tut; doch sie von Angesicht zu sehen, unter so gewalttätigen Umständen, erschütterte mich tief. Ich richtete den Leichnam, so gut ich konnte …

»*Man liest davon, daß der Tod solche Dinge tut*. Sehen Sie, wie hübsch Ranald sich das zurechtgelegt hatte? In Wirklichkeit hatten Sie einen Fremden vor sich. Doch was Sie zu sehen glaubten, war die Veränderung des Antlitzes im Tode – eine bekannte und gut dokumentierte Tatsache. Genau diesen Effekt hat der Tod in der Regel: daß ein Mensch ein wenig anders aussieht; daß der Tod die Zeichen der Anspannung und Furcht fortnimmt und ein Bild des Friedens und der Unschuld zurückläßt. Tatsächlich verwandelte der Tod Bruder Ranald in Bruder Ian. Und andererseits würde der tote Ranald, wenn man erwartete, Ranald zu sehen, auch wie Ranald aussehen – *Ranald im Tode*. Und vergessen Sie nicht, daß weder Sie noch Miss Guthrie den lebenden Ranald je wirklich bei Licht gesehen hatten. An dem Abend, an dem Sie eintrafen, gab es nur einen kargen Kerzenschimmer. Und am folgenden Tag richtete Guthrie es so ein, daß Sie ihn nicht zu Gesicht bekamen. Sie sehen, wie Sie, obwohl Sie wie ein Blitz aus heiterem Himmel kamen, sofort Ihren Platz in dem großen Puzzle fanden. Formell wäre der Leichnam von Hardcastle identifiziert worden, der Bescheid wußte, von Mrs. Hardcastle, die halb blind war, und von Dr. Noble, der Ranald Guthrie schon seit zwei Jahren nicht mehr gesehen hatte. Die Gamleys hatte er fortgeschickt, und daß Gamley trotzdem wieder auftauchte, war ein unvorhergesehenes Mißgeschick. Doch Gamley sah den Leichnam nur im Licht der Laterne und schöpfte keinen Verdacht. Miss Mathers, die einzige, die auf Anhieb gesehen hätte, daß der Tote nicht Ranald war, war auf dem Weg nach Kanada, und es war kaum zu erwarten, daß sie rechtzeitig zur Identifikation, die ja als reine Formsache angesehen würde, zurück war. Zugleich war aber Miss Mathers' Abwesenheit auch ein Faktor in dem Plan, das Verbrechen Lindsay in die Schuhe zu schieben. Und – wie gesagt – Sie und Miss Guthrie, die ihm seine sämtlichen Pläne hätten durchkreuzen können, nutzte er genial, um unterschwellig den Eindruck, daß es sich bei dem Toten um Ranald handelte, noch zu unterstreichen. Die Ökonomie, mit der Ranald arbeitete, ist bewundernswert; jede Kleinigkeit baute er in seinen Plan ein, von einer alten Legende über abgeschlagene Finger bis zu einer unerwartet auftauchenden Verwandten.

Tatsächlich kamen Sie ihm gelegen, Miss Guthrie, in mehr als nur einem Sinne.«

Sybil Guthrie blickte gedankenverloren in die Düsternis der Galerie. »Da wußte ich ja nicht, was in Wirklichkeit geschah«, sagte sie.

»Nein, ich meine nicht die Geschichte, die Sie uns über die Ereignisse im Turm erzählt haben; dazu kommen wir noch. Ich meine, daß es Ranald nützlich war, was Sie ihm alles erzählten.«

Miss Guthrie machte große Augen.

»Ich denke mir, wir sehen alle, was Ranald für sich ins Auge gefaßt hatte. ›*O mein Amerika, mein neu entdecktes Land*‹. Die Erfahrung, die er in jungen Jahren als Schauspieler sammelte. Das medizinische Grundwissen, das er sich in solcher Eile aneignete. Die Art, wie er Sie dazu brachte, über das Amerika Ihrer Kindheit zu sprechen, Sie ausfragte nach Ihren frühesten Erinnerungen, die bis in die Zeit zurückreichen, in der Richard Flinders in Amerika gearbeitet hatte. All das zeigt uns deutlich, was Ranald vorhatte – vor*hat*, sollte ich besser sagen. Richard Flinders ist als Ranald Guthrie gestorben: Ranald Guthrie wird als Richard Flinders leben – ein Richard Flinders, der sich von seinen medizinischen Forschungen und aus der Gesellschaft, in der er die letzten zwanzig Jahre gelebt hat, zurückzieht und in aller Stille in Kalifornien von einer Pension leben wird. Es ist, wie Ian uns sagen wollte, als er seinen Bericht abbrechen mußte, ein durchaus vernünftiger, praktikabler Plan. Und wir sollten auch hier wieder vermerken, wie attraktiv diese Lösung auf einer symbolischen Ebene war. Vergleichen Sie die Leben der beiden Brüder, und Sie werden feststellen, daß Ian *das bessere Geschäft gemacht hatte*. Ian war stets, wie er selbst schrieb, ›in unserer Familie immer der Tüchtigste gewesen‹. Ranald hingegen war ein ›neurotischer Charakter‹. Und folglich – «

»Ian«, unterbrach Wedderburn ganz unvermittelt, »wurde in die Kolonien geschickt, weil er zu erfolgreich bei den jungen

Frauen war; Ranald, weil er davongelaufen war zu einer Arbeit, bei der man sich vor sich selbst versteckt, indem man sich als jemand anderer ausgibt.«

»Ein Umstand, wie geschaffen für den Psychologen. Und nicht lange, da verschlimmert sich Ranalds Unterlegenheit – oder besser gesagt, sein Unterlegenheitsgefühl – noch weiter. Ian rettet Ranald das Leben: Ranald läßt Ian im Stich. In späteren Jahren bringt Ian es als Richard Flinders zu einem angesehenen Leben zum Nutzen der Menschheit: Ranald führt ein sinnloses Leben und wird immer mehr zum Sonderling. *Doch nun wird aus Ranald Ian!* Dem erfolglosen Bruder gelingt es, sich mit dem erfolgreichen Rivalen zu identifizieren und sich an dessen Stelle zu setzen.«

Wedderburn ging ein paar Schritte die Galerie hinunter. »Mr. Appleby, das ist alles vollkommen schlüssig. Wie seltsam dann, daß solche Motive dem Strafgesetz praktisch unbekannt sind!«

»Das liegt daran, daß diese Motive – außer bei wirklich Irrsinnigen – stets rationalisiert werden. Es gibt stets eine oberste Schicht, sozusagen, mit einem Motiv, das nicht dem wirklich leidenschaftlichen, sondern dem romantischen oder ökonomisch denkenden Menschen verständlich ist. Und mit diesen oberflächlichen Motiven beschäftigen sich unsere Kriminalgerichte. Ein solches Motiv gibt es auch hier; wir haben es nur noch nicht erörtert.« Nun war ich an der Reihe, in der Galerie auf- und abzugehen. »Obwohl man es für meine Begriffe eigentlich nicht oberflächlich nennen kann. Vielleicht ist es sogar das Hauptmotiv, das hinter allem steckt.«

Noel Gylby suchte in seinen Taschen nach Zigaretten und fand statt dessen seinen Vorrat an gebuttertem Zwieback. Er verteilte sie an uns. »Motive rechts von uns«, sagte er träumerisch, »Motive links von uns – Korrektur unleserlich Korrektur unleserlich Korrektur unleserlich.«

»Nehmen wir noch einen anderen wichtigen Punkt in Guthries Verhalten – und zwar den, in dem wir ihn echtem Wahnsinn am nächsten sehen: den Punkt, an dem er in seiner ganzen pathologischen Größe erscheint. Er konnte sich als Flinders ausgeben. Er konnte Kenntnisse über das Amerika, das Flinders gekannt hatte, erwerben. Er konnte sich genug medizinisches Wissen aneignen, daß er sich nicht verriet, wenn er unerwartet mit Medizinern zusammenkam. Doch *eine* große Schwierigkeit gab es. Der kalifornische Flinders durfte keine offensichtlichen Charakterzüge zeigen, die nicht zu dem Flinders aus Sydney paßten. Und einen solchen Zug – um es vorsichtig auszudrücken – hatte Ranald Guthrie. Er litt an einem seltsam zwanghaften Verhalten, das jedem auf Anhieb auffallen mußte. Er war ein pathologischer Geizhals. Wenn er sich als Flinders ausgeben wollte, stellte sich ihm die gewaltige Aufgabe, das niederzukämpfen.«

»Was doch gewiß unmöglich war?« Es war Sybil Guthrie, die da sprach.

»Unmöglich, sollte man denken. Doch das hätte sein Wille niemals zugegeben. Wir wissen, daß er sich darum bemühte – und wie grotesk seine ersten Versuche waren, führt uns nur vor Augen, welch ungeheure Aufgabe er sich gestellt hatte. Er dachte an seine Tafel, holte Wein aus dem Keller und ließ Kaviar kommen. Aber die Hunde ließ er weiterhin hungern.«

Wedderburn schmunzelte. »Selbst den guten Doktor.«

»Ranalds Geiz war also das größte Hindernis bei seinem Plan. Aber gibt uns das nicht auch den Hinweis auf ein Motiv, vielleicht das alles entscheidende Motiv? Die Leidenschaft, die ihn beherrschte, war der Geiz; er lebte, habe ich mir von der kleinen Isa Murdoch erzählen lassen, von anderer Leute Pennies, die er in den Taschen der Vogelscheuchen fand. Und genau das hatte er nun vor: endlich würde er nicht mehr auf eigene Kosten leben, sondern auf die anderer Menschen – von Flinders' Pension.«

Sybil Guthrie suchte nach Zwiebackkrümeln in ihrem Schoß und leckte die fettigen Finger ab. »Mr. Appleby, ich halte das nicht mehr länger aus. Wir müssen etwas unternehmen! Wo steckt Ranald Guthrie jetzt? Lauert er womöglich mit der Schrotflinte hinter der nächsten Ecke?«

»Ich glaube kaum. Vor zwei Nächten war er in Kinkeig – wir müssen herausfinden weswegen – man hat ihn gesehen –«

Wedderburn warf vor Verzweiflung die Hände in die Luft. »Das Gespenst!«

»Das Gespenst war zweifellos er. Und wo Ranald jetzt gerade ist, können wir erraten. Er mußte den Faden von Flinders' Leben so schnell wie möglich aufnehmen. Und alles war ja so geplant, daß ihm das so leicht wie möglich war – wiederum die wunderbare Ökonomie des Puzzlespiels! Flinders war ganz unauffällig nach Schottland gekommen und in einem großen Hotel in Dunwinnie abgestiegen – einem Hotel, das aus den Nähten platzte vor Leuten, die zum Eisstockschießen oder sonst einem Wintersport gekommen waren. Wenn Dr. Flinders auf einen nächtlichen Ausflug ging und bei seiner Rückkehr sein Haar ein wenig grauer oder sein Gesicht ein wenig runzliger geworden war, dann bestand kaum eine Gefahr, daß jemand es bemerkte. Natürlich war es nicht undenkbar, daß es noch unbekannte Faktoren gab, und ein wenig von einem Glücksspiel blieb bei der ganzen Unternehmung. Aber wenn er erst einmal im Hotel angelangt war, war Ranalds Position nicht schlecht. Er war Dr. Flinders, unterwegs nach Kalifornien, mit allen wichtigen Papieren Dr. Flinders' in der Tasche. Es würde noch einmal kritisch werden, wenn er Dr. Flinders' Finanzen übernahm, doch mit ein paar kleinen Fälschungen würde das schon gelingen. Wir können also davon ausgehen, daß er sich in Sicherheit wiegt. Wenn wir dafür sorgen, daß nichts von unseren Plänen bekannt wird, werden wir ihn ohne weiteres fassen.«

Es trat eine kleine Pause ein, bis Wedderburn einen großen

Bissen von seinem Zwieback nahm. Er kaute nachdenklich, und als er geschluckt hatte, fragte er: »Und wie geht es weiter?«

»Als nächstes hören wir uns an, was Miss Guthrie zu sagen hat. Ich glaube, es gab einen Augenblick, in dem sie Ranalds Pläne beinahe noch durchkreuzt hätte.«

II.

Sybil Guthrie wandte sich zunächst an Wedderburn. »Vor allem tut mir leid, wie unverständlich Ihnen mein Benehmen vorgekommen sein muß. Als Sie mir erklärten, Lindsay habe nichts zu befürchten und ich müsse nur die Wahrheit sagen, da haben Sie sich sicher gewundert, daß ich überhaupt nicht verstand, worauf Sie hinauswollten – daß ich nur sagen konnte, es fiele mir furchtbar schwer, Ihnen zu glauben. Aber Ihre Rekonstruktion des Falles – daß Guthrie Selbstmord begangen habe, um es Lindsay anzulasten – konnte ich ja niemals glauben, und zwar aus dem einfachen Grunde, weil ich wußte, daß sie falsch war. Ich hatte auf dem Wehrgang gestanden und gesehen, wie ein Mann über die Brüstung gestürzt wurde. Als Sie heute nachmittag den Sheriff von Ihrer Rekonstruktion überzeugten, da war mir klar, daß meine Lügen – das zweite Mal, daß ich gelogen hatte – es Ihnen möglich gemacht hatten, etwas zu beweisen, was nicht die Wahrheit war. Mir war ein wenig unheimlich zumute. Das falsche Telefon und die Schublade, die Lindsay, wie ich wußte, nicht aufgebrochen hatte, das waren überzeugende Beweise. Ich meine, sie bewiesen tatsächlich, daß Guthrie vorgehabt hatte, Lindsay zu belasten. Doch trotzdem wußte ich, daß Ranald nicht Selbstmord begangen hatte. Ich hatte gesehen, wie der Mann, den ich für Ranald hielt, *umgebracht* wurde. Und ich war überzeugt, daß Lindsay der Mörder war. Natürlich hatte ich jetzt ein reines Gewissen. Ich mußte ja nun davon ausgehen, daß Lindsay, als er die Kontrolle über sich verlor und Guthrie vom Turm stieß, nur das getan hatte, womit Guthrie ihn mit seinem Plan ohnehin belasten wollte. Nur so paßten Ihre Rekonstruktion und das, was ich gesehen hatte, zusammen. Und auch wenn meine eigenen Vorstellungen von Moral mir sagten, daß kein Neil Lindsay dafür hängen sollte, daß er ein dekadentes Scheusal wie Guthrie umgebracht hatte, schon gar nicht wo er so herausgefordert worden war, wie ich es in den letzten Augenblicken im Turm gesehen und gespürt hatte – na, unheimlich war es doch. Ich überlegte, ob Lindsay womöglich durchschaut hatte, was Guthrie vorhatte, und ihn in seiner Wut hinunterstürzte. Und ob man das denn nicht im Grunde doch als Selbstmord ansehen konnte. Und ob es sich nicht für Lindsay gehört hätte, daß er die Wahrheit gesagt hätte – das was ich für die Wahrheit hielt – und dazu gestanden hätte.« Sybil Guthrie zögerte, schien nach Worten zu suchen. »Ich meine, so eine Gerichtsverhandlung, die beeindruckt einen ja immer irgendwie mit ihren großen Idealen – daß die Wahrheit ans Tageslicht muß und so weiter. Jedenfalls fiel es mir nicht leicht, hinterher zu Lindsay hinzugehen und ihm die Hand zu schütteln. Ich fand, daß wir beide nicht gerade aufrichtig dabei waren.«

Ich weiß nicht, ob ich schon gesagt habe, daß Sybil Guthrie eine große Schönheit ist. »Nun – Ende gut, alles gut!« meinte Noel Gylby munter.

Worauf ich erwiderte – das beste, was mir einfiel, um mich so gut wie möglich von dieser leichtfertigen Einstellung zu distanzieren: »Miss Guthrie, bevor Ihnen beim Sheriff diese Gedanken durch den Kopf gingen – hatten Sie da irgendwelche Zweifel oder Skrupel?«

»Nein, Mr. Appleby. Im Gegensatz zu Ihnen verpflichtet mich ja nichts zu einer konventionellen Vorstellung von Wahrheit. Nur einen einzigen Zweifel hatte ich.«

Gylby schlug sich an den Kopf. »Der Sekretär.«

»Ja. Für eine Weile brachte mich die aufgebrochene Schublade ins Schwanken. Wenn es denkbar war, daß Lindsay das Gold gestohlen hatte, dann konnte er – ganz gleich, was er hatte erdulden müssen – nicht mehr auf meine Unterstützung rechnen. Aber ich war mir ja sicher, daß er nicht einmal in die Nähe des Sekretärs gekommen war. Ich glaube, ich habe es zu Noel schon gesagt oder jedenfalls Andeutungen gemacht, daß die Schublade die Sache nur noch ein wenig rätselhafter machte – die Frage, was denn nun eigentlich geschehen war. Für meine moralischen Bedenken spielte sie keine Rolle.«

Wedderburn beugte sich vor und ergriff die Hand seiner Mandantin. »Meine Liebe, ich fürchte, Sie werden es demnächst mit rein praktischen Bedenken zu tun haben, wenn Sie Ihre moralischen dem Hohen Gericht begreiflich machen wollen. Bei Ranald Guthries Prozeß.«

Sybil reckte das Kinn. »Wenn ich Vetter Ranald auf der Anklagebank sehen kann, dann nehme ich schon in Kauf, daß ich keine gute Figur dabei mache.«

Ganz und gar unlogisch, fand ich – denn warum sollte sie einen jungen Mann mit schwachen Nerven wie Lindsay in Schutz nehmen, nur um einen alten Mann wie Guthrie zu hetzen, der mit seinen ebenso schwachen Nerven am Ende war? War denn Guthrie nicht genau der Fall fürs Sanatorium, zu dem auch Lindsay geworden wäre, wenn zu einem bestimmten Punkt seines Lebens ein bestimmtes Quantum an Belastung überschritten worden wäre? Ich verfolgte diese Frage nicht weiter – die Probleme, die von der modernen Psychologie der Strafjustiz bereitet werden – und wandte mich lieber den konkreten Fragen zu, die Miss Guthrie aufwarf. Wie Kollege Speight so treffend gesagt hatte, ein feines Mädchen. Obwohl Speight inzwischen womöglich sein Urteil ein wenig modifiziert hätte. »Jetzt«, sagte ich, und es war wie ein Echo von Wedderburns väterlichen Tönen, »sollten Sie uns aber wirklich erzählen, was Sie oben auf dem Turm gesehen haben.«

»Das ist schnell getan. Ich habe genau das gesehen, was ich bereits berichtet habe: die beiden unterhielten sich, Guthrie sagte irgendwelche Gemeinheiten zu Lindsay, Lindsay verschwand durch die Tür zum Treppenhaus, Guthrie durch die Tür zum Schlafzimmer – die beiden Türen, die, wie Mr. Wedderburn festgestellt hat, ich ja nicht richtig sehen konnte. Erst danach habe ich zu lügen angefangen, und zwar einfach dadurch, daß ich Sachen ausgelassen habe.«

»Hier, ich habe noch ein Stück Schokolade«, sagte Gylby eifrig und reichte es Miss Guthrie.

Miss Guthrie nahm einen Bissen. »Da fangen die Lügen an. Ich stand vielleicht noch zwanzig Sekunden lang da und blickte in die leere Studierstube, unentschlossen, ob ich mit einem kurzen Sprint durchs Zimmer meine Flucht wagen sollte. Dann hörte ich etwas. Es herrschte, wie Sie wissen, nach wie vor ein heftiger Sturm dort oben: ich hörte einen Schrei oder Ruf – und er muß ziemlich laut gewesen sein, wenn ich ihn um die Ecke des Wehrgangs noch hören konnte. Denn von dort kam er: von der Seite der Brustwehr, zu der, wie ich jetzt weiß, die Tür des kleinen Schlafzimmers führt.

Aufgeregt, wie ich war, malte ich mir aus, was da geschah. Als ich mit angesehen hatte, wie Guthrie Lindsay beschimpfte, war mir, wie Sie wissen, einen Moment lang selbst ganz mörderisch zumute gewesen; und ich war sicher, daß die beiden Männer irgendwie hinaus auf den Wehrgang geraten waren und miteinander stritten. Es war furchtbar gefährlich dort draußen, und plötzlich hatte ich einfach genug von dieser ganzen Geschichte. Der ganze Irrsinn von Castle Erchany: ich wollte das nicht mehr länger mitmachen. Ich tastete mich den Gang entlang und wollte zu ihnen hinüberrufen, daß sie endlich aufhören sollten.«

Noel Gylby bedachte Wedderburn und mich mit einem Blick, der uns unverhohlen aufforderte, das zu bewundern. »Bravo!« sagte er.

»Natürlich war mir klar, daß ich die Lage womöglich ganz falsch deutete. Trotzdem arbeitete ich mich bis zur Ecke vor. Und da war tatsächlich einiges im Gange.

Aber was, das war nicht leicht zu erkennen. In einer Nische über der Tür, die vom Schlafzimmer hinausführte, hatte jemand eine Lampe – eine Sturmlaterne – aufgehängt. Unterhalb einer gewissen Linie lag alles im Dunkel; ich konnte nur sehen, was darüber lag. Und das erste, was ich erblickte, war Ranald Guthries Gesicht. In dem kurzen Augenblick sah ich, wie verzerrt es von gewaltsamer Erregung war, und als sein Arm sich ins Licht reckte, sah ich, daß er eine Axt in der Hand hielt. Ich rief laut und wollte ihn aufhalten. Und ich glaube, er hörte mich, auch wenn das bei dem Sturm ja kaum denkbar war. Er drehte sich blitzschnell um und trat einen Schritt zurück, aus dem Lichtkegel. Einen Moment lang sah ich ihn noch als Schatten, dann beugte er sich, glaube ich, hinunter, und ich sah nichts mehr. Ich spürte, daß etwas sich im Dunkeln bewegte – ich glaube, ein Stöhnen und Laute, Worte vielleicht, waren zu hören. Einen Moment später sah ich ihn wieder – oder besser gesagt den, den ich für ihn hielt –; er stand aufrecht an der Brüstung, Kopf und Schultern nun ganz im Lampenlicht. Nur einen Sekundenbruchteil sah ich ihn so, dann kam etwas zwischen uns – die schwarze Silhouette eines Mannes, den ich natürlich für Lindsay hielt. Ich muß gespürt haben, was kommen würde, denn ich rief von neuem und tastete mich weiter vor. Der dunkle Rücken des Mannes regte sich und gab nun wieder den Blick auf Guthrie frei. Doch nur einen Augenblick lang. Ein Arm schoß hervor, und selbst in dem Sturm konnte ich den Schlag hören, den Kinnhaken mit der bloßen Faust. Guthrie schwankte, stieß einen lauten Schrei aus – den Schrei, den Noel im Treppenhaus hörte –, und dann stürzte er über die Brüstung.« Sybil Guthrie erschauderte und zog den Mantel fester um sich. »Das ist alles.«

Ich legte mein Büchlein nieder, in dem ich mir eifrig Notizen gemacht hatte. »Alles, Miss Guthrie? Sie haben nicht gesehen, wie Ranald sich durch die Falltür und die Wendeltreppe hinunter davonmachte?«

»Mehr habe ich nicht gesehen. Ich war sicher, daß ich mit angesehen hatte, wie Lindsay meinen Vetter Ranald umbrachte, vielleicht in einer Art Notwehr, um sich vor der Axt zu schützen. Und ich wollte ja Lindsay nicht belasten. Ganz instinktiv machte ich kehrt und ging zurück zu der Tür, an der ich gestanden hatte. Es war das beste, wenn die gräßliche Sache als Selbstmord durchging: jedenfalls würde ich zunächst den Mund halten und abwarten.«

»Das hätte ich genauso gemacht«, fügt Noel Gylby eifrig hinzu.

»Und nun«, sagte ich, »liefert uns Ihr Bericht, statt daß er Lindsay belastet, das Urteil gegen den Mann, von dem Sie glaubten, Lindsay habe ihn in die Tiefe gestürzt. Für jemanden wie mich eine wunderbar kuriose Wendung. Der Atem eines klassischen Kriminalromans, und die Auflösung genau an der richtigen Stelle.«

Gylby nahm das mit einem bestätigenden, Wedderburn mit einem ärgerlichen Brummen auf. Ich hatte es wohl hauptsächlich gesagt, um die Anspannung, die nun in Sybil Guthries Zügen geschrieben stand, ein wenig zu lindern. Ihre Nerven hatten einiges aushalten müssen, und nun, wo die Wahrheit heraus war, spürte sie die Belastung. »Zumindest in einem Punkt«, fuhr ich fort, »hat Ihre Aussage Ihren Vetter Ranald ja sogar entlastet.«

»Entlastet?«

»Von dem Vorwurf, er sei feige gewesen. Sie werden sich erinnern, daß Mr. Wedderburns Theorie zwei Punkte aufführte, in denen Ranald versagt hatte. Er hatte einen Schrei nicht unterdrücken können, als er sich in die Tiefe stürzte. Und auch beim wichtigsten Punkt seines Planes hatte er nicht den Mut gehabt, ihn auszuführen, bei dem, was Lindsay in den Augen der Landleute am meisten belastet hätte: er hatte den entsetzlichen Akt nicht fertiggebracht, sich in den letzten Sekunden seines Lebens die Finger abzuhacken. Und je näher wir der Wahrheit kamen, desto rätselhafter wurde dieser letzte Punkt. Hatte er es im letzten Moment doch nicht fertiggebracht, Ian das anzutun – Ian, der, darf man annehmen, mit Betäubungsmitteln gefügig gemacht war, so daß er beim ersten Hieb stürzen würde? Doch jetzt wissen wir, daß er keineswegs vorhatte, Milde walten zu lassen; es war nur Ihr erster Schrei, der ihn von seinem Vorhaben abbrachte. Und die Art, mit der er darauf reagierte, ist unser letzter und bester Beweis für seine unglaubliche Geistesgegenwart.

Führen Sie sich vor Augen, was geschah: Ranald steht da, Ian vor sich zusammengekauert im Schnee. Er hat die Axt erhoben. Doch gerade in diesem besonders abscheulichen Moment seines Verbrechens hört er hinter sich einen Schrei. Jemand ist auf der Brustwehr. Ist Ranald gelähmt vor Schrecken? – nicht eine Sekunde lang. Die Situation ist verzweifelt, doch er kann sie noch retten. Nur ihn, Ranald, kann der Beobachter bisher ge*sehen* haben. Er wirft die Axt über die Zinnen, drückt sich ins Dunkel, ergreift den Körper seines Bruders und hält ihn aufrecht – *hält ihn ins Licht*. Dann, er selbst nur eine schwarze Silhouette, schlägt er zu. Der unerwartete Beobachter, wer immer er sein mag, kann nichts von Ian Guthrie wissen; *er sieht, wie Ranald Guthrie umgebracht wird, doch den Mörder sieht er nicht*. Wenn Ranald nun noch über die Wendeltreppe entkommen und dabei die Lampe mitnehmen und löschen kann, dann kann ihm sein Plan immer noch gelingen. Der Wind wird binnen kurzem alle Spuren, daß die Falltür geöffnet wurde, verwischen; der Beobachter wird nicht beschwören können, daß der Mörder nicht doch im Dunkeln durch das Schlafzimmer und die Haupttreppe hinunter entkam – auf der ja zwei oder drei Sekunden später plangemäß ein Zeuge Lindsay sehen wird. Die Argumente gegen Lindsay waren also noch stärker, als Ranald je hatte hoffen können, denn daß es Mord gewesen war, daran konnte nun überhaupt kein Zweifel mehr bestehen. Selbst in Todesgefahr erwies sich Ranald Guthrie als ein Mann, der niemals aufgibt.«

»Und dafür nicht nur den einen unschuldigen Menschen auf dem Gewissen hat«, sagte Wedderburn, »sondern beinahe noch einen zweiten umgebracht hätte.« Er erhob sich, ein stattlicher alter Herr, nun ganz belebt vom Feuer seiner Leidenschaft. »Aber wir werden ihn zur Strecke bringen! Das war der letzte Trick, den Ranald Guthrie uns gespielt hat.«

Von irgendwo tief unten erschütterte das häßliche Scheppern einer großen rissigen Glocke die verlassene Burg.

III.

Es war der junge Anwalt Stewart, zurück aus Dunwinnie. Wir hatten ihn vollkommen vergessen gehabt, und als er die Tür verschlossen fand, hatte er zu der Sturmglocke im Hof Zuflucht genommen. Begleitet wurde er von Dr. Jervie, dem Pfarrer.

Eng zusammengedrückt kamen wir die Treppe hinunter, voller nervöser Anspannung, und als wir in den flackernden Schatten des Großen Saales standen, müssen sie wohl schon in unseren Gesichtern gelesen haben, daß es mit den Geheimnissen des Ortes eine jähe Wendung genommen hatte. Doch beide hielten ihre Neugier im Zaum, und erst nachdem Gylby ein Feuer im Schulzimmer entzündet hatte – woran wir schon lange vorher hätten denken sollen –, fragte Stewart: »Es gibt Neuigkeiten?«

Wedderburn nickte. »Unglaubliche. Ranald Guthrie ist noch am Leben.«

Stewart war fassungslos. Doch meine Aufmerksamkeit galt eher Dr. Jervie. Er hatte sich gesetzt und starrte in die ersten Flammen, die eben im Kamin aufsprangen; und ich glaube, nie im Leben habe ich ein traurigeres Gesicht gesehen. Bei Wedderburns Worten blickte er einen Moment lang auf wie jemand, der, in tiefes Nachdenken versunken, ein Faktum zur Kenntnis nimmt, das ihm nichts weiter bedeutet.

»Guthrie lebt? Dann habe ich also doch kein Gespenst gesehen.«

»*Sie* haben das Gespenst gesehen!«

»Ja. Ihre Informantin hat es vielleicht nicht erwähnt? Wissen Sie, die Leute halten es für selbstverständlich, daß ein Gespenst dem Pfarrer erscheint. Wofür wird er denn sonst bezahlt, der alte Nichtstuer, wenn nicht dafür, daß er einem die bösen Geister vom Leibe hält?« Das Gesicht, mit dem er das sagte, blieb ruhig, doch die Worte, die so sehr das schottische Dorfgeschwätz in seiner ganzen Bosheit heraufbeschworen, waren erschütternd in ihrer Bitterkeit. Allerdings konnte ich mir nicht vorstellen, daß es seine übliche Stimmung war; es war eher die augenblickliche Folge eines Schocks. Aber offenbar war es nicht die Nachricht, daß Ranald Guthrie noch unter den Lebenden weilte, die ihn so schockierte.

Jervie machte eine Handbewegung, die Erschöpfung und die Bitte um Entschuldigung in einem zeigte. »Können wir vielleicht«, sagte er, »Ihre Geschichte – zuerst hören?«

IV.

Anderthalb Stunden waren vergangen. Ich stand auf einer kleinen Terrasse vor dem Schulzimmerfenster, die ich bisher nicht bemerkt hatte. Überall herrschte tiefe Stille, die Luft war feucht und seltsam warm, und auch in der Nacht taute es weiter. Der Mond, nun beinahe voll, stand hoch am klaren Himmel. Zu meiner Rechten konnte ich zwischen den Reihen der schwarzen Lärchen die schmalen, schneebedeckten Feldstreifen des kleinen Bauernhofes sehen, eine gezackte Reihe von Lärchen dahinter, die vor dem leuchtenden Himmel wirkten wie aus Pappe. Doch zu meiner Linken, den See hinunter, sah ich weit in die Nacht hinein, ließ den Blick an dem langgestreckten Band aus dunklem Eis entlangwandern, jenseits dessen sich, klar und schön und wolkenlos, die trotzigen Höhen von Ben Mervie und Ben Cailie erhoben. Das Herz war mir schwer von Vorahnungen.

Jervie kam heraus und stand neben mir, betrachtete schweigend den See und die Berge. Dann sagte er leise: »Wie friedlich es ist.«

Wir schwiegen lange, dann durchdrang vom See her ein Laut wie ein Pistolenschuß die Stille: das Eis brach. Der Laut, schneidend in dieser Stille, rüttelte ihn auf. »Mr. Appleby – kommen Sie herein.« Und er ging wieder ins Schulzimmer.

Stewart war oben im Turm; Gylby kehrte eben mit einem Armvoll Holz zurück. Jervie ging wieder zu dem Platz, an dem er gesessen hatte, schob sorgsam die Bögen von Gylbys Tagebuch zurecht und legte sie neben das Büchlein mit dem Bericht, den Ian Guthrie hinterlassen hatte; dann fiel ihm etwas am anderen Ende des Zimmers auf, er nahm eine Kerze und ging die Bilder betrachten, die indischen Darstellungen von Vögeln. Er machte kehrt, blieb vor dem Feuer stehen und rezitierte – seltsam rührend, daß es gerade hier wiederum erklang –:

Dem Tod entfliehen kannst du nicht,
Drum rüste nur beizeiten dich,
Zum Auferstehn nach Todes Weh,
Timor Mortis conturbat me.

Er wandte sich an Wedderburn. »Ranald Guthrie«, sagte er, »hat sich schon lange dem Teufel verschrieben. Und der Teufel revanchierte sich dafür mit einem Geschenk ganz nach seiner Art: mit Stolz.«

»Kein Zweifel«, brummte Wedderburn.

»Mr. Appleby, Sie haben sich gefragt, ob der Schlüssel zu all dem Gewirr von Motiven, das Sie entdeckt haben, die Habgier ist – Geiz als die Leidenschaft, die ihn beherrscht. Ich glaube, das Schlüsselmotiv ist Guthries zweiter allesbeherrschender Trieb, der Stolz. Ein Stolz, der ihn noch mehr in seiner Gewalt hat als die Habgier, die ihn unter den Vogelscheuchen umgehen ließ. Stolz, der ihn einen entsetzlichen, diabolischen Weg zu einem Ziel gehen ließ, das um jeden Preis erreicht werden mußte. Er verbot die Ehe zwischen Neil Lindsay und Christine Mathers. Sie durfte nicht sein. Doch Stolz verbot es auch wiederum, den Grund dafür zu nennen. Neil und Christine sind Bruder und Schwester.«

Sybil Guthrie stieß einen unterdrückten Schrei aus, dann schwieg sie wieder.

»Halbbruder und Halbschwester, genauer gesagt. Christine galt stets – obwohl es nie jemand wirklich gesagt hat und alle immer wieder daran zweifelten – als die Tochter des Bruders von Guthries Mutter, der, wie man wußte, zusammen mit seiner Frau bei einem Eisenbahnunglück in Frankreich umgekommen war. In Wirklichkeit ist Christine jedoch die Tochter von Guthries eigener Schwester, Alison Guthrie.

Alison war eine exzentrische, eigenbrötlerische Frau, deren größte Leidenschaft der Vogelkunde –«

Ich unterbrach ihn. »Christine –«

»Ja, ich weiß. Sie hat selbst eine Leidenschaft dafür. Doch Alison studierte nicht nur die Geschöpfe der Lüfte; ebenso groß, und nicht so unschuldig, war ihr Interesse an der männlichen Dienerschaft. Solche Frauen findet man ja oft. Und ein gewisser Wat Lindsay, Neils Vater, trat – schon ein verheirateter Mann, kurz nach Neils Geburt – bei ihr in Dienste. Christine war –«

Plötzlich, als seien alle Dämme gebrochen, begann Sybil Guthrie heftig zu weinen. Jervie ließ ihr ein paar Augenblicke Zeit, dann fuhr er mit sanfter Stimme fort. »Christines Mutter starb in einer einsamen Hütte bei der Geburt des Kindes. Ranald Guthrie nahm das kleine Mädchen bei sich auf, verschleierte aber seine Herkunft mit all dem Raffinement, die wir inzwischen von ihm kennen. Natürlich hätte man dem Geheimnis nachgehen können: Mr. Wedderburn wird gewiß sagen, daß Ranalds Erbe nach seinem angeblichen Tod nicht hätte geregelt werden können, ohne daß die Wahrheit dabei ans Licht gekommen wäre. Doch Ranald war besessen, und das setzte selbst einem so scharfen Verstand Grenzen. Alles kam ihm darauf an, daß das, was für ihn eine unaussprechliche Schande war, niemals entdeckt wurde.

Und folglich war es Stolz, nicht Habgier, was ihn zur schlimmsten aller Schandtaten trieb. Es wäre ja nicht notwendig gewesen, daß jemand außerhalb der Familie von dem Geheimnis erfuhr. Hätte er, als er sah, daß Neil und Christine sich liebten, den beiden alles erklärt, so wäre das zwar sehr schmerzlich gewesen, aber keine wirkliche Katastrophe. Doch offenbar brachte er es nicht über sich. Ein Fall für die Psychologen, mit denen Mr. Appleby sich so gern beschäftigt: eine Hemmung, die durch nichts zu überwinden war. Er konnte nicht darüber sprechen: und zugleich wußte er doch, daß er die Heirat nur verhindern konnte, wenn er darüber sprach. Hier haben wir also den Grund für seinen Haß auf Lindsay – das Motiv dafür, nach dem Mr. Appleby suchte. Ich glaube, jeder von uns kann es spüren:

wie Furcht, Wut und Entsetzen in ihm immer stärker wurden. Er sah es vor sich, wie die beiden jungen Leute in Sünde leben würden – unwissentlich, wenn es so etwas wie eine unwissentliche Sünde geben kann –, einer Sünde, die dem neurotischen Verstand von jeher als ganz besondere Abscheulichkeit vorgekommen ist. Er ist verantwortlich, und er kann es nur verhindern, indem er spricht – oder etwas unternimmt. Und sprechen kann er nicht.«

Sybil Guthrie erhob sich, die Tränen nun wieder getrocknet. »Wo ist Christine? Kann ich ins Dorf fahren und –«

Jervie schüttelte den Kopf. »Dafür ist morgen früh noch Zeit. Christine ist im Pfarrhaus und schläft wahrscheinlich längst – und Lindsay übernachtet bei Ewan Bell.

Wie gesagt, Guthrie brachte es nicht über sich zu sprechen. Und deshalb mußte er handeln. Die Schuldgefühle, an denen jemand wie er gewiß besonders litt und die im Laufe der Jahre größer und immer größer geworden waren, je mehr seine Feigheit und sein Verrat in Australien ihn quälten, würden sich nun, stelle ich mir vor, an Lindsay entladen. Er würde sie auf Lindsay projizieren – Lindsay, dessen Vater ja in gewissem Sinne eine Guthrie betrogen hatte, Lindsay, der nun aus Sturheit geradewegs auf eine Todsünde zumarschierte. Nichts anderes war der Situation angemessen, nichts anderes konnte sie noch retten, als Lindsays Tod.»

»Wie Christine einmal von ihm gesagt hat«, fügte Noel Gylby mit recht heiserer Stimme hinzu, »etwas so Extremes hätte er nur gegen ein anderes Extrem gesetzt. Oder was er für extrem hielt.«

»Und damit«, fuhr Jervie fort, »ergibt sich eine ganz neue Perspektive, aus der wir unser Puzzle betrachten können. Mr. Appleby hat es so verstanden, daß Ranald den jungen Lindsay für das Komplott gegen seinen Bruder benutzte; so wie ich es sehe, benutzte er eher seinen Bruder für das Komplott gegen Lindsay.«

Wieder machte er seine erschöpfte Handbewegung. »Für den Kriminologen ist es wahrscheinlich ein hübscher Fall.« Er stand auf. »Ich muß Kräfte sammeln für die Aufgabe, die mir morgen bevorsteht.«

Auch Wedderburn erhob sich. »Jervie, sind Sie sich dieser Dinge sicher? Es kann keine Zweifel geben, daß das, was Sie uns da erzählt haben, die Wahrheit ist?«

»Ich fürchte, nein. Lassen Sie sich erklären, wie wir darauf gekommen sind. Wir haben noch nicht nachgeforscht, ob für die Geburt des Kindes – Christines – falsche Angaben gemacht wurden. Doch ganz gleich wie Guthrie es angestellt haben mag, kann er den Eintrag nicht ohne Hilfe von höherer Stelle ins Amtsregister geschmuggelt haben. Diese Hilfe bekam er von Sir Hector Anderson von Dunwinnie, einem exzentrischen alten Herrn, der seine eigenen Ansichten zu Fragen wie Blut und Rasse hatte. Sir Hector ist seit fünfzehn Jahren tot, und für die gegenwärtige Intrige hatte Guthrie nichts von ihm zu befürchten. Doch er hat seine Rechnung ohne Lady Anderson gemacht – mit der er auch kaum rechnen konnte, denn immerhin ist sie inzwischen über neunzig. Sie kannte die Wahrheit, obwohl sie nie jemandem davon erzählt hat. Und auch heute noch weiß sie über alles Bescheid, was in der Gegend geschieht. Als sie erfuhr, daß Neil und Christine gemeinsam davonlaufen wollten, handelte sie sofort. Daß Stewart am späten Nachmittag so eilig fortmußte, lag an dem Anruf, den er aus Dunwinnie Hall bekommen hatte. Er wußte alles.«

»Aber die Erinnerung einer so alten Dame –«

Jervie schüttelte den Kopf. »Sie hat eine Reihe von Briefen, die es belegen. Nicht viel an Details, doch die Tatsache geht eindeutig daraus hervor.«

»Dr. Jervie«, sagte Sybil Guthrie, »bisher weiß es noch niemand, oder? Sie werden es doch – schonend beigebracht bekommen?«

»Nein, bisher weiß es niemand. Und erfahren werden es die beiden von mir.«

»Wieso *müssen* sie es denn wissen?« fuhr Gylby geradezu heftig dazwischen. »Es ist doch gar keine *echte* Verwandtschaft – wo keiner von ihnen etwas ahnt! Das muß es doch schon Hunderte von Malen gegeben haben, und keiner hat je etwas erfahren und keiner hatte je einen Schaden davon.«

Ich legte ihm die Hand auf den Arm. »Das geht nicht, Gylby – glauben Sie mir. Beim Prozeß gegen Ranald wird es ans Tageslicht kommen. Selbst wenn alle Stillschweigen bewahren – Lady Anderson und wir alle hier –, können wir fast sicher sein, daß Ranald es am Ende preisgeben wird. Es wäre der einzige Triumph, der ihm noch bliebe, und wahrscheinlich würde er dann sein Schweigen brechen.«

Sybil Guthrie sprang auf und kam zu mir. »Aber Mr. Appleby, wieso können wir denn nicht einfach gar nichts tun? Im Augenblick glauben noch alle an Mr. Wedderburns Lösung. Ranald ist fort, unbemerkt, ein Pensionär in Kalifornien. Lindsay muß nicht mehr fürchten, daß er am Galgen baumelt. Er und Christine haben schon ihre Pläne für Kanada –« Sie brach ab, wandte sich plötzlich hilfesuchend an Dr. Jervie. »Dr. Jervie, wäre das nicht das Beste für alle?«

Jervie ging zum Fenster und blickte hinaus. Ohne sich umzudrehen, sagte er leise: »Nein.«

Die Debatte konnte zu nichts führen. Ich versuchte sie aufzuhalten. »Solche Überlegungen können wir uns sparen. Von der ethischen Seite einmal ganz abgesehen, würde es auch einfach nichts nützen. Ranald würde die Dinge im Auge behalten. Wenn er feststellte, daß seine Intrige gegen Lindsay fehlgeschlagen ist und daß die beiden auf dem Wege nach Kanada sind, würde er gewiß dafür sorgen, daß sie die Wahrheit erfahren.«

»Finden Sie Ranald«, sagte Sybil. »Handeln Sie mit ihm. Unser Schweigen gegen sein Schweigen.«

Ich schüttelte den Kopf. »Er ist ein alter Mann. Auf dem Sterbebett könnte er sein Wort brechen. Und daß die beiden erst nach Jahren der Ehe die Wahrheit erführen – das können wir nicht verantworten. Schon deswegen, weil wir nicht wissen, wie sie unser Schweigen beurteilen würden. Es gibt keinen einfachen Ausweg.«

Vom Fenster sagte Jervie, jetzt mit ganz anderer Stimme: »Da kommt jemand.«

Ich ging zu ihm hin, und wir traten beide wieder hinaus auf die kleine Terrasse. Ein Automobil näherte sich der Burg; die Scheinwerfer, nur schwach im Mondlicht, strichen den schmalen Arm des Sees entlang, der fast bis zum Burggraben reichte. Einen Moment lang streiften die Lichter uns und folgten dann im Bogen der Auffahrt um den gefrorenen Wasserlauf. Dann blieben sie stehen. »Das ist die kleine Senke an der letzten Kurve«, sagte Jervie. »Der Schnee war schon halb getaut, als wir kamen; wahrscheinlich kommt der Wagen nicht mehr durch.« Eine Minute darauf erschienen zwei Gestalten am anderen Ufer des Arms, kletterten hinunter und überquerten mit raschen Schritten das Eis. Als sie aus dem Schatten traten, erkannten wir im Mondlicht Neil Lindsay und Christine Mathers.

Sie gingen Hand in Hand. Ich glaube, sie waren übermütig – es war leichtsinnig, daß sie die Abkürzung über das Eis nahmen. Es knackte an allen Ecken; sie mußten unter ihren Füßen spüren, wie es nachgab; sie liefen umso schneller, und ich glaube, ich hörte sogar ihr Lachen dabei. Sie waren jung und stark, und erst ein paar Stunden zuvor waren sie dem Schatten tödlicher Gefahr entronnen. Plötzlich hörten wir Christines Stimme, wie sie klar und energisch etwas in die Nacht rief. Ich spürte, wie Jervie seinen Entschluß faßte, als der Klang zu uns herüberkam. »Es muß noch heute nacht sein«, sagte er. »Ich gehe und lasse sie ein.«

Von unten hörte man nun deutlich Christines Stimme. »Schreckliche Schuhe! Neil, du mußt mich tragen.«

V.

Sie kamen den Korridor entlanggelaufen zum Schulzimmer, und Jervie – der vermutlich vorgehabt hatte, die beiden in einem anderen Raum beiseitezunehmen – folgte weit abgeschlagen. Ich blickte zuerst dem einen, dann der anderen ins Gesicht. Kein Zweifel, sie waren übermütig. Sie waren glücklich.

»Versuchen Sie ja nicht, noch über das Eis zu gehen! Der nächste, der das versucht, bricht ein.« Christine warf ihren Hut fort und sah sich um – musterte zuerst ihr altes Zimmer, dann die Leute darin. Sie kam zu Sybil Guthrie gelaufen. »Miss Guthrie von Erchany! Bringen Sie Frieden und Vernunft auf diese Burg – und gute Laune und sanitäre Einrichtungen dazu.« Sie blickte wieder in die Runde. »Ist denn Ewan Bell nicht da?«

»Haben Sie erwartet, daß er hier sein würde?« fragte Jervie sanft.

»Aber ja. Er wollte sich hier mit uns und den Anwälten treffen und uns etwas erklären – etwas, das streng vertraulich sein sollte. Ich habe keine Ahnung, was es –«

In ihrer Erregung hatte sie gar nicht gemerkt, was für eine Stimmung in dem Zimmer herrschte; nun spürte sie es und verstummte schlagartig. Und Lindsay, der in aller Ruhe an der Tür gestanden und uns betrachtet hatte, ergriff das Wort.

»Wir haben keine Ahnung, was er vorhatte. Aber anscheinend gibt es Dinge, die er uns erklären muß. Aber hier im Zimmer steht auf jedem Gesicht ein Geheimnis geschrieben. Was ist geschehen?«

Ich sah, daß Dr. Jervie nicht wußte, was er tun sollte. Was er zu sagen hatte, erforderte Ruhe und die richtige Einstimmung: und hier stand nun der junge Lindsay und wollte die Wahrheit wissen. Ich sprang ein, um die Situation zu retten. »Die größte Neuigkeit ist die: Ranald Guthrie lebt. Daß er Ihnen einen Mord anhängen wollte, Mr. Lindsay, gilt nach wie vor; doch er tötete nicht sich, sondern seinen älteren Bruder, der als Arzt in Australien gelebt hatte und vor kurzem zurückgekehrt war.«

So sehr auf die Fakten reduziert, muß es praktisch unverständlich gewesen sein, und ich glaube nicht, daß Christine auch nur ein Wort von dem begriff, was ich da sagte. Doch Lindsay verstand schon, worauf es ankam. Seine Pupillen weiteten sich. »Guthrie lebt!«

»Ein zweiter Besucher in Sicht!« rief Gylby vom Fenster, hörbar erleichtert, daß auch nur die kleinste Ablenkung möglich war. »Er kommt auf der gleichen Route.«

Christine wandte sich um. »Das muß Ewan Bell sein. Er darf nicht aufs Eis gehen!« Sie lief zum Fenster.

Alle folgten ihr. Zunächst konnten wir nur eine undeutliche Gestalt sehen, die auf der gegenüberliegenden Seite die Böschung hinunterkletterte. »Neil«, rief Christine, »du mußt ihn warnen!« Im selben Augenblick trat die Gestalt ins Mondlicht. Christine, die neben mir stand, schwankte. *»Onkel Ranald!«* Und Lindsay, wie ein Echo: *»Guthrie!«*

Gylby machte einen Satz zurück und löschte sämtliche Lichter im Schulzimmer. »Er muß glauben, die Burg sei verlassen«, flüsterte Sybil Guthrie. »Wir haben ihn; jetzt sitzt er uns in der Falle!«

Doch Lindsay holte tief Luft und brüllte: »Zurück, Mann, zurück!« Und im selben Augenblick brach das Eis.

Einen Sekundenbruchteil standen wir alle reglos und starrten den Zirkel aus schwarzem Wasser an, der sich immer weiter ausbreitete, mit der Langsamkeit von Öl, hätte man denken können, mitten auf dem leise schimmernden Eis. Ich spürte, wie ein kräftiger Arm mich beiseiteschob. Lindsays Arm. Und er sprang von der kleinen Terrasse direkt hinunter in den Graben.

Es schienen an die fünfzehn Fuß, doch in Wirklichkeit war es wohl weniger. Und der Aufprall wurde durch den Schnee gemildert. Gylby und ich konnten ihm nur folgen. Als ich sprang, hörte ich Christine noch sagen: »Ich hole ein Seil.«

Lindsay war nur Sekunden vor uns gesprungen, doch er fand eine bessere Stelle oder hatte größere Kraft und kam lange vor uns auf der anderen Seite des Grabens wieder hinauf. Als wir ans Seeufer kamen, war er schon ein ganzes Stück weit draußen auf dem Eis; er kroch flach auf dem Bauch. Ohne innezuhalten, rief er zu uns: »Es darf nicht noch jemand hier heraus ... werfen Sie mir ein Seil zu, so schnell wie möglich!« Dann rief er in die andere Richtung: »Guthrie, halten Sie sich fest, ich komme!«

Ich wußte, daß er recht hatte. Wenn Guthrie, wie zu vermuten war, halb besinnungslos von dem kalten Wasser war, dann war die einzige Hoffnung, ihn noch herauszubekommen, daß wir so wenig Druck wie möglich auf das umliegende Eis ausübten: wenn das Eis über breite Flächen brach, würde eine Rettung selbst an diesem hintersten, schmalsten Ende des Sees unmöglich. Im Augenblick konnten wir nur dastehen und zusehen, bereit zur Hilfe, wenn auch Lindsay einsank. Und wieder knackte das Eis unheilkündend. Ich streifte meine Schuhe und Kleider ab. Wir würden tauchen müssen, bevor diese Angelegenheit zu Ende war.

Christine kam mit einem zusammengerollten Seil gelaufen. »Sonst habe ich nichts gefunden«, sagte sie ruhig. »Und ich glaube nicht, daß das reicht.«

Ich blickte das Seil an, dann Lindsay. Er war auf etwa halbem Wege zu seinem Ziel. »Am besten machen wir eine Probe«, sagte ich, »dann wissen wir, ob es hält.« Gylby und ich rollten es eilends auf und zerrten, Stück für Stück, daran, um zu sehen, wieviel es aushielt. Es schien stabil, doch ich hatte wenig Vertrauen: es war eigentlich nur eine Wäscheleine. Und viel zu kurz für die gesamte Eisfläche. Mit Glück würde es gerade bis zu der Stelle reichen, an der Guthrie eingebrochen war.

Wir hörten Lindsays Stimme – ruhig und voller Selbstvertrauen. »Halten Sie fest, Mann, dann holen wir Sie da schon heraus. Ist das denn die Zeit für ein Bad im Loch Cailie, um Mitternacht im Winter?«

Christine hielt den Atem an, sie starrte hinaus auf das Eis. »Er sieht ihn«, sagte ich. »Es geht nicht anders: ich muß mit dem Seil nach vorn.«

»Ich bin leichter als Sie«, wandte Gylby noch ein, doch ich kroch schon hinaus, Lindsay nach. Guthrie war offenbar bei Bewußtsein und klammerte sich an einen Eisrand, der noch nicht brüchig war; Lindsay hatte ihn fast erreicht; ich war zuversichtlich, daß ich das Seil bis zu ihnen hinausbringen konnte. Nur einmal spürte ich, wie das Eis unter mir riß, und wäre nicht immer wieder ein bedrohliches Beben über die ganze Fläche gelaufen, so hätte ich mich nicht weiter in Gefahr gefühlt. »Ich habe ihn«, rief Lindsay mir zu. »Werfen Sie mir das Seil zu, aber kommen Sie nur so nahe heran wie unbedingt nötig.« Vorsichtig arbeitete ich mich auf Hände und Knie, dann warf ich. Das Eis knackte von der heftigen Bewegung, doch als ich mich wieder auf den Bauch legte, blieb es ruhig. Wieder kam Lindsays Stimme herüber: »Hab' es. Kriechen Sie jetzt zurück und ziehen Sie vorsichtig, wenn ich es sage.«

Ich kroch zurück, so schnell ich konnte, und spürte dabei, wie das Beben im Eis immer stärker wurde. Lindsay rief, bevor ich das Ufer erreicht hatte. Einen Moment lang stemmten wir uns gegen das Gewicht – und es war ein Gewicht, für das unser Seil niemals bestimmt gewesen war. Dann bewegte es sich. »Er ist draußen!« rief Lindsay triumphierend. »Jetzt langsam und gleichmäßig.«

Ich spürte das Beben des Eises nun auch als eine leichte Vibration in der Luft, wie ein leises, gespenstisches Stöhnen. Und kaum hatten wir den fast leblosen Körper in Sicherheit gebracht, wurde es lauter. Ein Wind kam den See herauf. Ich hörte Lindsays Stimme, eilig, doch besonnen: »Noch einmal das Seil – wenn es noch geht.« Schon in der nächsten Sekunde wurde das Rauschen dieses raschen, tückischen Windes übertönt von dem Getöse des Eises, das nun auf ganzer Fläche brach.

»Lindsay!«

Keine Antwort. Ein einziger Blick auf Christine Mathers genügte, und ich lief hinaus auf das wogende Eis.

VII.

Die Kälte des Wassers spüre ich bis heute in den Knochen. Und noch mehr, könnte ich mir vorstellen, spürt Noel Gylby sie. Nur Sekunden, und er war ebenfalls draußen, und er suchte noch eine ganze Stunde lang, nachdem er mich aus dem Wasser geholt hatte. Was mich vor allem quält, das ist der Maßstab der ganzen Sache, der wie ein Hohn auf all unsere Mühen ist. Als wir bei Tageslicht hinausgingen, sahen wir, wie schmal dieser letzte Zipfel des Sees ist. Er ist nicht einmal allzu tief. Und wir kämpften gegen Eisstückchen, die ein Junge hätte herausholen und an einem Stein zerschmettern können. Und doch bin ich überzeugt, daß wir getan haben, was wir konnten. In diesem plötzlichen, böigen Bergwind wurden das eiskalte Wasser und die schwimmenden Schollen zu einer kleinen arktischen Hölle. Und vom unteren Ende des Sees sog eine kräftige Strömung, die uns immer wieder unter die geschlossene Eisfläche zu ziehen drohte. Erst Tage später fand man Neil Lindsays Leichnam.

Ich hatte mich am Kopf verletzt; dazu kam die Erschöpfung, und ich muß eine ganze Weile bewußtlos gewesen sein. Als ich zu mir kam, standen Wedderburn mit einem Brandyfläschchen und der Schuster Ewan Bell über mich gebeugt. Ich richtete mich auf, so gut es ging, und stammelte meine Frage.

Wedderburn schüttelte den Kopf. »Ich fürchte, da ist keine Hoffnung mehr. Er ist ertrunken.«

»Miss Mathers?«

»Miss Guthrie und Jervie haben sie ins Haus gebracht.«

Ich drehte mich zur Seite und sah neben mir den Geretteten liegen. Er rührte sich. Ich glaube, auch in der Bewußtlosigkeit hatte mein Verstand sich nur mit der unmittelbaren Gefahr, mit dem Versuch zu retten beschäftigt. Erst jetzt begriff ich allmählich, was für eine Tragödie ich da erlebt hatte, und es stand wohl in meinen Zügen geschrieben. Denn Wedderburn sagte: »Wenigstens können wir jetzt auf einen besseren Zeitpunkt warten, bevor wir es ihr sagen.«

Voller Ungeduld richtete ich mich auf. »Ranald Guthrie«, sagte ich; »noch immer machen Sie die Rechnung ohne ihn.«

Bell ging hinüber zu der Gestalt, die da am Boden lag, und hielt eine Lampe hoch. Dann ergriff er den Arm, die Hand des Mannes und hielt sie ins Licht – eine Hand, die, offenbar schon vor Jahren, mehrere Finger verloren hatte. »Das ist Ian Guthrie«, erklärte er. »Ranald ist tot.«

»Tot! Aber sind Sie sicher?« Mir verschwamm alles vor den Augen, und ich starrte ihn verständnislos an.

Der alte Mann richtete sich auf. »Da bin ich mir sicher. Ich habe ihn getötet.«

SIEBTER TEIL

Eine Nachschrift von Ewan Bell

I.

Gestern kam ein Brief von Christine. Der Poststempel – *Cincinnati, Ohio* –, der noch vor einem Jahr so fremd war, ist mir längst vertraut: schier unglaublich, wie schnell selbst ein alter Mann sich an jede Veränderung gewöhnt.

Bei den Leuten von Kinkeig kann man allerdings lange warten, daß sich etwas ändert. Mistress Johnstone, die Postmeisterin, brachte den Brief höchstpersönlich und stand bald zehn Minuten im Laden, plötzlich sehr interessiert an anderer Leute alten Schuhen. »Machen Sie Ihren Brief ruhig schon auf, Mr. Bell«, sagte sie, »und kümmern Sie sich gar nicht um mich.« Und eine halbe Stunde darauf kam unsere Lehrerin herein, die Nase vielleicht noch ein winziges Stückchen länger als an dem Wintertag, an dem sie das Tal hinauf zum Herrenhaus radelte. Ob ich nicht eine Eintrittskarte für ein großartiges Schauspiel kaufen wolle, kam sie fragen, das die Kinder im Kirchensaal aufführten, ein Spiel voller Selbstverwirklichung und Kinderpsychologie, verfaßt vom Klassenbesten, einem wahren Wunderkind, dem kleinen Geordie Gamley? Und waren vielleicht dieser Tage Nachrichten aus der großen weiten Welt nach Kinkeig gekommen?

Und vor ein oder zwei Wochen kam ein anderer Brief aus Amerika, der Poststempel nicht ganz so vertraut: *San Luis Obispo, Cal.* Einen heidnischeren Namen als das, meinte Mrs. Johnstone, könne man sich ja wirklich kaum vorstellen. Womöglich sogar von einem Schwarzen? Ich öffnete den Brief und sagte nein, er sei von einem alten Schulfreund, den es in diesen Teil der Welt verschlagen habe. Was ja auch nicht gelogen war. Denn Dr. Flinders schrieb mir, wie gut er sich noch der Zeiten entsann, als wir beide beim alten Schulmeister saßen, damals, als er noch auf die Dorfschule und nicht auf das Internat in Edinburgh ging. Seltsam, daß ein Mann so etwas schreibt, der in Australien zur

Welt kam, als ich bereits zwanzig Jahre alt war. Doch davon weiß Mistress Johnstone nichts.

Den gestrigen Brief von Christine nahm ich mit zum Pfarrhaus, damit Dr. Jervie und ich ihn gemeinsam lesen konnten. Ich finde, der Pfarrer ist alt geworden, dies letzte Jahr; jedenfalls zitterten ihm die Hände, als er den Brief auf den Tisch legte – den Brief, in dem sie schrieb, daß Sybil Guthrie ihr die Wahrheit über Neil gesagt hatte. Eine Weile saß er schweigend da, blickte über den sommerlichen Garten hinaus auf die Felder, wo gelb und reich die Ernte eingebracht wurde. »Die Zeit heilt alle Wunden, Ewan Bell«, sagte er.

Ich steckte den Brief wieder ein. »Meinen Sie, sie wird eines Tages einen anderen finden?« fragte ich.

»Warum nicht, Ewan? Mag sein, daß sie nach Neil Lindsay keinen schottischen Adligen mehr heiraten kann. Und nach Neil Lindsay könnte es wohl auch kein anderer Bauernjunge sein. Aber nun ist sie in der Neuen Welt. Und sehen Sie doch nur, wie sie sich schon jetzt all dem Fremden öffnet, wie sie aus ihrem Schneckenhaus herauskommt und beobachtet und sich wundert und kritisiert. Der Tag wird kommen, an dem sie nicht nur das Fremdartige, sondern auch das Schöne daran sieht, und dann –« Er erhob sich. »Aber ob wir das noch erleben, alter Freund?«

Und heute bin ich das Tal heraufgewandert. Achtzehn Monate sind vergangen, seit ich zum ersten Mal zur Feder gegriffen und diese Erzählung auf den Weg gebracht habe. Ich möchte sie gern im Schatten von Castle Erchany zu Ende schreiben.

II.

John Appleby, unser scharfsinniger Londoner, besteht darauf, daß er im Fall Guthrie versagt habe. Den einen Punkt, der am Ende alles in ein gänzlich neues Licht rückte, den habe er nicht gesehen. Die eine entscheidende Frage habe er, sagt er, nicht gestellt. Doch der Leser weiß, daß er sie stellte – und daß er an jenem Abend darauf zurückgekommen wäre, wenn sich die Ereignisse nicht dermaßen überschlagen hätten. *Wer war es, den Hardcastle und der junge Gylby auf dem Weg zum Turm aus dem Schulzimmer schlüpfen sahen?* Der Leser kennt die Antwort. Es war Ewan Bell.

Ich hatte lange über dem seltsamen Brief von Christine gebrütet, den mir der Schwachkopf Tammas gebracht hatte. Aber ich bin ein alter Mann und nicht mehr gar so schnell mit meinen Gedanken, und es war Heiligabend, bis ich wirklich begriff, daß dieser Brief im Grunde, vielleicht ohne daß Christine es überhaupt selbst wußte, ein Hilferuf war. Und selbst da nahm dieser Gedanke noch keine wirklich deutliche Gestalt an, denn als ich mich in der Abenddämmerung auf den Weg das Tal hinauf machte, da glaubte ich, ich täte es, um ihr Lebewohl zu sagen. Doch unterschwellig erkannte ich die Bitte, und noch tiefer drinnen spürte ich wohl auch die Gefahr: sonst hätte ich nicht einen Marsch auf mich genommen, dessen Gefahren ja selbst wahnwitzig genug waren.

Ich rechnete damit, daß ich gegen acht Uhr am Herrenhaus sein und mich für die Nacht Guthries Gastfreundschaft anempfehlen würde, oder ich konnte, wie es seinerzeit die Lehrerin beinahe getan hätte, auf dem Heuboden im Bauernhof schlafen. Doch kalkulierte ich mit Kräften, die ich als Jüngerer einmal gehabt hatte. Mit mehr Glück als Verstand fand ich in jener Sturmnacht tatsächlich nach Erchany, aber es fehlte nur noch eine halbe Stunde bis Mitternacht, als ich das letzte Stückchen des Fahrwegs hinaufstapfte, und das Licht meiner Sturmlaterne war kaum mehr als ein Glimmen im unablässigen Wirbel der Schneeflokken. Im Schulzimmer brannte Licht; ich kletterte in den Graben und von dort unter einigen Mühen hinauf zu der kleinen Terrasse. Mr. Wedderburn hatte ganz recht, als er in mir die traurigen Überreste eines Athleten erkannte; obwohl ich ein wenig Muskelkraft offenbar doch noch habe.

Heute kommt es mir seltsam vor, daß ich so heimlich bei Christine ans Fenster klopfte, doch es zeigt nur, wie instinktiv ich Guthrie mißtraute. Sie ließ mich durch die Terrassentür ein, und ich spürte, wie froh sie war, daß ich gekommen war. Neben sich hatte sie einen winzigen Koffer – nicht größer als Mistress McLarens Handtasche beim Kirchgang –, und ein Regenmantel hing über der Stuhllehne. »Du willst doch nicht heute nacht noch fort?« fragte ich.

Doch sie nickte. »Mein Onkel will es so. Und Neil sagt, wir können gut bis nach Mervie kommen. Er ist gerade beim Onkel oben im Turm, und wenn er herunterkommt, müssen wir gehen. Es wird doch alles gut, nicht wahr, Ewan Bell?«

Sie war viel zu verliebt, als daß sie mehr als solche vagen Ahnungen aufkommen ließ, daß vielleicht etwas nicht geheuer war – daß im Kern der ganzen Unternehmung etwas Irrsinniges, Sinistres lag. »Ich werde nach oben gehen und mit ihnen sprechen, Christine«, sagte ich. »Und wenn dein Neil herunterkommt, dann ab mit euch beiden, und schreib' einmal.« Und ich küßte sie zum Abschied. Ich muß mir wohl vorgestellt haben, daß ich den beiden hier den Rücken decken könnte, wenn sie fort waren. Daß ihnen das Unheil schon beim Aufbruch drohte, darauf kam ich nicht.

»Nimm die kleine Wendeltreppe, dann gehst du Hardcastle aus dem Weg«, sagte Christine. Sie holte mir einen Schlüssel, für den Fall, daß die untere Tür verschlossen war.

Ich schlüpfte aus dem Schulzimmer – das war der Augenblick, in dem Gylby und Hardcastle mich sahen – und ging direkt zu der kleinen Treppe. Und ich finde, es kann ruhig gesagt werden, daß ich selbst nach dem Gewaltmarsch von Kinkeig die Wendeltreppe schneller hinaufkam als die beiden anderen die große Treppe. Und alles wäre anders gekommen, hätte ich unterwegs verschnauft.

Als Junge, zu Zeiten des alten Gutsherrn, war ich oft auf der Burg gewesen und kannte mich recht gut aus, doch an das Turmzimmer erinnerte ich mich kaum. Ich wußte nur, daß es von der Brustwehr aus einen Zugang gab; dort wollte ich, wenn ich durch die Falltür gekommen war, beherzt eintreten und verkünden, daß ich als Freund Lindsays gekommen sei, um ihm und seiner Braut Geleit für den Rückweg zu geben.

Es stürmte heftig, und einen Moment lang stand ich oben und wußte nicht, ob ich mich auf dem Wehrgang nach rechts oder nach links halten sollte. Ich entschied mich für links – die falsche Richtung. So kam es, daß ich die Szene, die Miss Guthrie von ihrer Tür aus sah, von der anderen Seite verfolgte. Nicht daß ich bemerkt hätte, daß die junge Amerikanerin dort oben war. Und ich glaube auch nicht, daß Ranald Guthrie es wußte: als es ihr vorkam, als habe er ihren Ruf gehört, da muß sie sich getäuscht haben.

Ich war ein paar Sekunden vor ihr dort; man kann meine und Miss Guthries Bewegungen einander zuordnen, und zwar durch den Schrei, den sie hörte – den ersten, der sie von ihrer Tür fortlockte. Er kam von mir. Und dieser Schrei, anders als der ihre, war zweifellos laut genug. Ich war auf der Brustwehr, tastete mich vorsichtig voran, die Laterne ganz nach unten gehalten, als etwas aus dem Dunkel gerollt kam und mich beinahe über die Zinnen katapultiert hätte. Ich stellte meine Laterne nieder und beugte mich darüber. Es war ein Menschenleib.

Danach geschah alles binnen Sekunden. Ich sah, daß eine zweite Laterne brannte, in einer Nische über einer Tür – der Tür zu der Schlafkammer. Und im nächsten Augenblick kam Guthrie durch diese Tür. Ich richtete mich von der zusammengekauerten Gestalt, über die ich mich gebeugt hatte – und in der ich natürlich Neil Lindsay vermutete –, auf und trat einen Schritt zurück, wobei meine Laterne umfiel und erlosch. Erst dadurch bemerkte Guthrie mich und hob drohend seine Axt – das war der Augenblick, in dem Miss Guthrie uns sah, auch wenn sie noch nicht erfaßt hatte, was vorging. Er kam auf mich zu, und damit verschwand er aus dem Lichtkegel; minutenlang tasteten wir nun beide im Dunkeln. Ich wußte, daß ich in Lebensgefahr schwebte – so sicher, als hätte Guthrie mir offen den Krieg erklärt. Und von meinem Überleben hing auch das Leben des Mannes ab, der hilflos zu meinen Füßen lag. Denn daß der Gutsherr auf Mord aus war, daran konnte es keinen Zweifel geben.

Irgendwo im Dunkeln lauerte er, bezog seine Stellung mit der ganzen Schärfe seines gewaltigen Verstandes. Und plötzlich richtete er sich auf, an der Brustwehr, nun wieder ganz im Licht. Von mir konnte er nur die Silhouette sehen, genau wie Miss Guthrie; offenbar war er zu dem Schluß gekommen, daß das, wenn er mich überraschen konnte, genügte. Er holte aus mit seiner Axt – zu einem Schlag, von unten herauf geführt, der mir mitten in den Leib gehen oder mir vom Kinn aufwärts den Kopf spalten würde. Ich mußte ihm zuvorkommen, und es gelang mir. Und mehr ist über den Tod Ranald Guthries nicht zu berichten.

III.

Ich kniete wieder neben der Gestalt im Schnee nieder – Miss Guthrie war, wie wir wissen, ins Haus zurückgekehrt und sah nichts davon – und sagte leise: »Lindsay, um Himmels willen –

was hat er Ihnen getan?« Daraufhin regte sich die Gestalt, drehte sich um, und ich blickte ihr ins Gesicht. Ich war wie vom Donner gerührt, als ich in das Antlitz eines Guthrie sah. Mein erster, entsetzlicher Gedanke war, daß ich den falschen Mann in die Tiefe gestürzt hatte.

Offenbar hatte man ihm ein Betäubungsmittel gegeben, doch er kam nun rasch wieder zu sich. Nur noch ein paar Sekunden, dann schlug er die Augen auf, sah mich an und fragte: »Wer sind Sie?« Und als ich ihm meinen Namen sagte, leuchteten seine Augen, als habe er ihn erst gestern zum letzten Mal gehört. »Ich bin Ian«, sagte er. »Ian Guthrie. Bringen Sie mich fort von hier – unbemerkt.«

Nun hatte ich ja eigentlich für diesen Tag genug an Athletischem geleistet – mehr hätte sogar unsere Lehrerin Miss Strachan nicht gefordert. Aber es ließ sich nicht ändern. Ich warf meine eigene Laterne über die Brüstung, holte die brennende aus der Nische und hob mir Ian Guthrie auf die Schultern. Auf dem Bauernhof meines Vaters habe ich oft genug Kälber getragen, die schwerer waren als er.

Ich schleppte ihn zur Falltür, bugsierte ihn durch die Luke und verriegelte die Tür von unten. Danach können es höchstens noch ein-zwei Minuten gewesen sein, bis der junge Gylby auf die nun verlassene Brustwehr kam und sich dort umsah. Mit ein wenig Hilfe stolperte Ian die lange Wendeltreppe hinunter und dann den Korridor entlang bis zu einer Tür nicht weit vom Schulzimmer. Ich warf einen Blick hinein; Christine war fort. Ich schob ihn hinein, und er ruhte sich ein wenig aus, wärmte sich vor dem kleinen Feuer. Nach einer Weile fragte er: »Und Ranald?«

»Er ist tot. Ich habe ihn über die Brüstung gestoßen.«

Sein Gesicht war bleich gewesen, doch nun war es leichenblaß. »Der arme, irrsinnige Mann!« Er schwieg eine Weile. »Er wollte mich umbringen, Mr. Bell – nach einer kleinen Operation.« Er öffnete seine rechte Hand. »Deshalb die Axt.«

Es sollte lange dauern, bis ich das wirklich verstand.

Der Leser wird sich an Mr. Applebys Bemerkung erinnern, daß der kalifornische Flinders keine Charakterzüge zeigen durfte, die sich deutlich von denen des Flinders aus Sydney unterschieden, und daß Ranald deswegen versuchen mußte, seinen krankhaften Geiz zu überwinden. Doch es gab noch etwas anderes an Flinders aus Sydney, wovon Appleby nichts wußte – im Gegensatz zu Ranald, dem Ian es geschrieben hatte. In den Anfangstagen seiner radiologischen Studien hatte Flinders zwei Finger verloren – wie es bei diesem gefährlichen Zeug offenbar leicht geschehen kann. Nun – es war nicht allzu schwer für Ranald, mit zwei fehlenden Fingern nach Kalifornien zu kommen: ein wenig Lektüre in chirurgischen Büchern, einige Zeit, in der er ganz für sich allein blieb, und Mut, der über das gewöhnliche Maß hinausging – mehr brauchte er nicht. Doch mit dem Leichnam, den man im Burggraben finden und für Ranald Guthrie halten sollte, war es schwieriger. Ihm durften natürlich keine Finger fehlen, die schon vor Jahren amputiert worden waren. Andererseits hätte unter normalen Umständen eine neue Operation, die das verbergen sollte, sofort Verdacht erregt – jeder hätte gefragt: *Warum sind Guthrie die Finger abgeschnitten worden?* Doch wenn erst einmal Neil Lindsay des Mordes an Guthrie verdächtigt wurde, war diese Frage gut genug beantwortet – dank der alten Legende von den Lindsays und den Guthries –, und die Antwort belastete Lindsay gar noch weiter. Die größte Schwierigkeit, die Ranald mit dem ersten seiner beiden Feinde hatte, sollte zum wichtigsten Mittel werden, den zweiten zu Fall zu bringen. Wie Appleby so gern sagt: Alles an Ranald Guthries Puzzlespiel war klar und logisch und mit größter Sparsamkeit gemacht.

Doch als er sie mir zeigte, starrte ich Ian Guthries rechte Hand nur unverständig an. Mit einiger Mühe rappelte er sich auf. »Ich höre Stimmen«, sagte er – das müssen Gylby und die anderen gewesen sein, die vom Turm herunterkamen –; »wir müssen fort.«

Ich blickte ihn ungläubig an. »Fort!«

»Niemand weiß, daß ich hier bin – niemand außer dem Schurken Hardcastle, und der wird nichts sagen. Und Ranalds Tod wird vielleicht als Unfall oder Selbstmord durchgehen.«

»Mr. Ian, Sie sollen nicht glauben, daß ich nicht dazu stehen will, daß ich Ihren irrsinnigen Bruder getötet habe. Entweder er oder Sie und ich.«

»Ganz richtig, Ewan Bell. Aber glauben Sie, ich will einen gräßlichen Skandal, nur weil Ranald den Verstand verloren hatte? Wir gehen zurück nach Kinkeig, solange noch Zeit dazu ist.«

Ich fand, daß er nun seinerseits den Verstand verloren hatte, wenn er glaubte, er könne in einer solchen Nacht und bei seiner Verfassung bis nach Kinkeig kommen. Heute weiß ich natürlich, was ihn trieb: er wollte um jeden Preis – mit der schwarzen Leidenschaft der Guthries – seine Tage als Richard Flinders beschließen. Nur zu verständlich, wenn man sich das einmal überlegt, denn schließlich hatte er in beinahe fünfzig Jahren Richard Flinders aus sich gemacht. Im Augenblick konnte ich ihm nur nachgeben, obwohl ich es nicht verstand, und folgte ihm auf seinem Weg aus der Burg. Man darf nicht vergessen, daß er nichts von Lindsay und von der Gefahr wußte, in die der Junge kommen würde. Und ich selbst begriff es ja auch nicht wirklich, sonst hätte ich ihn vielleicht dazu bewogen zu bleiben.

Eine Stunde zuvor hatte ich bezweifelt, daß meine Kräfte reichen würden, nach Erchany zu kommen; nun mußte ich einen Kranken den langen Weg zurück nach Kinkeig bringen. Ich war von allem so benommen, daß es mir fast gleichgültig war. Wenn wir auf dem Weg umkommen mußten, dann sollte es eben sein; ich fügte mich in mein Schicksal. Doch beide waren wir zäher als ich gedacht hatte, und als die Glocken zum Frühgottesdienst riefen, langten wir im Dorf an. Wir kamen zu meinem Haus, ohne daß uns jemand sah, und die nächsten vierundzwanzig Stunden hielt Ian Guthrie sich dort verborgen. Doch nicht verborgen genug. Die Verlockung, nach so langer Zeit Kinkeig wiederzusehen, war zu groß, und als es dunkel wurde, machte er einen kleinen Spaziergang. Daher, geneigter Leser, Ranald Guthries Gespenst.

Er erzählte mir seine Geschichte, und mit dem, was jeder an Wissen beisteuern konnte, bekamen wir einen guten Teil des Puzzles zusammen. Doch Ian wollte sich nach wie vor nicht zu erkennen geben. Es werde gewiß eine amtliche Untersuchung geben, sagte er, und bis die vorüber sei, werde er stillhalten: wenn Lindsay angeschuldigt werde, werde er ihm beistehen; doch sonst werde er als Richard Flinders abreisen, und keiner werde je etwas erfahren. Einstweilen solle ich Christine einschärfen, niemandem zu sagen, daß ich auf Erchany gewesen war.

Der Leser soll selbst beurteilen, ob es recht war, daß ich seinen Plan zumindest in einem entscheidenden Punkt rundheraus ablehnte. Selbst, sagte ich, wenn Ian Guthrie für die Öffentlichkeit nicht zu neuem Leben erwachte, sollten doch die Angehörigen und Anwälte der Familie es wissen. Und zu diesem kleinen Funken Vernunft konnte ich den Mann, der ansonsten so exzentrisch war wie alle Guthries, doch überreden. Wenn – falls – alles ohne Aufsehen vorüber sei, dann, willigte er ein, sollte ich alle, die es wirklich anging, zu nächtlicher Stunde auf der Burg versammeln, und er würde aus Dunwinnie herüberkommen und alles erklären. Und nachdem er mir dies Versprechen gegeben hatte, stahl Ian sich aus Kinkeig davon und marschierte zurück zu seinem Hotel in Dunwinnie – wo man in dem Gewimmel der Wintersportler Richard Flinders gewiß noch gar nicht vermißt hatte.

Und das ist alles – obwohl es mir später schlaflose Nächte genug bereitete. Ich konnte nicht damit rechnen, daß Appleby, der Polizist, ausgerechnet zu der Stunde auf die Burg kommen würde, für die ich das Familientreffen verabredet hatte, und es war ein Glück für alle, daß er sich als weiser Mann erwies, der wußte, wann er zu schweigen hatte. Ranald Guthrie und der gräßliche Hardcastle waren beide tot, und Ian Guthrie hatte keine Kinder, so daß es, wenn er auf das Erbe von Erchany verzichtete, allein seine Sache war. Und daß er zumindest fürs erste den Mantel des Schweigens über die letzte Wahrheit breitete, mochte für ihn nur eine Laune sein, doch für Christine Mathers war es ein Geschenk.

IV.

Und so sind die Guthries aus unseren Tälern verschwunden, und Burg Erchany sucht einen Mieter. Was an Möbeln und Sachen noch zu brauchen war, ist fort. Die Familienbilder gingen per Schiff zu Sybil und Christine nach Amerika, dazu alles, was im Schulzimmer war, und dann gab es eine große Versteigerung. Den gewaltigen flämischen Tisch, an dem sie an jenem Abend beisammensaßen und ihren Kaviar aßen, erwarb Dr. Jervie für den Versammlungsraum des Kirchenrats. Die Globen, hinter denen die kleine Isa Murdoch sich in der Galerie versteckte, kaufte Mistress Roberts für das Arms; nun sitzt sie im Salon, die Teekanne zur einen, den Globus zur anderen Seite, immer bereit, jedem zu zeigen, aus welchem Hafen der neueste Brief ihrer Jungen kam. Fairbairn von Glenlippet – der, der seine Autosteuern immer nur für ein Vierteljahr im voraus bezahlt – kaufte den großen Granitblock, von dem man auf dem Hof auf die Pferde gestiegen war; alle haben sich gefragt, was er damit wollte, doch Will Saunders sagt, der wird eines Tages einen schönen Grabstein für Mistress Fairbairn abgeben. Und die halb verschimmelten theologischen Bände aus der Galerie gingen allesamt an mich: manches haben sie mir seither zu denken gegeben und mir in den Diskussionen, die ich gelegentlich mit unserem Pfarrer führe, oft genug den Rücken gestärkt.

Wer weiß, vielleicht war es heute das letzte Mal, daß ich durch das Herrenhaus gegangen bin. Der Wind, der fast immer auf Erchany weht, seufzt in den zerbrochenen Fensterscheiben; doch so lind die Lüfte auch sein mögen und vom Duft der Wiesen geschwängert, werden sie doch kaum je Sommer und Sonne in diese Burg bringen. Der Ort ist nun ganz in die Vergangenheit versunken: ich glaube nicht, daß es hier je wieder andere Bewohner geben wird als die Ratten – die längst nicht mehr an die schwachköpfige alte Hardcastle denken – und die Schwalben, die wissen, wann es Zeit ist, sich davonzumachen. Stein um Stein wird fallen, und der gewaltige Turm, dessen Stufen ich noch einmal erklommen habe, wird bald vergessen sein wie der Turm der Lindsays in Mervie – und die Guthries von Erchany, die so leidenschaftlich im Leben Schottland gelebt haben, werden wie ihre Widersacher nichts weiter sein als Fußnoten in einem Geschichtsbuch.

Doch die Gamleys sind auf den Bauernhof zurückgekehrt. Einer der Jungen hat geheiratet, ein Mädel aus Speyside, und ich kann sie drunten auf den Feldern singen hören – einen dummen Gassenhauer, wie sie unsere echten schottischen Volkslieder nun fast ganz verdrängt haben. Und doch – weil er so glücklich und so voller Leben von der Erde aufsteigt – erfüllt mich dieser Gesang mit Hoffnung.

Nachwort

Cecil Day Lewis (1904–1972), Lehrer, Kritiker und Dichter, war trotz des stürmischen Kommunismus seiner Jugend in reiferen Jahren so arriviert und angesehen, daß er 1968 mit dem in unseren Tagen etwas merkwürdigen Titel und Posten eines *Poet Laureate* geehrt wurde, eines Hofdichters Ihrer Majestät der britischen Königin. Freunden des klassischen Kriminalromans aber ist er besser bekannt als Nicholas Blake, Verfasser von etwa zwanzig einschlägigen Romanen. Und als ein dergestalt ausgewiesener Liebhaber und Praktiker des Genres hat er auch Kritiken geschrieben, z.B. über seinen Kollegen John Innes Mackintosh Stewart (1906–1994), Literaturwissenschaftlicher mit brillanter Karriere, der seinerseits als Michael Innes über fünfzig Detektivromane und Sammelbände mit Kurzgeschichten veröffentlichte. Nicholas Blake widerlegt in diesem Spezialfall das meist berechtigte Vorurteil, bei Fachkollegen etwas gelten zu wollen, sei verlorene Liebesmüh – »was dir mißlingt, verzeihn sie selten, was dir gelingt, verzeihn sie nie«. Er steht nicht an, Innes' »Totenklage um einen Dichter« als einen der allerbesten Kriminalromane aller Zeiten zu bewerten und ihn innerhalb des umfangreichen Innes-Corpus als mit Abstand bestes Werk auszuzeichnen. Die Chance, sich auf einen Poet Laureate als Gewährsmann und Eideshelfer bei der Charakteristik eines Detektivromans beziehen zu können, ergibt sich nicht oft; weshalb ich gerne Lewis'-Blakes Kritik zum Leitfaden meiner eigenen Darlegungen mache.

»Michael Innes entwirft in diesem – seinem besten – Buch eine Situation, die zu gleichen Teilen einer Aischylos-Tragödie und einem Drury-Lane-Melodram zu entstammen scheint.« (Nicholas Blake)

Der Detektivroman-Autor Innes nennt im Roman selbst – sozusagen in seiner zweiten Rolle als Literaturhistoriker J.I.M. Stewart – ein anderes Vorbild, das die Mischung aus antiker Tragödie und blutig-grausigem Melodram schon vorweggenommen hat: die Tragödien Senecas. Der Philosoph, Dichter und Erzieher und Berater Neros schrieb seine Tragödien zwar einerseits im Gefolge der Griechen, aber andererseits für ein Publikum, das zu seiner leichteren Unterhaltung an blutige Gladiatorenkämpfe und Tierhatzen mit tödlichem Ausgang gewöhnt war. Der klassischen Tragödie verpflichtet ist Innes in der strikten Einhaltung der aristotelischen drei Einheiten: Einheitlicher Schauplatz des Ganzen ist die einsam an einem schottischen Loch gelegene Burg Erchany; die entscheidende Zeitspanne ist die einer einzigen Nacht. Die Einheit der Handlung scheint schon allein durch die ebenfalls antike Kargheit des Personals gegeben zu sein: Ranald Guthrie, der letzte Laird von Erchany, seine in unklarer – aber umso mehr in der Gegend beredeter – verwandtschaftlicher Beziehung zu ihm stehende Stieftochter Christine, deren Verlobter aus einer à la Pyramus und Thisbe oder Romeo und Julia mit den Guthries verfeindeten Familie, ein Verwalterehepaar, ein Diener und zwei im Wortsinne hereingeschneite Gäste bilden das ganze Personal der Tragödie, die mit dem Tod des letzten Lairds endet.

Zu solchen Zügen klassischer Simplizität treten dann die des Melodrams – oder der Senecaischen Steigerung im Schrecken – hinzu. Das beginnt damit, daß die Nacht der Handlung ›zufällig‹ die Weihnachts-Nacht ist – zum einen war das von Nicholas Blake zum Vergleich herangezogene Drury-Lane-Theater im 19. Jahrhundert berühmt für seine Weihnachts-Pantomimen, zum andern hat seit Dickens und dem mysteriösen Verschwinden seines letzten Helden Edwin Drood zu Weihnachten kaum ein Autor des Genres auf den besonderen – und naheliegenden – Reiz verzichten wollen, das Fest der Liebe, des Friedens und der Familie zur Feier des Hasses, des Streits und des Todes zu verfremden (s. dazu Charlotte McLeod, »Schlaf in himmlischer Ruh«, DuMont's Kriminal-Bibliothek Nr. 1001 und »Kabeljau und Kaviar«, Nr. 1041). Direkt dem Melodram entsprungen ist auch das eigentliche Burg-Personal: Nachdem auch noch das letzte Dienstmädchen nach einem Horror-Erlebnis weggelaufen ist – natürlich handelt es sich, wie im Buch selbst genüßlich betont wird, um die epische Ursituation der ›Verfolgten Unschuld‹, der bekanntlich Schlimmeres als der Tod droht –, besteht die Dienerschaft nur noch aus einem Verwalter, der alle schurkischen Butler sämtlicher Horrorfilme beerbt zu haben scheint, seiner von ihm tyrannisierten und etwas schwachsinnigen Frau und einem völlig schwachsinnigen Diener, der eine anheimelnde Ähnlichkeit mit Hugos Quasimodo hat.

»Innes erzählt die Geschichte, indem er sie nacheinander von fünf seiner Charaktere berichten läßt ... Sie werden hingerissen sein vom Kolorit, von der Ursprünglichkeit und vom Humor dieser Erzählungen.« (Nicholas Blake)

Gerade diese Stimmenvielfalt der Erzähler ist es, die neben dem Schauplatz, der einsamen, eingeschneiten Burg im tiefsten Schottland, der Handlungszeit in der Weihnachtsnacht und dem kuriosen bis schaurigen Personal, Innes' drittem Roman von 1938 seinen Rang unter den besten Krimis aller Zeiten zuweist. Natürlich war es mit Wilkie Collins ein allen Genre-Fans – und damit erst recht dem Literaturwissenschaftler Stewart/Innes – wohlbekannter klassischer Vorläufer des heutigen Detektivromans, der dies Verfahren gleich zweimal meisterlich angewandt hat: Dickens' Zeitgenosse, Freund und Rivale Wilkie Collins (1824–1889) erzählt in dieser multiperspektivischen Technik »Die Frau in Weiß« (1860) und »Der Monddiamant« (1868). Bei Innes paßt es eigentümlich zu der klassischen Archaik und der tektonischen Strenge der Fabel, es ist, als ob einzelne Mitglieder des Chors in der griechischen Tragödie die Handlung als – bis auf eine Ausnahme – kaum beteiligte Zuschauer erzählten.

Arrangeur dieses Verfahrens ist im Roman der Edinburgher Rechtsanwalt Aljo Wedderburn, der selbst als Außenstehender von einem Außenstehenden als Rechtsbeistand mit dem Fall betraut wurde. Er wiederum ist mit einem jungen Schriftsteller aus Edinburgh bekannt – Innes/Stewart kommt aus dieser Stadt und ist damals zweiunddreißig Jahre alt –, der seiner Meinung nach wirklichkeitsfremde Kriminalromane schreibt. Um ihn auf den Boden der Tatsachen zurückzuholen, soll ihm dieses ›wahre‹ Geschehen, das die Zeugen selbst allerdings eher an einen Roman denken läßt, zur Bearbeitung und Herausgabe unter veränderten Namen anvertraut werden – dies alles ist natürlich eine Fortsetzung des im Genre so beliebten Spiels mit den Grenzen zwischen *Fiction* und *Wirklichkeit*, das drei Jahre zuvor in John Dickson Carrs »Der verschlossene Raum« (DuMont's Kriminal-Bibliothek Nr. 1042) seinen Höhepunkt gefunden hatte.

Erster, letzter und originellster der Erzähler ist zweifellos Ewan Bell, und er ist auch derjenige, der am schwersten für die Mitarbeit zu gewinnen ist. Er ist der Schuster des kleinen Dorfes, das zu Burg Erchany gehört und das ansonsten klassisch durch den Pfarrer, die Lehrerin und die Besitzer des Pubs vertreten wird. Bell ist Schuster in der besten Böhme- oder Raabe-Tradition, belesen und gelehrt, aber in diesem Falle weder Atheist noch Konventikler oder Sektierer, sondern ein Ältester der Schottischen Kirche. Als Calvinist reinsten Wassers und striktester Observanz sind ihm alle Werke der Phantasie – außer Hymnen zum Lobpreis Gottes oder zur Erbauung der Gläubigen – Teufelswerk, und nun soll er selbst bei der Aufzeichnung eines romanhaften Geschehens Hand anlegen! Wedderburn packt ihn schließlich bei seiner Eitelkeit – der »Sutor«, wie die ehrwürdig lateinische Bezeichnung lautet, sei traditionell nach Pfarrer und Kantor/Lehrer der dritte Gelehrte im Dorf. Und er ist nun gar der

Zweite nach dem Pfarrer, da der Kantor/Lehrer inzwischen eine bei Ewan Bells bestem Willen nicht als gelehrt geltende Lehrerin ist, der dann auch sein unablässiger frauenfeindlicher und antimodernistischer Spott gilt. So läßt er sich schließlich zur Mitarbeit überreden, und seiner Feder entquillt nicht nur die ganze ebenso skurrile wie tragische Szenerie um Burg und Dorf, sondern zwischen den Zeilen entsteht das Selbstporträt einer so liebenswürdigen wie knorrigen, gelehrten wie kantigen, glaubensstarken wie humorvollen Gestalt, deren wahres Format erst die letzten Seiten enthüllen.

Wenn auch weniger farbig, so doch nicht minder interessant und eigenwillig sind die weiteren Beiträge. Auf Ewan Bells eigens für den Zweck der Veröffentlichung verfaßte Erzählung folgt ein Originaldokument: Den jungen Noel Gylby aus der britischen Oberschicht haben die trügerisch zugeschneiten Straßen und ein Autounfall statt nach London nach Erchany geführt, so daß er Weihnachten – und zugleich seinen Geburtstag, wie sein Vorname verrät – hier und nicht mit seinen Freunden und seiner Verlobten verbringen kann. Um sie und sich zu trösten, plaudert er schriftlich und detailliert vor sich hin –, genau wie einst Pamela, die Heldin und Schreiberin in Samuel Richardsons erstem Briefroman der Weltliteratur, bemerkt Gylby selbst genüßlich, wie es in diesem durchgehend literarisierten Roman nicht anders sein kann. Durch seine ganz Großbritannien umfassenden familiären Beziehungen kommt auch als dritter Erzähler Aljo Wedderburn ins Spiel, einer der besten Anwälte Schottlands. Gemäß der in Schottland ebenso wie in England gängigen strikten Scheidung zwischen beratenden und forensisch tätigen Rechtsanwälten ist er ausschließlich als Berater der vornehmsten Familien Schottlands tätig und setzt seinen Ehrgeiz darein, seinen Klienten die Kosten und Unwägbarkeiten eines Rechtsstreits zu ersparen. Zudem kokettiert er selbst einleitend mit seiner Konzentration aufs Zivilrecht und der damit einhergehenden völligen

Ahnungslosigkeit, was Fragen des Strafrechts angeht. Umso vergnüglicher ist es dann, den brillanten Deduktionen seines juristisch geschärften Verstandes zu folgen.

Als letzter Beiträger – neben einem, der hier nicht verraten werden darf – tritt schließlich Michael Innes' Seriendetektiv John Appleby auf. Ihm hat der blanke Zufall die Rolle eines amtlichen *chaperon* zugespielt: Christine, die Nichte des Toten, war in der Unglücksnacht mit ihrem Romeo nach England abgereist, und ein Vertreter von Scotland Yard hat das Paar nun zwecks Vernehmung durch die Polizei nach Schottland zurückzubringen. Neben seinem Anteil als einem der Chronisten des Falls trägt er natürlich als geschulter Kriminalbeamter auch das seine zur Lösung des Falls bei, eine der Lösungen, genauer gesagt.

»Sie werden hingerissen sein von dem technischen Raffinement, mit dem Innes seinem Geheimnis mehrere plausible Lösungen gibt, deren jede sich völlig natürlich aus der vorangehenden entwickelt.« (Nicholas Blake)

Der Vielfalt der Erzähler entspricht eine solche der Lösungen. In den entscheidenden Sekunden der nächtlichen Tat oder Untat, exakt in der Stunde, die »Frieden auf Erden und den Menschen ein Wohlgefallen« verkündet, waren alle Burgbewohner, Täter wie reale oder potentielle Opfer, Verdächtige wie Zeugen, vor, unter oder neben dem Tatort versammelt, meist ohne von den andern zu wissen. Je nachdem, welchen Ausschnitt des turbulenten Geschehens wer von welchem Beobachtungsposten aus gesehen hat, ergibt sich ein völlig verschiedenes Bild. John Appleby, der zunächst den in fast jedem Krimi begegnenden Vergleich mit einem Puzzle bemüht, merkt schnell, wie inadäquat der ist – je mehr Steine auftauchen, desto verwirrter wird das Bild – handelt es sich vielleicht überhaupt um zwei Puzzles, die in- und durcheinander geraten sind? Treffender ist da wohl die Metapher von der ebenso komplexen wie instabilen Lösung, die sich mit jedem Ingrediens extrem verändert und erst mit dem letzten hinzugefügten Tropfen das endliche Ergebnis erkennen läßt.

Mit den Ergebnissen verändert sich auch der Sinn der Zeilen, die dem Buch den Titel gegeben haben: »Klagelied für einen Dichter« – »Lament for a Maker«. »Lament for the Makers« heißt die große, viele Strophen umfassende Elegie William Dunbars (ca. 1465–1530), in der er den Tod so vieler Kollegen seit Chaucer beklagt, die eigene Todesfurcht gestaltet und die Hoffnung artikuliert, nach dem Tode weiterzuleben. Der letzte Laird von Erchany hatte in den Wochen vor seinem Tod die Gewohnheit angenommen, Strophe um Strophe des Klageliedes laut zu rezitieren – ahnte er, plante er seinen Tod? So makaber und sinister diese Rezitation seiner eigenen Totenklage auf die Zuhörer wirkte, so harmlos war dies verglichen mit dem wahren Sinn, den Alan Guthrie den Worten gab und an dem er sich diabolisch freuen mochte. Aber diese letzte Volte in Innes' bestem Buch darf hier natürlich nur angedeutet werden.

Volker Neuhaus

Band 1054	Timothy Holme	**Der See des plötzlichen Todes**
Band 1057	Sarah Caudwell	**Adonis tot in Venedig!**
Band 1058	Phoebe Atwood Taylor	**Die leere Kiste**
Band 1059	Paul Kolhoff	**Winterfische**
Band 1060	**Mord als schöne**	**Kunst betrachtet**
Band 1061	Lee Martin	**Tod einer Diva**
Band 1062	S. S. van Dine	**Der Mordfall Canary**
Band 1063	Charlotte MacLeod	**Wenn der Wetterhahn kräht**
Band 1064	John Ball	**In der Hitze der Nacht0**
Band 1065	Leslie Thomas	**Dangerous Davies... Auf eigene Faust**
Band 1066	Charlotte MacLeod	**Eine Eule kommt selten allein**
Band 1067	Lee Martin	**Mörderisches Dreieck**
Band 1068	Paul Kolhoff	**Menschenfischer**
Band 1069	Ellery Queen	**Das ägyptische Kreuz**
Band 1070	John Dickson Carr	**Mord aus Tausendundeiner Nacht**
Band 1071	Lee Martin	**Tödlicher Ausflug**
Band 1072	Charlotte MacLeod	**Teeblätter und Taschendiebe**
Band 1073	Phoebe Atwood Taylor	**Schlag nach bei Shakespeare**
Band 1074	Timothy Holme	**Venezianisches Begräbnis**
Band 1075	John Ball	**Das Jadezimmer**
Band 1076	Ellery Queen	**Die Katze tötet lautlos**
Band 1077	Anne Perry	**Viktorianische Morde** (3 Romane)
Band 1078	Charlotte MacLeod	**Miss Rondels Lupinen**
Band 1079	Michael Innes	**Klagelied auf einen Dichter**
Band 1080	Edmund Crispin	**Mord vor der Premiere**

Band 1072

Charlotte MacLeod

Teeblätter und Taschendiebe

Sarah und ihr Mann Max sitzen mit dem Rest des Kelling-Clans zusammen, um eine Wohltätigkeits-Auktion zu planen. Onkel Fredericks Sammlung von antikem Nippes soll unter den Hammer kommen, um mit den Erlösen den Ausbau des Senior Citizens Recycling Center zu finanzieren. Man sitzt gerade beim Tee, als die Nachricht von der Ermordung eines Mitglieds des Centers die Ruhe des Abends stört. Und was Cousine Theonia in den Teeblättern liest, läßt nichts Gutes ahnen ...

Charlotte MacLeod, geb. 1922 in Kanada und aufgewachsen in Massachusetts, USA. Ihre Krimi-Serien haben begeisterte Leser gefunden.

Band 1073

Phoebe Atwood Taylor

Schlag nach bei Shakespeare

Durch Boston weht ein eisiger Wind, der durch Martin Jones' dünnen Anzug dringt. Abgesehen von einer Tasche mit Golfschlägern ist ihm sonst nichts mehr geblieben. Außerdem ist ihm die Polizei auf den Fersen. Jones kann sich denken, was die von ihm wollen... Er ist erleichtert, erst einmal Unterschlupf in »Peters Antiquariat« zu finden. Was für eine Überraschung, daß ausgerechnet sein alter Freund Leonidas Witherall in dem Buchladen arbeitet. Dann findet man im Laden die Leiche von Professor John North mit zerschmettertem Kopf, und Jones wird sofort verhaftet. Zum Glück ist Leonidas Witherall von seiner Unschuld überzeugt. Sie zu beweisen, ist eine andere Sache.

Band 1074
Timothy Holme
Venezianisches Begräbnis

Der letzte Band der Achille-Peroni-Serie führt den Inspektor nach Venedig. Die ganze Stadt wartet auf die alljährliche Gondelregatta, auf die schon wilde Wetten abgeschlossen werden. Peroni stößt zwischen kriminellen Gondolieri und bröckelnden Adelspalästen auf ein Netz aus Intrigen. Eine Spur führt ins 18. Jahrhundert zum venezianischen Dramatiker Goldoni. Ist alles nur Theater? Aber irgendwo zwischen den Kanälen und Lagunen wird der Mörder wieder zuschlagen. Achille Peroni deckt mit neapolitanischem Temperament, Scharfsinn und unbestechlicher Entschlossenheit die erstaunlichen Hintergründe des Mordes auf.

Band 1075
John Ball
Das Jadezimmer

Ein chinesischer Jadehändler liegt tot auf dem Boden einer Villa in Pasadena, Kalifornien. Um seinen Kopf bilden vier Jadestücke einen Halbkreis, ein fünftes steckt im Herz – das Ya-Chang Ritualmesser.
Wer hat den Händler ermordet? War es die schöne halb-schwarze, halb-japanische Yumeko, die bei ihm lebte? Johnny Wu, ein reicher amerikanischer Chinese? Ein anderer Kunde? Oder ein politischer Feind aus Übersee? Mordkommissar Virgil Tibbs gerät auf seiner Suche nach dem Mörder in eine tödliche Mischung von harten Drogen, Agenten aus dem kommunistischen China und der Exotik des Jadehandels.

Band 1076

Ellery Queen

Die Katze tötet lautlos

Manhattan, Ende der vierziger Jahre, eine Serie von Morden versetzt die Stadt in Panik. Die Boulevardblätter haben dem Mörder einen Namen gegeben: Katze. Für jeden Toten zeichnen ihr die Cartoonisten einen weiteren Schwanz.
Die Katze sucht ihre Opfer wahllos. Und immer bei Nacht. Niemand kann sich vor ihr sicher fühlen. Am Tatort hinterläßt sie nichts als die Leiche mit einem sorgsam geknoteten Seidenfaden um den Hals. Und am nächsten Tag grinst den Lesern aus der Zeitung wieder die Katze entgegen und hat einen Schwanz mehr. Ellery Queen hat viele Knoten zu lösen.

Band 1078

Charlotte MacLeod

Miss Rondels Lupinen

Professor Peter Shandy fährt an die Küste, um blumigen Gerüchten auf den Grund zu gehen. In den wildesten Farben erzählt man sich von prächtigen Lupinen, die hier gedeihen sollen.
Noch andere Überraschungen findet Shandy auf Miss Rondels Farm. Tiere und Pflanzen strotzen vor gespenstischer Gesundheit und auch die alte Dame selbst ist seltsam quicklebendig. Im Gegensatz zu Jasper Flodge, der eines Tags tot über seinem Teller Hühnerfrikasse zusammenbricht.
Peter Shandy darf seinen botanischen und detektivischen Leidenschaften nach Herzenslust frönen. Ein Band aus der Balaclava-Serie.